AF239494

Hashtag #DDR

SUBKUTAN
THRILLER DIE UNTER DIE HAUT GEHEN

1. Sprado, Hans-Hermann: *Risse im Ruhm.*
   Münster: Solibro Verlag 2005 • ISBN 978-3-932927-26-5

2. Sprado, Hans-Hermann: *Tod auf der Fashion Week*
   Münster: Solibro Verlag 2007 • ISBN 978-3-932927-39-3 (HC)
   Münster: Solibro Verlag 2022 • ISBN 978-3-96079-006-8 (Br)

3. Elke Schwab: *Mörderisches Puzzle*
   Münster: Solibro Verlag 2011 • ISBN 978-3-932927-37-9

4. Elke Schwab: *Eisige Rache*
   Münster: Solibro Verlag 2013 • ISBN 978-3-932927-54-6

5. Elke Schwab: *Blutige Mondscheinsonate*
   Münster: Solibro Verlag 2014 • ISBN 978-3-932927-85-0

6. Elke Schwab: *Tödliche Besessenheit*
   Münster: Solibro Verlag 2015 • ISBN 978-3-932927-95-9

7. Elke Schwab: *Gewagter Einsatz*
   Münster: Solibro Verlag 2017 • ISBN 978-3-96079-020-4

8. Elke Schwab: *Tickende Zeitbombe*
   Münster: Solibro Verlag 2017 • ISBN 978-3-96079-029-7

9. Elke Schwab: *Kriminelle Intelligenz*
   Münster: Solibro Verlag 2021 • ISBN 978-3-96079-088-4

10. Herbert Genzmer: *Liquid. Thriller*
    Münster: Solibro Verlag 2022 • ISBN 978-3-96079-092-1

11. Holger Kreymeier: *Hashtag #DDR. Roman*
    Münster: Solibro Verlag 2023 • ISBN 978-3-96079-108-9

HOLGER KREYMEIER

HASHTAG #DDR

ROMAN

solibro

ISBN 978-3-96079-108-9

1. Auflage 2023 • Originalausgabe • auch als eBook erhältlich

© SOLIBRO® Verlag, Münster 2023

Autorenfoto: *AJ Photoart*

Umschlaggestaltung: *Michael Rühle*

Druck & Bindung: *CPI Books GmbH, Leck*

Gedruckt auf elementar chlorfrei gebleichtem Papier
Alterungsbeständig nach DIN 9706
Cradle to Cradle Certified®
Printed in Germany

Solibro Verlag • Jüdefelderstr. 31 • 48143 Münster

verlegt. gefunden. gelesen.

Ich liebe ... ich liebe doch alle, alle Menschen ...

Erich Mielke

*Ich verehre Menschen, die eine ideale Gesellschaftsordnung suchen,
und fürchte diejenigen, die sie gefunden haben.*

Ephraim Kishon

*Je weiter eine Gesellschaft sich von der Wahrheit entfernt,
desto mehr wird sie jene hassen, die sie aussprechen!*

George Orwell

Freitag, 21. Juli 2023 – Ost-Berlin, Hochsicherheitsgefängnis Hohenschönhausen

»Liegt das eigentlich bei Ihnen in der Familie? Dieses Pseudo-Revoluzzertum? Dieser Kampf für das, was Ihresgleichen Freiheit nennt?« Ulrich Kaulitz ließ sich das Wort »Freiheit« mit ironisierendem Unterton auf der Zunge zergehen, so als sei es eine Art Floskel. Perry antwortete nicht. Er wusste, was jetzt wieder folgen sollte: dieses ermüdende Spiel mit den Gefühlen, das Bohren in Wunden. Immerhin musste er das jeden Tag über sich ergehen lassen. Wenn Kaulitz selbst das Verhör nicht führte, war es irgendein anderer Uniformträger.

»Merken Sie denn nicht, dass Sie gescheitert sind? Warum können Sie nicht ein anständiger Bürger sein? – Sie sind doch ein kluger Bursche. Die Deutsche Demokratische Republik braucht Menschen wie Sie!«

Der Generalmajor, ein stämmiger Mann mit schütterem weißem Haar, ließ nicht nur Perry täglich aus der Einzelzelle in diesen Verhörraum bringen. Wie viele Systemgegner, Querulanten, Imperialisten er schon in diesem Raum verhört hatte – stunden-, ja tagelang. Perry war eine der besonders harten Nüsse. Kaulitz mochte solche Herausforderungen – zumindest dann, wenn sie irgendwann zu Erfolgen führten.

Es waren inzwischen vier oder fünf Stunden vergangen. Auf dem harten Stuhl spürte Perry sein Gesäß nicht mehr, ihm taten die Beine weh. Niemand gab ihm etwas zu trinken. Perry wusste nicht, wie lange er das noch durchhalten würde. Von Tag zu Tag fiel es ihm schwerer, sich auf diesem Stuhl zu halten. Doch sein Wille war stark. Er dachte einfach nur an seinen Vater – und stärkte damit seinen Kampfeswillen. Oder er schwärmte von seiner großen Liebe und milderte mit den Gedanken an sie die Schmerzen.

»Ihre Schwester studiert. Aber es könnte der Tag kommen, an dem sie an der Universität nicht mehr erwünscht sein wird. Das könnte schon morgen sein. Ich muss nur einmal zum Telefon greifen. Also strapazieren Sie meine Geduld nicht zu sehr!«

Doch die psychologischen Folterversuche von Kaulitz hatte Perry längst durchschaut. In diesen Nächten, wenn das Neonlicht an der Decke seiner Zelle absichtlich nicht gelöscht wurde und sich in seinen Kopf einbrannte, hatte er sich eine Strategie überlegt, wie er die stundenlangen Verhöre in dem kargen Raum wohl am besten überstehen würde. Perry stellte sich einfach vor, er sei in einem satirischen Theaterstück. Dort unten sah er die Leute sitzen, die sich vor Lachen auf die Schenkel klopften. Es führte sogar so weit, dass Perry beim Verhör selbst gelegentlich ein Grinsen übers Gesicht zog. Das waren dann die Momente, in denen Kaulitz psychologisch außer Gefecht gesetzt war. Denn den Generalmajor ärgerte insgeheim nichts mehr, als wenn Perry grinste. Andere waren hier schon heulend zusammengebrochen, bettelten um Freiheit. Perry hingegen grinste einfach nur.

Perry hieß eigentlich Marc Ramelow und war einer der bekanntesten, vermutlich sogar der bekannteste Online-Aktivist der DDR. Seine Haft war zu einem Politikum geworden. Menschenrechtsorganisationen forderten seine Freilassung, ebenso westliche Politiker. Perry zu Ehren gab es Solidaritätskonzerte, Demonstrationen – und seit einigen Tagen ein *YouTube*-Video, das ein westdeutscher YouTuber namens Lonzo ins Netz gestellt hatte. Millionenfach war dieser Clip schon angesehen worden. Es ging darin nicht nur um Perry, sondern auch um die DDR an sich. Darum trug es auch den wenig bescheidenen Titel *Die Zerstörung der DDR*. Für Ulrich Kaulitz war dies noch mehr Antrieb, aus Perry endlich die Informationen herauszupressen, die er benötigte.

»Ihr Vater war auch so einer wie Sie. Ein Feind des Sozialismus. Ein Imperialist.« Kaulitz klappte ein vor ihm liegendes Tablet der Marke Robotron auf und wählte aus den Dateien auf dem Display ein Foto aus, das er mit einem Wischen auf Vollbild zog. Er drehte das Display Richtung Perry und zeigte ihm einen Mann mit vollem Haar, dessen Frisur und Kleidung eindeutig in den 80er Jahren zu verorten waren. Der Mann lächelte stolz. In seinem Arm hielt er ein Baby. – Es war Perry.

»Marc hat er Sie genannt. Mit C. International wollte er sein. Eine dümmliche Angewohnheit leider vieler Menschen in diesem Land. Die USA waren sein großes Vorbild. Einmal nach New York, das war sein großer Traum. Er hätte ausreisen können, wir haben es ihm angeboten. Aber nein, er wollte ja unbedingt bleiben. Er hatte diesen Traum von einer neuen DDR. Eine kapitalistische, imperialistische, unsoziale DDR, in der nicht mehr Arbeiter und Bauern, sondern einzelne milliardenschwere faschistische Weltkonzerne die Geschicke steuern. Mit terroristischen Mitteln und einer Gruppe von gewaltbereiten Schergen kämpfte er für dieses Ziel.« Kaulitz beugte sich nach vorn und flüsterte. »Aber die DDR hat sich gewehrt. Im Sommer 1991, im Sommer 1992 und dann noch einmal nachdrücklich im Sommer 1993.« Perry sah das Bild seines Vaters nicht an. »Ihr Vater hat sein Leben verloren. Aber das war seine eigene Entscheidung. Er hat Sie im Stich gelassen, Marc — nur um seine ideologischen Ziele zu erreichen. Wollen Sie etwa genauso enden?«

Dieser karge Verhörraum bot nichts weiter als graue Wände, einen Tisch, zwei Stühle und das hinter Kaulitz hängende Bild des Staatsratsvorsitzenden Klipkow, das jedoch über 20 Jahre alt war und einen Mann Mitte 60 zeigte. Inzwischen war Klipkow schließlich weit über 80.

Perry, dessen schulterlange Haare nach Wochen mangelnder Hygiene fettig und angegriffen wirkten, war in dunkelblaue Häftlingskleidung gekleidet. Kaulitz trug eine graue Uniform, auf dessen Revers das Emblem der Deutschen Demokratischen Republik prangte.

»Aber immerhin: Der BRD hat diese unschöne Randnotiz der Geschichte einen Feiertag beschert, den 13. August. Sie nennen es ›Tag der Deutschen Einheit‹, wie sie jahrzehntelang schon den unsäglichen 17. Juni genannt haben, den sie natürlich dafür abgeschafft haben. Manche sagen, der 13. August sei als Feiertag einfach wirtschaftlich vernünftiger gewesen, weil da eh viele Menschen im Sommerurlaub sind. Das ist Kapitalismus, Marc. Oder ist es Ihnen lieber, wenn ich Sie Perry nenne?«

Das Smartphone war Perry weggenommen worden, seine Zelle hatte kein Fenster. Er wusste nicht, welches Datum war. Auf Nachfrage sagte es ihm niemand. Der Termin seiner Verhaftung war der 10. Juni 2023. Wie viele Wochen seitdem vergangen waren, wusste er nicht. Auch hatte er das Gefühl für Tag und Nacht verloren. Und doch fühlte er sich immer noch stark und voll funktionsfähig. Sie wollten ihn brechen, aber er kämpfte dagegen an. Im Moment hatte er heftigen Durst, seine Zunge klebte am Gaumen. Er freute sich auf die Rückkehr in seine Zelle, um dort am Waschbecken seinen Mund unter den Wasserhahn zu halten. Kaulitz wusste das. Er nahm einen Schluck Wasser aus seinem Glas. Er wusste, wie gern Perry jetzt auch etwas getrunken hätte. Deswegen zelebrierte der Generalmajor den Griff zum Glas geradezu.

»Marc, seien Sie doch vernünftig. Sie hatten doch auch ein Studium. Sie können dieses Studium wieder aufnehmen. Jederzeit. Nennen Sie mir einfach nur ein paar Namen. Ihren Mitstreitern wird nichts passieren, wir werden nur ein paar Fragen an sie stellen.«

Perry schwieg beharrlich. Er schaute Kaulitz nicht an, sondern pulte kleine Schmutzpartikel unter seinen Fingernägeln hervor. Seine Zelle wurde einmal wöchentlich notdürftig gereinigt. Am schlimmsten aber war, wie lange er schon keine frische Luft mehr eingeatmet hatte. Stattdessen musste er von dieser verdreckten Luft leben, die durch die klapprige Lüftungsanlage in die Zelle gepustet wurde. Der daraus resultierende trockene Dauerhusten setzte ihm zu. Aber er schwieg beharrlich.

Kaulitz beugte sich über den Tisch und kam Perry unangenehm nahe. Perry spürte den Atem des Generalmajors – eine Mischung aus Tabakrauch und Schnaps. Früher hätte Kaulitz in diesem Raum geraucht, aber das war seit fünf Jahren verboten. Auch in der DDR griffen Rauchverbote immer mehr um sich. Manchmal nahm er vor einem Verhör viel Knoblauch zu sich, um sein Gegenüber noch mehr zu quälen.

»Meine Güte, Marc. Sie sind 33 Jahre alt. Sind Sie nicht langsam etwas zu alt, um immer noch solchen kindischen Protest-Fantasien anzuhängen? Sie hätten Karriere machen können. Unser Land braucht solche Köpfe wie Sie. Sie könnten hier ein so schönes Leben haben und werfen es weg, weil Sie so ideologisch verbohrt sind.«

Kaulitz nahm ein neben seinem Stuhl auf dem Betonboden stehendes kleines Kästchen aus Hartpappe an sich und stellte es auf den Tisch. Perrys Blick wanderte nach oben, er schaute das Kästchen an. Kaulitz nahm den Deckel ab und ergriff schmunzelnd ein darin liegendes Smartphone. Perry erkannte sofort, dass es seines war. Kaulitz musterte das Gerät. »Natürlich ein amerikanisches Produkt. Die Mobiltelefone aus unserem Volkseigenen Betrieb sind Ihnen nicht gut genug, was?«

Perry grinste demonstrativ. Heute zum ersten Mal.

»Ich bin erstaunt, mit welch cleveren Methoden es gelingt, ein solches Telefon auch innerhalb des Telefonnetzes der DDR nutzbar zu machen. Dabei tun doch unsere Ingenieure alles, um das zu verhindern. Ich weiß sehr viel über Sie, Marc. Sie sind ein Kopfmensch, ein Philosoph. Aber Sie wären niemals in der Lage, ein ›Smartphone‹ aus dem Westen derart umzuprogrammieren.«

»Jailbreaken.« Es war Perrys erstes gesprochenes Wort an diesem Tag.

»Wie bitte?«

»Jailbreaken nennt man das. Ins Deutsche übersetzt: Aus dem Gefängnis ausbrechen.«

Kaulitz schmunzelte. »Jaja, diese amerikanischen Begrifflichkeiten. Daran ist abzulesen, wie beeinflusst ihr alle von den Amerikanern seid. Selbst jetzt, wo so ein verrückter Präsident in Washington sitzt, der offen den Genossen in Moskau mit einem Nuklearkrieg droht, haltet ihr Holzköpfe immer noch zu diesen Amerikanern. Weil ihr verblendet seid.«

»Zumindest kann ich in den USA offen sagen, wenn ich den eigenen Präsidenten scheiße finde. In diesem Land hier werde ich dafür gleich eingesperrt.« Perry ärgerte sich sogleich, diesen Satz gesagt zu haben. Er wollte doch schweigen.

»Niemand verbietet Ihnen Ihre Meinung, Marc. Aber Sie missbrauchen das Internet der Deutschen Demokratischen Republik, um den Sozialismus zu bekämpfen. Und es steht Ihnen nicht zu, den Staatsratsvorsitzenden mit Fäkalbegriffen anzugehen. Sie finden es ja auch noch toll, wenn jemand wie dieser Lonzo Lügen über unseren Staat verbreitet.« Kaulitz wurde jetzt richtig laut und brüllte. Das war eigentlich nicht seine Strategie. Er bevorzugte die leise Folter, das langsame Zermürben seines Gegenübers. Deswegen kehrte er rasch zu einem zivilen Ton zurück. »Ich weiß genau, dass ihr mit diesem Lonzo und noch anderen Wirrköpfen aus dem Westen unter einer Decke steckt. Ich will wissen, was das für Verbindungen sind und wer dahintersteckt. Es muss irgendeine Verbindung geben, eine digitale Pipeline.«

Perry ließ sich nichts anmerken. Er nahm sich fest vor, für den Rest dieses Verhörs kein Wort mehr zu sagen. Und das sollte er auch durchhalten.

»Also schön, Marc. Die Konsequenzen ihres bockigen Verhaltens werden Sie selber verantworten müssen.«

Freitag, 21. Juli 2023 – Deutschlandfunk

»Ost-Berlin – Die DDR-Führung hat als Konsequenz aus dem veröffentlichten Video des YouTube-*Stars Lonzo die Ständige Vertreterin der Bundesrepublik, Magdalena Lichtenberg, des Staates verwiesen. Das Video verbreite Falschbehauptungen über die DDR. Dass die Bundesregierung nicht einschreite, sei ein beispielloser Vorgang und belaste die diplomatischen Beziehungen nachhaltig. In Bonn erklärte Regierungssprecher Lutz Weinland, die Meinungsfreiheit sei ein hohes Gut. Daher sei es*

nicht Aufgabe der Bundesregierung, eine Löschung des Videos zu verlangen. Auch YouTube erklärte auf Anfrage, eine Löschung werde nicht vorgenommen, da das Video nicht gegen die Richtlinien verstoße. Der Clip mit dem Titel Die Zerstörung der DDR *hat inzwischen fast 10 Millionen Abrufe. Lonzo prangert darin unter anderem die Inhaftierung des ostdeutschen Online-Aktivisten Perry an. Außerdem zitiert er aus internen Unterlagen des Ministeriums für Staatssicherheit, wonach im Frühjahr vergangenen Jahres 50 Millionen Dosen des Impfstoffes MV-21 aus der DDR in die Bundesrepublik exportiert wurden, obwohl in der DDR ein Mangel an Impfstoffen und eine überdurchschnittliche Sterberate bei Covid-19 herrschten. Ähnliche Belege hatte kürzlich auch der* Twitter-Account DDR-Leaks *öffentlich gemacht.«*

Freitag, 21. Juli 2023 – Hamburg, HafenCity

Lonzo nahm den Kopfhörer ab und richtete die Kappe, unter der er sein giftgrün gefärbtes Haar verbarg. Diese Kappe mit der Aufschrift »Oakland Raiders« war für ihn das wichtigste Utensil, um einigermaßen inkognito über öffentliche Straßen und Plätze gehen zu können. Noch idealer war das zusätzliche Tragen einer Sonnenbrille, um nicht an den großen grauen Augen erkannt zu werden, die regelmäßig in ein Kameraobjektiv schauten und von Lonzos 1,7 Millionen Abonnenten gesehen wurden.

Innerhalb weniger Tage hatte sich sein Bekanntheitsgrad noch vervielfacht. Die Zahl der Abonnenten war gar nicht mal stark nach oben geschossen, aber *Die Zerstörung der DDR* hatte an diesem sonnigen Freitagmorgen die 10-Millionen-Marke geknackt. Sogar im Ausland wurde darüber berichtet, selbst die »New York Times« zeigte einen Screenshot. Lonzo war wie im Rausch. Dass er, der in Deutschland erfolgreiche YouTuber

13

ohne internationales Renommee, nun in bedeutenden ausländischen Zeitungen zum Thema gemacht wurde, war eine neue Dimension seines Daseins als prominente Netz-Persönlichkeit. Was ihm allerdings fehlte, war die Anerkennung durch etablierte und erfahrene Journalisten. Eher belächelt wurde er. Ja, er hatte den DDR-Staats- und Parteichef René Klipkow an einer Stelle versehentlich als Rainer Klipkow bezeichnet, dabei wusste er es doch sogar besser. Es war einfach ein Versprecher, der ihm in der Postproduktion nicht aufgefallen war. Ebenso hatte er gesagt, bei dem Massaker auf dem Alexanderplatz im August 1993 seien 97 Menschen gestorben, es waren aber 87.

War es Missgunst, die Lonzo von diversen Journalisten entgegenschlug? Er verstand diese teils bösartigen Artikel über ihn nicht. Und doch ahnte er das Motiv: Sie alle hätten auch gern exklusiv solche brisanten Unterlagen in die Hände bekommen, stattdessen kommt so ein oberflächlicher YouTuber damit – diese Botschaft war in so manchen Kommentaren zwischen den Zeilen mehr oder minder deutlich zu lesen. Lonzo konnte sich noch so bemühen – er würde nie als Journalist anerkannt werden, sondern immer nur »der YouTuber« bleiben. Zunächst ärgerte sich Lonzo noch darüber, um dann aber in den vergangenen Tagen zu einer uralten Erkenntnis zu gelangen: Neid ist die größte Form der Anerkennung.

Nun stand Lonzo vor der Tür dieses berühmten deutschen Nachrichtenmagazins, dessen Onlineauftritt er sehr viel besser kannte als die Print-Ausgabe. Er war in den vergangenen Tagen hundertfach von unterschiedlichsten, auch ausländischen Presseorganen eingeladen worden. Sie alle drangen auf ein Interview, aber eigentlich wollte er das nicht. Er war schließlich kein richtiger Journalist, er war ein investigativer YouTuber – so sah er sich zumindest selbst. Und er befürchtete, dass am Ende ein Artikel herauskommen würde, der eher versucht, ihn als unerfahren, naiv, oberflächlich und irrelevant hinzustellen. In mancherlei Hinsicht war da ja auch was dran: Oft ging es in seinen Clips ja gar nicht um Politik, er hatte einfach nur Spaß mit Freunden und stellte diesen Spaß online. Seine treuesten und längsten Fans liebten ihn für seinen Quatsch, nicht für seine politischen Videos. Die Politik hatte er erst für sich entdeckt, als die Bundesregierung versuchte, ein Gesetz auf den Weg zu bringen, das vordergründig zwar gegen »Hass« im Netz dienen sollte, aber diesen »Hass« so schwammig definierte, dass auch eine deutlich formulierte Meinungsäußerung schon darunter fallen könnte. Lonzo bemerkte plötzlich, wie ihn und seinesgleichen ein Gesetz selbst betreffen könnte. Der andere deutsche Staat diente ja schließlich genug als abschreckendes Beispiel dafür, wie Meinungen unterdrückt werden konnten. Letztlich kam das Gesetz in der Form nicht – was sicher auch Lonzos Engagement dagegen zu verdanken war. Und damit hatte er Blut geleckt. Als YouTuber politisch etwas bewirken zu können – das war ihm erst durch diese Erfahrung bewusst geworden.

Lonzo arbeitete mit Aktivisten sowohl im Westen wie auch im Osten zusammen, seine Quellen stammten teilweise von Hackern, auch aus Kanälen zweifelhafter Herkunft. In der DDR war mit der D-Mark ohnehin viel zu bewegen. Selbst die treuesten Funktionäre hatten eine Schwäche für die harte Westmark – und das reichte ja bis in die oberste Etage der DDR, bis ins Politbüro.

Durch hervorragende Vernetzung mit diversen Online-Aktivisten in der DDR war es so weit gekommen, dass ihm geheime Unterlagen zugespielt wurden. Sie wurden ihm gezielt anvertraut und eben nicht etablierten Print-Produkten, denn Lonzo sprach die Sprache der Aktivisten und hatte die viel größere Reichweite. Er verschaffte sich Gehör in Kreisen, in die ein Printprodukt nie vordringen würde. Die Zeiten hatten sich im Zuge der Digitalisierung massiv geändert. Wenn Lonzo ein neues Politik-Video veröffentlichte, wurde darüber groß und breit berichtet. Seine Stimme hatte im Netz Gewicht bekommen – *Die Zerstörung der DDR* war der vorläufige Höhepunkt.

Vor allem seit der Inhaftierung von Perry war Lonzo durch besonders viel Aktivismus aufgefallen. Er sammelte Unterschriften, startete Petitionen und versuchte, den Druck zu erhöhen – allerdings ohne großen Erfolg. Perry blieb weiterhin in Haft. Was Konzerte und Demonstrationen nicht zu bewegen vermochten, schaffte auch er nicht – schon gar nicht in der DDR. Wobei die Nachricht dieses Morgens, die über alle Ticker lief, ja auch mit seinem jüngsten Video zu tun hatte: Dass die Ständige Vertreterin der Bundesrepublik die DDR verlassen musste, war eine direkte Folge dessen. Lonzo wusste nicht, wie er damit umgehen sollte. Es war das erste Mal, dass eines seiner Videos konkrete personelle Folgen hatte. Hatte er damit seinem Ziel, nämlich Perry aus der Haft zu bekommen, einen Dienst erwiesen?

Dass er hier in die Räumlichkeiten dieses renommierten Magazins eingeladen wurde, das war schon etwas Besonderes. Dieses Magazin hatte eine besondere Magie. In seiner Familie war es seit Jahrzehnten abonniert und gelesen worden. Sein Vater gehörte zu den Stammlesern. Lonzos Kindheit war auch dadurch geprägt, dass diese Zeitschrift oft auf dem Wohnzimmertisch lag.

Lonzo öffnete eine beeindruckend mächtige Glastür und betrat das abstrakte Gebäude in der Hamburger HafenCity. Ein Empfangstresen mit zwei Damen, beide etwa Mitte 20, also in seinem Alter, war die erste Hürde, die ein Besucher hier zu nehmen hatte. Die eine Dame war blond, ihre schwarzhaarige Kollegin schien einen Migrationshintergrund zu haben. Es war sicher kein Zufall, dass dieses große politische Magazin bereits mit dem Personal am Empfang offensichtlich seine Vielfalt und Weltoffenheit verdeutlichen wollte.

Lonzo verstaute den Kopfhörer in seinem Rucksack, dann lächelte er die Frauen freundlich an. Hinter ihnen waren in einer riesigen Collage legendäre Titelseiten aus der über 75-jährigen Geschichte des Magazins zu sehen. Lonzo warf einen flüchtigen Blick drauf: die Wiederbewaffnung in den 50ern, die Studentenproteste in den 60ern, der RAF-Terror in den 70ern, die »Wende« im Jahr 1982 mit der Wahl von Helmut Kohl zum Bundeskanzler, seine Abwahl 1990, das Massaker auf dem Alexanderplatz im Jahr 1993 bis hin zur Wahl von Donald Trump zum US-Präsidenten im Jahr 2017.

»Hallo, ich bin Lonzo. Ich habe einen Termin mit Herrn Brinkhaus.«

Lonzo erntete freundliche Blicke von beiden Damen. Er konnte nicht deuten, ob sie ihn beide kannten oder ob das einfach nur ein professionelles Lächeln war.

»Herr Brinkhaus wartet oben schon.« Die Blonde kam um den Tresen herum. »Es ist im 6. Stock, ich bringe Sie direkt hin.«

»Nice.«

»Moment«, rief die dunkelhaarige Kollegin, die weiterhin hinter dem Tresen saß, »ein ganz kurzes Selfie? Ist das möglich?«

»Aber klar.« Lonzo brachte sich in Position und schmiegte seine Wange an die der Empfangsdame. Dann wurden zwei Fotos gemacht. »Wie schön, dass solche Kuschelfotos endlich wieder möglich sind, hm?«

»Eigentlich nicht. Aber bei so einem berühmten Besucher.« Die Schwarzhaarige zwinkerte flirtend.

»Zeig mal kurz bitte.« Lonzo ließ sich die beiden Fotos auf dem Smartphone zeigen. »Dies hier bitte nicht, das gebe ich nicht frei. Das andere ist okay.«

»Ich will es gar nicht veröffentlichen, es ist nur für mich privat.«

»Oh.« Lonzo wirkte wirklich erstaunt. »Sorry, ich gehe immer ganz automatisch von einem *Instagram*-Post aus.«

Die Blonde mischte sich ein. »So, dann können wir ja mal hochfahren. Ich bin übrigens Sophie.« Sie ging demonstrativ Richtung Fahrstuhl, damit Lonzo ihr folgte.

Er grinste und zwinkerte der Dunkelhaarigen im Weggehen ebenfalls charmant zu. »Freut mich, Sophie.« Durch diese Glastür gingen sicher öfter mal ranghohe Politiker, einflussreiche Persönlichkeiten und weitaus größere Stars als er. Daher fühlte er sich sehr wohl dabei, hier so staatsmännisch behandelt zu werden.

»Ich bin ein Fan von dir«, gestand Sophie, während sie einen der drei nebeneinanderliegenden Fahrstühle per Tastendruck rief. Das Gebäude war durch den großen Glasanteil lichtdurchflutet, drei riesige Palmen brachten Grün ins Gesamtbild.

»Echt? Auch schon vor diesem berühmten Video?«

»Oh ja, natürlich. Letztes Jahr hast du doch diese Challenge gemacht, wo du mit Stiff zusammen die Luft angehalten hast, bis einer nicht mehr konnte. Ich habe das parallel zu Hause mitgemacht, ich konnte schon nach 20 Sekunden nicht mehr.«

»Ja, stimmt. In sowas ist Stiffi top. Aber freut mich, dass du ihn auch kennst. Sein Kanal kommt ja nicht so richtig in die Gänge, er ist noch nicht mal sechsstellig.«

»Dann muss ich den wohl auch mal abonnieren, hab' ich bislang nämlich nicht.«

»Siehst du. Das ist sein Problem. Alle kennen ihn, aber kaum einer abonniert ihn.«

Sophie und Lonzo lachten kurz herzlich. Die Fahrstuhltür öffnete sich, sie stiegen ein. Sophie drückte die Taste 6, die Tür schloss sich wieder.

»Diese Corona-Sache in deinem Video find ich echt heftig«, bemerkte Sophie, »in der DDR hatten die Leute keinen Schutz, weil die Masken so knapp waren. Und dann verticken die auch noch ihren eigenen Impfstoff? Kein Wunder, dass es so viele Tote im Osten gab.«

»Tja.« Lonzo zuckte mit den Schultern. »Wir im Westen waren wiederum froh, Masken und Impfstoff zu haben. Kapitalismus eben.«

»Stimmt es denn, dass die in der DDR ohnehin so skeptisch sind beim Thema Impfung? Angeblich ist mehr als ein Drittel immer noch ungeimpft.«

Lonzo zuckte die Schultern. »Keiner weiß es. Solche Zahlen veröffentlicht die DDR ja nicht. Aber irgendwo ja auch verständlich bei dem Misstrauen gegen diese Regierung da.«

»Bei uns im Blatt stand letzte Woche, dass von jedem, der in der DDR geimpft wird, auch gleich ein DNA-Abgleich beim vorigen Speichelabstrich gemacht wird. Hältst du das für möglich?«

»Na ja. Wenn dieses so angesehene Magazin es schreibt, dann muss es ja stimmen.« Der Sarkasmus in seiner Stimme war unüberhörbar.

Der sechste Stock war erreicht. Sophie stieg zuerst aus, Lonzo folgte ihr. Es ging einen mit flauschigem Teppich ausgelegten Gang entlang. An den Wänden hingen Bilder von Persönlichkeiten auf Schwarz-Weiß-Fotos. Lonzo kannte keinen einzigen von denen. Ihm wurde nicht klar, ob es sich um Politiker handelte oder möglicherweise frühere leitende Chefs dieses Magazins. Er kannte sich mit der aktuellen politischen Lage gut aus, allerdings hatte er Defizite in geschichtlichen

Fragen. Es wäre ihm schon schwergefallen, alle Bundeskanzler und Bundespräsidenten der Bundesrepublik seit 1949 aufzuzählen.

»Wegen der DNA-Geschichte erhielten wir viele böse Briefe«, erzählte Sophie, »manche haben sogar ihr Abo gekündigt. Echt Wahnsinn, wie manche die DDR verteidigen und so tun, als herrsche dort mehr Demokratie als bei uns.«

»Weil die DDR mithilfe der Sowjetunion Desinformation im Netz betreibt. Ich verstehe nicht, warum manche immer noch an ihrem Weltbild von der guten und friedlichen DDR festhalten. Ich glaube, in Ost-Berlin müssen sie erst einen Atomkrieg anzetteln, damit solche Träumer mal aufwachen. Und selbst dann drehen sie es noch so hin, als habe der Westen das provoziert.« Lonzo sah Sophie an und setzte ein unschuldiges Lächeln auf. »Solltest du mal in Köln sein, komm mich gern besuchen. Dann zeige ich dir mal mein Studio.« Lonzo bemühte sich, dies möglichst unverfänglich zu sagen.

»Ist das sowas wie früher die Briefmarkensammlung?«, fragte Sophie lächelnd.

»Ach Quatsch.«

»Wenn ich meinen Freund mitbringen kann, dann gern.«

»Ja.« Lonzo wirkte für einen Moment wie vor den Kopf geschlagen. »Ja. Natürlich.«

Sophie öffnete die Tür zu einem Konferenzraum, in dem drei Männer zusammensaßen und aufblickten. »Ah, da ist er ja.« Jochen Brinkhaus, der Chefredakteur, ging direkt auf Lonzo zu und schüttelte ihm kräftig die Hand. »Freut mich sehr, dass Sie gekommen sind. Interviews mit Ihnen hat es ja in den letzten sieben Tagen kaum gegeben. Da können wir uns sehr geehrt fühlen.«

»Das stimmt, das ist überhaupt nicht mein Ding.« Lonzo nahm seinen Rucksack ab und ebenso die Kappe. Nun waren die berühmt gewordenen grünen Haare des derzeit wohl angesagtesten DDR-Kritikers in voller Pracht zu sehen. »Aber mein Papa hat Ihr Blatt abonniert, also tue ich es ihm zuliebe.«

»Einen klugen Vater haben Sie.« Brinkhaus stellte Lonzo den stellvertretenden Chefredakteur Udo Lauer vor und den Politikchef Benjamin Clausnitzer.

»Frauen sitzen hier eher an den Empfangstresen, was?«, flachste Lonzo.

Clausnitzer lachte herzlich, aber doch ein wenig peinlich berührt. »Nein, nein, das ist jetzt wirklich Zufall. In unseren Redaktionen arbeiten natürlich auch Frauen.«

»Irgendwer muss ja auch für frischen Kaffee sorgen.« Udo Lauer lachte ganz allein über seinen Spruch und verstummte schnell wieder, als er bemerkte, wie ungeschickt das war.

Brinkhaus war 64 Jahre alt und plante für den Herbst seinen Abschied als Chefredakteur. Vier Jahre lang hatte er seinen Job inne, aber den massiven Rückgang der Abonnements und damit der Auflage konnte auch er nicht verhindern. Das Magazin setzte inzwischen sehr stark auf den Onlineauftritt, der sich im Wesentlichen hinter einer Bezahlschranke befand. Um junge Leute dafür zu interessieren, war Lonzo das ideale Vehikel. Somit empfand es die gesamte Führungsebene des Verlags als Coup, Lonzo tatsächlich für ein Interview gewonnen zu haben. Ganz kostenfrei ging das nicht: Lonzo erhielt für den Besuch in der Redaktion 10.000 D-Mark Honorar plus Reisekosten und Spesen, die ihm in bar übergeben werden sollten. Lonzo bestand auf Vorkasse in bar. Er zahlte zwar Steuern, aber der Staat musste ja nicht alles wissen. In der Hinsicht war er ohnehin gewitzt und hatte viel Geld auf ausländischen Online-Konten deponiert sowie in Kryptowährungen angelegt. Die 10.000 Mark brauchte er eigentlich nicht zwingend – aber er nahm sie trotzdem, denn seine Aktivisten-Kollegen drüben in der DDR konnten immer ein bisschen Geld gebrauchen. Es war kompliziert und riskant, ihnen online Geld zu schicken – aber es gab Wege, dies zu tun.

»Nehmen Sie doch bitte Platz«, bat Clausnitzer und klang dabei ganz aufgeregt. Er schob Lonzo einen Stuhl zurecht, sodass dieser nur noch in die Sitzposition absinken musste.

»Möchten Sie etwas trinken?«, fragte Udo Lauer.

»Heißen Kaffee nur, wenn Sie ihn selbst machen.« Lonzo kicherte kurz, Udo Lauer lachte reflexartig mit. »Nein, eine Cola sehr gern.« Lonzo sah sich ein wenig um. Dieser Konferenzraum mit den sehr altmodischen Holzvertäfelungen an den Wänden und einem vergilbten Deckenfluter repräsentierte für ihn so etwas wie den analogen Journalismus. »Das sieht hier alles so alt aus.«

»Wir sind vor ein paar Jahren in dieses neue Gebäude umgezogen«, erzählte Brinkhaus, »die Vertäfelungen und die Deckenleuchte des Konferenzraums haben wir mitgenommen. Nicht nur aus Kostengründen, sondern weil es auch an die alten Zeiten erinnern soll.«

»Sozusagen die Glanzzeit unseres Magazins«, ergänzte Lauer und bemerkte im selben Moment, dass auch das etwas ungeschickt formuliert war.

»Sind die Glanzzeiten denn vorbei?«, fragte Lonzo dann auch gleich nach.

»Nein, nein.« Alle drei antworteten fast gleichzeitig. »Aber natürlich hat der Journalismus sich geändert«, erklärte Brinkhaus, »er ist oberflächlicher geworden, unsachlicher. Auf solide Arbeit wird nicht mehr ganz so viel Wert gelegt, das merken wir leider dann auch an den Verkaufszahlen.«

»Habt Ihr nicht gerade so eine Fake-Geschichte gehabt? Wo sich einer irgendwelche Storys ausgedacht hat?« Kurze Stille.

»Ja«, antwortete Clausnitzer, »eine sehr ärgerliche Sache. Aber es zeigt ja den Druck, dem Journalisten heutzutage ausgesetzt sind. Wir haben das ja sofort öffentlich gemacht.«

»Maximal transparent«, ergänzte Brinkhaus, »bei uns wird nichts vertuscht, das entspricht unseren Wertvorstellungen. Aber kommen wir doch mal zu Ihnen. Lonzo nennen Sie sich. Aber Ihren echten Namen mögen Sie nicht nennen?«

»Nein. Auch nicht, wo ich wohne. Das geht niemanden was an. Deswegen bin ich zu euch gekommen und ihr nicht zu mir.«

Brinkhaus ergriff einen Umschlag und gab ihn wortlos an Lonzo. Dieser schaute kurz hinein, nickte und verstaute das Kuvert in der Vordertasche seines Rucksacks. Darin war das besprochene Honorar.

Clausnitzer schenkte Lonzo währenddessen Cola aus einer kleinen Glasflasche in ein Glas ein. »Auf jeden Fall mutig von Ihnen, sich mit der DDR derart anzulegen.«

»Wieso mutig?«, fragte Lonzo.

»Na ja, mit einer Diktatur ist nicht zu spaßen.«

»Ich finde es wichtig, solchen Shit öffentlich zu machen.«

»Wo haben Sie diese Unterlagen eigentlich her?«, fragte Lauer, »es handelte sich ja immerhin um streng geheime Dokumente des DDR-Innenministeriums.« Alle drei Redakteure hoben die Augenbrauen und waren gespannt.

»Das sag ich nicht. Würdet ihr doch auch nicht tun. Wie nennt sich das noch mal? Quellenschutz?«

»Ja, das ist schon richtig«, bestätigte Brinkhaus, »es wundert uns natürlich trotzdem, warum so einer wie Sie … also … Sie sind ja kein Journalist, das meine ich.«

Clausnitzer ergänzte: »Das, was Sie auf Ihrem *YouTube*-Kanal so machen, ist ja sonst auch nicht so journalistisch, es ist ja eher Unterhaltung.«

23

»Aufklärung nennt sich das.« Lonzo hob belehrend den Zeigefinger. »Es gab mal eine ganze Epoche, die so hieß. Ansonsten: Ich mache das, wozu ich Lust habe. Das unterscheidet mich von Cracks wie euch. Ich habe keinen Druck.«

»Keinen Druck? Bei 10 Millionen Abrufen?«

»Nein. Das Video ist ja nicht mal monetarisiert. Ich muss damit kein Geld verdienen.«

»Das ist … in der Tat traumhaft.« Brinkhaus startete ein auf dem Konferenztisch liegendes Aufnahmegerät. »Wo wir nun schon mitten im Gespräch sind, sollten wir auch vielleicht offiziell das Interview starten. Lonzo, Ihr *YouTube*-Video *Die Zerstörung der DDR* hat innerhalb von einer Woche mehr als zehn Millionen Abrufe auf *YouTube* generiert. Es ist nicht nur seit Tagen ein großes Medienthema, es führt nun auch zu diplomatischen Verwicklungen. Die Ständige Vertreterin Lichtenberg ist aus der DDR ausgewiesen worden. Was war das Ziel Ihres Videos?«

»Eigentlich hat das doch jeder gewusst, was ich da erzähle. Die DDR stellt doch viele Produkte für den Westen her, während im eigenen Staat Mangelwirtschaft herrscht. Aber hier ging es ja um Gesundheit. Es wären weniger Menschen in der DDR gestorben, wenn genug Impfstoff da gewesen wäre. Heute haben wir das Schlimmste hinter uns, aber 2021 war die Lage noch eine andere.«

»Abgesehen davon, dass die DDR lange abstritt, dass es überhaupt Corona-Tote gibt.« Brinkhaus lächelte zufrieden. »Den Beweis dafür haben übrigens wir damals mit einer investigativen Recherche geliefert.«

Lonzo nahm genüsslich einen Schluck Cola. »Wir haben Verwandte drüben, ein Großonkel starb an Corona. Daher wusste ich das jedenfalls auch ohne Ihr Magazin gelesen zu haben.«

»Waren Sie schon einmal in der DDR?«, fragte Udo Lauer.

»Als Kind zuletzt, ja. Was soll ich da? Ich unterstütze doch keinen Staat, der sogar auf seine eigenen Bürger schießen lässt wie damals 1992.«

»1993!«

»Der seine Bürger einsperrt. Diese scheiß Mauer steht schon 61 Jahre. Selbst mein Vater kennt kein Deutschland ohne Mauer und Stacheldraht.«

Clausnitzer spitzte skeptisch die Lippen. »62 Jahre. Aber die DDR wird von der Sowjetunion beherrscht. Sie könnte gar keine demokratischen Reformen durchführen, selbst wenn sie es wollte.«

»Aber einen gewissen Freiraum hätten sie schon. Ich höre jedenfalls immer wieder, dass in Ungarn, in der Tschechoslowakei oder in Jugoslawien vergleichsweise mehr Freiheiten herrschen. Vor allem tut man dort aktiv was für den Klimaschutz, mehr sogar als bei uns in Westdeutschland. Auch da scheißt die DDR auf die Gesundheit der Menschen. Selbst die Sowjetunion hat ein riesiges Klimaschutz-Programm angekündigt, im Gegensatz zu Trump.«

»Der US-Präsident ist ja oft Thema in Videos von Ihnen.«

Lonzo lachte. »Ja, weil der Typ irre ist. Ich hasse den Kerl. Der baut selber eine Mauer, um sich von Mexiko abzuschotten. Und dann hält er zum 60. Jahrestag eine Gedenkrede an der Berliner Mauer. Cringe.«

Brinkhaus warf ergänzend ein: »Trump soll sogar nach seinem Berlin-Besuch die Mauer als vorbildlich für seine geplante Mexiko-Grenze gelobt haben. Wird zumindest kolportiert.«

»Die Quelle dafür ist aber zweifelhaft«, betonte Lauer.

Lonzo schüttelte sein grünes Haar. »Ja, lol ey. Warum wurde der Typ eingeladen?«

»Weil er der US-Präsident ist«, antwortete Lauer. »Die Amerikaner haben ihn 2020 ja sogar wiedergewählt.«

»Ja, mit dem scheiß Kalten Krieg lässt sich Stimmung machen«, stellte Lonzo fest, »die Sowjetunion als Endgegner.«

»Es gab eine riesige Demo in Berlin, als Trump da war. Es waren über 100.000 Menschen. Auch wenn die Polizei nur von 30.000 spricht. Ich hab' mal nachgesehen: Sie waren nicht da und haben stattdessen mit einer anderen YouTuberin an dem Tag eine Eierlauf-Challenge veranstaltet.«

»Ich gehe nicht auf Demos, ist mir zu viel Trubel. Zumal ich andauernd erkannt und belagert werde.«

»Aber gerade Sie hätten doch ein Zeichen setzen können.«

»Der wirklich effektive Widerstand findet im Netz statt. Dort kann er nur schwer zensiert werden, dort erreicht er viel mehr Menschen. Und dort werden Unbeteiligte nicht in Gefahr gebracht. Das ist moderner Widerstand.«

»Also, auf die Straße zu gehen halten Sie für altbacken?«

»Was sollen wir denn tun? Uns auf der Straße festkleben? Ich kann jedenfalls nicht sehen, dass die 100.000 Demonstranten irgendwas erreicht hätten.«

»Was halten Sie eigentlich von der Seite *deinevideos*?«, fragte Brinkhaus. Die Seite *deinevideos.dd* war eine Art *YouTube* der DDR. Vlogger konnten dort ihre Videos hochladen und veröffentlichen. Allerdings wurde es streng kontrolliert, kein Video wurde ohne vorherige Prüfung freigeschaltet. Jegliche kritische Äußerung zur Regierung der DDR, zum Sozialismus, zur Sowjetunion waren laut AGB strengstens untersagt und wurden nicht genehmigt. In der Regel folgten bei Verstoß die Sperrung des Kanals und ein persönlicher Besuch bei den betroffenen Personen. Wer seine persönlichen Daten nicht nachprüfbar angab, durfte ohnehin keine Videos hochladen. Nichts war anonym.

»Was soll ich davon halten? Das ist reiner Propagandashit. Ist doch kein Wunder, dass so viele in den Untergrund gegangen sind und lieber bei *YouTube* veröffentlichen oder bei *Twitch* oder anderswo. Und es gelingt ihnen ja auch ohne große Anstrengungen, weil diese DDR-Honks andererseits dann auch zu blöd sind, das zu verhindern.«

»Sie haben Kontakte in die Aktivisten-Szene der DDR, nicht wahr?«, fragte Clausnitzer neugierig.

Lonzo antwortete schmallippig: »Gelegentlich. Allerdings meist anonym, ich kenne kaum reale Namen. Die trauen niemandem, auch mir nicht. Ist auch richtig so.«

»Perry wurde bei *deinevideos* sehr schnell gesperrt.«

»Ja.« Lonzo lachte auf. »Derjenige, der die mit Abstand erfolgreichsten Videos da macht und diesen Laden nach vorn gebracht hätte, wird als Erster gesperrt. Und was war noch mal die Begründung?«

Brinkhaus blätterte kurz in seinen Unterlagen. »Staatszersetzende Inhalte.«

»Weird, oder? Da tritt jemand für Demokratie, Gleichberechtigung, Menschenrechte ein – und dann ist ER derjenige, der staatszersetzend ist. Diese veraltete DDR versteht das Netz nach wie vor nicht. Die Typen da in Ost-Berlin wollen die digitale Revolution mit analogen Mitteln bekämpfen. Aber kann uns ja nur recht sein.«

»Seit Perry im Gefängnis sitzt, gab es zumindest keine neuen Videos mehr von ihm – auch keine auf *YouTube* veröffentlichen. Also sitzt der Staat am Ende doch am längeren Hebel.«

»Der Widerstand im Netz besteht ja nicht nur aus Perry. Allein *DDR-Leaks* auf Twitter hat über 900.000 Follower. Und was haben die nicht schon alles ans Licht gebracht? Zum Beispiel kürzlich diese Geschichte von einem Insider aus dieser Bonzensiedlung.«

»Wandlitz.«

»Die baden in westlichem Mineralwasser, holen sich Nutten ins Haus, saufen französischen Champagner. Ich kam aus dem Kopfschütteln gar nicht mehr heraus – kann man in dem *Reaction-Video* sehen, das ich gemacht habe.« Lonzo musste noch einmal lachen, als er nun daran dachte.

Clausnitzer klopfte mit dem Kugelschreiber auf dem Tisch herum. »An der Story mit Wandlitz haben wir auch gesessen, *DDR-Leaks* kam uns zuvor. Wir hätten es eben noch etwas besser recherchiert gebracht.«

Lonzo schlug erschöpft die Hände auf die Schenkel. »Leute, kapiert endlich, dass es eine neue Art von Journalismus gibt. Kommt endlich in der neuen Zeit an. Wenn die DDR es nicht kapiert, ist das deren Problem. Aber ihr seid doch klug genug, es zu verstehen. Oder etwa nicht?«

»Nun gut. Werden Ihre Informanten aus der DDR Sie noch weiter beliefern? Haben wir noch mehr brisante Infos zu erwarten?«

Lonzo lehnte sich entspannt zurück und verschränkte zufrieden die Arme. »Abwarten.«

@Kapitalistenpig auf Twitter:
Ich weiß gar nicht, welche Funktion diese #Lichtenberg eigentlich hatte. Kostet uns Steuerzahler nur unnötig Geld. Die #BRD sollte alle diplomatischen Beziehungen zur #DDR abbrechen. Und hört auf, dieses Verbrecherregime auch noch mit euren Westgeldern zu unterstützen. Fahrt nicht in die DDR – auch nicht für einen Tag!

Samstag, 22. Juli 2023 – ZDF heute

»Bonn – Bundeskanzler Erhard Möller wird am Morgen zu einer kurzfristig anberaumten Bundespressekonferenz erwartet. Einer aktuellen Umfrage des Meinungsforschungsinstitutes ›infas‹ zufolge hat die Union gegenüber der letzten Erhebung 3 % verloren. Die Grünen haben hingegen zugelegt und liegen nur noch 2 % hinter CDU und CSU. Die SPD verharrt weiter in einem Rekordtief, ebenso die FDP. Die Liberalen müssen um den Wiedereinzug in den Bundestag bangen. Die rechtsextreme DVU, die zwischenzeitlich sogar 5 % erreichte, liegt bei nur noch 3 %. Das Institut befragte die Bürgerinnen und Bürger auch zu den ihrer Meinung nach drängendsten Themen. Am häufigsten genannt wurden Kriegsgefahr und Angst vor der Sowjetunion, gefolgt von der Diskussion um die Folgen der Corona-Krise. Die Themen Klimaschutz, Migration und Bildung folgen mit deutlichem Abstand.«

Samstag, 22. Juli 2023 – Bonn, Bundespressekonferenz

Bundeskanzler Erhard Möller betrat den Saal der Bundespressekonferenz mit einem demonstrativen Lächeln. Sein Auftritt vor den Hauptstadtjournalisten war überfällig. Da es terminlich nicht anders zu machen war, fand die BPK ausnahmsweise an einem Samstag statt – was die Dringlichkeit unterstrich. Möller hatte sich bislang noch nicht zu den diplomatischen Problemen mit der DDR geäußert. Nur sein Regierungssprecher, neben dem er Platz nahm, hatte sich zuvor mit einem Statement an die Presse gewandt. Zudem stand für Anfang August ein Treffen zwischen Möller und dem Staatsratsvorsitzenden der DDR, René Klipkow, in Ost-Berlin bevor. Es war ein lange vorbereitetes und immer wieder (angeblich pandemiebedingt) verschobenes Treffen, das als Antwort auf einen Besuch von Klipkow in Bonn im Spätsommer 2019 verstanden werden sollte. Einige Medien spekulierten schon darüber, ob es nun womöglich erneut abgesagt würde. Es gab viele Fragen.

Möller war inzwischen zehn Jahre im Amt, zur Bundestagswahl im Jahr 2025 wollte er noch einmal antreten. Gerüchten zufolge war es sein Ehrgeiz, als Kanzler mit der längsten Amtszeit in die Geschichte der Bundesrepublik einzugehen. Den Rekord hielt mit 14 Jahren immer noch der erste Bundeskanzler der Bundesrepublik, Konrad Adenauer. Möller brauchte also noch etwa drei weitere Jahre.

Lutz Weinland, der Regierungssprecher, war ein junger, dynamisch wirkender Mann, den Möller von einem öffentlich-rechtlichen Sender abgeworben hatte. Dies wurde von Beobachtern als erster Schritt zu einer sichtbaren Verjüngung der Regierung verstanden. Auch eine Kabinettsumbildung war im Gespräch, solche Pläne bestritt Möller aber vehement. Der Bundeskanzler musste mit seinen inzwischen 68 Jahren allerdings schon zusehen, dass auch die junge Generation ihm und seiner Regierung Vertrauen schenkte. Aber da stand seine Partei schlecht da: Vor allem die Grünen waren es, die bei Erstwählern besonders gut abschnitten. Sofern Möller selbst dieses Vertrauen nicht ausstrahlte, mussten es dann eben andere um ihn herum tun. Immerhin war Möller im Vergleich zu seinem 84-jährigen Amtskollegen aus der DDR, René Klipkow, noch deutlich jünger.

Die Bundespressekonferenz war ein Verein von Hauptstadtjournalisten, dessen Vorsitzende nach einer kurzen Begrüßung das Wort an den Regierungssprecher Lutz Weinland übergab.

Der wiederum begrüßte die gut 100 Journalistinnen und Journalisten aus dem In- und Ausland ebenfalls formal freundlich und übergab das Wort schließlich an Möller. Die Unruhe im Saal, die von den anwesenden Damen und Herren verbreitet wurde, verringerte sich. Möller wartete noch bewusst so lange, bis ein erträgliches Maß an Ruhe eingekehrt war.

»Herzlichen Dank.« Möller lächelte Weinland kurz an, dann sprach er weiter. »Meine Damen und Herren, die Ausweisung von Magdalena Lichtenberg als Ständige Vertreterin der Bundesrepublik Deutschland aus der DDR ist ein für uns nicht hinnehmbarer Akt. Wir erkennen die DDR als souveränen Staat an, nicht jedoch als ausländischen Staat. Die Deutsche Einheit bleibt für uns ein staatliches Ziel, auch wenn sie im Moment als nicht realistisch angesehen werden kann. Dass die DDR-Führung die Ständige Vertreterin ausweist, zeugt von einem gehörigen Maß an mangelnder Sensibilität gegenüber den deutsch-deutschen Beziehungen – erst recht im Hinblick auf das Treffen zwischen mir und dem Staats- und Parteichef der Deutschen Demokratischen Republik Anfang August. Das Video des Netzaktivisten Lonzo will ich hier nicht weiter beurteilen, aber es ist Ausdruck der Meinungs- und Pressefreiheit in unserem Land.«

Die anwesenden Journalistinnen und Journalisten hörten konzentriert zu. Immer wieder waren Geräusche von Fotoapparaten zu hören und kleine Blitzlichtgewitter zu sehen. Etliche Fernsehkameras, von denen fünf die Konferenz live in Fernsehen und Internet übertrugen, standen dicht nebeneinander.

Möller sprach weiter. »Der 13. August ist in der deutschen Geschichte ein trauriger Tag, der aus guten Gründen im Jahr 1997 Feiertag in der Bundesrepublik wurde und den wir in diesem Jahr zum 26. Mal begehen. Im Jahr 1961 wurde die Berliner Mauer gebaut. Im Jahr 1993 nahmen Bürgerinnen und Bürger der DDR ein Menschenrecht wahr, indem sie für Demokratie und Freiheit auf die Straße gingen. Sie wählten ganz bewusst diesen 13. August. Dass DDR-Soldaten, unterstützt von sowjetischen Panzern und sowjetischen Soldaten, auf diese Menschen schossen und dabei mehr als 80 Menschen starben, klafft bis heute wie eine offene Wunde im Gedächtnis unserer Nation. Mein Appell an die DDR-Führung ist, Andersdenkende nicht einzusperren, sondern sofort freizulassen und ihnen auch das Grundrecht auf Demonstration zu gewähren.«

Möller erklärte noch einige Eckpunkte des aktuellen Regierungshandelns, dann ergriff Regierungssprecher Weinland das Wort. »Vielen Dank, Herr Bundeskanzler. Wir kommen zu den Fragen. Die erste hat Ulrich Knauser von der Süddeutschen.«

»Herr Bundeskanzler, wird es bei dem geplanten Gipfel zwischen Ihnen und dem DDR-Staatsratsvorsitzenden Klipkow am 2. August in Ost-Berlin bleiben?«

»Von unserer Seite ja. Die DDR-Führung müssen Sie selbst fragen, sie ist der Gastgeber.«

Weinland zeigte auf eine Journalistin in der ersten Reihe: »Marina Thümler von ntv.«

»Herr Bundeskanzler, haben Sie das Video von Lonzo in voller Gänze gesehen und was halten Sie davon? Er spart darin ja auch nicht mit Kritik an Ihnen und wirft Ihnen vor, den Handel mit dem Impfstoff *MV-21* unterstützt zu haben.«

»Nein, ich habe das Video nicht gesehen. Mir wurden aber einige Details berichtet.«

»Nachfrage von Frau Thümler.«

»Sie haben das Video nicht gesehen, obwohl zehn Millionen andere es gesehen haben?«

Möller antwortete: »Ich bin dazu noch nicht gekommen. Ich kenne mich mit diesem *YouTube* nicht allzu gut aus. Unseren Kanal dort betreuen andere Leute, die davon Ahnung haben.« Unter den Journalisten brach ein wenig Gelächter aus. »Was *MV-21* angeht: Die Untersuchungen zu dieser Angelegenheit laufen. Lassen Sie es mich etwas sarkastisch ausdrücken: Dass die klamme DDR Geld aus dem bösen Westen braucht, ist auch nichts Neues. Sollten Bürgerinnen und Bürger der DDR wegen zu knapper Impfdosen gestorben sein, wäre dies natürlich ein Versagen der DDR-Regierung und eine Rücksichtslosigkeit der Bevölkerung gegenüber. Wir haben auf dem Höhepunkt der Klinik-Krise eine größere Zahl von Beatmungsgeräten in die DDR geschickt, obwohl auch bei uns in der Bundesrepublik die Versorgung knapp war. Ich erinnere daran, dass wir damals dafür kritisiert wurden von hiesigen Journalisten. Einige von denen sind ja heute auch hier. Außerdem hatten wir der DDR angeboten, eine größere Zahl an Corona-Erkrankten bei uns aufzunehmen. Das wurde von Ost-Berlin abgelehnt.«

»Sebastian Hertz vom Redaktionsnetzwerk Westdeutschland.«

»Herr Bundeskanzler, Sie haben nicht Stellung genommen zu dem Punkt, dass die Bundesregierung den Handel mit dem Impfstoff *MV-21* aktiv unterstützt habe.«

»Weil es natürlich nicht stimmt.« Möller wurde härter im Ton und unruhig. »Die Bundesregierung hat keinerlei Maßnahmen unterstützt, die dazu geführt haben, dass in der DDR zu wenig Impfstoff vorhanden ist. Solche schmutzigen Deals lehne ich ab.«

»Sie wussten also von diesem Deal nichts?«

»Die DDR-Führung behauptete, es gäbe eine Überproduktion von Impfstoffen und die Versorgung der DDR-Bevölkerung sei gewährleistet. Auch davon habe ich aber erst nach Auslieferung der Impfdosen erfahren. Es war ein privatwirtschaftlicher Deal – jedenfalls von unserer Seite.«

»Als Nächstes auf der Liste habe ich Herrn Kopp vom Rheinischen Merkur.«

»Herr Bundeskanzler, das verheerende Hochwasser in Nordrhein-Westfalen und Rheinland-Pfalz hat sieben Tote gefordert. Welche Konsequenzen ziehen Sie aus dieser Katastrophe?«

Möller antwortete: »Zunächst einmal ist es erfreulich, dass unser intaktes und vor zwei Jahren komplett modernisiertes Sirenensystem gut funktioniert hat. Ein Smartphone oder ein Laufband im Fernsehen kann eben nicht den warnenden Ton einer Sirene ersetzen. Es hätten also noch viel mehr Menschen sterben können, wenn sie nicht durch Sirenen rechtzeitig gewarnt worden wären. Dennoch haben Sie recht: Jeder Tote in einer solchen Katastrophe ist einer zu viel. Die Angehörigen und auch alle anderen vom Unglück Betroffenen können sich auf unsere unbürokratische Hilfe verlassen. Ansonsten sehen wir hier die dramatischen Folgen des Klimawandels. Und ich kann nur noch einmal an die Ostblock-Staaten, insbesondere an die DDR-Regierung, meinen dringenden Appell richten, dieses weltweite Problem, das zu einer Bedrohung der Menschheit werden kann, endlich ernst zu nehmen.«

Weinland vergab erneut das Wort. »Dann bitte Ulrike Hausmann von der Bild.«

»Herr Bundeskanzler, nach derzeitigen Umfragen könnte es sein, dass Sie im kommenden Jahr abgewählt werden und möglicherweise eine Frau Ihre Nachfolgerin wird, nämlich Frau Wackernagel von den Grünen. Unabhängig von der Parteizugehörigkeit: Wäre es nach dann 75 Jahren Bundesrepublik nicht auch mal langsam Zeit für eine Bundeskanzlerin?«

Möller schmunzelte. »Ich hätte nichts dagegen, wenn eine Frau mir nachfolgen würde. Aber es wäre mir schon lieb, wenn sie von meiner eigenen Partei kommen würde.«

Weinland beugte sich wieder Richtung Mikrofon. »Tilo Gericke vom Neuen Deutschland.«

Die Zeitung *Neues Deutschland* galt als zentrales Organ der DDR-Regierung. Gericke war als BRD-Korrespondent für die Zeitung tätig und als Mitglied der Bundespressekonferenz nicht unumstritten. Immer wieder wurde von anderen Journalisten sein Ausschluss gefordert, was er aber stets für seine Zwecke auszuschlachten verstand, indem er darlegte, wie undemokratisch die Presselandschaft in der BRD sei, wenn sie Andersdenkende ausschließen wolle. »Herr Möller, Sie haben vorhin den 13. August erwähnt. Ich interpretiere Ihre Äußerung so, dass Sie Bürgerinnen und Bürger der DDR damit indirekt aufrufen, auf die Straße zu gehen, obwohl seitens der Regierung ein klares Verbot ausgesprochen wurde. Finden Sie es verantwortbar, sich in dieser Weise in die Belange eines anderen Staates einzumischen?«

Möller holte einmal Luft. Er spürte, dass auch unter den Medienvertretern sich Missmut über diese Frage breitmachte. Aber Gericke war bekannt für seine provokativen Fragen an die Bundesregierung. Kritiker hielten ihm wiederum vor, er solle doch bitte an den Staatsratsvorsitzenden der DDR ebenso harte Fragen stellen. Doch darauf antwortete Gericke stets, dass er Korrespondent in der BRD sei und deshalb sein Fokus sich auf die Bundesregierung richte.

Möller mühte sich, gelassen zu bleiben. »Wissen Sie, ich fände es schöner, wenn Sie meinen Aufruf als Appell an die DDR-Regierung verstehen würden. Es ist schlimm genug, dass Menschen eingeschüchtert werden, obwohl sie einfach nur ihre Meinung äußern möchten.«

»Nachfrage von Herrn Gericke.«

»Herr Möller, Sie haben meine Frage nicht beantwortet. Rufen Sie Bürgerinnen und Bürger der DDR dazu auf, am 13. August gegen ein offizielles Verbot durch die Regierung zu verstoßen?«

»Ich rufe zur Meinungsfreiheit auf. Das ist ein Grundrecht. Sie können hier auch Ihre kritischen Fragen stellen und niemand von der Stasi kommt und führt Sie ab.«

»Herr Möller …«

Weinland mischte sich ein: »Entschuldigung, es ist nur eine Nachfrage gestattet.«

Gericke ließ sich davon nicht beeindrucken und stand von seinem Stuhl auf: »Rufen Sie Bürgerinnen und Bürger dazu auf, gegen Recht und Gesetz der Deutschen Demokratischen Republik zu verstoßen?« Im Saal wurde es unruhig, da Gericke sich nicht an die Hausordnung der Bundespressekonferenz hielt. Möller antwortete trotzdem: »Ich bin nicht befugt, es ihnen auszureden.«

Plötzlich war es wieder ganz still im Saal. »Vielen Dank für diese Antwort.«

@DDRleaks auf Twitter:
Die Bundesregierung muss frühzeitig von dem Impfstoff-Deal mit der #DDR gewusst haben. Sowas geht doch gar nicht ohne Beteiligung der zuständigen Ministerien. Es ist absurd, dass #Möller von einem privatwirtschaftlichen Deal spricht. Es sind im Osten viele Menschen gestorben, weil ihnen der Impfstoff fehlte. Wir recherchieren weiter!

Samstag, 22. Juli 2023 – Ost-Berlin, Prenzlauer Berg

Opa Ramelow saß in seinem alten abgegriffenen Sessel und schaute dem Treiben von Tochter Caren und Enkelin Laura neugierig und zugleich demonstrativ kopfschüttelnd zu. Sie waren gerade dabei, ein Fernsehgerät aus einem sperrigen Karton auszupacken. Es handelte sich um einen Flachbildfernseher der Marke RFT, ganz frisch vom Band aus dem Volkseigenen Betrieb, in dem Caren Ramelow arbeitete.

»Und das tat nun not?«, fragte Opa, »der alte war doch noch wunderbar intakt.«

»Opa, das war ein Röhrenfernseher«, klärte Laura auf, »sowas hat man eigentlich schon seit fünf Jahren nicht mehr. Also bei uns – im Westen seit zehn Jahren.«

»Selbst die Hildebrandts aus dem dritten Stock haben inzwischen so ein Ding«, ergänzte Caren, »und bei denen handelt es sich um ein altes Ehepaar Anfang 80.«

Opa Ramelow atmete tief durch. »Na ja, den alten können wir ja noch verkaufen.«

»Opa!« Lauras Stimme wurde lauter. »Das Teil kannste direkt ins Museum geben.«

Auf der antiken Anrichte, die Opa Ramelow einst aus seiner früheren Wohnung mitgebracht hatte, war im Laufe von 17 Jahren ein tiefer Abdruck des alten Fernsehers entstanden. Caren versuchte noch, mit Möbelpolitur die Stelle ein wenig zu kaschieren, aber es half nichts. Der Standfuß des neuen Gerätes war deutlich schmaler, weswegen der Fleck nun teilweise sichtbar blieb.

»Schön sieht es ja nicht aus«, stellte sie fest.

»Dann nimm doch eines der schönen Deckchen, die deine Mutter so gern gehäkelt hat«, schlug Opa vor.

»Ganz sicher nicht«, rief Laura aus, »das war vor 50 Jahren schick, aber nicht im Jahr 2023. Aber irgendwas wird sich schon finden.«

»Und was hat der nun gekostet?«, fragte Opa.

»900 Mark.«

»Was? So viel? Obwohl du dort arbeitest? Das ist doch Schikane. Halunken sind das.«

»Pssst! Nicht so laut, Opa!« Caren warf reflexartig einen Blick aus dem Fenster, das einen Blick auf die auch nach 21

Uhr immer noch belebte Prenzlauer Allee bot, auf der gerade bimmelnd eine Straßenbahn Richtung Alexanderplatz entlangfuhr. Sie sprach leise weiter: »Nur weil ich da arbeite, bekomme ich sowas nicht geschenkt. Da könnte ja jeder kommen.«

»Es sei denn, du bist in der Partei. Dann schließen Sie dir den Fernseher sogar an.«

Caren wurde kurz laut. »Opa!«

Laura verband das Antennenkabel mit der Buchse des Fernsehgerätes und schloss das Gerät an den Strom an. Zwei beiliegende kleine Batterien legte sie in das Fach der Fernbedienung. Dann startete sie den Fernseher. Das TV-Programm der DDR bestand aus fünf Sendern: *DDR 1*, *DDR 2*, *DDR Film*, *DDR Kinder* und *DDR Doku*. Die Programme Westdeutschlands zu empfangen war schwierig geworden, denn sie wurden in das Kabelnetz der DDR nicht eingespeist – trotz massiver Proteste der Bevölkerung. In Westdeutschland, wo digitales Fernsehen längst Einzug gehalten hatte, wurde deshalb der TV-Empfang über Antenne weiterhin aufrechterhalten. Somit war es DDR-Bürgern möglich, über den klassischen Antennenweg West-Fernsehen zu empfangen. Antennen wurden allerdings in der DDR nicht mehr im Handel verkauft. Es war alles so kompliziert geworden durch diese digitale Welt. Und der Staat tat alles, um den Empfang von Westmedien zu unterbinden.

»Oh ne!« Opa stampfte mit dem rechten Hauspantoffel auf dem Fußboden auf. »Das Erste, was ich auf diesem blöden neuen Fernseher sehe, ist der.«

Samstagabends, früher montagabends, lief seit vielen Jahrzehnten die Sendung »Der schwarze Kanal« – bis 1998 moderiert und verantwortet von Karl-Eduard von Schnitzler. Sein Nachfolger war der inzwischen 71-jährige Arno Wechberger. In den 15 Minuten an jedem Samstag, direkt vor Beginn der großen Samstagabendshow auf *DDR 1*, wurden Ausschnitte aus Sendungen des BRD-Fernsehens gezeigt und kommentiert. Hierbei ging es insbesondere darum, die Gefahren des Imperialismus anhand von Beispielen aus dem westlichen TV-Programm deutlich zu machen. In der DDR-Bevölkerung war Arno Wechberger verspottet als »Arno Wech«, denn bevor sein Name vollends ausgesprochen wurde, hätten die meisten Bürger schon weggeschaltet, so der kursierende Witz. Schon bei seinem Vorgänger gab es diesen Witz, der als »Karl-Eduard von Schni« in die Geschichte einging. Mit »Wech« funktionierte der Gag natürlich noch besser.

Wechberger saß in einem schwarzen Sessel vor Greenscreen und kommentierte einen Ausschnitt der im Hintergrund laufenden Mittagsausgabe der westdeutschen ARD-Tagesschau. Zu sehen war Bundeskanzler Eduard Möller in der Bundespressekonferenz vom Vormittag.

»Mein Appell an die DDR-Führung ist, den 13. August als Chance zu verstehen, mit den Bürgerinnen und Bürgern ins Gespräch zu kommen, ihnen Freiraum zu geben, das grundsätzliche Recht auf Meinungsfreiheit nicht zu missachten.«

In diesem Moment stoppte das Bild, Bundeskanzler Möller war mit aufgerissenem Mund eingefroren. Arno Wechberger, der sich während der Betrachtung des Tagesschau-Ausschnitts über seinen Kinnbart gestrichen hatte, wandte sich den Zuschauern zu.

»Sie haben es selbst gehört, meine Damen und Herren. Der BRD-Kanzler ruft Sie, jeden Einzelnen von Ihnen, zu einer strafbaren Handlung auf. Es zeigt das Verständnis, das diese imperialistischen Leute, die dem Kapital auf Gedeih und Verderb gehorchen, gegenüber Recht und Gesetz haben. Und er ergänzt es dann noch mit einem frechen Satz, nämlich diesem.« Nun war Möllers Satz *»Ich bin nicht befugt, es ihnen auszureden«* zu hören.

»Mach das bitte aus«, bat Caren, ihre Stimme brach. Sie strengte sich an, ihre Emotionen im Zaume zu halten, ein paar Tränen flossen ihr dennoch über die Wangen.

»Setz dich«, bat Laura und half ihrer Mutter, der gleich die Beine wegzuknicken drohten, auf das aus der Zeit gefallene Kunstleder-Sofa aus den 80er Jahren. Im selben Augenblick schnappte Laura die Fernbedienung und schaltete das Fernsehgerät ab.

»Auch nach 30 Jahren lässt es mich nicht los«, jauchzte Caren.

Opa Ramelow zitterte, aber eher vor Wut. »Mich ebenso wenig! Meinen Sohn haben sie mir genommen, diese Verbrecher.« Caren rückte über das Sofa und ergriff seine Hand.

»Ich hätte ihn gern kennengelernt«, sagte Laura fast ein wenig träumerisch, »er muss ein mutiger Mann gewesen sein.«

Lauras Vater war Carens zweiter Mann, der 2017 an Krebs gestorben war. Seitdem bewohnte Caren mit ihrem Schwiegervater aus erster Ehe und ihrer Tochter aus zweiter Ehe diese Wohnung in der Prenzlauer Allee. Opa war also eigentlich formal betrachtet gar nicht Lauras Opa – emotional aber schon. Zusammenhalt war das, was ihnen wichtig war – gerade in diesen Wochen, wo Marc im Gefängnis saß, Carens Sohn aus erster Ehe.

»Ich hoffe nur, dass es Marc gut geht.« Caren schaute wieder Richtung Fenster. »Seit sechs Wochen halten sie ihn da jetzt schon fest. Und uns lassen sie im Unklaren.«

»Warum dürfen wir ihn nicht wenigstens mal besuchen?«, fragte Laura.

»Na, warum wohl?« Opa Ramelow empfand die Frage als überflüssig. »Schikane. Die wollen ihn fertig machen – und uns auch.«

»Wir werden uns schon zu wehren wissen«, sprach Laura sanft, aber entschlossen.

»Nein.« Caren drückte Lauras Handrücken fest. »Nichts riskieren. Du hast ein Studium – und schon morgen kann es damit vorbei sein. Marc haben sie es auch weggenommen. Bitte bleib unauffällig, deiner Mutter zuliebe. Das ist es alles nicht wert. Marc hat mit seinen Aktivitäten nur sich selbst geschadet – und uns obendrein. Schmeiß deine Zukunft nicht weg.«

»Welche Zukunft denn, Mama? In diesem Staat?«

»Wenn etwas schlimm ist, dann ist es doch töricht, es noch schlimmer zu machen.«

Laura antwortete nicht. Sie gab ihrer Mutter nur wortlos einen Kuss auf die Wange.

@ErichsEnkel auf Twitter:
Ihr regt euch alle über diesen Impfdosen-Deal auf. Aber trotzdem habt Ihr euch doch gern impfen lassen mit dem Zeug. Euch sind doch die angeblichen Brüder und Schwestern in der #DDR völlig egal. Der Sozialismus entwickelt das Zeug und der Kapitalismus schiebt das Geld rüber. So läuft es immer.

Sonntag, 23. Juli 2023 – DDR 1, Aktuelle Kamera

»Berlin – Der Generalsekretär des Zentralkomitees und Vorsitzende der Sozialistischen Einheitspartei Deutschlands, René Klipkow, ist Spekulationen entgegengetreten, er werde noch in diesem Jahr sein Amt aufgeben. Klipkow sagte am späten Samstagabend, er genieße das volle Vertrauen des Politbüros. Er habe nicht die Absicht, von seinem Amt zurückzutreten. Gerade jetzt brauche die DDR Stabilität und Verlässlichkeit. Mit ihm an der Spitze werde die DDR die Herausforderungen der Digitalisierung und der Zeit nach Covid-19 meistern. Im September feiert der Generalsekretär sein 30. Amtsjubiläum.«

Sonntag, 23. Juli 2023 – Ost-Berlin, Ministerium für Staatssicherheit

Der Staatsratsvorsitzende René Klipkow lächelte freundlich von dem vier mal drei Meter großen Bild an der beigegestrichenen Wand im Sitzungssaal VI. Klipkow sah so wie auf dem Bild schon lange nicht mehr aus. Inzwischen war er ja 84 Jahre alt, zum Zeitpunkt des Fotos dürfte er Mitte 60 gewesen sein. Seit 1993 war er nun im Amt. Damals, mit 54, galt er als Hoffnungsträger, als Modernisierer der DDR. Er hatte Erich Honecker abgelöst, nachdem dieser offiziell aus Altersgründen, aber inoffiziell aufgrund des Massakers auf dem Alexanderplatz, zurückgetreten war. Es waren damals schwierige Zeiten, die DDR stand weltweit in der Kritik. Und immer wieder gab es Versuche von Reformern in der UdSSR, in der DDR und anderen Staaten des Warschauer Paktes, dem sozialistischen System ein Ende zu bereiten – ohne Erfolg. Die DDR feierte im Oktober 2019 ihr 70-jähriges Bestehen mit viel Pomp, einer großen Parade und einem René Klipkow, der trotz seiner damals 80 Jahre entschlossen wirkte, weiter im Amt zu bleiben. Selbst die Corona-Erkrankung im Jahr 2021 hatte er ohne Nachwirkungen überstanden – während sein 20 Jahre jüngerer Verteidigungsminister es nicht überlebte. Klipkow schien die Absicht zu haben, wie ein Papst im Amt sterben zu wollen. Zu einem gesellschaftlichen Running Gag waren inzwischen die Klipkow-Witze geworden, in denen sich über Klipkows hohes Alter lustig gemacht wurde (»Wusstest du, dass der Klipkow die Mauer mitgebaut hat?« – »Die Berliner Mauer?« – »Nein, die Chinesische Mauer«).

Generalmajor Ulrich Kaulitz, Generalleutnant Hans Krömer sowie Ingrid Laab, Leiterin der Abteilung Agitation und

Propaganda im Ministerium für Staatssicherheit (MfS) und Brigitte Kaiser, Leiterin des Bereichs Neue Medien im MfS, versammelten sich im Saal VI um 11 Uhr – ausnahmsweise an einem Sonntag. Es war viel passiert in den vergangenen Tagen – und nun musste reagiert werden, nicht zuletzt, was die Öffentlichkeitsarbeit anging. Es mussten ein paar Dinge auch mal konspirativer besprochen werden – und das ging in einem sozialistischen Staat sonntags am besten.

Der Sitzungssaal war kreisrund, einen Meter neben dem Klipkow-Porträt hing ein Flatscreen-Fernseher mit 58 Zoll Durchmesser. Ein solches Gerät war in den Geschäften in der DDR käuflich nicht zu erwerben, sondern gab es ausschließlich als Sonderanfertigung für Behördenleitungen und Mitglieder von Spitzengremien. Auch hochwertige Smartphones waren nur in kleiner Stückzahl verfügbar und kosteten ein Vermögen. Die einfachen Geräte aus dem Kombinat in Erfurt waren zwar leichter zu bekommen, hatten aber ein schlechtes Image, weswegen ohnehin die meisten DDR-Bürger ein westliches Gerät haben wollten. So war es früher schon mit den Autos und den Fernsehern – und nun auch mit den Telefonen. Beneidet wurden diejenigen mit guten Kontakten in den Westen, wenngleich die Nutzung etwa eines iPhones oder eines Galaxy-Smartphones offiziell nicht erlaubt war und obendrein eine gewisse technische Begabung des Besitzers erforderte, um das Gerät innerhalb des DDR-Netzes nutzen zu können. Die DDR-Behörden hatten es allerdings aufgegeben, gegen jeden Besitzer solcher Telefone Ermittlungen einzuleiten, stattdessen wurde es meistens stillschweigend akzeptiert – auf der Ebene hatte eine kleine Revolution durchs Volk funktioniert. Erich Honecker prägte einst den Satz: »Den Sozialismus in seinem Lauf hält weder Ochs noch Esel auf.« Analog könnte man dies auch für den technischen Fortschritt so formulieren.

»Sind Sie mit Perry weitergekommen?«, fragte Krömer und kratzte sich an seinem weißen Kinnbart.

Kaulitz schüttelte den Kopf. »Leider nein, Herr Generalleutnant. Aus dem ist nichts herauszubekommen. Vollkommen verblendet.«

»Wie gehen wir mit dem nun um?«, fragte Brigitte Kaiser, »das ist ein riesiges Thema im Internet, *freeperry* ist seit Tagen DER führende Hashtag auf Twitter.«

»Der was?«, fragte Krömer und wurde laut, »bitte sprechen Sie Deutsch mit mir.«

»Bitte entschuldigen Sie, Herr Generalleutnant. Ein Hashtag ist eine Art Stichwort, das besonders oft verwendet wird. Ein deutsches Wort gibt es dafür nicht.«

»Stichwort ist ein deutsches Wort, Frau Genossin«, unkte Krömer.

Ingrid Laab schaltete sich ein: »Wir versuchen, auf Twitter dagegen zu halten. Eine ganze Abteilung ist damit beschäftigt, über Fake-Accounts die Stimmung zu beeinflussen. Leider gelingt das nur in sehr begrenztem Maße. Unsere Genossen in Moskau haben aber bereits angekündigt, uns mit weiteren Accounts massiv zu unterstützen. Zum Glück kommt die Forschung bei künstlicher Intelligenz gut voran. Dies wird uns hier eine große Hilfe sein.«

»Wir hätten das auch ohne die Sowjetunion hinbekommen«, hakte Brigitte Kaiser ein und wirkte im Ton sehr aufgebracht. »Die Fake-Accounts sind nur allzu offensichtlich als solche zu erkennen. Ich habe mehrfach angeboten, dass meine Abteilung sich darum kümmert. Dafür wurden wir gegründet.«

»Ihre Abteilung ist doch ganz offensichtlich für das Datenleck verantwortlich, das diesem Hetzer mit den grünen Haaren seinen Stoff lieferte.«

Kaiser musste einmal tief durchatmen. »Dafür gibt es kei-

44

nerlei Beweise. Und das wissen Sie auch! Das MfS sollte sich endlich denen anvertrauen, die Ahnung von neuen Technologien haben. Ansonsten hat die Existenz meiner Abteilung keinen Zweck.«

»Bitte, meine Damen«, sprach Hans Krömer in ruhigen Worten und machte eine beschwichtigende Handbewegung, »beruhigen Sie sich!«

»Was ist mit unseren Aktivitäten auf YouTube?«, fragte Brigitte Kaiser nach, »hier kommen wir ja überhaupt nicht weiter.«

»Das geht nur mit gekauften BRD-Accounts, die bereits etabliert sind«, antwortete Laab, »wir haben schon einige Leute für uns gewinnen können, aber das dauert. Außerdem kostet das viel Geld, unser Budget ist nun mal sehr begrenzt. Diese *YouTube*-Stars verdienen ein Vermögen, wie sollen wir die mit unserem schmalen Etat kaufen?«

»Das ist ohnehin eine Schnapsidee«, bemerkte Krömer, »soweit kommt es noch, dass wir uns den Imperialisten ausliefern und ihnen Geld überweisen. Die sollen uns Geld überweisen, unser Staat hat die finanziellen Probleme.«

»Mit der Plattform *deinevideos* haben wir uns jedenfalls der Lächerlichkeit preisgegeben«, stellte Kaulitz fest, »die jungen Menschen in unserem Land können damit nichts anfangen.«

»Und den einzigen Star, den wir hatten und der auch im Westen Anerkennung fand, haben wir gesperrt und festgenommen«, ergänzte Brigitte Kaiser.

Nun wurde Krömer auch etwas lauter. »Ja, sollen wir diesen Perry etwa hemmungslos gegen unseren Staat und gegen den Sozialismus hetzen lassen? Wir brauchen ein Vorbild für unsere Jugendlichen, das hinter der Idee des Sozialismus steht. Das kann doch nicht so schwer sein.«

»Offenbar doch«, stellte Kaiser fest, »unsere Jugendlichen durchschauen das doch, wenn wir ihnen auf diese Weise kommen. Es ist doch auch kein Wunder: Die sehen in den westlichen Medien, im Internet, wie junge Menschen im Westen leben. Die Jugend definiert sich nun einmal über das Materielle.«

»Deswegen müssen wir noch stärker dafür sorgen, dass das Internet an der deutsch-deutschen Grenze endet«, forderte Krömer, »den Fernsehempfang haben wir ja bereits erschwert durch moderne digitale Möglichkeiten.«

»Abschotten bringt nichts und funktioniert auch nicht, Herr Generalleutnant.«

»Da gebe ich Frau Kaiser ausdrücklich recht«, betonte Kaulitz, »durch solche Maßnahmen wird es für unsere Jugendlichen nur noch interessanter.«

Brigitte Kaiser ergänzte: »Wir hätten Perry einbinden sollen, ihm noch mehr Privilegien anbieten müssen. So wie es unser Staat seit jeher mit Schlagerstars und Filmstars macht. Wir haben auf diese digitale Welt viel zu spät und viel zu naiv reagiert. Unsere Jugendlichen entgleiten uns.«

Ingrid Laab nickte hier sogar zustimmend. »Das sehe ich auch so. Wir müssen dort hingehen, wo unsere Jugendlichen sind. Und wir müssen es geschickter machen. Das ist alles viel zu durchsichtig und offensichtlich. Aber der Herr Staatsratsvorsitzende will das ja nicht hören. Was will man von einem 84-Jährigen auch erwarten, dessen einziger Medienkonsum nach wie vor sozialistische Tageszeitungen sind?«

»Höre ich hier gerade Kritik an unserem Staats- und Parteivorsitzenden?«, fragte Krömer entrüstet.

»Wenn Sie es nicht weitersagen?« Kaiser sah ihn mit scharfem Blick an. »Ich spreche nur aus, was viele denken. René Klipkow hat sich für unseren Staat zweifellos große Verdienste erworben. Aber wir brauchen dringend einen Generationswechsel.«

Krömer rang kurz mit sich. »Ich stimme zu, dass der Genosse Staatsratsvorsitzende auf diesem Gebiet wenig Reformfreude zeigt. Aber er ist nun mal der Staatsratsvorsitzende. Und wir haben ihm respektvoll die Ehre zu erweisen.«

Kaulitz hakte ein: »Zweifellos wäre ein jüngerer Nachfolger, der endlich die Digitalisierung unseres Staates vorantreibt, ein riesiger Schritt nach vorn. Wenn ich mir überlege, welche Möglichkeiten uns all das bieten würde. In der Überwachungstechnik, in der Identifikationstechnologie. Wenn wir wüssten, was jeder Bürger unseres Staates wann tut, dann hätten wir die nötigen Instrumente in der Hand, um diesen Staat von Verbrechen und faschistischen Ideologien zu befreien.«

Krömer nickte zustimmend. »Allerdings fehlt für die technischen Erneuerungen auch das nötige Geld. Ich bin der Meinung, dass wir die Abschottung vom Weltnetz weiter vorantreiben sollten. China, Nordkorea und unsere Genossen in der Sowjetunion machen das sehr erfolgreich. Dieses imperialistische Gedankengut darf die Jugendlichen gar nicht erst erreichen.«

»Das ist schlichtweg nicht möglich«, stellte Brigitte Kaiser fest, »die BRD hat allein in den Grenzregionen und vor allem in West-Berlin jede Menge Funkmasten aufgebaut, deren Strahlung auch in die DDR reicht. Dazu kommen unzählige Telefonleitungen in den Westen, die wir nicht alle kappen können. Von den Satelliten will ich gar nicht erst reden.«

»Nordkorea grenzt auch an das imperialistische Südkorea. Und trotzdem funktioniert es dort.«

Ingrid Laab ergänzte: »Der Staatsratsvorsitzende empfindet es als einen großen Schritt nach vorn, durch die Abschaffung des Antennenfernsehens den Empfang westlicher Sender eingeschränkt zu haben. Das Fernsehen über Kabel und Satellit lässt sich zielgenau steuern. Die Leute empfangen nur das, was sie empfangen sollen.«

Brigitte Kaiser verdrehte die Augen. »Wenn ich das schon höre. Die jungen Menschen gucken kein Fernsehen mehr. Das ist ja genau der Fehler, der gemacht wurde, sich auf das Fernsehen zu konzentrieren. *DDR-Superstar* – wer guckt das denn? Dieselben Rentner, die den ›Schwarzen Kanal‹ und *Ein Kessel Buntes* gucken.«

Ingrid Laabs Körpersprache wirkte hilflos. »Google im Internet der DDR zu sperren, war sicherlich eine gute Entscheidung. Aber ich weiß: Wer einigermaßen Kenntnisse hat, umgeht diese Sperre natürlich ohne Probleme.«

»So ist es. Statt andauernd zu versuchen, den digitalen Fortschritt zu verhindern, müssen wir ihn für unsere Zwecke nutzen.«

»Also schön. Genug der kritischen Worte.« Hans Krömer faltete erwartungsvoll die Hände. »Was schlagen Sie vor, Frau Kaiser?«

»Dass wir Perry frei lassen. Und zwar umgehend.« Es regte sich ein wenig Unruhe in der Runde.

»Welchen Sinn soll das haben?«, fragte Kaulitz.

»Es wird Fragen geben unter seinen Anhängern, warum er freigekommen ist. Der Hang zu Verschwörungstheorien heutzutage könnte unser Vorteil sein. Und wir werden zu diesen Verschwörungstheorien munter beitragen. Wir streuen Gerüchte, falsche Informationen, verbreiten gefälschte Beweise. Irgendwann wird die Wahrheit nicht mehr von der Lüge zu trennen sein. Und dann haben wir erreicht, was wir wollen.«

»Den Feind schwächen durch Misstrauen und Pseudo-Wahrheiten, meinen Sie?«, fragte Krömer nach, »sicherlich eine Methode, die funktionieren kann – aber nicht muss. Wir haben damit Erfolge erzielen können, aber es ging auch schon mal daneben.«

Ingrid Laab schüttelte den Kopf. »Solange wir nicht wissen, wo genau das Leck ist, laufen wir jederzeit Gefahr, dem Feind immer und immer wieder in die Hände zu spielen.«

Kaulitz ergriff die vor ihm auf dem Konferenztisch liegende Fernbedienung und schaltete den Flatscreen ein. »Nun, dann ist es wohl Zeit, Ihnen noch ein wichtiges Detail mitzuteilen.« Der Generalmajor sprang mit ein paar Tastenbewegungen auf YouTube. Dann erschien ein Standbild aus dem Video *Die Zerstörung der DDR* auf dem Bildschirm. Lonzo hielt darin ein Dokument hoch, das aus dem Ministerium für Staatssicherheit stammt. Kaulitz startete mit einem weiteren Tastendruck die Sequenz. Lonzo sprach:

»Hier, schaut euch das an. Das ist eine MfS-Anweisung, die Anfertigung von Schutzmasken und Impfdosen gegen Corona ausschließlich für den Export in die BRD durchzuführen. Das ist Mord am eigenen Volk.«

Kaulitz stoppte das Video. »Dieses Dokument existiert gar nicht in digitaler Form, ich habe das prüfen lassen. Lonzo muss es also von einem Informanten direkt im Ministerium haben, in Papierform. Und siehe da: Tatsächlich wurde in die Akten eine Kopie zurückgelegt, was im ersten Moment natürlich gar nicht auffiel. Die Akten werden aber nach einem bestimmten Prinzip geordnet, das nicht eingehalten wurde. Der Informant hat einen Fehler gemacht – nachdem er das Original mit einer Kopie ausgetauscht hatte und das Original in den Westen schmuggeln ließ.«

Krömer schlussfolgerte schnell: »Also gibt es ein Leck im Ministerium.«

»So ist es.«

»Es sollte wohl nicht allzu schwer sein, den Verräter ausfindig zu machen.« Krömer wandte sich Ingrid Laab zu. »Wie viele Personen haben theoretisch Zugang zu diesen Akten?«

»Die gesamte Dokumentationsabteilung, antwortete Laab, »und ein paar führende Beamte. So etwa 60 bis 70 Leute. Aber alle linientreu. Wir haben jeden Einzelnen geprüft und einem Einzelverhör unterzogen. Selbstverständlich haben wir den

Zugang nun erschwert, um einem solchen Vorgang künftig den Riegel vorzuschieben.«

»Besser ist das wohl. Es wird sicher ein ordentlicher Batzen Westgeld geflossen sein. Ich hoffe doch sehr, dass wir diesen Verräter noch kriegen.«

»Wäre das nicht die ideale Gelegenheit, den Feind mit Falschinformationen zu versorgen?«, fragte Brigitte Kaiser.

»Genau das ist auch meine Idee«, ergänzte Kaulitz, »stellen wir doch einfach ein paar offizielle Aktenseiten her. Mit besonders brisanten Informationen, die natürlich nicht der Wahrheit entsprechen. Und an die dann natürlich leichter heranzukommen ist.«

»Welchen Sinn soll das denn haben?«, fragte Ingrid Laab.

»Wenn es uns gelingt, Perry in ein, sagen wir mal, diffuses Licht zu rücken, dann bringen wir damit Unruhe in die Bande. Und dann werden sie bestimmt Fehler machen, im besten Fall spalten sie sich und wir können ein paar Informanten abgreifen. Wir sollten uns nicht länger wehren gegen das Spiel, wir sollten lieber ein Teil davon werden.«

»Mein Reden«, bemerkte Brigitte Kaiser.

Krömer klopfte nachdenklich über seine Uniform. »Ein durchaus denkbarer Weg. Aber ein riskanter: Wir müssten die falschen Papiere ja so platzieren, dass sie nicht wie ein hingehaltener Köder wirken.«

Ingrid Laab kam noch ein anderer Aspekt in den Sinn. »Selbst wenn das gelingt, und diesem Lonzo werden weitere Papiere zugespielt: Glauben Sie wirklich, er veröffentlicht sie dann auch? Immerhin gibt er sich doch betont solidarisch mit Perry.«

Kaulitz lehnte sich zurück. »Diese YouTuber sind keine Journalisten. In erster Linie sind sie Kapitalisten und Egozentriker. Ob da jemand über die Klinge springt, ist denen doch egal, solange sie selbst profitieren. Dieser Lonzo giert doch geradezu nach einer weiteren Sensation. Also soll er sie bekommen.«

Krömer nickte. »Also schön. Die Freilassung dieses Wirrkopfes wäre auch ein gutes Zeichen an die BRD-Führung. Trotz der Ausweisung der Ständigen Vertreterin der BRD will der Staatsratsvorsitzende an dem Gipfeltreffen am 2. August festhalten – allein schon, weil wir dringend einen Kredit von der BRD benötigen. Es würde also als ein Zeichen unseres guten Willens gewertet werden. Es wäre ja auch höchst peinlich, wenn wir als Einladende dieses Treffen absagen.«

@SozialismusIstPleite auf Twitter:
Seit Wochen sieht und hört man nichts von #Perry. Nicht einmal seine Familie darf zu ihm. Was tut dieses Regime ihm an? Wer weiß, ob er überhaupt noch am Leben ist. Ich hoffe, #Lonzo kann noch einiges ans Licht bringen. Die Mainstream-Medien verschweigen ja alles. #freeperry #DDR

Sonntag, 23. Juli 2023 – Hannover, Südstadt

Lonzo wurde in Hannover groß. In der Südstadt bewohnte er früher mit seinen Eltern ein geräumiges Einfamilienhaus, zog allerdings 2015 aus, um erst nach West-Berlin und dann nach Köln zu ziehen. Die Eltern lebten immer noch in dem Haus, das Lonzo an diesem Sonntag nach längerer Zeit mal wieder besuchte. Nach seinem Aufenthalt in Hamburg nutzte er die Gelegenheit, um ein paar alte Freunde und eben auch die Familie wiederzusehen. Und natürlich war ihm eines ein besonderes Vergnügen: seinen Eltern persönlich ein Vorabexemplar des Nachrichtenmagazincovers zu überreichen, das sein Gesicht zierte. Dirk Körner, der als Leiter einer psychiatrischen Abteilung einer Klinik in Hannover tätig war, las dieses Magazin seit vielen Jahren. Es sollte ihn doch wohl stolz machen, dass sein Sohn, der eigentlich Jan Körner hieß, nun auf der Titelseite war. Es gab ein paar Leute aus Lonzos früherem Umfeld, als er noch zur Schule ging, die seinen bürgerlichen Namen kannten – aber die hielten dicht oder interessierten sich für seine Aktivitäten nicht. Die Gefahr, dass doch mal jemand seinen Namen im Netz verbreiten könnte, war jedoch jederzeit vorhanden – und es geschah ja sogar auch, aktuell vor allem auf anonymen Portalen, die möglicherweise aus der Sowjetunion mitfinanziert wurden. Auf dem Titelbild dieses Nachrichtenmagazins zu sein, minderte den Bekanntheitsgrad nicht gerade. Und durch sein Bashing der DDR legte sich Lonzo nun auch noch mit linksradikalen Antifa-Gruppen und Aktivisten im Westen an, aus deren Umfeld immer wieder offen Sympathien für das DDR-System angedeutet wurden.

»Ich bin ein wenig irritiert«, antwortete Dirk Körner, nachdem er das Magazincover mit Lonzos Konterfei in die Hand genommen hatte. Lonzo saß mit seinen Eltern im Wohnzimmer des Hauses auf einer weißen Wildledercouch. Lonzo hasste dieses Möbelstück, denn als überzeugter Veganer und Tierfreund konnte er solchen Sitzgelegenheiten nichts abgewinnen. Seine Eltern besaßen die Couch allerdings schon seit gut zehn Jahren. Früher hatte er gern darauf gesessen.

Lonzo warf einen Blick auf die Terrasse, die direkt durch eine große gläserne Schiebetür vom Wohnzimmer abging. Er hatte einen Moment lang einige Erlebnisse seiner Kindheit vor Augen: wie er schaukelte, wie sie im Sommer grillten. Obwohl er aus Überzeugung vegan lebte, nahm er plötzlich diesen angenehmen Duft einer frisch gegrillten Bratwurst in der Nase wahr. Es war einer dieser Gerüche seiner Kindheit. Er wuchs konservativ auf, behütet, er war Einzelkind. Sein vorgezeichneter Weg war eigentlich eher der eines Managers in der Wirtschaft oder eines Mediziners. Dass er zu einem Online-Revoluzzer wurde mit grün gefärbten Haaren, hatte, wie so oft im Leben, mit zufälligen Begegnungen zu tun – online und offline. Da gab es Menschen, die ihn dazu gebracht hatten, sein Leben zu hinterfragen, sich zu lösen aus den Klauen eines Vaters, der das Leben seines Sohnes schon detailreich verplant hatte. Und es gab die erste Generation der großen YouTuber, deren Aufsässigkeit und Respektlosigkeit ihn fasziniert hatten, deren Kreativität ihn beglückte. Er wollte ein Teil davon werden – und er wurde ein Teil.

Anna Körner, Lonzos Mutter, hatte Kaffee gekocht und ein paar Stückchen Butterkuchen bereitgestellt, ohne daran zu denken, dass Butter nicht vegan ist. Lonzo hatte es aufgegeben, sie immer wieder auf solche Dinge hinzuweisen. »Warum bist du irritiert?«, fragte er stattdessen seinen Vater.

»Normalerweise sind Politiker auf diesen Titelseiten. Oder Diktatoren. Manchmal Menschen aus dem Bereich des Sports oder der Wissenschaft. Aber du?«

»Politisch ist das, was ich getan habe.«

»In der Tat.« Dirk Körner sah seine Frau an, dann erneut seinen Sohn. »Du legst dich mit der DDR-Regierung an. Mutig.«

Lonzo lachte auf. »Das hat der Chefredakteur auch zu mir gesagt.«

Anna Körner nippte unruhig an ihrer Kaffeetasse. »Jan, bitte vergiss nicht, dass wir Verwandtschaft in der DDR haben. Deine Cousine Greta studiert Medizin in Dresden.«

»Das weiß ich doch. Meine Kritik richtet sich doch nicht an sie. Im Gegenteil: Ich helfe ihr doch, wenn ich für ihre Rechte kämpfe.«

»Sie kann aber auch negativ betroffen sein«, hakte sein Vater nach, »wenn die herausbekommen, dass das eine Verwandte von dir ist, kann es schnell Ärger geben.«

»Ach Quatsch!« Lonzo machte eine abwehrende Handbewegung. »Selbst wenn die das spitz kriegen: Die wären doch blöd, sowas zu machen.«

»Das kriegt die Öffentlichkeit vielleicht gar nicht mit.« Anna Körner tat ihrem Sohn ein Stück Butterkuchen auf den Teller, obwohl er darum gar nicht gebeten hatte.

»Im Sinne von Greta handelst du jedenfalls nicht«, ergänzte Dirk Körner, »sie ist, soweit ich höre, genau wie ihr Vater überzeugt von diesem System da drüben.«

»Siehst du? Dann verliert sie ihren Studienplatz sowieso nicht.«

»Wir möchten keinen Ärger in der Verwandtschaft, das ist alles«, erklärte Anna und fasste damit das Anliegen im Grunde in einem Satz zusammen. »Außerdem wollen wir vielleicht mal wieder zu Besuch nach drüben fahren. Als deine Eltern werden wir doch sicher nun auch keine Einreiseerlaubnis mehr bekommen.«

»Ihr wart doch seit Jahren nicht mehr drüben.«

»Was vor allem am Bruder deines Vaters liegt. Aber er feiert im kommenden Jahr runden Geburtstag. Da waren wir eigentlich immer eingeladen.«

Lonzo schüttelte den Kopf. »Das ist doch alles reine Heuchelei.«

Dirk Körner warf das Magazincover auf den Tisch. »Was ist das für eine Arroganz, zu glauben, dass du als westdeutscher Junge aus gutem Hause irgendwas tun könntest für Menschen in der DDR?«

»Ey, Leute, was soll das hier jetzt?« Lonzo sprang vom Sofa auf und wandelte im Wohnzimmer umher. »Euer Sohn schafft es auf die Titelseite dieses Magazins, ist Thema in allen Medien, bewegt etwas in dieser Gesellschaft, auch drüben. Und Ihr? Macht euch Sorgen um meine kommunistische Cousine und ihren ideologischen Vater.«

»Wir machen uns auch Sorgen um dich«, betonte seine Mutter.

»Jaja. Seit Jahren höre ich mir an, warum ich nicht studiere, warum ich nichts Ordentliches lerne. Ey, ich verdiene locker 20.000 Mark pro Monat, mir rennen fette Vermarkter die Bude ein. Ich mach jetzt richtig Kohle. Und das übrigens, ohne mich zu überarbeiten.« Lonzo sah seinen Vater an, der regelmäßig darüber klagte, wie viele Überstunden er in der Klinik leisten musste. »Mama, Papa, es geht mir gut.«

»Das, was du da treibst, mag im Moment gutes Geld einbringen«, betonte Dirk Körner, »aber was ist in fünf Jahren oder in zehn? Denkst du auch an deine Rente?«

»Würdest du diese Frage auch einem Sänger oder einem Sportler stellen? Ich lege mir genug beiseite, keine Sorge. Außerdem plane ich mit einem Kumpel die Gründung einer Vermarkterfirma. Ich vermarkte also irgendwann andere jüngere YouTuber.«

»Ja, irgendwann vermarkten wir uns alle nur noch gegenseitig«, unkte Dirk Körner, »es wird immer verrückter.«

Lonzo klatschte in die Hände. »Na, siehst du. Dann geht dir die Kundschaft wenigstens nicht aus.«

@Trashluemmel auf Twitter:
Ich bin ja so froh, dass wir hier in West-Berlin auch das #DDR-Fernsehen empfangen. Das ist cringe, was da läuft. Diese Shows sind so hammer-absurd, ich feiere das. Geht denn #DDRsuperstar endlich mal wieder los? Die RTL-Show ist ja schon scheiße, aber das toppt wirklich alles. Und die erste Siegerin haute gleich mal Richtung Westen ab. Haha!

Sonntag, 23. Juli 2023 – Dresden, Kulturpalast

Greta Körner hatte ein Stück zu Fuß zurücklegen müssen, um zum Kulturpalast in Dresden zu gelangen. Sie kam vom anderen Ufer der Elbe über die Albertbrücke und musste an der Brühlschen Terrasse und den Trümmern der Frauenkirche vorbei, um ihr Ziel mit leichter Verspätung zu erreichen. Denn das »Vorsingen für *DDR-Superstar 2023*«, wie es offiziell genannt wurde, begann um 15 Uhr an diesem bewölkten Sonntag. Greta war erleichtert, als sie die doch recht lange Schlange mit jungen Menschen sah, die da vor dem Kulturpalast standen.

Greta hatte sich ein gelbes T-Shirt angezogen und einen engen weißen Rock. Sie machte sich nicht so viel aus Mode, und sie fühlte sich auch prompt ein wenig »underdressed«, wie junge Männer und Frauen ihrer Generation in der DDR gern sagten. Aber letztlich wollte die TV-Show *DDR-Superstar* ja auch keine kommerzielle Show sein, in der teure Klamotten irgendeine Rolle spielten. Im Gegensatz zur im West-Fernsehen auf RTL laufenden Castingshow werde hier Wert auf die Qualität des Gesangs gelegt, hieß es von Seiten der Senderführung. Natürlich spielte die Gesinnung bei der Auswahl auch eine Rolle. Das musste nicht laut gesagt werden, das wusste jeder. Das Fernsehen der DDR, das sich jahrelang weigerte, überhaupt so etwas wie eine Castingshow auszustrahlen, setzte, so gut es ging, einen bewussten sozialistischen Kontrapunkt.

Greta hatte ein bisschen Gesangstalent – und auch Erfahrung: Sie hatte jahrelang im sozialistischen Kinderchor der Stadt Dresden gesungen. Sie kannte alle Arbeiterlieder und sozialistischen Hymnen. Was hatte sie also zu verlieren? Ihr Medizin-Studium wollte sie deswegen ja nicht aufgeben, vielmehr war die Teilnahme an diesem Vorsingen ein nicht wirklich ernst gemeinter Spaß. Da sie ja in Dresden wohnte, war dann auch der Weg zum Kulturpalast nicht allzu weit. Trotz einer umfangreichen Renovierung im Jahr 2006 befand Greta den Kulturpalast mit seinem international-modernistischen Stil nicht gerade als das hübscheste Gebäude in Dresden. Sie definierte sich durchaus als überzeugte Sozialistin und konnte mit der politischen Idee viel anfangen, dem sozialistischen Baustil hingegen vermochte sie nichts abzugewinnen. Aber das war wohl auch eine Generationsfrage.

Die Frauenkirche, wie sie vor ihrer Zerstörung vor fast 80 Jahren aussah, gefiel ihr da schon besser. Jegliche Initiativen für einen Wiederaufbau scheiterten allerdings bis dato am Geld. Greta hatte andererseits auch kein Problem damit, dass dort immer noch dieser Trümmerhaufen lag, denn er symbolisierte eindrucksvoll die Schrecken des Faschismus und des Imperialismus. Deswegen lag er ja auch da.

Es dauerte mehr als zwei Stunden, bis Greta endlich den Kulturpalast betreten konnte. Damit war sie aber längst noch nicht dran. Sie hatte sich ein Formular geben lassen und dieses ausgefüllt. Das dauerte fünf Minuten. Die restliche Zeit stand sie wie andere wartend herum. Neidvoll blickten manche auf diejenigen, die ein Smartphone besaßen und damit zum Zeitvertreib im DDR-Netz herumsurften oder ein paar Spiele spielten. Zwar kam Greta mit einigen Kandidatinnen ins Gespräch, aber es blieb bei oberflächlichen Fragen, welchen Song man wohl singen wolle oder ob die Aufregung groß sei. Greta hörte mehr zu, als dass sie Gespräche anfing.

»Bitte zum Tisch Nr. 3«, wies eine streng sprechende Ordnerin Greta an. Es gab im weiß-grau gehaltenen Foyer insgesamt vier Tische, an denen Kandidatinnen und Kandidaten Platz nehmen sollten und zunächst in Einzelgesprächen befragt wurden. Erst dann entschied sich, ob die Bewerberinnen und Bewerber vor die Jury gelassen wurden, um etwas vorzusingen. Es herrschte ein reges Gemurmel und Treiben im Foyer. Manche jubelten vor Freude, andere verließen schluchzend das Haus.

Greta setzte sich auf einen abgewetzten Holzstuhl, auf der anderen Seite des Tisches saßen zwei Männer – einer etwa Mitte 30, der andere Ende 50. Sie musterten Greta kurz, dann lasen sie sich den von Greta ausgefüllten Bogen durch.

»Greta Körner, 22 Jahre alt, hier aus Dresden, Medizin-Studentin«, fasste der Ältere kurz zusammen. Er trug ein recht unmodisches Jackett und hatte sich die Resthaare quer über den Schädel gekämmt, anstatt sie abzuschneiden. Der andere Mann Mitte 30 hatte volles lockiges Haar und lächelte freundlich: »Erzähl uns ein bisschen über dich, Greta. Aus was für einem Elternhaus kommst du?«

Greta hatte mit dieser Frage natürlich gerechnet. »Mein Vater arbeitet hier in Dresden bei der Polizei als führender Offizier.«

»Also demnach Parteimitglied?«, fragte der Ältere.

»Selbstverständlich, so wie ich auch.«

»Parteimitglied zu sein ist aber noch keine Eintrittskarte in unsere Show«, sagte der Jüngere schmunzelnd und war weiter bemüht, die Atmosphäre ein wenig aufzulockern.

»Es ist aber auch kein Hindernis«, ergänzte der Ältere, sein kurzes Lächeln wirkte arg gekünstelt.

»Darf ich kurz auf etwas hinweisen?«, fragte Greta und beugte sich ein wenig über den Tisch, um leiser sprechen zu können. »Diese beiden Mädchen da hinten, wo das eine an Tisch Nr. 1 sitzt und das andere wartend an der Seite steht …«

Beide Herren wandten ihren Blick in die Richtung, in die Greta unauffällig mit ihrem Blick deutete. »Ja, was ist mit denen?«, fragte der Ältere.

»Ich habe vorhin mitgehört, wie sie sich darüber unterhielten, dass sie lieber heute als morgen in der BRD wären. Sie würden es genauso machen wie Julie Kleiber.«

»So?«

Julie Kleiber war die vorherige Gewinnerin von *DDR-Superstar*. Nach langen internen Diskussionen hatte die DDR-Führung es ihr gestattet, einmalig einen Auftritt in einer westdeutschen Musikshow wahrzunehmen. Doch von ihrem Ausflug kehrte sie nicht zurück. Das über Monate aufgebaute neue DDR-Musikidol war dem Staat einfach so davongelaufen – eine riesige Blamage, die sich keinesfalls wiederholen sollte.

»Herzlichen Dank für den Hinweis.« Der Ältere machte sich kurz ein paar Notizen.

»Aber kommen wir doch zurück zu dir«, bat der Jüngere, »welchen Song würdest du denn singen wollen?«

»›Der blaue Plan‹ von Karat. Eines meiner Lieblingslieder.«

Der Jüngere rang ein wenig mit sich, unruhig sah er seinen älteren Kollegen an.

»Hast du keinen neueren Song? Der ist doch locker 40 Jahre alt.«

»Den Siegersong von Julie Kleiber könnte ich auch singen. Aber ich tue es ungern.«

»Tja, Greta, du bist zwar in einem idealen Alter. Aber du wirkst auf mich etwas … wie soll ich sagen … altbacken. Der neue *DDR-Superstar* soll auch so etwas wie eine moderne, sympathische … lockere DDR repräsentieren.«

»Ansonsten sind die formalen Bedingungen alle erfüllt«, schob der Ältere noch nach.

»Ja, schon.« Der Jüngere warf seinem älteren Kollegen einen genervten Blick zu. »Aber es handelt sich um eine Fernsehshow und da zählt schließlich ein Gesamtpaket.«

Greta war sichtlich erschüttert. »Aber darf ich nicht erst mal vorsingen?«

»Ich bin etwas unsicher im Moment. Aber vielleicht fällt dir ja noch irgendein gutes Argument ein, warum wir dich in die nächste Stufe lassen sollten?«

Greta musste nicht allzu lang nachdenken. »Ich bin die Cousine von Lonzo.«

Beide Männer sahen einander an und glaubten, sich verhört zu haben. »Wie war das bitte?«

»Ich bin die Cousine von Lonzo.«

@OstWestSpacko auf Twitter:
Also, wenn ich mir Trump in den USA und diesen alten Greis in Moskau so anschaue, dann weiß ich nicht, vor wem ich mehr Angst haben soll. Der Kalte Krieg hat doch jahrzehntelang gut funktioniert. Trump sollte wenigstens verbal etwas abrüsten. Wie gut, dass Korsakow in Moskau sich mit Wodka abfüllt und nicht alles mitkriegt.

Sonntag, 23. Juli 2023 – Ost-Berlin, Prenzlauer Berg

Laura Ramelow schlich über den dunklen Dachboden des Wohnhauses in der Prenzlauer Straße. Es war ein sehr altes Haus, es hatte den Zweiten Weltkrieg mit Mühe überstanden. Eine Renovierung dieses eigentlich sehr hübschen Gebäudes mit kleinen Figürchen und Verschnörkelungen an der Außenfassade wäre allerdings schon vor Jahren nötig gewesen. Das Treppenhaus wirkte düster und knarzte selbst dann, wenn nur ein kleiner Hund ein paar Stufen der abgenutzten Holztreppe hinauflief. In diesem Haus wohnten einfache Leute, nicht gerade hochrangige Parteimitglieder oder Funktionäre. Dabei war dieses Haus früher einmal ein Ort, den sich nur Leute aus der gehobenen Berliner Gesellschaft leisten konnten.

Aber das war 100 Jahre vorher. Zwei Etagen tiefer saßen Mutter Caren und der Stief-Großvater in der gemeinsamen Wohnung und erfreuten sich an einer Sonntagabendshow im Fernsehsender *DDR 1*. Es war eine bunte Musikshow mit Wolfgang Lippert, der als der größte und bedeutendste Showmaster des DDR-Fernsehens galt und für das Jahresende seinen Abschied vom Bildschirm verkündet hatte. Immerhin war er nun schon seit fast 40 Jahren als Präsentator großer DDR-Shows bekannt – so wie Thomas Gottschalk im West-Fernsehen. Im Westen bezeichneten sie Lippert sogar gern als »Gottschalk des Ostens«, während wiederum in der DDR eher Gottschalk als »Lippert des Westens« bezeichnet wurde. Caren und Opa Ramelow schauten sonst eher West-Fernsehen, vor allem wenn es um Nachrichten, Dokumentationen und Serien ging. Aber im Show-Bereich gefiel ihnen das DDR-Programm besser – einfach weil es klassischere Unterhaltung bot mit viel Musik und großen Kulissen, mit Live-Orchester und Interpreten auch aus den Bereichen Oper und Operette. Das West-Fernsehen war ihnen zu modern und zu wenig künstlerisch.

Laura konnte mit dieser biederen Form der Unterhaltung gar nichts anfangen – weder mit der westlichen noch der östlichen. Aber es passte ja gut, dass die beiden da unten abgelenkt waren. Denn Laura hatte eine Verabredung, die äußerst konspirativ war und deren Planung und Durchführung höchste Konzentration erforderte. Es war vollkommen klar, dass Laura, die Halbschwester des Online-Stars Perry, nicht einfach so auf die Straße spazieren konnte, um zu einer Verabredung zu gehen. Das Risiko, von der Stasi beschattet zu werden, war zu hoch. Selbst bei tatsächlich harmlosen Verabredungen war das ein Problem, da unschuldige Freunde plötzlich ins Visier der Stasi gerieten. Es gab einige Male unangenehme Besuche bei denen zu Hause. Laura musste arg aufpassen, mit wem sie sich traf.

Das ausgeschaltete Smartphone in der Hand spendete Laura ein wenig Licht. Aber auch mit dem bisschen Licht musste vorsichtig umgegangen werden. Es waren ja nicht nur mögliche Stasi-Leute, die unten vor der Tür in irgendeinem parkenden Auto saßen. Es konnten auch Nachbarn sein. Und im schlimmsten Fall war es jemand, der das eigene Vertrauen genoss. Alles war möglich – solche Erfahrungswerte hatten inzwischen alle Bürger der DDR gesammelt.

Laura hatte sich auf Strümpfen leise aus der Wohnung geschlichen, die Wohnungstür mit viel Bedacht geschlossen. Dann war sie im dunklen Treppenhaus, das sie zum Glück gut kannte, hinaufgeschlichen zum Dachboden. Dort begegnete sie nach einigen Metern zwei anderen Lichtkegeln, ebenfalls von Smartphones geworfen. »Okay, macht die Lichter aus«, flüsterte eine männliche Stimme.

Die Dachböden mehrerer nebeneinander stehender Häuser waren miteinander verbunden. Man musste also nicht unbedingt den Hauseingang benutzen, dessen Dachboden das Ziel war. Dadurch war es möglich, die Aufmerksamkeit potenzieller Beschatter gar nicht erst auf sich zu ziehen. Da Laura zu den Personen gehörte, die das besondere Interesse der Staatssicherheitsbehörden weckten, gab es nur die Lösung, sich an diesem dunklen, nach Moder und aufgehängter frischer Wäsche riechenden Ort zu treffen. Und das ging dann auch nur zu einer Uhrzeit, wo andere Nachbarn nicht mehr hinaufkamen, um Wäsche auf- oder abzuhängen.

»Wie sieht es aus?«, fragte Laura.

»Wir sind dran«, antwortete die andere männliche Stimme, die ein wenig sonorer klang als die des anderen jungen Mannes. »Wir haben Kontakt zu einem Insider aus der Umweltschutzabteilung des MfS. Es gibt wohl eine interne Studie darüber, wie heftig die Verschmutzung durch DDR-Industrie sein soll. Vor allem in der Region Bitterfeld. Es soll zahlreiche Krankheiten und sogar Krebserkrankungen geben.«

»Klingt gut. Macht ihr ein Video mit ihm?«

»Wir versuchen es. Unser Informant ist sehr vorsichtig. Wenn er das Gefühl hat, es ist zu gefährlich, wird er das nicht machen.«

»Hoffentlich kriegt ihr das hin«, antwortete Laura, »das wäre ein Knaller. Echt heftig, was die da täglich in die Atmosphäre blasen. Zu diesem Gipfeltreffen am 2. August sollten wir uns einmischen. Klipkow will doch nur schöne PR-Bilder mit dem West-Kanzler. Und Geld natürlich.«

»Wie sollen wir uns da einmischen? Da ist doch alles abgeriegelt. Wir sollten eher den 13. August anpeilen.«

»Ja, den natürlich auch.«

»So eine riesige Bewegung sind wir nun mal nicht.«

»Aber wir haben mit meinem Bruder einen prominenten Kopf.«

Die dunklere Stimme stellte kurz das Licht des eigenen Smartphones wieder an, um aus einer Umhängetasche einen USB-Stick zu holen und diesen Laura zu übergeben. »Der muss heute noch raus. Wir haben uns gestern Abend mit sieben Leuten im Kirchenkeller getroffen.«

»Mit sieben?« Laura wäre am liebsten laut geworden. »Seid ihr verrückt? Wenn da auch nur einer …«

»Wir sind alle geimpft, Laura.«

»Das meine ich nicht. Wenn da einer nicht dichthält oder ein U-Boot ist.«

»Alle 100 % verlässlich«, betonte die helle Stimme, »jeder wurde abgecheckt. Mehrfach.«

»Trotzdem! Maximal vier Leute bei persönlichen Treffen – und dann auch wirklich nur in dringenden Fällen. Das haben wir doch klar vereinbart.«

»Aber es war ein wirklich fruchtbares Treffen«, erzählte die dunklere Stimme, »wenn das alles so klappt, wie besprochen, gibt es bald geile Aktionen. Aus dem Westen kriegen wir einiges an Unterstützung.«

»Steht alles in den Unterlagen«, ergänzte die helle Stimme.

»Oh man, Leute.« Laura atmete tief durch und klemmte sich die Mappe unter den Arm. »Wir sind auf extrem dünnem Eis.«

»Du hast damit offiziell nichts zu tun, Laura. Sollen sie sich ruhig an dir die Zähne ausbeißen. Wir kriegen das schon hin. Hast du was von Perry gehört?«

»Nein, gar nichts.« Laura atmete schwer. »Ich mag mir gar nicht vorstellen, was sie ihm alles antun.«

Die helle Stimme atmete ebenfalls durch, aber erleichtert: »Er scheint dichtzuhalten. Bei uns stand die Stasi jedenfalls bislang nicht vor der Tür.«

»Bei uns auch nicht«, ergänzte die dunkle Stimme.

»Du hast echt einen starken Bruder, Laura. Er ist ein Vorbild für uns alle.«

Montag, 24. Juli 2023 – ARD, Tagesschau

»Ost-Berlin – Die DDR-Führung hat klargestellt, dass sie an dem für den 2. August in Ost-Berlin geplanten Treffen zwischen Bundeskanzler Erhard Möller und dem DDR-Staatsratsvorsitzenden René Klipkow festhalten werde. Es sei gerade in dieser angespannten diplomatischen Krise zwischen beiden deutschen Staaten wichtig, im Gespräch zu bleiben. Die Bundesregierung forderte die DDR zugleich auf, die ausgewiesene Ständige Vertreterin Magdalena Lichtenberg zurück ins Land zu lassen, um die diplomatische Krise nicht noch weiter zu verschärfen. Mit der Ausweisung Lichtenbergs reagierte die DDR-Führung auf ein kritisches Video des YouTube-Stars Lonzo.«

Montag, 24. Juli 2023 – Grenzbahnhof Schwanheide

Lonzo fuhr an diesem Montag mit dem Transitexpress, abgekürzt TE, nach West-Berlin. Dass er in die DDR nach seinem *YouTube*-Video nicht mehr einreisen durfte, war klar – eine Durchreise durch DDR-Gebiet in den West-Teil Berlins hingegen konnte ihm nicht verwehrt werden. Dafür gab es eindeutig formulierte bilaterale Verträge. Lonzo war in Hannover eingestiegen, nachdem er den Besuch bei seinen Eltern beendet hatte. Es war ein anstrengender Besuch gewesen. Lonzo spürte verschärft, wie sehr sich seine Generation von der vorherigen abgekoppelt hatte. Das Internet hatte so viel in der Gesellschaft durcheinandergebracht. Alles war öffentlicher und transparenter geworden – einerseits begrüßenswert, andererseits aber auch gefährlich. Dass er mit seiner Reichweite und seinen Möglichkeiten den deutsch-deutschen Beziehungen Schwierigkeiten bereiten würde, war eine neue Erfahrung. Aber Lonzo war auch bewusst, dass sein eigenes Leben transparenter geworden war, dass sein Name trotz aller Bemühungen immer wieder auf irgendwelchen Seiten auftauchte, dass auch seine private Adresse kein Geheimnis blieb. Und wenn seine Adresse bekannt war, dann gelangten womöglich auch die falschen Leute an diese Daten. Die DDR hatte Möglichkeiten – und der große Bruder Sowjetunion erst recht. Lonzo hätte es niemals öffentlich eingeräumt, aber er hatte ein wenig Angst. Es war keine Angst, die ihn umzingelte. Sie war eher unterschwellig, sie kam abends im Bett auf oder in Träumen. Wenn es zu Hause knarrte, spitzte er die Ohren. Wenn im Treppenhaus jemand die Treppe hochkam, fragte er sich, wer das sein könne. Und auch als er sich in diesem Transitzug befand: Das Gefühl, nun durch die DDR reisen zu müssen, weckte in Lonzo Unbehagen. Er half sich damit, mit dem

Kopfhörer in Musik zu versinken, mystischen E-Pop zu hören und sich die Kapuze seines Hoodies über den Kopf zu ziehen – auch um nicht erkannt zu werden. Die Reise nach Berlin war zu wichtig, als dass er sie nicht hätte antreten wollen.

Der Zug hielt wie gewöhnlich am Grenzbahnhof Schwanheide, damit dort eine Passkontrolle unter den Fahrgästen durchgeführt werden konnte. Dazu bestiegen etwa ein Dutzend DDR-Grenzpolizisten den Zug. Danach sollte die Fahrt dann nonstop weitergehen bis zum Westberliner Hauptbahnhof Zoologischer Garten, kurz Bahnhof Zoo genannt.

Der Zug war fast bis auf den letzten Platz ausgebucht – auch in der 1. Klasse, die Lonzo einfach deshalb nutzte, um aufdringlichen Fans aus dem Weg zu gehen. Wobei es solche Fans natürlich auch in Klasse 1 gab, aber es waren weniger. Auf seinem Smartphone schaute er sich auch gern mal *Let's Plays* oder Videos anderer Online-Stars auf *YouTube* an – aber hier in der Grenzregion war der Empfang bereits so schlecht, dass es nicht möglich war, ruckelfrei Videos zu schauen. Die Qualität des Internets in der Bundesrepublik war ja schon schwach – aber in der DDR war sie geradezu gruselig.

Lonzo saß an einem Tisch, er hatte den Fensterplatz in Fahrtrichtung. Neben ihm saß eine ältere Dame, die in einer billigen Frauenzeitschrift blätterte und sich irgendwann einen Stift nahm, um das darin befindliche Kreuzworträtsel zu lösen. Gegenüber saß ein jüngeres Paar, vielleicht so Anfang 30. Aus den Gesprächen zwischen den beiden, die trotz Musik auf den Ohren zwischendurch unweigerlich mitzuhören waren, ließ sich schlussfolgern, dass beide wohl seine Eltern in Ost-Berlin besuchen wollten, um sie als künftige Schwiegertochter vorzustellen. Sie hatte in ihrem Leben noch nie DDR-Boden betreten und war ein wenig unruhig deswegen. Auch das Prozedere am Grenzübergang machte sie nervös.

»Warum halten wir denn so lange?«, fragte sie ängstlich.

»Das ist ganz normal.«

»Was ist, wenn sie uns mitnehmen?«

»Die nehmen uns nicht mit, Schatz. Das ist eine ganz normale Passkontrolle.«

Lonzo hatte seine Kopfhörer inzwischen abgenommen, denn er sah, dass die in grün gekleideten DDR-Grenzpolizisten den Waggon betraten und sich kurz darauf strategisch darin verteilten. Jegliche Versuche von Fahrgästen, möglicherweise noch rasch den Wagen zu verlassen, wurden so unterbunden. Die Leute im Großraumwagen waren für ein paar Minuten Gefangene des DDR-Regimes.

Die Kapuze seines Hoodies behielt Lonzo auf, gab aber ein wenig mehr von seinem Gesicht frei.

Als zwei der Grenzpolizisten sich näherten, wandten sie sich zunächst dem Paar zu. Unverlangt hielt der Mann, ein mediterraner frisch frisierter Typ mit weißem Hemd und einem dunkelblauen Jackett, die Personalausweise von sich und seiner Zukünftigen hin.

Die beiden Grenzpolizisten schauten sehr streng und zeigten keinerlei Freundlichkeit. Es war ihnen, so wurde kolportiert, vorgeschrieben, Bürgerinnen und Bürger der Bundesrepublik Deutschland unfreundlich und abschätzig zu behandeln. Dies galt erst recht für Transitreisende nach West-Berlin, denn von denen war ja hier im Zug nicht einmal der tägliche 50 D-Mark-Zwangsumtausch in DDR-Mark zu verlangen.

Der eine der zwei Volkspolizisten, wie sie in der DDR genannt wurden, nahm die Ausweise an sich und scannte sie auf einem kleinen Gerät mit Display, das der andere Polizist ihm hinhielt. Der kleine Scanner war mit einer umfangreichen Personendatei verbunden. Somit konnten viele der Fahrgäste gleich eingeordnet – und ihnen ggf. die Einreise verweigert werden. Auch in diesem Fall schlug das Gerät wohl an, denn der Grenzpolizist, der die Ausweise in der Hand hielt, sagte: »Sie sind ein ehemaliger Bürger der Deutschen Demokratischen Republik?«

Der Reisende war sichtlich eingeschüchtert. Offenbar hatte er wohl gehofft, eine solche Information sei den Kontrolleuren nicht bekannt.

»Ja … ja, das ist richtig. Ich wohne seit sechs Jahren in der Bundesrepublik.«

»Und Sie wollen nur nach West-Berlin?«

»Nein, nach Ost-Berlin. Dort wohnen meine Eltern.«

»Nach Ost-Berlin, soso.«

Die Polizisten verstummten und lasen sich Informationen durch, die auf dem Display erschienen. Dies zog sich über mehrere Minuten hin. Die Frau wurde dabei immer unruhiger. »Aber uns wurde von der DDR-Botschaft gesagt, wir dürften einreisen«, ergänzte sie mit hörbar zittriger Stimme.

Die Grenzpolizisten blieben betont wortkarg. »Einen Augenblick bitte«, sagte der eine, und beide Herren verließen kurz den Waggon. Lonzo und die ältere Dame verfolgten die Situation stumm, ohne sich etwas anmerken zu lassen.

»Du hättest gar nichts sagen sollen«, raunzte der Mann seiner Verlobten zu.

»Ich fand die Information wichtig. Wir haben doch schließlich extra bei der Botschaft nachgefragt.«

Nach zwei Minuten kamen die Grenzbeamten zurück.

»Das Schriftstück der Botschaft haben Sie sicher bei sich?«, fragte der Polizist, der bereits eben das Wort hatte. Zugleich gab er dem Paar die beiden Personalausweise zurück.

»Schriftstück? Nein. Wir haben nichts bekommen.«

»Wir brauchen das schriftlich.«

»Ja, tut mir leid. Und was machen wir nun?«

»Wir stellen Ihnen eine Ersatzgenehmigung aus. Kostet Sie allerdings 25 Mark pro Person.«

»25 Mark?« Der blonde Mann war regelrecht entsetzt: »Ostmark oder Westmark?«

»Natürlich Westmark.«

Dem Fahrgast war der Frust anzusehen. Allerdings sah er selbst schnell ein, dass Diskussionen hier völlig überflüssig waren. Er nahm seine Geldbörse heraus und gab dem Polizisten einen 50-D-Mark-Schein. Dieser druckte aus seinem kleinen Gerät einen noch kleineren Zettel aus und übergab ihn an den Mann, der arg irritiert wirkte. Denn ausgedruckt worden war ihm offenbar nichts weiter als eine einfache Quittung für die erhaltenen 50 D-Mark. »Wir zahlen nachher ja auch noch mal je 50 D-Mark, wenn wir nach Ost-Berlin rübergehen«, bemerkte er.

»Das ist korrekt«, antwortete der Grenzpolizist und wandte sich Lonzo und der älteren Dame zu.

Die Dame übergab freundlich lächelnd ihren Ausweis.

»Sie wollen nur nach West-Berlin?«

»Ja, das ist richtig. Meine Tochter wohnt dort.«

»In Ordnung.«

Lonzo hielt seinen Ausweis dem Polizisten ebenfalls wortlos hin. Der ergriff das Dokument allerdings nicht, sondern schaute einfach nur streng. Lonzo brauchte nicht lang, um zu begreifen, was das Problem war, also nahm er die Kapuze ab. Seine grünen Haare kamen zum Vorschein. Das Paar gegenüber brauchte ein paar Sekunden, um dann zu realisieren, wer ihnen gegenübersaß. Und die beiden Grenzbeamten erkannten den prominenten Fahrgast auch sehr schnell. Als Lonzos Personalausweis von dem kleinen Gerät gescannt wurde, ertönte zudem ein kurzes, aber deutlich zu hörendes Alarmsignal. »Einen Augenblick.« Beide Beamten gingen kurz davon. Lonzo mochte den Gedanken nicht, dass sie seinen Ausweis hatten. Natürlich hätte er auf die Reise nach West-Berlin verzichten können, aber da kam dann eben doch der Revoluzzer in ihm durch: Warum sollte er als Bürger der BRD nicht nach West-Berlin reisen dürfen? Seine Prominenz, seine Präsenz derzeit in den westdeutschen Medien, schützte ihn ja wohl vor Repressalien. Zumindest redete er sich das ein.

Das Paar gegenüber tuschelte miteinander und warf immer wieder Blicke zu Lonzo, der sich nichts anmerken ließ und aus dem Waggonfenster auf den Bahnhof schaute, wo mehrere Grenzpolizisten der Volkspolizei die Situation überwachten. Ein Mann etwa Ende 30 war soeben von zwei Polizisten aus dem Zug geholt worden und wurde nun unter lautem Protest seinerseits in das geklinkerte Bahnhofsgebäude gebracht. Im Waggon herrschte eine angespannte Atmosphäre. Von weiter hinten war eine Diskussion zu vernehmen. Wieder verlangte einer der Volkspolizisten 50 D-Mark für irgendeinen angeblichen Verstoß gegen Vorschriften. Lonzo hätte dem diskutierenden Fahrgast gern gesagt, dass es keinen Zweck habe, Widerworte zu geben – die Grenzpolizisten hatten hier die Macht, nicht er.

Die beiden Kontrolleure, die Lonzos Personalausweis mitgenommen hatten, kamen zurück. Es hatte mehr als fünf Minuten gedauert, irgendwas hatten sie wohl zunächst abklären müssen.

»Würden Sie bitte mitkommen?«, fragte der ältere von beiden.

»Oh, come on«, motzte Lonzo leise, leistete aber keinen Widerstand. Er wollte seinen Rucksack ergreifen, der über ihm auf der Gepäckablage lag.

»Das brauchen Sie nicht, lassen Sie das Gepäck hier.«

»Wartet der Zug denn?«, fragte Lonzo nach.

»Ja natürlich, es dauert nur einen Moment.«

Lonzo zog die Kapuze übers Gesicht, denn es sollte nun wirklich nicht der gesamte Waggon registrieren, dass er in diesem Zug war. Seinen Rucksack zurückzulassen gefiel ihm gar nicht.

Die Polizisten baten ihn, ihnen zu folgen. Sie drängelten sich an den anderen Kollegen vorbei und bahnten Lonzo den Weg. Dann verließen sie gemeinsam den Zug.

Der Grenzbahnhof Schwanheide in der grenznahen Region Mecklenburg war nicht besonders groß. Außer zwei Gebäuden und einem Bahnsteig war hier nicht viel. Der Bahnhof diente ja nicht als normaler Ein- und Aussteigepunkt, sondern ausschließlich zur Kontrolle von westdeutschen Zügen, die das Staatsgebiet der DDR bereisen oder verlassen wollten.

Es herrschte sonniges Wetter an diesem Montagmorgen. Lonzo hätte seinen rotfarbenen Hoodie am liebsten ausgezogen, wollte jetzt aber so wenig Aufsehen wie möglich. Er musste die beiden Grenzpolizisten in das Gebäude begleiten, in das wenige Minuten zuvor schon jemand gebracht wurde. Lonzo überkam nun doch ein beklemmendes Gefühl. Was, wenn sie ihn aus Rache foltern? Oder ihn ganz beseitigen? Und ihn hinterher in Säure auflösen, damit keine Spur von ihm übrigblieb? Konnte er sich seiner Unversehrtheit wirklich so sicher sein? Andererseits gab es im Zug ja mehrere Zeugen, das Paar gegenüber hatte ihn erkannt. Nein, nein, das wäre zu viel Aufsehen und zu offensichtlich, wenn sie ihn in diesem Bahnhofsgebäude jetzt ins Jenseits befördern würden.

Es gab in diesem Haus einen kargen breiten Mittelgang, von dem links und rechts mehrere Räume abgingen. Lonzo folgte den Polizisten den linken Teil des Ganges hinunter. Dabei kam er an mehreren Türen auf beiden Seiten vorbei, die meisten davon geschlossen. Eine Tür stand offen, darin saß der Mann, der kurz zuvor ins Gebäude gebracht worden war. Es ging ihm gut, das beruhigte Lonzo.

»Hier hinein.« Der kleine fensterlose Raum, den Lonzo betrat, bot einen abgewetzten Holztisch, drei Stühle und an der Wand hing das Bild des 25 Jahre jüngeren Staatsratsvorsitzenden René Klipkow. »Warten Sie hier.« Die Tür wurde von außen geschlossen, nun saß Lonzo in diesem Raum und fühlte sich unwohl. Reflexartig nahm er sein Smartphone aus der Hosentasche, öffnete mit ein paar Fingerübungen *Instagram* und startete spontan eine Story, also einen 15-sekündigen Mini-Clip, der nach der Aufnahme sofort für seine 1,3 Millionen Follower zur Verfügung stehen sollte. Es war Instinkt. Lonzo wollte, dass seine Fans, Hater und Follower da draußen wussten, wo er gerade war. Öffentlichkeit gab ihm ein Sicherheitsgefühl. Zum Glück spielte das schwache Internet hier noch mit.

»Hey, Leute«, sprach er in die kleine Smartphone-Kamera und drückte dabei mit dem Daumen den roten Button auf dem Display, der die Aufnahme aktivierte, »ich bin hier gerade auf dem Grenzbahnhof Schwanheide. Ich wollte eigentlich nach West-Berlin und zwei DDR-Grenzdudes haben mich aus dem Zug geholt. Diese Situation ist total *weird*. Bis später … hoffentlich.«

Lonzo stellte den Clip online, was mit Ach und Krach ging, und verstaute sein Smartphone wieder in der Hosentasche. Er sah kopfschüttelnd das Bild von René Klipkow an. »Was bist du für ein Typ, Digger?« Er sah sich um und warf auch einen Blick an die Bürodecke. In einer Ecke, schräg links oben, entdeckte er eine kleine Kamera, die das Geschehen überwachte. Sie war geschickt in die Klappe eines Lüftungsschachts integriert. Es schien aber keine Live-Kamera zu sein, sondern eine, die das Geschehen nur aufzeichnete.

Mit einem Schwung wurde die Tür geöffnet – so schwungvoll, dass Lonzo kurz zusammenschreckte. Zum Glück hatte er seine kleine Live-Story schon abgeschickt.

Eine Frau betrat das Büro, eine sehr hübsche. Sie war vielleicht Ende 20, hatte eine üppige Oberweite und wirkte in ihrer dekorierten Uniform so, als wolle sie sich diese jeden Moment vom Leib reißen, um einen Striptease hinzulegen. Zumindest waren dies Lonzos spontane Fantasien, die ihm als betont emanzipiertem YouTuber selbst peinlich waren. Als die Dame mit dem blonden Pferdeschwanz und dem dezent roten Lippenstift ihm gegenüber am Tisch Platz nahm, lächelte sie nicht. Lonzo hatte immer wieder mal DDR-Grenzpersonal gesehen, auch weibliches. Die Frauen erfüllten meist das Klischeebild von farblosen und staatstreuen Stasi-Jungfern. Nicht so diese Dame. Trotzdem brachte auch sie das offenbar obligatorische Maß an Unfreundlichkeit mit.

»Herzlich willkommen in der Deutschen Demokratischen Republik«, grüßte die Frau im Ton freundlich, aber betont sachlich.

Lonzo war tatsächlich einen Moment lang verunsichert. »Ich hatte nicht vor, in dieses Land zu kommen, sondern nur durchzureisen.«

»Ich weiß, Sie wollen nach West-Berlin. Aber die Umstände erfordern es nun mal, dass Sie dafür unseren Staat durchqueren.«

»Dagegen fällt mir in der Tat kein Argument ein.« Lonzo lächelte schelmisch und bemerkte, wie die Frau ihn mit ihren Blicken abcheckte, so als wolle sie ihn damit ausziehen. Rein intuitiv spielte er das Spiel einfach mal mit. »Darf ich Ihren Namen erfahren, schöne Frau?«

Das sorgte tatsächlich zunächst für Verunsicherung und dann ein leichtes Auftauen. »Mein Name ist Rebecca Karlsen, ich bin Oberstleutnant der Nationalen Volksarmee.«

»Ach!« Lonzo zuckte die Schultern. »Ist das hoch? So vom Dienstgrad her? Ich hab' keine Ahnung, ich war nicht bei der

Bundeswehr, sondern habe den Kriegsdienst verweigert.«

»Eigentlich habe ich Sie nur kurz hierhergebeten, um Ihnen ein paar Fragen zu stellen. Sie werden verstehen, dass unser Staat BRD-Bürgern wie Ihnen gegenüber eine gewisse Vorsicht walten lassen muss.«

»Absolut. Fragen Sie ruhig.«

»Wie lange planen Sie, in West-Berlin zu bleiben?«

»Nur heute. Ich fahre heute Abend zurück. Sollten Sie also Überstunden machen, können wir uns dann gern noch mal treffen, wenn ich hier mit dem Zug wieder eintreffe.«

Sie machte sich keine Notizen, sondern blieb mit ihrem Blick bei ihm. »Was haben Sie in West-Berlin vor?«

»Nur einen Freund treffen, nichts Besonderes. Warum?«

»Es wird ja einen Grund haben, warum Sie nach West-Berlin reisen.«

»Ja, einen Freund treffen. Wie gesagt.«

»Das sagten Sie bereits.«

Lonzo presste fragend die Lippen zusammen. Denn so richtig war ihm nicht klar, wohin dieses Gespräch nun laufen sollte. »Der Zug wartet auf mich, ja?«

»Selbstverständlich. Sie können dann auch gern gehen.«

»Ach so?« Lonzo runzelte die Stirn. »So ganz hab' ich jetzt den Sinn dieses kleinen Talks nicht verstanden.«

»Ich wollte Sie nur mal kennenlernen. Meine Schwester ist ein großer Fan von Ihnen.«

»Oh, ich hab' auch weibliche Fans in der DDR?«

»Meine Schwester wohnt im Westen.« Ganz plötzlich taute die Grenzsoldatin auf, ihre Gesichtszüge wurden weicher, nun schmunzelte sie sogar etwas. »Könnten wir ein gemeinsames Foto machen? Wenn ich das meiner Schwester schicke, wird sie es nicht fassen können.«

Lonzo dachte einen Moment lang nach, ob es jetzt klug war,

dieser Bitte nachzukommen. Einerseits hatte er wohl keine Wahl, denn die Frau zu verärgern konnte dazu führen, dass sie ihn hier schmoren ließ. Aber ein Foto mit einem Oberstleutnant der DDR-Armee? Wenn das irgendwann im Netz landen würde oder in einer Zeitung, dann hätte er vermutlich einige Mühe, die Hintergründe zu erklären. »Okay, aber bitte nur für private Zwecke.«

»Na, was denken denn Sie? Ich bin meinen Dienstgrad los, wenn das veröffentlicht wird.«

Stimmt. In ihrem Interesse konnte das eigentlich auch nicht sein. Das beruhigte Lonzo sehr.

Sie nahm ein *Robophone X* aus ihrer Uniformtasche. Es war das preiswerteste und weitverbreitetste Smartphone-Modell, das in der DDR zu bekommen war. Das Display des *Robophone X* war billig und wenig robust, das Phone war klotzig und lag nicht gut in der Hand. Es war alles andere als ein Statussymbol, im Westen wurden über das Robophone pausenlos Witze gerissen. Ganze Online-Seiten mit Witzen darüber existierten im Netz. Und doch war es das einzige Smartphone, das sich in der DDR real ein Mensch leisten konnte. Dies galt dann wohl offenbar sogar für Personen mit hohem militärischem Dienstgrad – sozusagen gelebter Sozialismus, dachte sich Lonzo.

Er konnte gar nicht viel Einfluss nehmen auf das, was nun geschah. Die Soldatin riss ihn an sich und machte mehrere Selfies. Dabei schmiegte sie ihren Kopf an seinen. Er lächelte höflich. So fest im Griff hatte ihn lange niemand.

»Vielen Dank, das war wirklich sehr freundlich. Meine Schwester wird durchdrehen vor Neid.«

»Ja … bitte sehr.« Lonzo war selten so irritiert in seinem Leben wie in diesem Moment. »Wenn Sie mal in Köln sind, melden Sie sich gern.«

Ich hoffe, #Lonzo geht es gut. Diese Schweine aus der #DDR kriegen es noch fertig und beseitigen ihn. Aber es zeigt, wie wichtig seine Arbeit ist. Stabiler Dude!

Montag, 24. Juli 2023 – West-Berlin, Ebertstraße

»Und dann wollte die plötzlich ein Foto mit mir machen.« Lonzo schilderte das Erlebnis von diesem Vormittag mit einer Mischung aus Entsetzen und Spaß.

»Alter, du verarschst mich«, rief Stiff, Lonzos bester Freund, lachend aus.

»Doch, glaub mir das, Digger. Sie holte so ein scheiß Robophone aus ihrer Uniform, riss mich an sich und schoss mehrere Fotos. Ich muss so scheiße aussehen auf den Bildern, so gequält, wie ich geguckt haben muss. Die hatte mich so crazy gepackt.«

»In einem schlechten Porno hättest du sie dir gegönnt.«

»Ach komm, hör mit der frauenfeindlichen Scheiße auf, Stiff.«

»Wieso frauenfeindlich? Wir sind Kerle, Dude. Und du bist nicht live auf YouTube.«

Stiff hieß eigentlich Stefan Hochstätter. Er lachte laut, dann trank er einen Schluck Bier aus der Dose in seiner Hand. Ebenso wie Lonzo war auch Stiff in seiner Erscheinung auffällig. Sein Kopf war kahlgeschoren, er trug auffällige Ohrringe. Zudem war sein Körper voll mit den unterschiedlichsten Tattoos, die einen Missbrauch in seiner Kindheit aufarbeiteten, aber auch Musikern wie Ed Sheeran huldigten und religiös wirkten, obwohl Stiff gar nicht gläubig war. Einige der Tattoos hatte er durch Fans seines *YouTube*-Kanals aussuchen und finanzieren lassen. Durch Stiffs ärmelloses und tief ausgeschnittenes Shirt, das wiederum die Ziffernreihenfolge *1312* zeigte (Code für *All Cops Are Bastards*), wurden diese dann auch zur Schau getragen.

Lonzo trug eine Pudelmütze und eine Sonnenbrille. Die Mütze war für diesen sonnigen Tag viel zu warm, aber sie musste sein: Hier, mitten in einem Tourismus-Brennpunkt Berlins, hätte er sonst keine Minute Ruhe gehabt.

Lonzo und Stiff schlenderten an der Westseite der Mauer entlang, nahe einer aus Holz errichteten Aussichtsplattform, die Besuchern West-Berlins die Möglichkeit gab, das Brandenburger Tor zu erspähen, welches seit über 60 Jahren nun dort in diesem Niemandsland zwischen der östlichen und der westlichen Mauer stand. Es war von der Witterung sichtlich angegriffen, die obenstehende Quadriga mit den Pferden war knallgrün durch ihre Patina. Einige Teile des Zaumzeugs der Pferde waren im Laufe der Jahre heruntergefallen.

Es gab mehrfach Zahlungen aus Westdeutschland an die DDR, auch über Spendensammlungen, für die Restaurierung des Brandenburger Tors. Das Geld nahm die Regierung gern, restauriert wurde es trotzdem nicht. Immer wieder wurde sie angekündigt, umgesetzt hingegen nicht. Das Unterfangen müsse zunächst von Restaurierungsexperten vorbereitet werden, hieß es.

Lediglich ein paar Grenzsoldaten der DDR schoben rund um das Tor ihren Dienst, ansonsten durfte seit sechs Jahrzehnten kein Mensch dorthin. Das Brandenburger Tor war Symbol der Teilung Deutschlands in zwei Staaten, Symbol des Aufeinandertreffens von NATO und Warschauer Pakt. Aber es war mittlerweile auch Symbol des offensichtlichen Zustandes der DDR.

»Ich habe gerade gestern auf *YouTube* einen Clip von vor 100 Jahren gesehen«, erzählte Lonzo und sah sich kopfschüttelnd um, »weißt du, was hier damals los war? Wie heißt der berühmte Platz noch mal?«

»Potsdamer Platz«, antwortete Stiff.

»Genau. Alter, da drängten sich Autos und Menschen und Straßenbahnen. Kann man sich gar nicht vorstellen, dass das hier mal so war.«

»Ich glaube auch nicht, dass das irgendwann wieder kommen wird. Und das sage ich als echter Berliner.« Stiff nahm sich eine Zigarette aus einem Etui in der rechten Oberschenkeltasche seiner halblangen weißen Hose, biss den Filter ab und steckte sich die Zigarette an. »Mein Opa hat noch an die Wiedervereinigung unserer geilen Stadt geglaubt, mein Vater hielt sie noch für theoretisch möglich. Ich hab' die Hoffnung aufgegeben.«

»Immerhin ist nie so ein beschissener Krieg ausgebrochen.« Lonzo nahm einen Schluck stilles Wasser aus einer 0,3-Liter-Flasche. »Auch wenn Trump über Twitter die Russen provoziert.«

»Wieso wurde der Typ eigentlich von den Amis wiedergewählt?«

»Weil sein Gegenkandidat nicht überzeugender war. Und weil er Angst schürt vor einem Krieg mit den Sowjets. Also, indem er behauptet, sie würden möglicherweise die USA angreifen wollen. Dabei rasselt ER ja mit den Säbeln.«

»Apropos Krieg.« Stiff presste die glühende Zigarette zwischen die zweimal gepiercten Lippen und nahm aus der Gesäßtasche ein zusammengefaltetes, ziemlich zerknittertes Schreiben heraus und übergab es Lonzo. »Diese Idioten gehen mir schon wieder auf die Nerven mit der Bundeswehr.«

Lonzo überflog das Schreiben des Kreiswehrersatzamtes kurz. »Mach doch Zivildienst, so wie ich.«

Stiff schüttelte aus tiefer Überzeugung sehr kräftig den

Kopf. »Ich will weder was mit Waffen zu tun haben noch alten Rochen den Arsch sauberwischen. Ey, bis 2002 mussten West-Berliner nicht zum Wehrdienst, deswegen sind ja viele in unsere Stadt gezogen, um dem zu entgehen. Und dann haben sie das abgeschafft. Ich hab' da keinen Bock drauf, ich will mein Leben leben, wie ich es will.«

»Auf *YouTube* gibt doch einer Tipps, wie man erfolgreich ausgemustert wird.«

»Echt? Den Kanal kenne ich gar nicht, das schau ich mir mal an.«

»Ich weiß nicht, ob es den noch gibt. Da ermittelt wohl schon der Staatsschutz.«

»Ja genau, solche Leute werden verfolgt. Aber diese ganze Corona-Lockdown-Scheiße bleibt ohne Konsequenzen.«

Lonzo und Stiff kannten sich seit gut fünf Jahren. Lonzo hatte, nachdem er zu Hause ausgezogen war, mal für zweieinhalb Jahre in West-Berlin gelebt. Nach Köln zog es ihn dann, als sein Erfolg als YouTuber immer größer wurde und sein in Köln sitzender Vermarkter ihm anbot, dessen hochmodernes 4k-Studio nutzen zu dürfen. Stiff war damals sehr traurig, dass sein bester Freund und Förderer West-Berlin verließ. Stiffs Kanal hatte nicht mal ein Fünfzigstel der Abo-Zahlen von Lonzo. Gerade die gemeinsamen Videos mit Lonzo hatten Stiff stets einen angenehmen Schub an neuen Abos beschert. Aber Lonzo versprach, seinen alten Kumpel regelmäßig zu besuchen – und er hielt sich auch daran, auch wenn Stiff sich in den vergangenen zwei Jahren sehr verändert hatte und Lonzo bemerkte, dass sich ihre Wege intellektuell und weltanschaulich schieden. Stiff war unberechenbarer geworden, er neigte zu peinlichen Aktionen vor allem vor der Kamera. Er tackerte sich Heftklammern in die Haut, trank Essig-Essenz auf Ex und vieles mehr – offenbar in der Annahme, dass er dadurch massiv an Zuschauern gewinnen würde. Aber so war es nicht. Gerade diese Videos hatten eher durchschnittliche Aufrufzahlen und zudem sehr viel mehr Dislikes als Likes. Dazu flirtete er sehr viel mit versteckter Kamera auf Berliner Straßen, baggerte junge Mädchen an, teilweise sehr junge Mädchen, was alles andere als unumstritten war. Stiff reizte seine Reichweite wirklich nur aus, wenn Lonzo in einem seiner Videos auftrat. Lonzo musste sich aber inzwischen von Fans die Frage gefallen lassen, warum er überhaupt noch mit Stiff gemeinsam vor der Kamera auftrat. Gerade jetzt nach dem Erfolg mit dem DDR-Zerstörungsvideo kam diese Frage umso mehr auf. Blogger und Journalisten, die Lonzo nicht wohlgesonnen waren, nutzten solche Details, um ihn in ein möglichst unseriöses Licht zu rücken. Aber Lonzo stand zu seinem alten Freund Stiff, auch wenn es einfach nicht mehr so war wie früher.

Beide betrachteten ein reichlich angerostetes Schild mit der Aufschrift »Achtung – Sie verlassen jetzt West-Berlin«. Dahinter war ein Absperrgitter aufgebaut, das für einen etwa sieben Meter breiten Abstand zur Mauer sorgte.

»Ich hab' mir auch mehrere Videos zur DDR und zur deutschen Geschichte angeschaut«, erzählte Lonzo, »was ich zum Beispiel gar nicht wusste, war, dass es in den 80er Jahren mal einen Reformer in der Sowjetunion gab.«

Stiff nickte. »Ja, Gorbatschow. Der hatte wirklich Pläne, den Kalten Krieg zu überwinden. Mein Opa hat von dem immer geschwärmt. Die hatten wohl alle damals Hoffnung, dass sich was ändert. Aber er war nur zwei Jahre im Amt, dann stürzte er mit einem Flugzeug ab. Angeblich ein Unfall, aber eigentlich sind sich viele sicher, dass es Sabotage war.«

»Da gibt es bestimmt auch irgendwelche Videos auf YouTube.«

»Ja, jede Menge. Die wollten den beseitigen – für mich eindeutig.«

80

»Na ja, überleg mal«, sagte Lonzo, »da ist einer, der einfach mal so den Kommunismus abschaffen und vielleicht sogar freie Wahlen einführen will. Am Kalten Krieg haben ja viele verdient und verdienen bis heute. Da werden gewisse Interessen eine Rolle gespielt haben.«

Stiff lachte auf. »Was wäre wohl aus der DDR geworden, wenn Mütterchen Russland plötzlich nicht mehr die Hand draufgehalten hätte?«

»Ohne Hilfe der sowjetischen Panzer hätte die DDR-Führung sicher nicht mehr viel ausrichten können gegen Reformer und Demonstranten. Es wäre also wohl ein sozialistischer Staat geblieben, aber menschlicher und demokratischer – ist meine Prognose.«

»Vielleicht wäre es sogar zu einer Wiedervereinigung der beiden deutschen Staaten gekommen«, gab Stiff zu bedenken, »mein Opa war davon überzeugt.«

»Glaube ich nicht.« Lonzo beobachtete die Touristen, die sich auf der hölzernen Aussichtsplattform drängelten, um einen guten Blick auf das Brandenburger Tor zu bekommen und es mit ihren Smartphones zu fotografieren. Einige unternahmen in dem Gedränge sogar den Versuch eines Selfies, scheiterten aber zumeist. »Die beiden deutschen Staaten haben sich zu weit auseinandergelebt. Ich bin sicher, es wären zwei getrennte Staaten geblieben.«

»Eine Welt ohne den Kalten Krieg.« Stiff machte dicke Backen. »Das wäre bestimmt eine geile Welt. Stell dir mal vor, du könntest ohne weiteres nach Ungarn oder Polen fahren, genauso wie du jetzt nach Italien oder Frankreich ohne Probleme kannst.«

Lonzo nickte nachdenklich und schmunzelte. »Ja, das wäre toll. Es wäre schon deshalb eine friedlichere Welt, weil dann Trump wohl nie US-Präsident geworden wäre. Wer hätte

den denn gewählt ohne seine Angstmacherei vor der Sowjetunion?«

Lonzo wandte sich Stiff zu. »Ich muss was mit dir besprechen. Deswegen bin ich extra nach Berlin gekommen, obwohl
ich wusste, dass die mich im Zug vermutlich krallen werden.«

Stiff packte seinen Freund spontan am Hals und umarmte
ihn. »Ich liebe dich, Bruder. Ich find's so cool, dass wir heute
den Tag zusammen verbringen.«

»Ja, ich freu mich auch total. Ehrlich.« Lonzo blickte zu Boden, wo Stiff gerade seinen Zigarettenstummel hingeschmis-
sen hatte. »Ich kriege eben andauernd Anfragen, warum ich
mit dir immer noch Videos mache und mit dir abhänge.«

Stiff lachte. »Ey, was haben die alle für ein Problem mit mir?
Ich mach doch gar nichts.«

»Digger, einige der Mädels, die du da auf der Straße an-
quatschst, sind 15-16 Jahre alt. Du flirtest mit denen rum,
küsst die sogar auf den Mund. Das ist scheiße. Und dann diese
Aktionen mit deinen Schmerz-Selbstversuchen. Wir machen
Entertainment auch für Minderjährige, vergiss das nicht.«

»Das ist doch alles nur Spaß. Und vieles davon ist ja auch
Fake. Aber die Klickzahlen bei diesen Videos sind sowieso
nicht dolle, außerdem verweigert *YouTube* andauernd die Monetarisierung. Ich verdiene damit überhaupt kein Geld.«

Lonzo packte Stiff an der Schulter. »Dann hör auf damit.
Mach lieber was anderes.«

»Ja, was denn? Ich hab' irgendwie keine Ideen. Die einzigen
Clips, die gut laufen, sind die mit dir. Also lass mich jetzt bloß
nicht hängen, Alter.«

»Natürlich lasse ich dich nicht hängen. Du bist mein bester Freund.«

»Puh, das beruhigt mich. Wenn ich irgendwas für dich tun
kann, Bruder, dann tue ich das.«

Lonzo spitzte wohlwollend die Lippen, denn genau auf diese Bemerkung hatte er gewartet. »Du könntest tatsächlich etwas für mich tun.«

»Sag an.« Stiff machte gespannt große Augen.

»Du könntest für mich nach Ost-Berlin rüber. Es geht um ein weiteres Video, das ich machen will. Mich lassen die natürlich nicht mehr rein, ich stehe bei denen auf der schwarzen Liste.«

»Aber mich kennen die doch bestimmt auch, weil wir doch schon Videos zusammen gemacht haben.«

»Glaube ich nicht. Du hast ja nie was Politisches gemacht, sondern immer eher so diesen Unterhaltungskram. Außerdem bist du ja West-Berliner, da gibt es doch klare Abkommen. Die dürfen dir als Bürger der Stadt ohnehin einen Tagesbesuch nicht verweigern. Jedenfalls nicht ohne klare Begründung.«

»Muss ich dazu nicht Verwandte da haben oder so? Die wollen doch sicher wissen, was ich drüben will.«

»Bist du denn noch nicht einmal in Ost-Berlin gewesen in den ganzen Jahren?«

»Ein Mal, ja. War total öde. Was soll ich denn da? Mein Smartphone nehmen die mir an der Grenze ab, das geht schon mal gar nicht.«

»Länger als ein paar Stunden dauert das ja nicht. Du musst eben nur einen gültigen Personalausweis haben und für den einen Tag 50 D-Mark in DDR-Mark umtauschen, das ist alles. Die kriegst du natürlich von mir.«

»Okay, und was soll ich da?«

Lonzo rückte nah an Stiff heran, um leise mit ihm zu sprechen. »Ich hab' da einen Informanten. Der hat einen ganzen Packen von Geheimdokumenten für mich. Soll richtig geiles Zeug sein.«

Stiff fuhr sich mit den Handflächen über die Wangen. »Oh man, Alter. Übertreib es bloß nicht mit der Scheiße. Diese Stasi-Typen sollen auch im Westen aktiv sein. Nicht dass du plötzlich einen Unfall hast oder sowas.«

Lonzo lachte auf. »Du schaust zu viele schlechte Filme, glaube ich. Ich bin diese Woche auf dem Cover eines großen deutschen Nachrichtenmagazins. Ich bin nicht mehr nur ein *YouTube*-Star, ich bin ein Politik-Star. Ich mische den Laden richtig auf. Und weißt du, was mein bester Schutz ist? Ich bin öffentlich. Die wären dumm, mich ins Visier zu nehmen.« Lonzo bemerkte ein leichtes Zittern bei Stiff. »Ey, Digger, was ist denn plötzlich mit dem coolen Typen los, der die Mädels anbaggert? Machst du dir gleich in die Hose?«

»Das ist echt heavy. Warum fragst du ausgerechnet mich? Mit meinen Tattoos und Piercings lassen die mich vielleicht auch gar nicht rein.«

»Weil ich dir vertraue, man. Sowas kann ich nur jemandem übergeben, der mein absolutes Vertrauen hat. Du bist mein bester Freund, Bruder. Und du bist der einzige West-Berliner, den ich gut genug kenne.«

»Wer ist denn dieser Informant? Ist der vertrauenswürdig?«

»Natürlich. Er kriegt 500 D-Mark. Die gebe ich dir auch gleich und du musst sie ihm übergeben. Versteck das Geld bloß gut, wenn du die Grenze übertrittst. Devisen dürfen ja nicht eingeführt werden. Die nehmen dir das knallhart weg und machen sich damit einen schönen Abend.«

Stiff ging einen Moment lang in sich. Er trank mit einem kräftigen Schluck die Bierdose leer und zerbeulte diese mit der Hand. »Ok, man. Ich mach's. Was sind das denn für Unterlagen?«

»Die sollen richtig gut sein. Es geht wohl auch noch mal speziell um Perry und seine Haftbedingungen. Das Ministerium hat nach meinem Video die Sicherheitsstufe in der Aktenabteilung erhöht. Aber trotzdem konnte der Insider einiges kopieren.«

»Wow. Dagegen ist ja James Bond harmlos. Das wird dich noch mal richtig nach vorn bringen, Dude.«

Lonzo grinste zuversichtlich. »Ja, das wird es. Also, kann ich mich auf dich verlassen?«

»Bruder, ich würde dich niemals enttäuschen.«

@Einheitsbrei auf Twitter:

Leute, die immer noch meinen, #BRD und #DDR könnten irgendwann wieder zu einem Land werden: Vergesst es! Österreich und Dänemark sind uns 1000x näher als diese merkwürdigen Leute da aus dem Osten. Selbst wenn die Grenze wegfiele: Wir würden trotzdem zwei Staaten bleiben.

Montag, 24. Juli 2023 – Ost-Berlin, Alexanderplatz

Opa Ramelow und seine Stief-Enkelin Laura liefen am frühen Abend über den Alexanderplatz. Opa hatte ein wenig Mühe, mit dem schnellen Schritt von Laura mitzuhalten, und bat sie mehrmals um ein langsameres Tempo. »Ich bin zwar fast 90, aber deswegen kann ich keine 90 Stundenkilometer laufen.«

Laura lachte. »Entschuldige, Opa. Vielleicht habe ich einfach so einen Respekt vor deinem Spazierstock.«

»Ja, mit dem habe ich in den letzten 20 Jahren schon so manches Kommunistenschwein vertrieben.«

»Psssst.« Laura schaute sich um. Auf dem Alexanderplatz waren mindestens zwei Dutzend Volkspolizisten platziert, meist in Zweiergruppen aufgeteilt. Sie schauten sehr genau hin, wer über den Platz ging und sich wie verhielt. Dazu kam, dass die Familie Ramelow ohnehin ahnte, dass sie überwacht wurde. Zwar konnte Laura im Moment niemanden entdecken, der sie und ihren Opa direkt ins Blickfeld nahm, aber das musste nichts bedeuten. Die Beobachtungen erfolgten durch verspiegelte Autoscheiben, von Fenstern aus umliegenden Häusern oder auch durch Spaziergänger, die so gut ausgebildet waren, dass sie sich wirklich nichts anmerken ließen. An diesem Montagabend war der Platz gut gefüllt mit Menschen. Die offiziell als Aufpasser stationierten Uniformträger hatten also einiges zu tun. Im Grunde war es die beste Methode, sich davon gar nicht beeindrucken zu lassen, sich einfach ganz normal zu verhalten. Und vollkommen falsch war, ängstlich um sich zu schauen oder die Uniformträger ungewollt mit Blicken zu provozieren.

»Dieses Scheißding ist seit Jahren kaputt«, fluchte Opa mit Blick auf die Weltzeituhr, die in der Tat vor gut zehn Jahren den Geist aufgegeben hatte und seitdem stillstand. »Sollen sie sie doch abreißen, wenn sie sie nicht mehr reparieren.«

»Wahrscheinlich fehlt sowohl das Geld für die Reparatur als auch für den Abriss«, mutmaßte Laura. »Wenigstens unser Fernsehturm steht noch.« Sie warf einen Blick hinauf, weit da oben waren winkende kleine Gestalten hinter den Scheiben der Aussichtsplattform zu sehen.

»Da würde ich aber auch nicht mehr raufwollen«, bemerkte Opa, »die haben doch seit Jahrzehnten nichts saniert. Der Fahrstuhl soll zig Mal steckengeblieben sein, davon liest man natürlich nichts in der Zeitung.« Opa sah sich nachdenklich um. Er atmete schwer. »Hier ist mein Sohn gestorben. Vor fast genau 30 Jahren. Nie kam ein Beileidsschreiben des Staates, nie gab es eine Entschuldigung. Nicht einmal eine kleine Gedenktafel haben sie hier aufgestellt. Am liebsten würden sie es vergessen machen, diese Halunken.«

Laura legte ihren Arm um den alten Mann, der innerlich aufgewühlt war. Er presste die Lippen zusammen und brauchte einen Moment, um sich zu fangen. »Schon gut«, sprach er leise.

»Es muss schlimm gewesen sein.« Laura schaute über den Platz und stellte sich die vielen Panzer und Soldaten vor, die Schüsse, die schreienden Menschen, die Leichen und Verletzten. Es gab ein paar Fotos, wenige kurze Filmaufnahmen. Vieles war von der Volkspolizei sofort beschlagnahmt worden. Ob das Material noch irgendwo existierte oder gleich verbrannt worden war, war nicht weiter bekannt.

Gut 30 Jahre später wäre das sicherlich anders verlaufen. Die Digitalisierung sorgte auch in der DDR dafür, dass immer mehr Menschen eine eigene kleine Filmkamera bei sich trugen – etwa in Form eines Smartphones oder einer *GoPro*. Die Geräte waren so klein und unscheinbar, dass sie ohne weiteres aus dem Westen in die DDR geschmuggelt werden konnten. Nicht ohne Grund hatte die DDR-Führung im Jahr 2017 ein Gesetz noch weiter verschärft, das das öffentliche Filmen und Fotografieren auf Demonstrationen und politischen Veranstaltungen ohnehin schon streng untersagte. Dieses Gesetz war selbst innerhalb der Partei SED umstritten, nicht weil man es für falsch hielt, sondern schlichtweg kaum für umsetzbar. Hier waren es insbesondere jüngere Parteimitglieder, die sich gegen das Gesetz aussprachen, aber an den älteren, analog denkenden Parteioberen scheiterten.

Laura schaute die herummarschierenden Sicherheitskräfte mit Abscheu an. »Ich weiß, dass Mama etwas dagegen hat. Aber ich muss etwas tun, ich muss Widerstand leisten. Irgendwie. Ist mir egal, ob ich dann Ärger kriege. Sie haben deinen Sohn ermordet. Und sie haben meinen Bruder eingekerkert, seinen Sohn, deinen Enkelsohn.«

»Ach, Laura, ich wünsche, ich könnte dir da einen guten Rat geben. Ich kann es nicht. Ich verstehe dich. Ich würde es auch so machen, wenn ich so jung wäre wie du. Aber ich würde auch verstehen, wenn du dein Studium nicht gefährden wolltest. Die Frage ist immer, ob der Schaden, den du erleidest, der Sache nützt. Oder ob es sinnlos ist, sein Leben dafür kaputtzumachen.« Seine zitternde Hand ergriff ihre. »Egal wie du dich entscheidest: Es wird die falsche Entscheidung sein.«

»Ich will so nicht leben, Opa. Ich will so nicht alt werden. Immer diese Angst, beobachtet zu werden, zu flüstern, Angst um sein Studium und später seinen Beruf zu haben.«

»Der Mensch gewöhnt sich an so vieles, Laura. Und darauf setzen diese Unterdrücker. Ich bin 1933 geboren, ich habe nicht einen Tag in einer Demokratie gelebt. Mein ganzes Leben lang. Ich habe gekuscht, ich habe funktioniert. Aber als sie mir meinen Sohn genommen haben, da habe ich mich innerlich von diesem Staat verabschiedet. Seitdem bin ich in meinem Kopf frei.«

»Das reicht mir nicht, Opa. Ich will mehr. Es ist die Zeit gekommen, wo wir nicht mehr zurückweichen dürfen.«

»Solange diese bösartige Sowjetunion diesem Verbrecherstaat Schutz gibt, werden du und andere wenig ausrichten können.«

»Es ist eigentlich ganz einfach. Es müssten in allen Staaten des Warschauer Paktes einfach nur ganz viele Menschen auf die Straße gehen und aufbegehren. So viele, dass die Staatsmacht nicht mehr dagegen ankommt.« Laura hatte, während sie dies sagte, einen jungen Volkspolizisten im Blick, der schon mehrmals zu ihr und ihrem Stief-Opa skeptisch hinübergeschaut hatte. Und nun war der Moment gekommen, wo er tatsächlich in großen Schritten auf beide zuging.

Er war um die 25, hatte einen aus der Mode gefallenen schmalen Schnurrbart und recht buschige Augenbrauen. Seine Dienstmütze trug er weit über die Stirn gezogen. »Guten Tag, haben Sie hier eine Verabredung?«

Laura zuckte mit den Schultern. »Nein, wieso?«

»Warten Sie hier auf jemanden?«

»Nein.«

»Dann gehen Sie bitte weiter.«

»Mein Großvater ist fast 90. Er braucht auch mal eine Pause.«

»Früher standen hier Bänke zum Sitzen«, fluchte Opa Ramelow, »wo sind die alle hin?«

»Sie haben hier nicht zu sitzen, sondern weiterzugehen.«

»Jaja, wir gehen ja schon.« Laura hakte den alten Mann unter und ging mit ihm weiter.

»Nicht mal mehr einfach auf einer Parkbank sitzen darf man«, fluchte Opa, »es wird immer schlimmer.«

@InfluenzaExtrem auf Twitter:

In der #DDR kommt mir das Leben irgendwie normaler vor als bei uns. In der #BRD dreht sich doch alles nur noch um Kommerz, um Influencer, um Geld. Was bringt mir die Freiheit, wenn ich doch so sehr unter Zwang stehe?

Montag, 24. Juli 2023 – Ost-Berlin, Prenzlauer Berg

Laura war am frühen Abend mit Opa Ramelow in die gemeinsame Wohnung zurückgekehrt. Ihre Mutter hatte Abendbrot bereitet, Rühreier mit Speck und belegte Brote. Nun war es weit nach 21 Uhr. Caren Ramelow und Opa schauten montagabends lieber West-Fernsehen, in der ARD lief eine Polit-Talkshow. Im DDR-Fernsehen gab es als Konkurrenzprodukt seit vielen Jahrzehnten den »Polizeiruf 110«. Eine Zeit lang hatte der Sender die Krimireihe sogar als direkte Konkurrenz am Sonntagabend zeitgleich zum »Tatort« laufenlassen. Als man dort jedoch feststellte, dass der »Tatort« auch in der DDR deutlich mehr Zuschauer als der »Polizeiruf 110« lockte, wurde das wieder geändert. Caren und Opa schauten trotzdem nicht.

Laura hatte sich in ihr Zimmer zurückgezogen, die Tür abgeschlossen. Das Zimmer war etwa neun Quadratmeter groß und bot für Bett, Schreibtisch und Schrank gerade so Platz. Ein Fenster zur Straße raus spendete tagsüber ausreichend Licht im Raum, jetzt zur Dämmerung leuchtete eine kleine Lampe auf dem Schreibtisch. An der Wand über dem Bett hingen ein mindestens 15 Jahre altes Poster der Band *Die Ärzte* und ein Vergleichsbild, das einen Gletscher in den Rocky Mountains im Jahr 1988 und im Jahr 2019 zeigte. Auf dem Bild von 2019 war derselbe Gletscher deutlich abgeschmolzen.

Das Fenster zur Straße war weit geöffnet – gar nicht mal wegen der Sommerzeit, denn dieser Montagabend war dafür eigentlich recht kühl. Nein, es gab einen anderen Grund. Laura stand am Fenster und steckte den Kopf hinaus, um nach links und rechts zu schauen. Die Sonne war längst hinter den Dächern verschwunden, viel war vom Häusermeer Berlins nicht mehr zu sehen außer zahlreiche Fenster, hinter denen nach und nach die Lichter angingen. Unruhig schaute Laura auf ihre Armbanduhr, es war 21:36 Uhr. Sie verließ kurz das Fenster, um die Schreibtischlampe zu löschen. Nun war es so dunkel im Raum, dass Laura vorsichtig zurückschritt Richtung Fenster. Sie schaute erneut hinaus und blickte um sich. Es herrschte kaum Wind, es war nur von unten ein wenig Straßenverkehr wahrzunehmen. Und dann ver-

nahm sie dieses leise Surren, auf das sie seit Minuten wartete. Links von ihr tat sich etwas auf, dessen kleine schwach
strahlende blaue Leuchtdioden immer näherkamen. Laura ergriff das fliegende Objekt, zerrte es rasch durchs Fenster und
schloss selbiges, um gar nicht erst groß Aufsehen zu erregen.
Sie hielt eine Drohne in der Hand. An der Seite dieses kleinen
Objekts mit Propeller öffnete Laura mit einem Schraubenzie-
her ein Fach, in dem ein USB-Stick lag. Diesen nahm sie heraus und legte einen anderen Stick hinein, den sie zwischen
Bettgestell und Matratze versteckt hatte. Dann verschraubte sie das Fach wieder und öffnete das Fenster im stockfins-
teren Raum erneut. Sie hielt die Drohne für einen Moment
lang in der Hand und klopfte dreimal gegen das Display. Der
Propeller setzte sich erneut in Gang und die Drohne flog leise und unauffällig davon.

Montag, 24. Juli 2023 – West-Berlin, Stralsunder Straße

Unweit der Westseite der Berliner Mauer befand sich die
Ernst-Reuter-Schule an der Stralsunder Straße im Bezirk Wed-
ding. In den Abendstunden war der umzäunte Schulhof zwar
abgesperrt. Es war aber ein leichtes, über den Zaun hinüber
zu steigen und den karg beleuchteten Innenhof während der
Nacht zu betreten. Die Stralsunder Straße verlief parallel zur
Bernauer Straße, deren westlicher Teil direkt an der Mauer ent-
langführte. Seit über 60 Jahren war diese Straße Sinnbild der
Teilung. Damals, im Jahr 1961, wurden Häuser auf der Ostseite
der Straße zugemauert, Menschen sprangen in ihrer Verzweiflung aus den Fenstern, um noch rasch in den Westen zu gelangen. Das Foto des jungen Bereitschaftspolizisten Conrad Schu-
mann, der über den Stacheldraht sprang, ging um die Welt.

Immer wieder kam es zu Fluchtversuchen an diesem Teil der Mauer. Manchmal waren nachts Schüsse zu hören. Die Anwohner im Umkreis wussten nicht, ob nur testweise geschossen wurde oder ob wieder jemand versucht hatte, nach West-Berlin zu gelangen. Im Laufe der Jahrzehnte war die Sicherheitstechnik immer weiter modernisiert worden, die Grenzanlagen wurden erhöht. Die Überwachungskameras mit Bewegungsmeldern wurden immer zuverlässiger, die Waffen präziser. Die Selbstschussanlagen, die ab 1984 abgebaut worden waren, wurden nach dem Tod Erich Honeckers auf Anweisung seines Nachfolgers René Klipkow im Jahr 1997 wieder installiert.

Die Drohne, die wenige Minuten zuvor von Laura in Ost-Berlin auf den Luftweg gebracht worden war, flog in etwa 90 Meter Höhe über das Berliner Niemandsland hinweg. Dies passierte fast täglich – aber so kleine Flugobjekte wie diese wurden nicht erfasst, weil sonst jeder fliegende Vogel für Alarm gesorgt hätte. Die Mini-Drohne hatte keine Beleuchtung, sie surrte leise.

Ihr Ziel war nicht die Bernauer Straße, das wäre zu nah an der Grenze gewesen und zudem zu hell beleuchtet. Trotzdem war es wichtig, an einem Ort zu landen, wo ein bisschen Licht brannte, um die Orientierung zu behalten. Somit war der abgeriegelte Schulhof der Ernst-Reuter-Schule der ideale Ort, da er nicht allzu weit weg lag. Die Drohne konnte nur mit einem kleinen Akku betrieben werden, der für längere Flüge nicht gereicht hätte.

Die vier Personen, die auf dem Schulhof standen, blickten erwartungsvoll Richtung Sternenhimmel. Die Drohne wurde von keinem von ihnen gesteuert. Der Pilot der Drohne war nicht einmal in der Nähe. Das war so gewollt, denn wenn sie jemand doch auf dem Schulhof erwischt hätte, dann hätte die

Drohne noch rasch davonfliegen können. Die vier, zwei Männer und zwei Frauen in einem Alter zwischen 20 und 30 Jahren, trugen dunkle Kleidung und, trotz der sommerlichen Abendtemperatur, dunkle Wollmützen. Als die Drohne sich ihnen von oben näherte, streckten sie ihre Arme aus, um das Fluggerät zu ergreifen. Dies gelang ohne weitere Probleme. Die nun folgende Handlung war genau geplant: Zwei hielten die Drohne fest, eine dritte Person leuchtete mit einer kleinen Taschenlampe auf das verschraubte Fach und eine vierte löste die zwei Schrauben. Kaum war der Plastikdeckel entfernt, wurde der USB-Stick entnommen und der Deckel gleich wieder draufgeschraubt. Der ganze Vorgang dauerte keine 20 Sekunden. Dreimal wurde gegen das Display geklopft, dann ließen alle vier dunklen Gestalten zugleich die Drohne los und diese verschwand nach oben Richtung Nachthimmel.

Das Quartett schaute um sich, offenbar hatte niemand etwas mitbekommen.

Eine männliche Stimme sagte leise: »Direkt überspielen. Code Elefant 13 Löwe 26.« Der USB-Stick wurde übergeben an eine der beiden Frauen. »Verstanden. Elefant 13. Löwe 26.«

Dienstag, 25. Juli 2023 – DDR 1, Aktuelle Kamera

»Berlin – Der Generalsekretär des Zentralkomitees und Vorsitzende der Sozialistischen Einheitspartei Deutschlands, René Klipkow, hat den Bundeskanzler der BRD, Erhard Möller, erneut aufgefordert, sich nicht in die inneren Angelegenheiten der Deutschen Demokratischen Republik einzumischen. Möllers indirekter Aufruf an die Bürger der DDR, am 13. August trotz eines Verbotes an einer nicht genehmigten Demonstration teilzunehmen, komme einer Aufstachelung von Menschen gleich. Klipkow betonte, der 13. August sei der 62. Jahrestag der erfolgreichen

Errichtung des Schutzwalls gegen imperialistische und faschistische Strö-
mungen und damit eine Erfolgsgeschichte. Die DDR sei frei von Faschis-
mus und stolz auf diese Errungenschaft. Gerade ein Blick in die USA
zeige, welche Auswirkungen zügelloser Imperialismus habe.«

@PsychoBock26 auf Twitter:
Der #Klipkow tut tatsächlich so, als wollten die Leute gegen die Mauer
demonstrieren. Dabei geht es um den Jahrestag des Massakers, wo dieses
Regime #DDR viele Menschen eiskalt abknallte. Statt sich der Verant-
wortung zu stellen, wird sie verschwiegen. Ich bin froh, in der #BRD zu
leben. Gut, dass wir den #130893 nicht vergessen haben.

Dienstag, 25. Juli 2023 – Ost-Berlin, Hochsicherheits-gefängnis Hohenschönhausen

Perry lag auf der Pritsche und starrte ins Leere. Er hatte so
viel nachgedacht, dass ihm inzwischen Ideen fehlten, worüber
er noch nachdenken sollte. Aber das Nachdenken, das innere Kopfkino, war das Einzige, was ihm noch blieb und wo-
mit er sich die Zeit vertreiben konnte. Er hatte in dieser Zelle keinen Fernseher, kein Radio, nicht einmal ein Fenster zum
Hinausschauen. Er hatte nur diese unbequeme Liege mit dieser durchgelegenen Matratze. Ein paar Bücher hatten sie ihm
überlassen – nur die lupenreinen kommunistischen und sozialistischen Werke. Marx, Engels, Honecker, Castro – das Übli-
che. Und dennoch hatte Perry sich das eine oder andere Buch
genommen, um darin zu lesen, weil es keine Alternative als
Zeitvertreib gab. Eine Toilettenschüssel befand sich auch in
der Zelle, ebenso ein Waschbecken mit zerkratztem Spiegel, in
dem Perry sich kaum sehen konnte. Die Bücher wurden ihm

fremder, je mehr er darin blätterte. Das Ziel, ihn auf diese Weise zu bekehren, war definitiv gescheitert. Wie soll jemand ein System lieben lernen, das ihn zugleich auf diese Weise drangsaliert? Nicht einmal von Gehirnwäsche verstehen diese Leute etwas, dachte sich Perry und versuchte, so gut es ging, das Ganze sarkastisch zu ertragen. Erich Honecker hatte nach seinem Ausscheiden aus dem Amt als Staatsratsvorsitzender noch ein Buch über seine Regierungsjahre geschrieben – und das schreckliche Massaker vom 13. August 1993 mit keinem Wort erwähnt. Wie glauben solche Leute eigentlich, das Vertrauen der Bürgerinnen und Bürger zu verdienen? Und was Marx und Engels so niedergeschrieben hatten, klang zwar gut, hatte aber mit der brutalen Realität in dieser DDR im Jahr 2023 nichts zu tun.

Viel lieber dachte Perry an Katinka. Sie war die Frau, die er liebte. Jeden Tag dachte er an sie – und auch jede Nacht. Er dachte an die vielen kuscheligen Stunden mit ihr, an ihre schönen Augen, ihren lieblichen Mund, an die Küsse, an den Sex. Es konnte noch so kahl und kühl um ihn herum sein, diese Gedanken wärmten ihm das Herz. Katinka war tief in seinem Herzen, denn kaum jemand wusste etwas von der Beziehung mit ihr. Perry war öffentlich Single, galt aber selbst im Freundes- und Familienkreis ebenso als solo und hatte offiziell keine Frau an seiner Seite. Und das hatte Gründe.

Schritte näherten sich, die vor der schweren Stahltür mit dem kleinen Spion in der Mitte verstummten. Im unteren Drittel der Tür war eine etwa 40 cm breite Eisenklappe, durch die Perry regelmäßig Essen und Trinken gereicht wurde, das nur vom Hunger getrieben vertilgt werden konnte. Aber es war nicht die Klappe, die geöffnet wurde – es war die Tür. Perry rechnete mit dem nächsten Verhör, obwohl seinem Gefühl nach dafür jetzt gar nicht die Zeit war. Demonstrativ blieb er auf der Pritsche liegen, um in keiner Weise Gehorsamkeit zu demonstrieren.

Der Sicherheitsmann, der die Tür aufstieß, hieß Harry Vaclav. Er war eine sehr düster blickende Erscheinung in dunkelblauer Uniform – in jedem klischeehaften Gangsterfilm hätte er die Rolle des Killers übernommen. Obwohl Harry oft tagelang der einzige kurze soziale Kontakt für Perry war, hatte sich keine persönliche Ebene aufgebaut. Meist brachte Harry das Essen wortlos vorbei, auf ein »danke« von Perry reagierte er nicht. Nur wenn es wirklich nötig war, etwas mitzuteilen, tat er es – wie in diesem Fall. »Verlassen Sie die Zelle. Nehmen Sie alle persönlichen Gegenstände mit.« Und er tat es stets mit unfreundlichem Unterton.

Perry brachte sich verwundert und blitzschnell in eine Sitzhaltung. Er schaute Harry einen Moment lang an, in seinem Hirn arbeitete es. Dann fragte er: »Wieso?«

»Melden Sie sich bei der Anstaltsleitung im Erdgeschoss. Dort bekommen Sie Ihre persönliche Kleidung und alle weiteren persönlichen Wertsachen.«

»Soll das heißen … heißt das … ich bin frei?«

»Ja.«

Perry blieb noch einige Sekunden sitzen, um die Situation zu begreifen. Er war überzeugt davon, der 13. August sei also vorüber – auch wenn seine innere Uhr ihm sagte, dass das nicht sein konnte. In einer solchen fensterlosen Zelle ohne Tag und Nacht war das Zeitgefühl eben ein ganz anderes.

Perry schnappte sich rasch Zahnbürste und Kamm und schlüpfte in die Anstaltsschuhe. Er drängelte sich an Harry vorbei, der auf der Schwelle stand. »Welches Datum ist heute?«

»Es ist der 25. Juli.« Harry hatte diese Frage in den vergangenen Wochen stets mit einem Schweigen beantwortet, nicht einmal die Frage nach der Uhrzeit beantwortete er. Es gehörte schließlich zur Strategie der Anstalt, Häftlingen jegliches Gefühl für die Zeit zu nehmen.

Perrys Blick war voller Zweifel. Nicht dass er die Information nicht glauben würde, aber es fühlte sich nicht gut an. Denn diese Freilassung erfolgte ganz sicher nicht aus Nächstenliebe. Perry wusste sofort: Die haben was mit ihm vor. »Und wie spät ist es?« Harry blickte auf seine Armbanduhr. »Es ist 10:26 Uhr.«

Perry schmunzelte nun sogar ein wenig. »Dass ich auf diese Frage tatsächlich mal eine Antwort bekomme, damit hätte ich nicht mehr gerechnet.« Zumindest war es ein Zeichen dafür, dass Perry tatsächlich frei war. Das freute ihn einerseits – aber andererseits wusste er: Dahinter steckt ein Plan, der es nicht gut mit ihm meint.

@Sowjetissimo auf Twitter:
Es gibt Gerüchte, dass #Perry freigelassen wurde? Vergesst es, euer Freund wird schön versauern. Er ist ein Terrorist, ein Nestbeschmutzer. Es ist richtig, solche Typen einzusperren. Er hat genug Menschen aufgehetzt. Ab ins Arbeitslager nach Sibirien! #DDR

Dienstag, 25. Juli 2023 – Ost-Berlin, Politbüro

René Klipkow war ein eher kleiner Mann. Dies sorgte hier und da für heitere Reaktionen, vor allem bei Karikaturisten und Kabarettisten – in erster Linie außerhalb der DDR, innerhalb nur hinter vorgehaltener Hand. Beliebt waren vor allem Zeichnungen, die Klipkow zusammen mit dem fast zwei Meter großen sowjetischen Staats- und Parteichef Andrej Korsakow zeigten. »Zar und Zwerg« war eine im Volksmund weitverbreitete Bezeichnung.

Das Politbüro war die eigentliche Regierung der DDR, auch wenn es eine offizielle Regierung mit einem Ministerpräsidenten sowie Ministerinnen und Ministern gab. Im Politbüro, das aus etwa zwei Dutzend hochrangigen Funktionären der SED bestand, fielen die finalen Entscheidungen. Der Ministerpräsident war selbst auch Mitglied des Politbüros, ebenso der Präsident der Volkskammer, dem Parlament der DDR. Im Politbüro saßen zu einem Drittel Frauen. Keines der anwesenden Mitglieder war unter 50, die Mehrheit über 65. In diesem Gremium saßen die Leute in der Regel bis zur krankheitsbedingten Arbeitsunfähigkeit oder bis zum Tod. Sie alle hatten im Laufe der Jahre viele Orden verliehen bekommen, die sie sich meist gegenseitig überreichten, und waren privilegiert. Die abgeschottete Wohnsiedlung für Politbüro-Mitglieder in Wandlitz nahe Berlin war angeblich eine luxuriöse Siedlung mit einem Supermarkt voller Westprodukte, mehr als Spekulationen darüber gab es aber nicht. Die SED-Führung bestritt dies und zeigte demonstrativ immer wieder Bilder vom Inneren der Siedlung, wo die Partei-Oberen angeblich ganz bescheiden lebten. Im Jahr 2019 war aus dem Westen mal heimlich eine Drohne angeflogen gekommen, die zumindest einen großen Swimmingpool im Außengelände erhaschen konnte. Die Drohne wurde zwar vom DDR-Militär abgeschossen, die Bilder kamen trotzdem anonym im Netz zur Veröffentlichung. Wer diese Drohne losgeschickt hatte, konnte nie geklärt werden. Auch hier soll die Gruppe *#DDRleaks* dahintergesteckt haben.

Der Tagungsort war ein großer Saal, an dessen längster Wand die Porträts der bisherigen Staatsratsvorsitzenden hingen. Klipkow war dort ebenfalls schon zu sehen, so war es üblich. Von der Wand gegenüber hingen zwei riesige Fahnen, die der DDR und die der Sowjetunion.

Klipkow schlug einen vor sich liegenden roten Aktenordner mit zitternder Hand auf. Er beugte sein Gesicht sehr nah über den Ordner, um darin lesen zu können. Die Politbüro-Mitglieder folgten dem Szenario wortlos, denn es war bekannt, dass Klipkow sich jegliche Hilfe verbat. Sein Gesundheitszustand war wahrlich nicht der allerbeste, das konnte er nicht verheimlichen – er bestritt es aber trotzdem. Gerüchte über einen angeblichen Herzinfarkt wies er vehement zurück.

Als Klipkow das Wort ergriff, sprach er recht leise und undeutlich. Klipkow wandte sich an Gundula Ludwig. Sie war für Wirtschaftsfragen zuständig und stand damit dem Wirtschaftsminister vor, der selbst nicht dem Politbüro angehörte. »Frau Genossin Ludwig, Sie haben einen Punkt, den Sie hier dringend vortragen möchten.«

Gundula Ludwig war 61 Jahre alt. Sie trug ihr weißes Haar schulterlang und war eine drahtige, schmale Person mit noch schmaleren Lippen, denen sie mit rotem Lippenstift mehr Ausdruck zu verleihen versuchte. Sowohl ihr Vater als auch ihr Großvater waren einst Mitglieder des Politbüros. Die sozialistische Überzeugung hatte sie sozusagen schon in die Wiege gelegt bekommen und sie war ihr Leben lang kein Stück davon abgewichen. Ihr Sohn war vor einigen Jahren in die BRD geflüchtet, woraufhin sie öffentlich kundtat, sie sei nicht länger seine Mutter – erst recht nicht, nachdem er diversen Fernsehsendern und Boulevardzeitungen darüber Interviews gegeben hatte, wie sehr sie jahrelang versucht hatte, aus ihrem Sohn einen aufrechten Sozialisten zu machen.

»Nun, Herr Genosse Vorsitzender. Es geht um die Digitalisierung des landesweiten Telefonnetzes. Ein Problem könnte nach wie vor die rechtzeitige Bereitstellung von ausreichend vielen Funkmasten sein. Das Kombinat produziert in 24-Stunden-Schichten die nötigen Bauteile, allerdings sind ganze Regionen der DDR noch nicht erfasst. Die Lieferzeit für weitere Maschinen zur Herstellung der Bauteile liegt bei mindestens zwölf Monaten, noch verschärft durch die Nachwirkungen der Pandemie. Damit können wir den Zeitplan bis 1. Januar 2024 nicht einhalten. Dies wäre auch deshalb dramatisch, weil der Zustand unserer alten Telefonleitungen zunehmend besorgniserregend ist. In manchen Städten funktioniert nicht einmal der Notruf.«

»Dann muss die Lieferzeit der Maschinen verkürzt werden. Geben Sie der Herstellung der Bauteile eine höhere Priorität.«

»Dann müssten wir das Kombinat, das diese Maschinen produziert, vergrößern. Es arbeitet bereits am Limit.«

»Dann tun Sie das.«

»Dazu fehlt es aber wiederum an den Maschinenteilen dafür. Mehr Maschinen benötigen auch mehr Maschinenteile.«

Klipkow schaute ungläubig über seinen Brillenrand. »Kommen die nicht aus Vietnam?«

»Das ist korrekt, Herr Genosse Vorsitzender.«

»Dann sollen die uns die Teile schneller schicken. Vietnam ist doch ein enger Handelspartner.«

Gundula Ludwig machte ein nachdenkliches Gesicht. Ein wenig fürchtete sie sich auch davor, dem Vorsitzenden zu widersprechen. Aber es musste sein. »In gewisser Weise schon. Aber China und Indien haben Priorität, weil sie höhere Preise zahlen können als wir. Wir stehen nicht an erster Stelle. Selbst die USA werden eher bevorzugt als wir. In Wirtschaftsfragen wird immer weniger danach geschaut, welches politische System der Handelspartner hat.«

»Ja, schlimm genug«, murrte Klipkow, »dann werde ich mit meinem Freund, dem vietnamesischen Präsidenten, noch heute ein Telefonat führen. Was ist das für ein Verrat, dem politischen Feind und ehemaligen Kriegsgegner mehr Priorität als uns zu geben?« Klipkow atmete tief durch und nahm mit leicht zitternder Hand einen Schluck Mineralwasser aus seinem Glas. Dann wandte er sich der gesamten versammelten Runde zu. »Kommen wir zu weiteren Tagesordnungspunkten. Die Äußerungen des BRD-Bundeskanzlers sind ja von uns in einer Pressemitteilung bereits kritisch kommentiert worden. Dies hat die westliche Presse heute auch aufgenommen. Gut so.« Allgemeines Nicken unter den Anwesenden. »Die Ausweisung der Ständigen Vertreterin war ein richtiger Schritt. Wir dürfen da jetzt keinen Millimeter nachgeben. Auch nicht im Lichte des Treffens mit dem BRD-Kanzler.« Klipkow wühlte etwas ziellos durch seine Unterlagen, dann betrachtete er eine Aktennotiz durch seine Brille. »Herr Minister Gebhardt, was hat es mit der Freilassung dieses Störers am heutigen Vormittag auf sich?«

Alfons Gebhardt, 79 Jahre alt und recht gebrechlich wirkend, war mit 74 Jahren noch in das Amt des Ministers für Staatssicherheit gekommen. Es war der ausdrückliche Wunsch von René Klipkow, für dieses bedeutende Ministeramt einen erfahrenen und verdienten Funktionär zu ernennen. Deswegen war auch er Mitglied des Politbüros. Gebhardt kam seiner Arbeit durchaus gewissenhaft nach, Beobachter hielten ihn trotzdem für eine Fehlbesetzung, nicht zuletzt aufgrund seiner mangelnden Kenntnisse über moderne Techniken. Gebhardt besaß kein Handy und tippte seine Texte noch auf einer Schreibmaschine. Klipkow sah darin kein größeres Problem, da er ebenso moderneren Techniken skeptisch gegenüberstand. Hinweise von Kritikern, dass das digitale Zeitalter andere Antworten brauche, wurden als »Geschwätz« zurückgewiesen. Das Analoge sei schließlich besser zu schützen als digitale Güter.

»Nun, Herr Vorsitzender, auf Empfehlung von Generalleutnant Krömer und Generalmajor Kaulitz haben wir heute Vormittag in der Tat Herrn Marc Ramelow, der auch unter dem

Pseudonym Perry auftritt, vorzeitig aus der Haft entlassen.«

Es kam ein wenig Unruhe auf. »Wieso denn das?« oder »Das darf doch nicht wahr sein« waren Sätze, die teils murmelnd und teils auch etwas lauter fielen.

»Bitte fahren Sie fort«, bat Klipkow.

»Die genannten Genossen konnten mich davon überzeugen, dass eine noch länger andauernde Haft eher Schaden als Nutzen anrichten würde. Die Strategie lautet, Unruhe und Misstrauen in diese Bewegung zu bringen, deren Mitstreiter uns bislang namentlich kaum bekannt sind. Auf diese Weise gelingt es dann hoffentlich auch, das Leck in meinem Ministerium zu finden.«

»Wie kann es sein, dass diese Leute immer noch nicht namentlich bekannt sind?«, fragte Klipkow nach.

»Nun, sie kommunizieren offenbar über geschützte Kanäle im Internet. Unsere Spezialisten tun alles, um sie zu enttarnen.«

»Das Internet wird diesen Staat noch zerstören«, rief die für Kulturfragen zuständige Lisbeth Kraushaar, eine 72-jährige ältere Dame mit hochgeschlossenem Kleid, glattem grauen Haar und einer Brille, deren flaschenbodendicke Gläser ihre kleinen Augen riesig erscheinen ließen. »Der Staat muss alle vorhandenen Telefonleitungen in den Westen kappen. Sofort. Ich sage das seit Jahren.«

»Wie gesagt«, ergänzte Gundula Ludwig, »der Zahn der Zeit erledigt das ohnehin schon für uns.«

Gebhardt schüttelte den Kopf, der ohnehin altersbedingt ein wenig wackelte. »Frau Genossin Kraushaar, ich habe mir erklären lassen, dass Kommunikation über das Internet nicht nur über Telefonleitungen stattfindet, sondern auch über Satelliten. In Berlin strahlt West-Berlin ein sehr starkes ... wie heißt das ... Funknetz aus. Eine Beschwerde unsererseits gegen den West-Berliner Senat blieb unerhört.«

Klipkow legte den rechten Zeigefinger nachdenklich auf seine Lippen. »Aber die Dokumente, die dieser junge Strolch da im Internet zeigte, sind doch Papierdokumente gewesen. Wir haben doch bewusst darauf verzichtet, digitale Dateien von solchen Unterlagen anzufertigen. Wie können diese dann in den Westen weitergeleitet werden?«

»Da haben Sie in der Tat recht, Herr Genosse Vorsitzender. Papier kann einigermaßen unauffällig über die Grenze geschmuggelt werden. Daher wie gesagt: Wir müssen das Leck finden. Irgendwer im Ministerium, der Zugang hat, arbeitet gegen uns.«

Klipkow wurde lauter. »Wie kann es sein, dass in einer so wichtigen Abteilung mit so geheimen Unterlagen irgendwer arbeitet, der nicht 100 % hinter unserem Staat steht?«

»Das ist in der Tat eine Frage, auf die wir im Moment noch keine schlüssige Antwort haben, Herr Genosse Vorsitzender«, erklärte Gebhardt, »daher ziehen wir es vor, den Feind mit falschen Unterlagen zu versorgen. *Operation Grünschnabel* hat begonnen. Zu dieser Operation gehört auch die Freilassung von Marc Ramelow.«

»*Operation Grünschnabel*«, wiederholte Klipkow und schwieg einen Moment. »Sehr gut. Es zeigt jedenfalls, dass eine Digitalisierung von Daten und Unterlagen dann keinen Sinn macht, wenn wir selbst dadurch zur Zielscheibe von Computerprofis werden. An anderen Stellen, wie etwa den Finanztransfers, sollten wir hingegen mit großen Schritten das analoge Zeitalter hinter uns lassen. Für ab wann halten Sie eine Abschaffung des Bargeldes für realistisch, Frau Genossin Ludwig?«

Gundula Ludwig war einen Moment perplex. Auf diese Frage war sie nicht vorbereitet. »Abschaffung des Bargeldes, Herr Genosse Vorsitzender?«

»Ja.« René Klipkow ließ keinen Zweifel daran, dass er diese Frage ernst meinte. »Wenn es uns gelingt, Finanztransfers jeglicher Art in der DDR zu überwachen – selbst wenn es nur Geldgeschenke zum Geburtstag des Enkelkindes sind oder der Kauf einer Zeitung –, dann eröffnet dies uns ganz neue Möglichkeiten. Ich habe gestern Abend mit dem Chef des Kombinats für Computertechnik in Schwerin darüber gesprochen. Ich war fasziniert von seinen visionären Ausführungen.«

»Nun, Herr Genosse Vorsitzender.« Gundula Ludwig dachte einen Moment lang über eine kluge Antwort nach. »Dazu wäre eine komplette Digitalisierung des Bankensektors nötig. Davon sind wir im Moment noch weit entfernt.«

»Dann möchte ich, dass ein solches Projekt zumindest mal ins Auge gefasst wird.«

»In Ordnung.« Gundula Ludwig ergriff sogleich erneut das Wort. »Genosse Staatsratsvorsitzender, die Feierlichkeiten zu Ihrem 30-jährigen Amtsjubiläum ...« Sie stockte.

»Ja? Was ist damit?«, fragte Klipkow.

»Wie Genosse Gebhardt sicherlich bestätigen kann, gibt es für diesen Termin am 19. September Sicherheitsbedenken.«

Klipkow klappte den roten Aktenordner zu. »Nun, wir werden doch wohl mit dieser Horde an verrückten Störern genauso umgehen können wie zum 50. Jubiläum des anti-imperialistischen Schutzwalls im Jahr 2011.«

»Im Gegensatz zu 2011 hat sich aber sehr viel getan in der Kommunikationstechnik und den Möglichkeiten, Aufnahmen live im Internet zu übertragen«, erklärte Gebhardt, »den Störern geht es ja nicht darum, wirklich zu demonstrieren, sondern möglichst spektakuläre Bilder in die Welt zu übertragen, die unseren Staat als undemokratisch und brutal darstellen sollen.«

»Damit habe ich kein Problem.«

»Wie bitte?«

»Damit habe ich kein Problem. Sollen sie uns ruhig als brutal und unmenschlich darstellen, das erhöht den Respekt der DDR-Bevölkerung vor uns. Ein starker Staat ist nur einer, der sich nichts gefallen lässt.«

@HolyMoly33 auf Twitter:
Hab' heute das Gerücht gehört, #Klipkow hätte sich im Mai bei dem Treffen mit #Korsakow beim Abendessen eingeschissen? Ich hoffe, der Mann ist im Kopf wenigstens noch klar. Nicht dass er aus Versehen den Dritten Weltkrieg auslöst. In Kombination mit dem Irren in Washington brandgefährlich.

Dienstag, 25. Juli 2023 – Ost-Berlin, Prenzlauer Berg

Caren Ramelow ging die knarzenden Stufen des alten Treppenhauses hinauf. Sie trug eine Einkaufstasche bei sich, die allerdings nicht so gut gefüllt war, wie sie sich das gewünscht hätte. Der Konsumladen zwei Straßenecken entfernt hatte noch keine neue Lieferung erhalten, es fehlte sogar an Grundnahrungsmitteln – von Südfrüchten und Kaffee ganz zu schweigen. Das Mittagessen musste daher anders ausfallen als eigentlich geplant.

Im dritten Stockwerk angekommen traf sie auf Frau Mielke, ihre Nachbarin, die gerade die Wohnung verließ, ebenso mit einer Einkaufstasche in der Hand. Frau Mielke war eine 71-jährige Frau, Witwe eines Reichsbahnbeamten.

»Sie brauchen gar nicht loszugehen, Frau Mielke. Der Konsum hat noch keine Lieferung bekommen.« Caren stellte ihre Tasche ab und suchte nach dem Schlüsselbund.

»Ach nein! Und wo heute meine Tochter zum Kaffee kommen will. Der West-Kaffee von meiner Nichte aus Nürnberg ist leider alle.«

»Tja. Batterien und Kabel für diese modernen Telefone, die unsere Jugendlichen heute alle haben – davon ist mehr als genug da. Aber Milch und Mehl gibt es nicht.«

»Es wird immer schlimmer in diesem Staat, Frau Ramelow. In Wandlitz haben sie alle volle Kühlschränke, da können Sie Gift drauf nehmen.«

»Nicht zu laut«, flüsterte Caren und deutete mit den Augen hinauf in den 4. Stock. Dort wohnte ein Ehepaar, dessen Mann im Ministerium für Staatssicherheit arbeitete.

»Wer will mir noch was anhaben?«, unkte Frau Mielke müde lächelnd.

»Wenn Sie einen Kuchen backen wollen für Ihre Tochter: Ich habe noch ein bisschen Milch im Kühlschrank.«

Frau Mielke wehrte ab. »Nein, nein, nein. Die brauchen Sie bestimmt selbst für Ihren Kuchen.«

»Für meinen Kuchen?«, fragte Caren irritiert, »ich habe nicht vor, heute einen zu backen.«

»Na, wer weiß …« Frau Mielke lächelte und ging zurück in ihre Wohnung. Caren, die den Schlüssel inzwischen gefunden hatte, verstand diese Andeutung nicht. Sie schloss die Wohnungstür auf und trat mit der halbvollen Tasche in der Hand ein. »Ich bin wieder da«, rief sie und ging rechts abgehend in die Küche. Die Wohnung war insgesamt 85 Quadratmeter groß. Opa und Laura hatten je ein eigenes Zimmer, Caren machte sich nachts die Couch im Wohnzimmer zum Schlafen zurecht. »Der Konsum hat noch nichts geliefert bekommen. Es hätte also gar nichts genützt, wenn ich schon heute früh zur Ladenöffnung gegangen wäre. Die Leute standen alle vergebens stundenlang Schlange.«

»Aber dafür bin ich jetzt da«, sagte Marc und stand plötzlich hinter ihr, als sie die Einkaufstasche auspackte. Caren drehte sich um und war geradezu geschockt vor Freude.

»Marc!« Sie umarmte ihren Sohn und küsste ihn mehrmals auf die Wangen. Ihre Augen waren feucht. »Die haben dich rausgelassen?«

»Ja, sieht so aus.« Marc lächelte.

»Das hätte ich zwar nicht erwartet, aber es freut mich sehr.« Sie musterte ihren Sohn besorgt und strich ihm durchs Haar. »Gut schaust du aus.«

»Wie soll ich denn bitte gut ausschauen nach wochenlanger psychischer Folter, Mama?«

»Vielleicht meine ich einfach nur, dass ich es schlimmer erwartet habe. Was haben sie denn mit dir gemacht?«

»Vieles. Sehr vieles. Aber du siehst, ich habe es durchgestanden.« Marc zitterte ein wenig, Caren umarmte ihn noch einmal.

»Entschuldige, ich bin noch ganz verwirrt. Jetzt weiß ich auch, was Frau Mielke meinte, weswegen ich die Milch, die noch im Kühlschrank ist, selber brauche. Um dir natürlich einen schönen Kuchen zu backen. Dann kannst du es genauer erzählen.«

Marc schüttelte den Kopf und wehrte mit den Händen ab. »Tut mir leid, Mama. Ich kann heute nicht so lange bleiben.«

»Ach so?« Carens Enttäuschung stand ihr riesig ins Gesicht geschrieben. »Aber ich habe so viele Fragen. Deine Mutter möchte wissen, was mit dir geschehen ist.«

»Das werde ich dir alles erzählen, wirklich. Ich muss erst mal einiges erledigen. Aber am Donnerstag komme ich und bleibe den ganzen Tag. Versprochen.« Er deutete auf den Kühlschrank. »Das mit dem Kuchen wäre sowieso nicht gegangen. Ich habe die Milch nämlich vorhin ausgetrunken. Tut mir leid, ich hatte so einen Durst auf kalte Milch. Nach all den Wochen.«

Caren strich ihm über die Wangen. »Oh je, ich hab' vermutlich gar keine Vorstellungen davon, was du durchgemacht hast.«

»Es geht mir gut, wie du ja siehst. Übermorgen erzähle ich dir alles ausführlich.«

Laura kam in die Küche und strahlte. »Hallo Mama, ist das nicht toll, dass Marc wieder da ist?«

»Ja, das kann man wohl sagen. Wo ist Opa?«

»Macht Mittagsschlaf. Komm, Marc, wir wecken ihn kurz. Sonst ist er schwer enttäuscht, wenn er hinterher erfährt, dass du da warst und ihn nicht geweckt hast.« Laura packte Marc an der Hand und zerrte ihn aus der Küche. Sie gingen den Flur hinunter, doch zu Marcs Überraschung zog Laura ihn in ihr eigenes Zimmer und schloss die Tür ab.

Lauras erster Griff ging zum Radio auf der Fensterablage, das sie auf Zimmerlautstärke einschaltete. Es ertönte ein Lied von Schlagersänger Frank Schöbel.

»Ich wollte dir noch erzählen: Es tut sich einiges bei unseren Online-Aktivitäten«, flüsterte sie trotz der Musik, »vor allem Twitter und *TikTok* werden wir aktiv nutzen.«

»*TikTok*? Das gehört den Chinesen.«

»Keine Sorge. Wir sind auf alles vorbereitet. Unser Plan ist ...«

Marc machte eine abwehrende Handbewegung. »Nein, sag es mir nicht.«

»Warum nicht?«

»Das ist doch der einzige Grund, warum die mich freigelassen haben. Die wollen, dass ich die zur Gruppe führe. Ich werde mit Sicherheit beschattet, auch wenn ich bislang nichts konkret bemerkt habe. Auch online werde ich mich nicht in die Rooms einloggen. Du musst mich da raushalten – vorerst.«

»Okay, verstehe. Ich selbst halte auch Abstand. Die Kommunikation mit der Gruppe erfolgt nur konspirativ.«

»Pass bloß auf! Hinter all dem steckt ein Plan. Das haben die sich genau überlegt, mich rauszulassen.« Marc kramte in seiner rechten Hosentasche herum und holte einen kleinen USB-Stick heraus. »Ich habe ein kleines Video gemacht vorhin. Es ist auf diesem Stick. Kannst du es bitte weiterleiten?«

»Na, klar.« Laura nahm den Stick an sich. »Ich muss heute Abend sowieso wieder etwas auf den Luftweg bringen. Dann geht der Stick gleich mit.«

Marc schmunzelte. »Die suchen online alle Kanäle ab und kommen nicht drauf, dass wir ganz anders miteinander kommunizieren.«

»Ich hoffe, das geht weiterhin gut. Mir rast jedes Mal das Herz, wenn die Drohne vor meinem Fenster auftaucht.«

»Sie ist zu klein, um von den veralteten Techniken geortet zu werden. Und sollte sie wirklich mal entdeckt werden, lässt sie sich nicht zurückverfolgen.«

Es klopfte an der Zimmertür. Es war Caren. »Was macht Ihr denn da drin? Ich denke, Ihr wollt Opa wecken?«

Laura öffnete. »Ich musste Marc nur kurz mein Zwischenzeugnis zeigen. Das kennt er doch noch nicht.«

Caren grinste stolz. »Stimmt ja. Da kannst du echt stolz sein auf deine Schwester. Wenn sie was will, dann schafft sie es auch.«

Laura und Marc sahen sich lächelnd an. Marc gab seiner Halbschwester einen Kuss auf die Wange. »Na komm, dann lass uns Opa wecken. Hoffentlich kriegt er keinen Schock.«

Während sie leise die Klinke zu Opas Zimmer herunterdrückten, nahm Caren Unruhe im Treppenhaus wahr. Sie bewegte sich auf Zehenspitzen zurück durch den Flur und wagte einen Blick durch den Türspion. Dort waren zwei Herren zu sehen, gut gekleidet und mit sehr bedrohlicher Körperhaltung auftretend. Sie standen auf der Türschwelle und forderten Frau Mielke auf mitzukommen. Verängstigt zog sie ihren Mantel über und folgte den beiden Männern.

Mittwoch, 26. Juli 2023 – ZDF heute

»Ost-Berlin – Der im Juni in der DDR verhaftete Online-Aktivist Perry ist seit gestern auf freiem Fuß. Wie mehrere Medien übereinstimmend berichteten, wurde Perry am Dienstagmorgen aus dem Gefängnis Berlin-Hohenschönhausen entlassen. Die Inhaftierung Perrys war unter anderem in dem Video Die Zerstörung der DDR *des YouTubers Lonzo angeprangert worden. In einer Videobotschaft, die mehreren westdeutschen Medien zugespielt wurde, erklärte Perry, es gehe ihm gut und er freue sich, wieder in Freiheit zu sein. Dauerhafte gesundheitliche Schäden habe er durch den Gefängnisaufenthalt wohl nicht davongetragen. Es habe aber tägliche psychische Folter und unmenschliche Bedingungen in seiner Gefängniszelle gegeben, etwa durch permanent leuchtendes grelles Licht. Perry betonte, er werde auch weiterhin offen seine Meinung sagen. Die DDR-Führung wies Perrys Darstellung als verleumderisch zurück.«*

@Systemkritiker48 auf Twitter:
Wieso lassen die #Perry plötzlich frei? Entweder hat er ausgepackt und arbeitet nun für die Stasi oder #Klipkow hat Lösegeld aus dem Westen bekommen. Ich glaube hier gar nichts. In Nordkorea oder in der UdSSR wäre der nie wieder aufgetaucht nach der Festnahme, sondern in irgendeinem Gulag für immer verschwunden. #ddr

Mittwoch, 26. Juli 2023 – Ost-Berlin, Köpenick

Das Wichtigste, was Perry in all den Wochen im Gefängnis Halt und Wärme gegeben hatte, war der Gedanke an die Frau, die er liebte: Katinka Bogdanow.

Die Beziehung war kompliziert, was an den äußeren Umständen lag: Katinka war die Tochter eines russischen Diplomaten, groß geworden war sie in Leningrad. Es war nicht verboten, eine solche Beziehung zu führen – aber Perry hatte kein Interesse daran, diesen Konflikt zwischen Systemkritik und der Liebe zur Tochter eines russischen Funktionärs öffentlich auszutragen. Somit war diese Beziehung niemandem bekannt außer den beiden. Auch Katinkas Vater wusste von nichts, es hätte ihm womöglich Schwierigkeiten bereitet. Und Katinka selbst erwiderte ihre Liebe zu Perry so sehr, dass sie diesen schwierigen Weg gehen wollte – wohin auch immer er führte.

Perry lag auf Katinka, nur ein Schweißfilm trennte sie. Ihr Sex war leidenschaftlich – immerhin fand er wochenlang nur in Gedanken statt. Mit einer halben Drehung wandte er sich auf den Rücken und neben sie. Er atmete schwer. Katinka griff zur Bettdecke und zog sie halb über die nackten Körper. Auf ihrer Haut waren einige leichte Bissspuren zu sehen, ihr Mund war von leidenschaftlichen Küssen leicht angeschwollen. »Oh, Dorogoy«, flüsterte sie auf Russisch, was so viel wie »Oh, Liebling« bedeutete.

Sie lagen im Schlafzimmer der Zweiraumwohnung, die Perry seit sieben Jahren in der Charlottenstraße in Berlin-Köpenick bewohnte. Katinkas Ankunft bei ihm am Abend zuvor war nicht ganz leicht zu organisieren gewesen. Sie verfügte über einen Schlüssel für die Hintertür des Wohnhauses, schlich im dunklen Treppenhaus hinauf in den zweiten Stock und wurde in die dunkle Wohnung hineingelassen. Das ganze Prozedere hatte natürlich mit dem dringenden Verdacht zu tun, dass Perry von der Staatssicherheit seit seiner Freilassung beobachtet wurde. Er bemühte sich, nur für offizielle Wege, etwa zu seiner Familie in Prenzlauer Berg, die Wohnung überhaupt zu verlassen.

»Es war noch geiler als die beiden Male gestern Abend«, stöhnte Perry und wischte sich Schweiß vom Gesicht.

»Du hast was nachzuholen.« Katinka lachte leise.

»Du doch auch.« Perry beugte sich über sie und gab ihr einen zärtlichen Kuss. »Oder hast du dich in meiner Abwesenheit anderswo vergnügt?« Er setzte sich ein schelmisches Grinsen auf, um nicht den Eindruck zu erwecken, er meine das wirklich ernst.

Katinka stieß Perry weg. »Das ist nicht witzig.«

»Entschuldige. So ist das nun mal in diesem Land, dass einem das Misstrauen quasi schon mit der Muttermilch verabreicht wird.«

Katinka studierte Medizin an der Charité. Sie war 27 Jahre alt und hatte diesen leicht rollenden russischen Akzent in der Stimme, obwohl sie mit ihrer Familie bereits 1998 aus Leningrad nach Ost-Berlin gezogen war. Perry hatte sie 2019 in einem Club kennengelernt. Beide wussten nicht, mit wem sie es jeweils zu tun hatten. Als sie einander trafen, erzählten sie sich auch zunächst nicht viel voneinander – aus Vorsicht. Katinka verschwieg ihren Vater, Perry die Geschichte seiner Familie und sein Engagement. Sein Gesicht war bekannt, daher brauchte er eine Zeit, um sicherzugehen, dass Katinka nicht doch im Auftrag der Stasi unterwegs war, um ihn anzubaggern und ihn auszuhorchen. Es war schwierig für ihn mit der Liebe. Jede Person, die neu in sein Leben trat, musste von ihm grundsätzlich erst mal hinterfragt werden – egal wie sympathisch und gutaussehend sie war, egal wie ehrlich sie es an-

geblich meinte. Sein Leben bestand aus permanentem Misstrauen.

Katinka ergriff die Bettdecke und stülpte sie beiden über
den Kopf. »Ich hab' dich so vermisst«, flüsterte sie, »es ist so
schrecklich, nicht einmal mit jemandem darüber reden zu
können, meine Gefühle zu teilen. Ich hatte keine Informationen.«

Perry schwieg einen Moment, er musste über die passenden
Worte erst nachdenken. »Ich wusste ja auch nicht, wie es dir
geht. Aber der Gedanke an dich hat mich stark bleiben lassen.«

»Ich möchte ein normales Leben mit dir führen.«

»Wie soll das gehen in einem unnormalen Staat?«

»Mein Vater hat …«

»Ich will kein privilegiertes Leben führen aufgrund guter
Beziehungen. Dann kann ich auch gleich in die Partei eintre-
ten.«

»Was ist dir wichtiger? Dein Kampf gegen die Obrigkeit
oder unsere Liebe?«

Perry antwortete nicht, sondern stieß plötzlich die Bettdecke weg. »Hast du das gehört?«

»Was denn?«

Perry stand auf. Splitternackt schlich er in den Flur. Die
beiden Räume seiner Wohnung waren recht klein, insgesamt
hatte er 32 Quadratmeter zur Verfügung. Im anderen Raum
stand jede Menge Computertechnik – wenn sie nicht gerade mal wieder aus fadenscheinigen Gründen von der Staatssicherheit beschlagnahmt wurde. Es gab noch eine kleine Küche, ein noch kleineres Bad und diesen minimalen Flur, in
den gerade mal eine Garderobe passte. Auf dem grauen Teppich im Flur lag ein Kuvert, soeben durch den Briefschlitz der
Wohnungstür geworfen. Perry warf kurz einen Blick durch
den Türspion, da war niemand zu sehen. Er öffnete das Ku-

vert und zog einen Zettel heraus, auf dem stand:

»Frosch 8 Elefant 13 Wiesel 29«.

Katinka stand plötzlich auf der Türschwelle des Schlaf-
zimmers. Sie hatte sich die Bettdecke umschlungen wie einen
Mantel. »Was ist das, Dorogoy?«

Perry zeigte es ihr nicht, sondern schloss das Kuvert wieder. »Das solltest du lieber nicht wissen. Zu deiner eigenen Sicherheit.«

»Wie soll es nur mit uns weitergehen?«, fragte sie sehr besorgt.

Perry stand einen Moment lang hilflos da. Er spielte nachdenklich mit dem Kuvert herum. »In diesem Land wird sich
etwas ändern. Früher oder später. Wir dürfen nicht aufhören
dafür zu kämpfen.«

»Wir können dieses Land auch verlassen, Dorogoy.«

»Du kannst es womöglich verlassen – aber ich nicht. Und ich
will es auch nicht. Meine Familie ist hier, mein Leben ist hier.
Und ich möchte etwas bewegen, damit hier in diesem Land
alle glücklicher leben können. Auch wir beide.« Er ging zwei
Schritte auf Katinka zu und strich über ihre Wange. »Unsere Liebe bedeutet mir sehr viel. Und sie gibt mir Kraft. Aber
ich habe eine Mission zu erfüllen, die noch darüber steht. Ver-
stehst du das?«

Katinka reagierte zunächst nicht, dann nickte sie verhalten.

Mittwoch, 26. Juli 2023 – West-Berlin, Grenzübergang Bornholmer Straße

Stiff war genervt. Die Schlangen an den Schaltern des Grenzüberganges Bornholmer Straße in der französischen Besatzungszone im Norden West-Berlins waren länger als von ihm befürchtet. Es standen mit ihm zahlreiche West-Berliner in der Schlange, insbesondere welche im Rentenalter. Sie wollten diesen sonnigen Tag nutzen, um hinüber nach Ost-Berlin zu gehen – sei es einfach für einen Spaziergang oder um Bekannte oder Freunde zu besuchen. Dieser Übergang hatte zumindest den Vorteil, dass tatsächlich nur West-Berliner ihn benutzen durften und damit in der Regel die Schlangen kürzer waren als an den anderen Übergängen in der Stadt.

Für einen Tag war ein Besuch in der sowjetischen Besatzungszone ohne große Probleme von West-Berlin aus möglich. Bedingung war nur, bis spätestens Mitternacht Ost-Berlin wieder verlassen zu haben. Und: Jeder Bundesbürger musste 50 D-Mark in 50 DDR-Mark umtauschen, diese Regelung galt pro Kopf. Eine vierköpfige Familie musste also 200 D-Mark umtauschen, wenn sie für einen Tag ins DDR-Gebiet wollte, für eine ganze Woche wurden das 1400 DDR-Mark, die zwar in der DDR dann frei ausgegeben werden konnten, aber: Wohin soll man mit Geld, das nicht viel wert ist, in einem Land, in dem es nicht viel zu kaufen gibt? Für die DDR selbst waren diese Einnahmen westlicher Devisen ein wichtiger Wirtschaftsfaktor, daher war sie auf der einen Seite zwar nach außen hin betont skeptisch gegenüber denen, die da alle ins Land wollten, aber auf der anderen Seite froh über diese Einnahmen – ein schmaler ideologischer Grad. Dass die finanzielle Lage der DDR desaströs war, wusste ja im Westen im Grunde jeder. Es war schon allein daran abzulesen, wie heruntergekommen das

Land war. Gebäude verfielen, Straßen wiesen teilweise extreme Schlaglöcher auf und die Industrie veraltete immer mehr. All das war seit Jahrzehnten schon so, hatte sich aber in den vergangenen 20 Jahren noch einmal verschärft. Daher wirkte die immer wieder von Staats- und Parteichef René Klipkow geäußerte Behauptung, die DDR sei einer der bedeutendsten Industriestaaten der Welt, geradezu absurd.

Ost-Berlin kam dabei noch ganz gut weg, denn die Hauptstadt der DDR sollte ja schließlich ein Aushängeschild des sozialistischen Staates sein. Aber selbst hier herrschten inzwischen Zustände, die Bürgerinnen und Bürger der Stadt verärgerten und deprimierten. Geradezu symbolhaft war das Stillstehen der Weltzeituhr auf dem Alexanderplatz – weil es ein deutliches Anzeichen dafür war, dass in der gesamten DDR irgendwie wohl die Zeit stehengeblieben war. Und hier an diesem Grenzübergang stand seit 60 Jahren der S-Bahnhof *Bornholmer Straße* still. Er war vollkommen zerstört, nur noch Ruinenteile erinnerten an alte Zeiten. Mit dem Mauerbau im August 1961 wurde der Bahnhof dichtgemacht. Die Bösebrücke führte über die Bahnhofsruine und verband Ost- und West-Berlin an dieser Stelle miteinander.

Stiff trug 500 D-Mark bei sich, die er hinten unter seinem T-Shirt über dem Gesäß in der Jeans eingeklemmt hatte. Vor Eintritt in die DDR musste er, wie am Flughafen, einmal durch einen Metalldetektor, der aber auf das Geld natürlich nicht anschlug. Und eine Leibesvisite gab es nicht, dies war in einem bilateralen Vertrag zwischen DDR und BRD geregelt. Einen USB-Stick oder eine Festplatte ins Land oder hinaus zu schmuggeln, war unmöglich und zudem streng verboten. Aber analoges Papier stellte keine große Schwierigkeit dar. Nicht zuletzt deshalb wäre es den Verantwortlichen des DDR-Innenministeriums nur allzu lieb gewesen, möglichst rasch alle Bereiche zu digitalisieren – aber am nötigen Geld dafür fehlte es. Und es fehlte am politischen Willen einer Führungsriege, die nicht den Weg ins digitale Zeitalter fand und glaubte, analog sei sicherer als digital.

In dem kleinen grau lackierten Grenzhäuschen saß hinter einer Scheibe eine Dame Ende 30, die jeden Besucher und jede Besucherin skeptisch musterte. Freundlichkeit war ihr offenbar fremd, sie wirkte nicht gerade wie jemand, der viel Liebe im Leben bekam. Aber es konnte auch Show sein, denn die Grenzbeamten waren angewiesen, sich so zu verhalten. Niemand sollte in dieser DDR herzlich willkommen sein. Alles, was von Interesse war, waren die Devisen. Der damit verbundene Einlass ins Land stellte einen Akt unvermeidlicher Vertragserfüllung seitens des Staates DDR dar.

Vor Stiff war ein älteres Ehepaar an der Reihe, das schon gleich bereitwillig zwei 50-Mark-Scheine unter der zerkratzten Sichtscheibe des Häuschens durchschob.

»Ihre Ausweise bitte«, sagte die Grenzbeamtin in leicht gereiztem Ton, so als wenn das doch allgemein bekannt sei und nicht noch extra erwähnt werden müsse. Mit ihr auf engstem Raum standen eine Computertastatur mit Flachbildschirm sowie ein Drucker, ein Scangerät und eine abschließbare Kasse. Den Tower des Computers musste sie irgendwo zwischen ihren Beinen stehen haben, anders wäre das vom Platz her gar nicht gegangen. Das alles wirkte nicht wie 2023, eher wie 1998.

»Ach ja, natürlich«, rief die ältere Dame aus und lachte ein wenig aufgesetzt, um die Atmosphäre aufzulockern. Dies beeindruckte die Grenzbeamtin aber kein bisschen.

Während die beiden Ausweise noch herbeigesucht wurden, stellte die Beamtin schon die nächste Frage: »Tragen Sie elektronische Telefone bei sich, mit denen auch fotografiert und gefilmt werden kann?«

117

»Nein, nein«, antwortete der Mann, »für sowas sind wir zu alt. Wir haben nur ein ganz normales Handy.«

»Kann ich das bitte mal sehen?«

Die ältere Dame kramte in ihrer Handtasche herum und hatte nun auch die beiden Personalausweise beisammen, um diese auf die Ablage des Grenzhäuschens zu legen.

»Und das Telefon«, bemerkte ihr Mann genervt.

»Jaja, ich weiß doch.« In ihrer recht unaufgeräumten Handtasche fand sie nach einigen Sekunden auch das Handy und legte dies der Beamtin vor. Diese hatte inzwischen die Personalausweise ergriffen und scannte sie ab, woraufhin auf ihrem Bildschirm irgendwelche Informationen erschienen, die nur sie sehen konnte.

»Tragen Sie Devisen in bar von mehr als 300 D-Mark bei sich?«

»Nein.«

»Was ist der Grund Ihres Aufenthalts in der Deutschen Demokratischen Republik?«

»Nur ein Tagesausflug. Freunde und Bekannte haben wir in der DDR nicht.«

Kurz darauf erhielt das Ehepaar die Ausweise zurück nebst 100 DDR-Mark in bar sowie einen ausgedruckten Tagesausweis in zweifacher Ausführung, von denen einer wiederum unterschrieben zurückgegeben werden musste.

»Begeben Sie sich bitte zur Sicherheitsprüfung.« Die Beamtin verwies auf den Metalldetektor etwa zehn Meter weiter, an dem bereits zwei DDR-Grenzbeamte warteten. »Der Nächste bitte.«

Nun war Stiff dran. Um gar nicht erst negativ aufzufallen, legte er unaufgefordert sowohl seinen Personalausweis als auch die 50 D-Mark unter die Sichtscheibe. Die Beamtin ergriff den Ausweis und legte auch ihn auf den Scanner. Sie blickte auf den Bildschirm und tat dies deutlich länger, als sie es bei dem älteren Ehepaar soeben getan hatte. Stiff leckte sich unsicher über die Lippen und fühlte sich äußerst angespannt. Er versuchte alles, um die innere Ruhe wiederherzustellen.

»Tragen Sie elektronische Telefone bei sich, mit denen auch fotografiert und gefilmt werden kann?«

»Ähh… ja.« Stiff nahm sein Smartphone aus der Gesäßtasche der Jeans und legte es der Beamtin vor.

»Schalten Sie das Gerät bitte komplett ab.«

»Ach ja, natürlich.«

Stiff wischte einmal über den Bildschirm und starrte darauf, bis dieser schwarz geworden war. Dann legte er es der Beamtin hin. Sie ergriff ein gepolstertes Kuvert und verschloss dieses. Es kam ein Aufkleber drauf, auf dem Stiffs bürgerlicher Name stand. »Holen Sie das Gerät bitte an der Abholstelle dort drüben im gelben Häuschen wieder ab, bevor sie das Gebiet der Deutschen Demokratischen Republik verlassen.«

»Alles klar.«

»Tragen Sie Devisen in bar von mehr als 300 D-Mark bei sich?«

»Nein.« Stiff bemühte sich, diese gelogene Antwort möglichst glaubwürdig zu formulieren.

»Was ist der Grund Ihres Aufenthalts in der Deutschen Demokratischen Republik?«

»Ich will mich mit einem Bekannten treffen.«

»Wie lautet der Name dieses Bekannten?«

Stiff wurde plötzlich heiß und kalt, denn mit dieser Nachfrage hatte er gar nicht gerechnet. »Wie bitte?«

»Wie lautet der Name dieses Bekannten?«

»Ach so. Andreas Meier.« Stiffs spontane Idee war, einen so allgemeinen Namen zu nennen, dass er auf viele DDR-Bürger hätte zutreffen können.

Die Beamtin stellte wider Erwarten keine weiteren Nachfragen, sondern händigte Stiff seinen Ausweis, 50 DDR-Mark
in bar sowie den Tagesausweis in zweifacher Ausführung und
den Abholausweis für das Smartphone aus. Stiff unterschrieb
mit dem an einer Plastikkordel befestigten Kugelschreiber die
Tagesausweis-Kopie und gab diese zurück. Die Beamtin verstaute das Smartphone in dem Kuvert unterhalb ihres Tisches,
und Stiff fragte sich, wo die Frau all das in dem kleinen Häuschen lagern konnte.

»Begeben Sie sich bitte zur Sicherheitsprüfung.«

»Ja danke, schönen Tag noch.« Stiff erwartete nicht, dass
ihm diese Frau das ebenfalls wünschen würde. Und seine Er-
wartungen wurden nicht enttäuscht.

Der Metalldetektor war bereits frei, da das Ehepaar vor ihm
offenbar ohne große Probleme durchgekommen war. Links
neben dem Durchgang lag eine Plastikkiste. Die zwei Beamten, beide vollbärtig und irgendwo in den 40ern, forderten
Stiff auf, alle seine Taschen zu leeren und Metallgegenstände in
die Kiste zu legen. Stiff leistete dem wortlos Folge. Er bemerkte, dass das Bündel Geldscheine, das in einem Kuvert zwischen Rücken und Hintern hinter der Hose eingeklemmt war,
etwas verrutscht war. Akute Gefahr bestand allerdings nicht,
da das Kuvert eher in die Hose hineinrutschte als hinaus.

Stiff schritt durch den Metalldetektor – und es ertönte ein
schriller Piepton. »Haben Sie noch etwas in den Taschen?«,
fragte einer der beiden Beamten.

»Nein, das sind wohl meine Piercings«, antwortete er, »zwei
habe ich in der Unterlippe, wie Sie sehen, und eines in der rechten Brustwarze.«

Der Beamte ergriff einen Handscanner, der ein wenig aussah wie ein Tischstaubsauger. »Gestatten Sie, dass ich Ihren
Hosenbereich abscanne?« Stiff war klar, dass er sich bei einem

Nein erst recht verdächtig gemacht hätte. Daher blieb nur die Antwort: »Ja.«

Der Beamte richtete ein rotes Licht auf die Hose und arbeitete sich von oben strategisch nach unten bis zu den Schuhen. Diesmal ertönte kein Signal.

»Ich kann Ihnen mein Nipplepiercing gern zeigen«, schlug Stiff vor.

»Nein, nein. In Ordnung. Nehmen Sie Ihre Sachen an sich.«

Stiff ergriff Brieftasche, Schlüssel und weitere Kleinigkeiten aus der Kiste und verstaute diese wieder in seinen Hosentaschen. Er ging ein paar Schritte und schaute kurz auf die Bahnhofsruine, an der auf der West-Seite gerade eine S-Bahn vorbeifuhr – allerdings hatte hier seit 1961 kein Zug mehr gehalten. Die Mauer war 1961 sozusagen mitten durch den Bahnhof gebaut worden – damit war er nicht mehr nutzbar. Ältere Menschen in dieser Stadt betrachteten solche Ruinen mit besonderem Wehmut. Und in solch emotionalen Momenten stellte sich die Frage, warum diese stolze Stadt schon so lange geteilt sein musste und insbesondere der Ost-Teil in Teilen zu einer Ruinen-Zone verkommen war.

»Weitergehen! Nicht stehen bleiben!« Stiff wurde derart laut und schroff aufgefordert, dass er dem sofort Folge leistete. Nun betrat er die sowjetische Besatzungszone oder anders formuliert: Ost-Berliner Boden. Er lief die Bornholmer Straße ein ganzes Stück entlang, bis diese in die Wisbyer Straße mündete und als solche weiter verlief bis zum Prenzlauer Berg. Links und rechts waren Wohnhäuser, teilweise noch Altbauten aus der Vorkriegszeit, die auch eine Renovierung hätten vertragen können. In der Mitte der Straße verliefen Straßenbahngleise; an Stiff fuhren mehrere Bahnen vorbei, während er seinen Fußmarsch fortsetzte.

Stiff bog irgendwann Richtung Süden ab, denn sein Ziel

war der Ernst-Thälmann-Park, der im Jahr 1987 eröffnet worden und eine Mischung aus Wohn- und Freizeitanlage war. An diesem Sommertag waren die Freizeitanlagen, etwa ein großer Kinderspielplatz, gut besucht. Auch hier hatte vielfach der Zahn der Zeit genagt. 35 Jahre nach der Eröffnung verrosteten einige Anlagen, wie etwa Schaukeln und Rutschen. Und auch ein künstlich geschaffener See, ganz in der Nähe des Spielplatzes gelegen, wirkte nicht gerade wie frisch angelegt. Ein großes Schild warnte Besucher davor, im See zu baden. Es herrsche Gesundheitsgefahr. Für Stiff war dieser See dennoch das Ziel, denn hier sollte er jemanden treffen – er wusste nicht genau, wen. Lonzo hatte ihm nur ein paar magere Informationen geben können. Um den See herum waren mehrere Parkbänke gestellt, aber nur eine war gelb. Genau diese Bank war es, auf die Stiff sich setzen sollte. Es saß dort bereits ein älterer Herr, der eine Schirmmütze trug und einen verträumten Blick auf das Wasser und die wuchernden Pflanzen drumherum warf. Stiff war nicht sicher, ob dieser Mann sein Kontaktmann war. Er setzte sich einfach auf die Bank und wartete ab. Der Mann musterte ihn mehrfach, nicht zuletzt, weil er sofort erkannte, dass Stiff aus dem Westen war.

Es verging gut eine Viertelstunde, dann stand der Rentner auf und ging mit altersbedingt lahmem Gang davon. Stiff schaute ihm noch hinterher, vielleicht sollte er ihm ja folgen oder sonst was – aber nichts dergleichen. Stiff schaute um sich und holte das Kuvert mit dem Geld hervor, um es unter den Hintern zu schieben und drauf zu sitzen wie ein Huhn auf einem Ei.

Ganz plötzlich nahm ein junger Mann neben ihm Platz, er dürfte etwa in seinem Alter gewesen sein. Er trug eine Sonnenbrille und einen beigefarbenen Panama-Hut, außerdem ein weißes T-Shirt. Stiff blieb still und wartete erneut ab, ob sich irgendwas tat.

»Im Winter fliegen die Vögel nach Süden«, sprach der unbekannte Mann, richtete seinen Blick aber konsequent auf den See.

Stiff wusste, was er zu tun hatte, nämlich zu antworten: »Die haben es gut.«

Es herrschte wieder einen Moment lang Stille. Dann brachte der Unbekannte einen DIN-A4-Umschlag hinten unter dem weißen T-Shirt hervor. Er nutzte also das gleiche Versteck wie Stiff. Was jetzt folgte, geschah innerhalb von zwei Sekunden: Stiff hob kurz seine rechte Gesäßhälfte an, das große Kuvert wurde ihm untergeschoben, das kleine Kuvert mit dem Geld zog der Kontaktmann an sich und steckte es zusammengefaltet sofort in seine linke Hosentasche.

Beide Männer blieben noch einen Moment lang stumm nebeneinandersitzen. Dann stand der andere auf und schlenderte wie ein Spaziergänger, der das Wetter genoss, davon.

@SkeptischerBär auf Twitter:
Würde dieser #Lonzo auch brisante Akten der Bundesregierung in Bonn veröffentlichen? Im Leben nicht. Und warum? Weil er eine Systemnutte ist. Ich habe schon lange den Verdacht, dass er von unserer Regierung bezahlt wird. Sonst hätte er doch auch Beweise, dass #Möller schon viel früher von dem Impfdeal wusste. Das Gruselkabinett in Bonn wird schön geschont.

Mittwoch, 26. Juli 2023 – Köln-Porz

Lonzo wollte eigentlich ein neues Video aufnehmen. Es sollte darin um eine Challenge gehen, wie es auf *YouTube* neudeutsch hieß, also einen Wettbewerb. Er hatte sich dazu eine gute Freundin eingeladen. Sie hieß Sarah Weingärtner und betrieb auf *YouTube* einen Kanal mit dem Namen *Sarahs World*, der über rund 250.000 Abonnenten verfügte. Diese Zahl hatte sie nicht zuletzt Lonzo zu verdanken, der mehrmals mit ihr Clips produziert hatte. Mit gut 1,8 Millionen Abrufen war ein Clip am erfolgreichsten, in dem beide über ihre sexuellen Vorlieben sprachen und der mittels einer Produktplatzierung eines Sexspielzeugherstellers auch finanziell sehr viel hergab. In dem Video kam auch zur Sprache, dass beide einmal miteinander intim waren, sie aber für sich beschlossen hätten, nur gute Freunde sein zu wollen. Die Wahrheit sah dabei etwas anders aus: Lonzo hätte großes Interesse gehabt, mit Sarah dauerhaft eine Bindung einzugehen – aber sie wollte es nicht. Öffentlich im Livestream formulierte sie es unverbindlicher: Sie wolle es im Moment nicht, vielleicht aber wäre sie doch irgendwann mal so weit. Sie blieb im Allgemeinen, um niemanden zu verschrecken und mit den Hoffnungen der Fans zu spielen. Denn der zweiterfolgreichste Clip mit rund 1,6 Millionen Klicks war ein Video mit dem Titel *Warum ich (noch) nicht mit Lonzo zusammen bin*. Darin schilderte sie den Tränen nahe, wie sehr sie sich das wünschen würde mit der Liebe zu Lonzo, aber doch irgendwie nicht könne. Die Zuschauer jedenfalls wünschten sich sehr, beide würden ein Paar werden. Der Hashtag *#lonzoundsarah* trendete immer wieder mal auf Twitter. Auf *Instagram* erschienen manchmal mit liebevoller Schmusemusik unterlegte Clips, die Screenshots von beiden zeigten, wo sie sich verliebt anzuschauen schienen. Lonzo hatte sich das Label »Lonzo & Sarah« zumindest schon mal sichern lassen. Falls tatsächlich etwas aus den beiden werden würde, dann war da zweifellos viel Geld mit zu verdienen. Was früher in Klatschzeitschriften, wie sie bei Friseuren und Zahnärzten ausliegen, über Prominente berichtet wurde, produzierten die Betroffenen nun selbst in monetarisierten Videos. Sie verbreiteten über sich selbst Gerüchte, um im Gespräch zu bleiben.

In den sonstigen Videos, die beide so miteinander drehten, ging es wie erwähnt um oberflächliche Wettbewerbe wie etwa, wer ohne Hilfe der Hände schneller einen Schokokuss isst oder altbekannte Spiele wie *Ich packe meinen Koffer*. Es waren schnell produzierte Clips, die aber locker mindestens mehrere 100.000 Zuschauer erreichten und Lonzo damit einen relativ leicht verdienten vierstelligen D-Mark-Betrag einbrachten – Sarah ebenso, wenn es ein Clip für ihren Kanal war.

Die Freundschaft zwischen Lonzo und Sarah war eben auch eine Geschäftsbeziehung, vielleicht sogar vor allem. Wenn beide sich trafen, dann musste die Kamera mitlaufen, dann musste auch etwas Produktives im engsten Sinne des Wortes dabei herauskommen. Es gab keine Treffen einfach nur so, sie waren organisiert und sollten Geld einbringen. Einmal gingen sie gemeinsam ins Kino – und ließen sich den nebenher produzierten Clip von der Verleihfirma des Films sponsern. Sarah hatte auch einmal eine kleine Synchronrolle in einem Animationsfilm übernommen, was ihr jedoch eher Spott einbrachte von Hatern und obendrein wütende Reaktionen von Filmfans. Es gab sogar eine Petition, dass der Part mit ihrer Stimme von einer professionellen Sprecherin neu eingesprochen werden solle. Sie drehte darüber einen *YouTube*-Clip, in dem ihr wieder die Tränen kamen – es wurde ihr dritterfolgreichstes Video.

Sarah war eine kleine Person, gerade mal 1,53 Meter. Lonzo überragte sie mit seinen 1,87 Meter deutlich. Beide saßen auf einer Designercouch im Wert von 15.000 Mark, für die Lonzo nichts hatte bezahlen müssen. Im Gegenteil: Dafür, dass die Couch öfter in seinen Clips zu sehen war, hatte er nicht nur die Couch gesponsert bekommen, sondern darüber hinaus noch

25.000 Mark. Fast nichts von dem Mobiliar in seiner Wohnung hatte er selbst kaufen müssen – vor allem nicht das, was in den Videos vorteilhaft in Szene gesetzt wurde. Es gab noch ein kleines Studio im Raum nebenan, wo Lonzo vor allem *Let's Plays* und *Reaction-Videos* drehte. Dort hatte er die gesamte hochwertige Technik von Sponsoren finanzieren lassen – und nannte dafür die Geräte und ihre Hersteller regelmäßig im Abspann und Infotext der Clips. Im Wohnzimmer gab es eher die gemütlichen Videos mit Talks und lustigen Spielen. Auch der riesige Flatscreen an der Wand, der über zwei Meter Bildschirmdiagonale maß, war natürlich eine kleine kostenlose Aufmerksamkeit eines Industriekonzerns.

Lonzo wirkte besorgt, er atmete tief, er wippte unruhig mit den Füßen. Sarah kannte ihn gut genug, um zu wissen, dass das kein gutes Zeichen war.

»Was ist los mit dir?«, fragte Sarah, »Ärger mit YouTube?«

»Nein, nein.« Lonzo rieb unruhig die Handflächen auf den Oberschenkeln.

»Oh, bitte jetzt nicht wieder diese Geschichte. Ich bin im Augenblick einfach nicht fähig, eine Beziehung einzugehen. Du hast doch mein Video zu dem Thema gesehen.«

»Darum geht es doch gar nicht. Das hat mit dir nichts zu tun.«

»Ach.« Sarah machte große Augen. »Worum geht es denn dann?«

Lonzo dachte einen Moment lang darüber nach, ob er jetzt ins Detail gehen sollte. Aber er musste jetzt dringend darüber reden. Und mit wem sollte er darüber reden, wenn nicht mit Sarah? »Stiff sollte heute etwas für mich erledigen. Und er hat sich noch nicht zurückgemeldet. Das ist jetzt schon ein paar Stunden her. Ich mache mir ein wenig Sorgen.«

»Was sollte er denn für dich erledigen?«

Lonzo rang mit sich. »Okay, das muss jetzt unter uns bleiben. Versprichst du mir das?«

»Natürlich. Misstraust du mir?«

»Ach Quatsch, nein.« Lonzo streichelte kurz ihr Knie, sie legte seine Hand jedoch sofort wieder auf sein eigenes. »Stiff ist für mich heute nach Ost-Berlin rüber, um neue Unterlagen zu besorgen. Ich hab' da einen Kontaktmann, der mich versorgt.«

»Stiff? Warum Stiff? Du weißt doch, wie unzuverlässig er ist.«

»Er ist mein bester Freund, okay? Und vor allem ist er West-Berliner, was es viel einfacher macht. Ich hätte doch erst wieder einen Antrag stellen müssen – abgesehen davon, dass die mich sowieso nicht mehr reinlassen in die DDR nach dem Video.«

»Oh Shit.« Sarah fand nicht die passenden weiteren Worte. Beide saßen ein paar Sekunden lang wortlos nebeneinander. »Meinst du, er ist aufgeflogen und wurde festgenommen?«

»Wäre ja möglich. Kann aber auch einfach nur seine typische Unzuverlässigkeit sein. Ich weiß es nicht.« Lonzo hatte in der Zwischenzeit wieder zu seinem Smartphone gegriffen und Stiffs Nummer gewählt. Es klingelte ein paar Mal, dann meldete sich erneut die Mobilbox. Lonzo verzichtete darauf, ein weiteres Mal draufzusprechen. Seine Nachrichten, die er Stiff über *Whatsapp*, *TikTok*, *YouTube* und *Instagram* geschickt hatte, waren alle noch nicht gelesen worden. »Oh man, da ist bestimmt irgendwas passiert.«

»Okay, lenk dich jetzt ein bisschen ab. Lass uns das Video drehen.«

»Können wir nicht ein bisschen kuscheln?«

»Nein, Lonzo. Ich bin hier wegen der Kissenschlacht-Challenge. Und eventuell noch das Softdrinks-Quiz.«

»Also schön, ein bisschen Ablenkung ist vielleicht wirklich ganz gut. The show must go on.«

@LuzieLorbeer auf Twitter:
Wir haben eine Woche Urlaub in der DDR verbracht. Mein Mann woll-
te unbedingt den anderen Teil Deutschlands kennenlernen. Kein richtiges
WLAN, kaputte Straßen, kein veganes Essen, die Kleinen waren von
dem halbleeren, schauderhaften Spielzeugladen entsetzt. Und überall wird
man unfreundlich behandelt. Nächstes Mal wieder Mallorca.

Mittwoch, 26. Juli 2023 – West-Berlin, Kreuzberg

Stiff hatte es ohne Probleme nach Ost-Berlin hinein und
mit den geschmuggelten Unterlagen auch hinausgeschafft. Er
war froh, wieder im Westen zu sein, in seiner kleinen Kreuz-
berger Wohnung, deren Miete seit Wochen überfällig war. Er
war froh, sein Smartphone wieder in seiner Hand zu halten.
Von den 50 DDR-Mark, die er ja eintauschen musste, hatte er
unter anderem eine Thüringer Bratwurst gegessen und zwei
Ost-Berliner Bier getrunken. Ein Restaurant-Besuch konnte
nicht stattfinden, da vor den Restaurants, die ihn interessierten, lange Schlangen waren. Ein Restaurant hatte verlauten lassen, Gäste mit Westmark würden bevorzugt – aber dann wäre
Stiff ja trotzdem seine 50 DDR-Mark nicht losgeworden. Nach
dem Lockdown in der Corona-Pandemie hatten einige Restaurants gar nicht mehr aufgemacht.

Mit dem restlichen Geld wusste er nicht so recht etwas an-
zufangen. Es gab nichts, was ihn interessiert hätte. Gern hätte er das Geld einem Obdachlosen gegeben, aber ihm begegnete in Ost-Berlin keiner.

Alles in der DDR wirkte auf Stiff unattraktiv, lieblos, grau,
veraltet. Die Smartphones waren klotzig, lagen schlecht in der
Hand, sahen überhaupt nicht hip aus. Und sie hätten eh nicht
ausgeführt werden dürfen. Die Klamotten waren nicht an-

ziehend, die sonstigen Elektrogeräte brauchte er nicht. Aber auch die hätte er sowieso nicht ausführen dürfen. Es war nicht leicht, diese läppischen 50 DDR-Mark loszuwerden. Letztlich hatte er kurz vor Verlassen der DDR noch gut 35 Ostmark in der Tasche. 35 Westmark hätte er jetzt gut gebrauchen können, aber einen Rücktausch lehnte die DDR natürlich ab. Also warf er das DDR-Geld, das er nicht ausführen durfte, in einen Mülleimer nahe des Grenzübergangs.

Nun saß er in seiner Ein-Zimmer-Wohnung an diesem unaufgeräumten Schreibtisch, der voll mit leeren Bierdosen, Fast-Food-Verpackungen und wild durcheinander liegenden Kabeln war. Das geheimnisvolle DIN-A4-Kuvert hielt er in seinen Händen, er drehte es nach links, nach rechts, nach vorn, nach hinten. Eigentlich sollte er nicht hineinschauen. Er sollte gleich morgen, am Mittwoch, nach Köln fahren, um es an Lonzo zu übergeben. Und eigentlich stand es auch völlig außer Frage, dass er genau dies tun würde. Und dennoch: Der Inhalt dieses Kuverts war viel wert. Der Wert ließ sich nicht allein in Geld bemessen, sondern in Klicks, in Views. Lonzos Zerstörungs-Video hatte diesen auf die Titelseite eines bedeutenden deutschen Nachrichtenmagazins gebracht. Alle wollten etwas von Lonzo, jeder sprach über ihn, selbst die DDR-Führung nahm zu ihm Stellung. Aus dem *YouTube*-Star war ein Polit-Star geworden. Die Abrufzahlen des Videos stiegen ins Unermessliche. Stiff wollte das auch, er dürstete nach solch einer Anerkennung. Und in diesem Kuvert lag womöglich der Schlüssel dazu. Er überschlug kurz, wie viel Werbeeinnahmen ihm ein Video mit zehn Millionen Abrufen bringen würde. Es elektrisierte ihn.

Lonzo hatte schon mehrmals versucht ihn zu erreichen, andauernd summte das Smartphone. Stiff war zerrissen zwischen der Loyalität zu seinem engen Freund und dem Egoismus, auch nach oben zu wollen an die Spitze der deutschen YouTuber, auf die Titelseiten relevanter Zeitungen und Zeitschriften.

Er hielt es nicht mehr länger aus. Er riss das Kuvert auf, ziemlich unsauber und ungeschickt, und nahm die darin befindlichen Unterlagen heraus. Es waren Dokumente, ausgedruckt und teilweise mit originalen Stempeln von DDR-Behörden. Ein erstes schnelles Durchblättern brachte erst mal keine greifbaren Informationen. Stiff war kein geduldiger Mensch, das Lesen eines Buches hatte er zuletzt zwangsweise für die Schule hinter sich gebracht. Ihm fehlte die Konzentration zum Lesen. Selbst im Internet einem längeren Text zu folgen, fiel ihm schwer, genauso wie er einen 90-minütigen Spielfilm nicht in einem Rutsch schauen konnte. Er konsumierte Bewegtbilder häppchenweise, *YouTube* war genau sein Ding, auch als Konsument. Diese Ansammlung an Blättern, es waren so etwa 15 zumeist beidseitig bedruckte Seiten, musste er jetzt Satz für Satz durchgehen. Er musste jede einzelne Information für sich selbst verinnerlichen und verstehen, um das Ganze erfassen zu können. Das sollte dauern, aber Stiff war hochmotiviert. Wieder summte sein Smartphone, wieder war es Lonzo. Stiff tat etwas, das er seit Monaten nicht getan hatte: Er schaltete das Smartphone ab. Sein Fokus lag jetzt einzig und allein auf diesen Papierseiten, denn sie ebneten ihm womöglich den Weg in eine andere Liga, in ein anderes Leben.

@VorwärtsImmer auf Twitter:
Wir sollten bitte mal nicht vergessen, dass die #DDR immer noch zu den zehn führenden Industriestaaten gehört. Es gibt keine Arbeitslosen, die Leute sind alle versorgt. Eine solidarische Gesellschaft muss sich be-

freien vom Konsumzwang. Es ist doch viel einfacher, den einen Joghurt zu kaufen anstatt mich zwischen zehn entscheiden zu müssen. Konsum ist Psychoterror!

Mittwoch 26. Juli 2023 – Ost-Berlin, Gethsemanekirche

An der Ecke Stargarder/Greifenhagener Straße im Norden des Prenzlauer Bergs stand die Gethsemanekirche. Sie war zwischen 1891 und 1893 erbaut worden und war nicht eindeutig einem Baustil zuzuordnen, irgendwo zwischen Neoromanik und Neogotik. Die Behörden der DDR waren zwar bemüht, Oppositionellen das Leben schwer zu machen, aber es gab erwartungsgemäß viele Orte in der DDR, an denen Regimegegner sich trafen – in Leipzig, in Dresden, aber natürlich auch in Ost-Berlin. Dass die Gethsemanekirche als beliebter Treffpunkt von Menschen galt, die keine glühenden Verehrer der sozialistischen Idee waren, war noch nicht einmal ein großes Geheimnis. Die Regierung wusste davon, sie konnte aber nicht viel dagegen tun. Auch wenn Kirchen von der Regierung der DDR nicht gerade begeistert gefördert wurden, so hatte sich der Staat trotzdem international verpflichtet, diese weder abzuhören, noch sich ohne schwerwiegenden Grund Zutritt zu ihnen zu verschaffen. Es herrschte ein magischer Respekt vor Kirche, vor Religion – es hätte als Tabubruch gegolten, eine Kirche mit Einsatzkräften zu stürmen oder einen Pfarrer zu verhaften. Allerdings war ebenso allen Aktivisten klar, dass das Ministerium für Staatssicherheit versuchen würde, eigene Leute einzuschleusen, um Informationen über Aktivitäten der Oppositionellen aus erster Hand zu erhalten. Daher galt immer größte Vorsicht – vor allem bei Neuzugängen innerhalb der Bewegung.

Es war kurz vor Mitternacht. Perry hatte sich schon am Nachmittag von seiner Wohnung in Prenzlauer Berg entfernt (er verließ das Haus durch den Hintereingang), war ins Zentrum der Stadt gefahren, hatte immer wieder öffentliche Verkehrsmittel benutzt, gerade auch in der Rushhour, wenn viele Menschen unterwegs waren. Er wusste nicht, ob die Stasi hinter ihm her war, aber zumindest versuchte er, sie abzuschütteln, indem er in der Menschenmenge unterging. Auf einer Bahnhofstoilette hatte er auch seine Kleidung gewechselt und sich eine andere Mütze aufgesetzt. Sonnenbrille und Mütze waren ohnehin nötig, denn schließlich war er vor allem bei manchen Jüngeren bekannter als der Staatsratsvorsitzende. Es durfte auch keine Zeugen geben, die ihn irgendwo erkennen würden. Sich wirklich sicher zu sein, ob ihm nun nach Stunden des Abschüttelns keiner mehr folgte, konnte er nicht. Aber vielleicht war ihm auch von Anfang an niemand gefolgt.

Die Botschaft, die am Vormittag durch den Briefschlitz seiner Wohnungstür geworfen worden war, verriet ihm, dass er um Mitternacht an die Gethsemanekirche klopfen sollte. Diese Geheimsprache mit den Tieren und den Zahlen hatte er vor Jahren schon mit eng vertrauten Aktivisten entwickelt – auch mit der Vereinbarung, diesen Geheimcode keiner weiteren Person in Zukunft zu erklären. Es sollte das Geheimnis dieses kleinen erlauchten Kreises bleiben.

Die Kirche war in der Dunkelheit mit ein paar gelben Scheinwerfern beleuchtet. Der Haupteingang selbst lag zwar im Schatten. Sicherer für den Zutritt erschien aber ein kleiner Hintereingang im Garten der Kirche, der um diese Zeit stockduster war. Perry schlich am Gemäuer der Kirche entlang und stieg über den Zaun des Kirchengartens. Sein Smartphone hatte er in der Wohnung gelassen, um auch auf dieser Ebene nicht verfolgbar zu sein.

Perry klopfte an die eiserne Tür, seine aufziehbare analoge Armbanduhr zeigte exakt 0 Uhr. Es dauerte ein paar Sekunden, bis sich hinter der Tür etwas tat und diese geöffnet wurde. Wer da öffnete, konnte Perry in der Dunkelheit nicht sehen. Erst als die Tür nach seinem Eintritt geschlossen wurde, ging eine Taschenlampe an, die ihm ins Gesicht strahlte.

»Folge mir«, flüsterte eine weibliche Stimme. Der Weg führte nicht ins Kirchenschiff, sondern eine alte Steintreppe hinunter in den Kellerbereich. Hier wurde, nach einem weiteren kleinen Gang durch die Dunkelheit, eine Tür geöffnet zu einem Raum ohne Fenster. Es brannten ein paar Kerzen, zwei Sofas standen im rechten Winkel zueinander. Auf einem saß Boris Levic und auf dem anderen Katharina Wolf. Die Frau, die Perry durch das dunkle Gebäude geführt hatte, war Marie Steingart.

Perry kannte alle drei sehr gut, sie bildeten mit ihm zusammen so etwas wie den inoffiziellen Vorstand der Bewegung, auch wenn Wahlen nie stattgefunden hatten. Es war der innere Zirkel.

Perrys Begrüßung fiel nicht freundlich aus, er reagierte angespannt: »Das ist extrem riskant, Leute. Ich wollte erst gar nicht kommen.«

»Wir wollten dich sehen und müssen einiges mit dir besprechen«, erklärte Katharina, die mit 44 Jahren die älteste Aktivistin war. Boris war 27, Marie 29. Sie hatten sich in dieser Kirche kennengelernt. Katharina leitete damals eine Jugendgruppe, zu der Perry, Boris und Marie gehörten. Von Perry war seinerzeit bekannt, dass sein Vater beim Alexanderplatz-Massaker ums Leben gekommen war und er bereits als Jugendlicher, als er dieses Unrecht realisierte, zum Revoluzzer wurde. Katharina nahm damals Einfluss auf ihn – und zwar so, dass er seine Wut auf das Regime behielt, aber dem System gegenüber nicht aggressiv wurde. Im Grunde rettete sie ihm das Leben. Es kochte in ihm, es stieg Hass in ihm auf, unberechenbarer Hass. Möglicherweise hätte er ohne Katharinas Hilfe schon viele Jahre im Gefängnis gesessen wegen tatsächlich gewalttätiger Delikte. Er war ihr zu Dank verpflichtet – und deswegen hätte er ihre Bitte, hier heute zu diesem Ort zu kommen, nie abschlagen können.

Boris und Marie trugen das Rebellische in sich, sie waren freigeistig erzogen worden. Und seit gut zwei Jahren waren sie nun auch ein Paar und wollten irgendwann heiraten und Kinder in die Welt setzen – allerdings in einer freien, demokratischen DDR, die das Wort demokratisch nicht nur im Namen trug. Dafür kämpften sie miteinander. Boris hatte rötliches Haar und neigte zu emotionalen Ausbrüchen, was seine keltische weiße Haut bei allzu großer Aufregung rot anlaufen ließ. Er hatte ein paar Kilos zu viel auf den Rippen, was er aber mit regelmäßigem Boxsport ausglich. Marie mutete dagegen geradezu zierlich an, sie war einen Kopf kleiner als Boris und trug mit Vorliebe mit bunten Farben selbst designte weiße Shirts.

Katharina wollte eigentlich gar nicht in dieser Bewegung sein. Zunächst war das ja alles auch noch auf kleiner Flamme angelegt gewesen. Die Aktivisten verteilten mal heimlich ausgedruckte Flugblätter oder sabotierten Stadtteil-Veranstaltungen der SED. Doch dann wuchs Perry zum Online-Star heran. Seine rhetorische Begabung, seine mitreißenden Appelle in den Clips, sein Aufruf zum Kampf und seine mutige Kritik am DDR-Regime – all das gab der Bewegung einen mächtigen Schub. Plötzlich gab es ganz viele Menschen in dieser DDR, die sich bedankten, die mitmachen wollten, die durch das Internet zu einer Community zusammenwuchsen. Dass da jemand so angstfrei für ihre Freiheit kämpfte und das Netz nutzte, um auf das Unrecht in der DDR aufmerksam zu machen, beeindruckte sie. Perry war zu ihrem Freiheitshelden geworden, zum Symbol einer neuen Bewegung, die sich all diese Einschränkungen nicht mehr gefallen lassen wollte.

»Was wollt ihr mit mir besprechen?« Perrys Tonfall war aggressiv.

»Nun komm erst mal runter«, bat Marie, »setz dich und entspann dich.«

Wortlos folgte Perry dieser Aufforderung und nahm neben Katharina Platz. Marie setzte sich neben Boris auf das andere durchgesessene alte Sofa und ergriff verliebt die Hand ihres Freundes.

»Ich weiß nicht, was die vorhaben«, flüsterte Perry, »dass die mich rausgelassen haben macht überhaupt keinen Sinn. Außer den, dass ich sie zu euch führen soll. Deswegen ist das hier gerade keine gute Idee.«

»Sie können dich nicht rund um die Uhr bewachen«, bemerkte Katharina, »dazu sind die viel zu dämlich und viel zu faul.«

»Und was die Überwachungstechnik angeht, sind die immer noch auf dem Stand der 90er«, ergänzte Boris, »unser Staat ist pleite. Das ist der große Vorteil, den wir haben.«

»Trotzdem.« Perry rieb unruhig seine Handflächen und blickte um sich, ob nicht irgendwo eine versteckte Kamera oder ein Mikro angebracht sein könnte.

»Mach dich locker«, forderte Boris, »wir filzen diesen Raum jedes Mal von Grund auf. Wir sind safe, okay?«

»Erzähl uns, wie es im Gefängnis war«, bat Katharina. Sie tätschelte fürsorglich Perrys Schulter. »Wir haben uns Sorgen gemacht. Und wir haben jeden Tag für dich gebetet.«

Perry zuckte mit den Schultern. »Wie soll es gewesen sein? Sie haben alles versucht, um mich zu brechen. Das grell flackernde Neonlicht brannte fast pausenlos in der Zelle. Ich wurde abgeschirmt von anderen. Ich habe nur sozialistische Propagandabücher zu lesen bekommen. Und ich wurde jeden Tag verhört. Manchmal sogar mehrmals am Tag. Ich sollte ihnen eure Namen sagen, eure Adressen. Aber ich habe es nicht getan.«

»Respekt«, bemerkte Marie, »ich hätte das bestimmt nicht durchgehalten.«

»Du hättest gequatscht?«, fragte Boris und ließ ihre Hand los.

»Ich weiß es nicht, Schatz.«

»Alles gut«, unterbrach Perry, »bei mir fehlte auch nicht mehr viel – und sie hätten mich vielleicht weichgekocht. Aber dann haben sie mich freigelassen … diese Idioten!« Perry grinste verschmitzt, was die Atmosphäre schlagartig auflockerte. Katharina, Marie und Boris schmunzelten erleichtert.

Katharina kehrte allerdings flugs zur Ernsthaftigkeit zurück. »Der Grund, warum wir dich hergebeten haben, ist ein anderer. Wir müssen über unsere Aktivitäten sprechen. Es ist vieles geplant.«

Perry winkte ab. »Es ist besser, wenn ich keine Details kenne.«

»Aber wir brauchen dich«, betonte Marie.

»Leute, ihr schafft das schon allein. Es darf keine Verbindung zwischen uns geben. Das, was wir hier gerade machen, ist schon hoch gefährlich.«

»Aber du bist derjenige, der im Netz die Massen bewegen kann. Vor allem in unserer Generation. Wir bekommen viel Unterstützung aus dem Westen, vor allem finanziell. Damit können wir einiges bewerkstelligen. Aber dazu brauchen wir Aushängeschilder wie dich. Wenn Möller und Klipkow sich zum Beispiel am 2. August treffen, dann wird das ein Weltereignis sein. Da müssen wir dabei sein.«

»Wie stellt ihr Euch das vor? Soll ich mich am 2. August mit einer Flüstertüte auf die Straße stellen? Oder vielleicht sogar am 13. August, 30 Jahre nachdem mein Vater dort ermordet wurde? Dann bin ich innerhalb von zwei Minuten verhaftet. Im schlimmsten Fall bin ich verantwortlich dafür, dass wieder auf Menschen geschossen wird. Die haben mich nicht ohne Grund freigelassen. Die wollen, dass wir ihnen einen Anlass geben, hart durchzugreifen. Die Falle ist doch geradezu zu riechen.«

Boris ballte die Fäuste. »Quatsch, demonstrieren auf der Straße ist doch 90er Jahre. Wir brauchen dich vor allem online. Und im West-Fernsehen. Dort, wo sie keinen Zugriff mehr auf dich haben.«

»Das geht nur von einer sicheren Position aus. Wo ich frei agieren kann. Die habe ich in der DDR nicht.«

»Eben. Im Westen könntest du es.« Katharinas Worte peitschten durch den Raum.

Es herrschte für einen Moment Stille. Perry schaute seine drei Mitstreiter an, die regungslos auf eine Reaktion seinerseits warteten. Dann stellte er klar: »Ich gehe nicht in den Westen. Außerdem lassen die mich eh nicht raus. Sie wissen, dass ich im Westen eine größere Gefahr für sie wäre als hier in der DDR.«

Marie breitete beide Arme aus. »Genau davon reden wir die ganze Zeit, Perry.«

»Wir haben Kontakte«, berichtete Katharina, »Kontakte zu Leuten, die dir helfen könnten. Wir bezahlen ihnen West-Geld und sie bringen dich raus. Es ist alles organisiert. Du musst nur zustimmen.«

Perry sprang auf. »Nein und nochmals nein. Mein Leben ist hier in diesem Land, der DDR. Meine Familie ist hier, meine große Liebe ist hier. Ich gebe das alles nicht auf für einen Kampf, den wir sowieso nicht gewinnen können, solange sich in Moskau nichts ändert.«

Katharina schüttelte den Kopf. »In der Tschechoslowakei und Ungarn herrschen auch mehr Freiheiten, obwohl sie von der Sowjetunion beherrscht sind. Es geht ja nur um einen moderneren Sozialismus, mit ein paar mehr Freiheiten und mehr Luft zum Atmen.«

»Verdammt, du hast eine wichtige Aufgabe, Perry«, brüllte Boris. Es schoss regelrecht aus ihm heraus, er wurde krebsrot im Gesicht. Marie mäßigte ihn und strich ihm durchs Haar.

»So, hab' ich das?«, fragte Perry, »dann habe ich eine Frage an euch: Würdet ihr euch trennen einer solchen wichtigen Aufgabe wegen?«

Marie und Boris blieben einen Augenblick lang still und schauten ins Nichts. »Ja«, antwortete Boris schließlich. »Ja«, antwortete auch Marie.

Perry atmete schwer. »Das sagt sich so leicht. Aber wisst ihr, wie es meiner Familie gehen würde? Meiner Schwester, die sofort ihren Studienplatz verlieren würde. Meiner Mutter, die schikaniert würde vom Staat. Und wie gesagt: Es gibt einen Menschen, den ich nicht verlassen will – der mir sehr viel bedeutet.«

»Wer denn überhaupt?«, fragte Boris und bekam von Marie sogleich eins in die Seite geboxt. »Was denn? Man kann doch mal fragen.«

»Das kann ich euch leider nicht sagen«, antwortete Perry, »es ist sehr kompliziert. Und ich weiß auch nicht, wie ein Happy End aussehen könnte.«

»Du musst es ja nicht sofort entscheiden«, stellte Katharina klar, »wir wollten nur, dass du es weißt und dass wir einen Schlüssel für den Westen haben. Du musst nur sagen, dass du ihn haben möchtest.«

Donnerstag, 27. Juli 2023 – RTL aktuell

»Sie war einst das große hoffnungsvolle musikalische Talent der DDR. Als Gewinnerin von ›DDR-Superstar‹ standen Julie Kleiber alle Türen offen – und einmal auch die Tür in den Westen. Und diese hat sie durchschritten. Die 27-Jährige hat sich dafür entschieden, in Westdeutschland zu bleiben. Viele ihrer Fans in der DDR hat sie damit enttäuscht, aber sie ist überzeugt: nicht alle. ›Ich bin sicher, es wird der Tag kommen, wo ihr alle in Freiheit leben werdet‹, so Julie auf der RTL-Pressekonferenz in Richtung DDR. Julie Kleiber wird in der nächsten Staffel von ›Wer wird unser Superstar?‹ neben Dieter Bohlen in der Jury sitzen.«

Donnerstag, 27. Juli 2023 – Ost-Berlin, TV-Studios Adlershof

DDR-Superstar war nur eines von diversen Fernsehformaten, die in den vergangenen Jahren in die TV-Programme der DDR aufgenommen wurden. Lange Zeit hatte sich die Regierung gesträubt, Castingshows, Reality-Dokus und Daily Soaps zu produzieren. Es gab Telenovelas aus anderen Ostblockstaaten, die waren aber zu wenig nah am Leben in der DDR. Es gab Reportagen, die aber zu stark den erhobenen sozialistischen Zeigefinger hatten und im wahrsten Sinne des Wortes zu wenig populär wären. Und von den Unterhaltungsshows des DDR-Fernsehens hatte sich die junge Generation ohnehin mit Grausen abgewandt. Die seit Jahrzehnten laufende Show *Ein Kessel Buntes* wurde bei den unter 30-Jährigen spöttisch *Ein Kessel Gammelfleisch* genannt. Interne Studien ergaben, dass die Fernsehprogramme der DDR derart unbeliebt waren, dass sie ihrer Funktion als Sprachrohr der Regierung, des Systems und der sozialistischen Ideologie nicht mehr gerecht wurden. Es musste also etwas Neues, etwas Frisches her.

Und so wurden im Jahr 2011 mit dem Gesetz zur Popularisierung der Hörfunk- und Fernsehprogramme der DDR erste Schritte eingeleitet, die in den Jahren darauf verstärkt wurden.

Viele Formate, die dann schließlich produziert und gesendet wurden, erinnerten weitgehend an erfolgreiche Sendungen aus dem Westen. Statt *Bauer sucht Frau* sendete das DDR-Fernsehen *Sozialist sucht Liebe*, wo die ideale Frau für einen DDR-Bürger als selbstbewusste, strebsame und überzeugte Sozialistin definiert wurde. Die Sendung *Freundin aller Kinder* erinnerte stark an das Format *Die Super-Nanny*, wo Kindern nicht nur das artige Verhalten beigebracht wurde, sondern sie ebenso in ihrem Denken beeinflusst wurden, um später, so hieß es, »vorbildliche Bürgerinnen und Bürger unseres Staates« zu werden. All diese Sendungen, so frisch und hip sie sich auch gaben, kamen ohne den sozialistischen Anstrich nicht aus. Versuche von Programmverantwortlichen, solche Formate freier von Politik und Ideologie zu machen, scheiterten an der Einflussnahme durch die Regierung der DDR. Es herrschte Misstrauen. Fernsehen solle die Leute bilden, sie formen – und nicht einfach nur unterhalten, so die Order aus dem Politbüro. Das Argument, dass die DDR-Bürger dann stattdessen das West-Fernsehen schauten, wo sie erst recht nicht im Sinne des Sozialismus informiert würden, wurde mit einer technischen Maßnahme entkräftet: der Einführung des Kabelfernsehens. Das Fernsehen der DDR und ebenso die Programme der osteuropäischen Bruderstaaten wurden dort eingespeist, Programme aus der BRD und West-Europa aber nicht. Zugleich wurde der digitale Empfang von Hörfunk und Fernsehen vorangetrieben, um den terrestrischen Empfang über Antenne, auch durch Beendigung der Produktion der entsprechenden Antennen, möglichst schnell einzustellen und somit einen weiteren Konsum westlicher Programme zu verhindern. Doch dies gelang nur bedingt: Der Verkauf neuer digitaler Fernsehgeräte lief nicht so gut wie erhofft, und obendrein hatte inzwischen das Internet ja die gesamte Medienlandschaft erneut auf den Kopf gestellt. Auch wenn der Empfang westlicher Programme offiziell nicht gestattet war und die DDR-Führung alles tat, um das Internet der DDR von der westlichen Welt abzuschotten, gab es in jedem Haushalt oder in der Nachbarschaft dann doch fast immer jemanden, der mit ein paar Handgriffen in der Lage war, solche Sperren zu umgehen und den Empfang von West-Fernsehen und westlicher Mediatheken im Netz zu ermöglichen. Manche IT-Freaks in der DDR verdienten sich sogar ordentlich Geld (bevorzugt gern D-Mark) unter der Hand damit, wenn sie mal nachbarschaftliche Hilfe leisteten, um technische Hürden zu überwinden. Einige von ihnen wurden geschnappt und vor Gericht gestellt, aber das waren nur ein paar, denn es gab zu viele von diesen jungen Leuten, die der DDR-Regierung mit solchen Aktivitäten in den Rücken fielen. Die Digitalisierung im Land fand unter der Hand statt.

Bei einer Sendung hingegen klappte es mit den jungen Leuten ganz gut: *DDR-Superstar.* In einer Casting-Show, in der junge Musiktalente auftraten, war es mit den politischen Botschaften ohnehin ein bisschen schwierig. Zwar war es zunächst der Plan der politisch Verantwortlichen, die auftretenden Sängerinnen und Sänger vor allem klassische Arbeiterlieder singen zu lassen. Aber dass dies zu keinem gewünschten Ergebnis führen würde, sahen bald sogar Vertreter der DDR-Führung ein. *DDR-Superstar* sollte das freundliche, das moderne Aushängeschild einer weltoffenen und unverkrampften DDR sein. Und mit Julie Kleiber war sogar tatsächlich ein ideales Aushängeschild entstanden – bis diese sich dann eben in den Westen verabschiedete. Dass der westdeutsche Privatsender RTL nun ausgerechnet sie zum neuen Jury-Mitglied des kommerziellen Pendants *Wer wird unser Superstar?* machte, wurde von der DDR offiziell mit Schweigen beantwortet. Es war ein beredtes Schweigen.

DDR-Superstar funktionierte auch in der Online-Verwertung besser als alle anderen Formate. Das DDR-eigene *YouTube*-Pendant *deinevideos.dd* hielt alle gesendeten Auftritte von Kandidatinnen und Kandidaten zum Abruf bereit. Im Vergleich zu anderen Clips (viel Propaganda seitens der Regierung sowie eigenproduzierte, aber oft streng zensierte Clips von jungen Bürgerinnen und Bürgern) erfreuten diese sich tatsächlich einer überdurchschnittlichen Beliebtheit. Eigentlich sollte *deinevideos.dd* das vielseitige und offene Angebot an junge Videoblogger sein, aber schon die ersten vier Wochen nach Online-Schaltung zwangen die Zensurbehörden, hart einzugreifen. Videos, in denen die DDR als Unrechtsstaat, als Diktatur, als Pleitestaat diffamiert und zugleich die BRD als freies, reiches und offenes Land gefeiert wurde, wurden trotz Strafandrohung immer wieder hochgeladen, denn die Macher solcher Videos waren in der Lage, sich selbst anonym zu halten und trotz aller Anstrengungen durch die Behörden nicht zurückverfolgbar zu sein. Nur wenige Nutzer hatten den Mut, sich offen mit ihrem Gesicht zu zeigen und eine DDR-kritische Haltung einzunehmen – zu denen gehörte unter anderem Perry, dessen Mut letztlich mit der Sperrung seines Accounts und einer mehrwöchigen Haft bestraft wurde.

Im Studio Adlershof wurde das Fernsehen der DDR produziert. Hier entstanden die täglichen Nachrichten, die Magazine, die Kindersendungen und alles rund um die Sportberichterstattung. Dass im Westen auch mal Ost-Fernsehen geschaut wurde, war Erhebungen zufolge eher vereinzelt der Fall. Oftmals diente das DDR-Fernsehen für westdeutsche YouTuber als Quelle, um sich über die Programminhalte lustig zu ma-

chen. Die arg steif präsentierten und inhaltlich drögen Nachrichten etwa darüber, dass in Jena oder in Karl-Marx-Stadt
neue Wohnungen bezugsbereit waren oder irgendein Volks-
eigener Betrieb eine neue Maschine in Betrieb genommen
hatte, boten sich geradezu als Zielscheibe von Spott und Pa-
rodie an. Tatsächlich beliebt hingegen war das Sandmänn-
chen des DDR-Fernsehens, das sogar nach Meinung vieler
Westdeutscher liebevoller gestaltet und damit beliebter war als
das West-Sandmännchen mit seinem weißen Backenbart. Das
Ost-Sandmännchen und das Ost-Ampelmännchen (mit dem
Hut auf) gehörten zu den größten DDR-Sympathieträgern im
Westen – aber wohl nicht zuletzt deshalb, weil sie so unpolitisch wirkten. Wobei das Ost-Ampelmännchen inzwischen
durchaus Diskussionen fast politischer Art ausgelöst hatte, im
Westen wie auch im Osten: Warum musste es denn eigentlich immer ein Ampelmännchen sein? War nicht auch mal
Zeit für ein Ampelfrauchen? Die DDR rühmte sich als Staat,
der die Gleichberechtigung der Frau sehr viel stärker förder-
te als die Bundesrepublik. Aber beim Ampelmännchen war es
dann vorbei damit? Solche Diskussionen wurden sogar offen
im DDR-Fernsehen geführt – natürlich nicht zuletzt deshalb,
um von sehr viel schwerwiegenderen Themen wie den finanziellen Problemen der DDR, der mangelnden Versorgung der
Bevölkerung, der fehlenden Demokratie (obwohl das Wort im
Namen des Staates vorkommt) und dem desaströsen Zustand
der Infrastruktur im Staat abzulenken.

Zuständig für *DDR-Superstar* waren ein halbes Dutzend Leute, vier Männer und zwei Frauen. Wohl wissend, dass die Regierung einen strengen Blick auf die Show hatte, versuchten
sie dennoch, einen Aufwand an Licht, Bühnenkulisse und ge-
sanglicher Qualität zu leisten, der sich mit dem vergleichbaren
Format auf RTL im Westen messen konnte. Genauso wie Die-

ter Bohlen gab es in der ostdeutschen Variante ebenso einen strengen und sprücheklopfenden Musikkomponisten und Produzenten, sein Name war Berthold Steinhäuser. Der 39-jährige Musikproduzent war in den vergangenen Jahren als Kopf hinter diversen jungen Schlagertalenten der DDR erfolgreich gewesen. Das Besondere: Er war eigentlich Westler und siedelte im Jahr 2004 freiwillig über, weil ihn nach eigenen Angaben der Raubtier-Kapitalismus in der westlichen Musikbranche anwiderte. Das Vertrauen der DDR-Oberen musste er sich dennoch mühsam erkämpfen, denn sie trauten ihm lange nicht. Dass ein erfolgreicher westlicher Künstler freiwillig in die DDR kam, das hatte es in der Geschichte des Staates nur selten gegeben. Der Amerikaner Dean Reed war Anfang der 70er Jahre freiwillig zum Bürger der DDR geworden, aber das war ja schon rund 50 Jahre her.

Steinhäuser gehörte dem Gremium, das an diesem Tag im Konferenzraum des Studios Adlershof tagte, nicht an, denn erst einmal ging es ja um die grundsätzliche Frage, wer an der Show teilnehmen durfte und wer nicht.

»Das ist ein skandalöser Vorgang«, wütete Lisbeth Kraushaar, die im Politbüro für kulturelle Fragen verantwortlich war. Sie bezog sich auf die aktuelle Pressemeldung, dass Julie Kleiber nun für den kommerziellen West-Sender RTL arbeitete. »Wir bauen dieses Mädchen auf, lassen es gewinnen, schenken ihm Ruhm und Erfolg – und dann das.«

Joachim Lauffen, von Kennern und Insidern der Branche kurz Jo genannt, war ein bärtiger Bulle, dessen langes angegrautes Haar ihm fettig über den Schultern hing. Er galt als meinungsstark und scheute keine Konflikte, war also der geeignete Mann, um die Gesamtverantwortung für *DDR-Superstar* zu tragen – was Lisbeth Kraushaar und andere Vertreter des Politbüros nicht immer so sahen. Mit seinen 37 Jahren war

Jo Lauffen gut halb so alt wie Kraushaar, aber ungefähr dreimal so breit wie die schmale ältere Dame.

»Im Grunde gibt es doch eigentlich keine bessere Werbung als
das für unsere Show«, gab Lauffen zu bedenken, »jeder im Westen weiß jetzt endgültig, woher Julie Kleiber ihren Ruhm hat.«

»Es geht hier nicht um Werbung«, erregte sich Frau Kraushaar, »ein solch kapitalistischer Begriff sollte uns allen fremd
sein.«

»Nun ja, *DDR-Superstar* soll doch ein freundlicheres Gesicht
der DDR zeigen – auch und gerade nach außen hin. Oder hab'
ich das falsch verstanden?«

»Natürlich. Aber die Kandidaten dieser Unterhaltungsshow
müssen überzeugte Bürgerinnen und Bürger unseres Staates
sein. Ansonsten machen wir uns lächerlich vor der Weltöffentlichkeit. Ich habe dieser Julie Kleiber gleich nicht getraut. Und ich
war auch dagegen, dass sie einen Gastauftritt in der BRD hat.«

Jo Lauffen faltete nachdenklich die Hände. »Nun ja. Immerhin wissen wir jetzt, dass sie eine überzeugte Imperialistin ist.
Also ist es doch gut, dass wir sie los sind.«

Lisbeth Kraushaar hob inständig den Zeigefinger. »Wir hätten sie schon zu einer vorbildlichen Sozialistin gemacht. Dafür
gibt es mehr als genug Instrumente.«

»Apropos Instrumente!« Nguyen Phan meldete sich mit diesen Worten – und lachte kurz über sich selbst. Der 27-Jährige,
Sohn einer eingewanderten vietnamesischen Arbeiterfamilie,
war der musikalische Koordinator der Show. »Vielleicht könnten wir ja mal zu den Kandidaten kommen.«

Auf dem kreisrunden Konferenztisch lagen rund 200 Fotos
von Bewerbern, die es durch die erste Prüfung geschafft hatten, in der die politische Haltung und das äußere Gesamtpaket abgeklopft wurden.

»Sehr begeistert bin ich von Corinna aus Leipzig«, berichtete Peggy Lenz, die für das Casting der Show zuständig war und mit ihrem Team das Talent der Kandidatinnen und Kandidaten genauestens unter die Lupe genommen hatte. Sie ergriff das Foto und zeigte es herum. Darauf abgebildet war ein hübsches blondes Mädchen mit sympathischem Lächeln. »Sie hat eine stimmliche Bandbreite, die uns wirklich beeindruckt hat. Und sie ist eine Augenweide.«

»Singen können sicher viele dieser Kandidatinnen«, stellte Lisbeth Kraushaar fest, »wo steht sie politisch?«

Jo Lauffen atmete demonstrativ tief durch, um seine Anspannung deutlich zu machen.

Kraushaar sah ihn mit energischem Blick an. »Das mag für Sie eine Nebensächlichkeit sein, für mich ist es ein zentraler Faktor. Ich habe strikte Anweisungen aus dem Politbüro.«

»Also schön.« Jo Lauffen ergriff das Foto von Greta Körner und hielt es Lisbeth Kraushaar unter die Nase. »Das ist Greta Körner. Sie ist in der Partei, studiert Medizin. Ihr Vater ist ein verdienter Genosse und arbeitet in führender Position bei der Dresdner Polizei.«

»Aber ihr Gesang ist leider eher durchschnittlich«, bemerkte Nguyen Phan.

Lisbeth Kraushaar betrachtete das Foto dennoch mit sichtbarem Interesse. »Hübsches Mädchen. Und dann noch mit vorbildlicher Biographie.«

»Aber das Beste kommt ja erst noch.« Jo Lauffen schwieg ein paar Sekunden, um die Spannung zu steigern. »Sie ist die Cousine von Lonzo.«

Kraushaar fiel die faltige Kinnlade herunter. »Von diesem … diesem … Strolch da im Westen?«

»Der YouTuber, genau.«

»Na ja, dann geht das natürlich nicht.« Kraushaar schleuderte das Foto zurück auf den Tisch.

»Wieso?« Jo Lauffen schaute sie irritiert an. »Ganz im Gegenteil: Wie könnten wir den Westen besser ärgern als mit diesem Mädchen? Sozialistisch, vorbildlich, strebsam. Und vor allem: glücklich, in der DDR zu leben. Sie zeichnet ein anderes Bild unseres Staates, als es dieser Lonzo getan hat mit seinen Diffamierungen.«

»Das kriege ich im Politbüro niemals durch.«

»Das wäre aber ziemlich ärgerlich. Wir haben in diesem schmutzigen Spiel der BRD den Joker in der Hand und nutzen ihn nicht?«

Kraushaar nahm das Foto erneut in die Hand und starrte drauf. »Wir werden mit dem Mädchen 'mal reden. Es gäbe eventuell noch eine andere Art der Verwendung.«

@SchluckDuStück auf Twitter:
Ich habe vorhin mal »Sozialist sucht Liebe« im #DDR-Fernsehen geschaut. Da verzichtet dieser Schweinebauer auf die hübsche Vollbusige, weil sie ihm zu kapitalistisch denkt? Ey, Leute, für wie dumm wollt Ihr uns denn noch verkaufen? Wer guckt denn so einen Schmarrn?

Donnerstag, 27. Juli 2023 – Köln-Porz

»Ich glaube, ich geh zur Polizei. Ich halte das nicht mehr aus.« Lonzo fuhr sich durchs grüne Haar, er schwitzte. Immer noch keine Nachricht von Stiff, kein Lebenszeichen.

»Und was sollen die machen? In der DDR anrufen und fragen, wo Stiff ist?« Diese berechtigten Fragen stellte Tobias Lüder, auf *YouTube* trug er den Namen Kane Ultra. Er war 26 Jahre alt und ein langjähriger Freund von Lonzo, der ebenfalls vor einigen Jahren nach Köln gezogen war. Kane war einer von denen, mit denen Lonzo niemals ein Video machen würde – weil es seinem Ruf schaden würde. Kane Ultra drehte nämlich Videos, die man unter der Überschrift Verschwörungstheorien einsortierte. Er zweifelte die Mondlandung an, glaubte an Chemtrails und dass Elvis noch am Leben sei. Und er meinte anhand zweifelhafter Beweise darlegen zu können, warum DDR und BRD in Wahrheit eigentlich ein gemeinsamer Staat seien. Er stellte in seinem Kanal, der immerhin auf mehr als 100.000 Abonnenten kam, jede Menge Behauptungen auf. Er selbst betrachtete sich gar nicht als Verschwörungstheoretiker, sondern eher als Freigeist. Gerade weil in der Bundesrepublik immer wieder eine Debatte über Meinungsfreiheit stattfand und diese in der DDR sehr eingeschränkt war, sah sich Kane als Kämpfer dafür. Alles sagen und denken zu können, und sei es noch so unsinnig, war ihm ein Anliegen. Und solche Kanäle gab es viele, da war seiner ja nicht der einzige. *YouTube* sperrte immer wieder Videos und Kanäle, aber das wirkte willkürlich. Offenbar war es Glück, ob man online blieb oder nicht.

Kane bemühte sich, bei allem kruden Zeug, das er verbreitete, bodenständig und humanistisch zu bleiben. Allerdings gelang ihm genau das nicht wirklich. Irgendwann war mal jemand dahintergekommen, dass Lonzo und Kane sich schon lange kannten und auch nach wie vor Kontakt hatten. Lonzo war daraufhin gezwungen, sich in einem Video von Kanes Inhalten zu distanzieren, um die Kritiker zu besänftigen. Seitdem bemühte er sich auch, jeglichen Kontakt mit Kane nur noch heimlich zu pflegen. Es war eine Krux, dass er ausgerechnet zu Leuten eine persönliche Freundschaft pflegte, die ihm sein öffentliches Image beschädigen konnten. Und es war schon erstaunlich, dass es mitten in der Bundesrepublik dieses Phänomen gab, das doch eigentlich eher aus der DDR bekannt war: nämlich Freunde heimlich zu treffen und sich von Menschen distanzieren zu müssen, die eine andere Ideologie vertraten. Lonzo konnte privat Person und Gesinnung gut trennen – öffentlich ging das nicht.

Kane hatte für sein relativ junges Alter bereits extremen Haarausfall, weswegen er meistens eine Kappe trug – so auch an diesem Tag. *Truth* stand einfach nur darauf.

»Oh man, und ich habe ihn überredet, in die DDR zu fahren.« Lonzo schüttelte den Kopf über sich selbst. Er saß mit Kane auf derselben Designercouch, auf der er tags zuvor schon mit Sarah gesessen hatte. Beide tranken eine Cola mit Melonengeschmack, die ein Getränkeunternehmen Lonzo gesandt hatte, damit er die entsprechende Dose in zehn Videos für je 15 Sekunden ins Bild hielt. Das Zeug schmeckte scheußlich.

»Die machen was mit ihm«, beschwor Kane und klang dabei sehr überzeugt, »der kriegt eine Gehirnwäsche oder sowas. Das dauert nur ein paar Tage, dann hat man einen Menschen umgedreht. Ich habe darüber mal ein Video gemacht.«

»Ja, du hast viele Videos gemacht.« Lonzo wischte sich den Schweiß vom Gesicht. »Ich hoffe nur, dass sie ihn nicht einkerkern oder sowas. Die DDR-Gefängnisse sollen heftig sein.«

»Und wie heftig die sind. Aber das soll bei uns in der BRD nicht besser sein. Der Geheimdienst hat ebenso Folterräume. Mit Stromschlägen. Schau dir das Video an, das ich letztes Jahr dazu gemacht habe.«

Lonzo nahm Kanes Ausführungen gar nicht mehr im Detail wahr, er überhörte sie lieber. Trotzdem tat es ihm gut, dass jetzt jemand da war. »Wie geht es dir denn eigentlich?«, fragte Lonzo – einfach um Kane das Gefühl zu geben, dass es auch um ihn gehen sollte.

»Ach, soweit ganz gut. Meine Klickzahlen sind eigentlich super. Das Video über die Verbindungen von Bundeskanzler Möller zu satanischen Seilschaften hat fast 100.000 Views. Aber ich verdiene nichts damit, weil *YouTube* die Monetarisierung nicht zulässt.«

»Sei froh, dass dein Kanal überhaupt noch da ist.« Lonzos Smartphone summte. Reflexartig ergriff er das Gerät und schaute aufs Display. Es war eine *Whatsapp*-Nachricht von einem Bekannten, der die kurze Frage »Schon gesehen?« schrieb und dahinter ein halbes Dutzend erschrockener und verwunderter Smileys setzte. Mitgeschickt wurde ein Link zu einem *YouTube*-Video. Während Lonzo instinktiv ahnte, dass das jetzt nichts Gutes war, klickte er auf den Link und landete auf Stiffs *YouTube*-Kanal. Das verlinkte Video trug die Überschrift *#DDR-Zerstörung – Perrys schmutziges Spiel.*

»Oh nein«, murmelte Lonzo.

»Was ist denn?«, fragte Kane.

»Stiff hat ein *YouTube*-Video hochgeladen.«

»Das ist doch ein gutes Zeichen.«

»Aber die Überschrift allein schon. Ich fürchte, ich weiß jetzt, warum er sich nicht meldet.«

Lonzo startete das Video. Darin war Stiff zu sehen in der beleuchteten Ecke seiner kleinen Wohnung, in der er schon unzählige Clips produziert hatte. Stiff hielt wedelnd die Unterlagen in der Hand und begrüßte seine Zuschauer: »Hey, Leute, mein Kumpel Lonzo hat erst vor Kurzem sein DDR-Video released. Ich setze heute noch einen drauf – und ihr werdet schockiert sein über das, was ich euch zu berichten habe. Los geht's!« Dann folgte ein kurzes, lustig gemeintes Intro, in dem Stiff in einer schnellen Bildabfolge in verschiedenen Situationen und Positionen, teilweise höchst albern, teilweise nackt, zu sehen war. Lonzo fand dies angesichts des ernsten Themas eher unpassend, aber das war vermutlich eine Nebensächlichkeit im Vergleich zu dem, was nun folgen sollte.

»Hat schon 23.000 Abrufe und 2.000 Likes«, stellte Kane fest. »In der kurzen Zeit? Merkwürdig.«

»Pscht.« Lonzo war voller Anspannung.

»Leute, ich glaube, hier wird echt ein ganz mieses Spiel gespielt«, erzählte Stiff. Zwischen seinen gesprochenen Worten hatte er sehr viele Jump Cuts, also harte Schnitte, gesetzt. Jedes Luftholen, jede Sprechpause wurde entfernt. Dies war auf *YouTube* sehr verbreitet, um wortreiche Videos schneller und damit verdaulicher zu machen. Stiffs Kopf zuckte durch die Schnitte heftig. »Diese Dokumente hier sind Originalunterlagen aus dem Ministerium für Staatssicherheit. Sie sind wirklich echt. Und ihr glaubt nicht, was ich da an Infos gefunden habe.«

»Stiff, das hast du nicht wirklich gemacht.« Lonzo wurde wütend, er ballte seine Fäuste. Die Wut in ihm hatte gleich mehrere Gründe. Nicht nur, dass sein bester Freund ihn so hintergangen hatte:

Lonzo war derjenige, der diesen Kontakt in die DDR aufgebaut hatte, der nach dem riesigen Erfolg mit dem Zerstörungs-Video weiter auf diesem investigativen Weg unterwegs sein wollte – und nun das. Lonzo dachte auch an die Klickzahlen, die Einnahmen – und das Ende einer Freundschaft.

»Also, Leute«, sprach Stiff weiter, »es gibt ja in der DDR Menschen, die für den Staat andere ausspionieren. Das können gute Freunde sein, Verwandte, ja sogar der eigene Ehepartner. Es gab in den vergangenen Jahren genug YouTuber, die das berichtet haben. Wir haben als YouTuber unzählige Kontakte zu den Jungs und Mädels von *Deine Videos*. Es soll in dem Ministerium ganze Etagen voller Akten geben, über jeden einzelnen DDR-Bürger. Die DDR setzt dabei übrigens immer noch voll auf analog, damit keiner sowas hacken kann und an die Daten online herankommt. Ist irgendwie voll retro, aber andererseits auch clever.«

151

»Der ist doch gehirngewaschen«, merkte Kane an und handelte sich von Lonzo ein weiteres »Pscht« ein.

Stiff blickte jetzt ganz tief in die Kamera. »Und manchmal arbeiten sogar Leute als Spione, als Verräter, von denen man das gar nicht glauben möchte. Aber ich sage es euch: Hier steht es. Ich lese das mal kurz vor.« Stiff warf seinen Blick nun auf eines der Blätter und räusperte sich kurz. »Vereinbarkeitserklärung mit Marc Ramelow, Pseudonym Perry, über Tätigkeiten als inoffizieller Mitarbeiter des Ministeriums für Staatssicherheit.«

»Bitte was?« Lonzo saß mit offenem Mund da.

Kane nickte. »Sowas hab' ich mir schon immer gedacht.«

»Hier liegt sogar ein Bericht bei, wie das mit Perrys Gefängnisstrafe war«, erzählte Stiff weiter und wühlte in seinen Unterlagen. Dann fand er das entsprechende Schriftstück. »Hier. Hier ist es. Ich lese mal vor: *Marc Ramelow wird konspirativ nach Moskau ausgeflogen, um sich dort während seiner offiziellen Haftzeit aufzuhalten.* Was sagt ihr dazu? Von wegen Gefängnis, Folter und was weiß ich. Der hat sich in Moskau eine schöne Zeit mit russischen Nutten gemacht, so sieht es aus.«

»Die Story hat er dir geklaut, Lonzo«, erregte sich Kane, »du hättest das bringen sollen.«

Lonzo stoppte das Video. »Ich kann mir das überhaupt nicht vorstellen mit Perry. Der ist doch überzeugter Regimegegner. Der arbeitet doch nicht mit diesen Stasi-Pissern zusammen. Das stinkt gewaltig zum Himmel.«

»Ich denke, deine Quelle ist seriös?«

»Ja, ist sie auch. Ich bin gerade nicht sicher, wie ich damit umgehen soll. Oh man, Stiff! Der Preis für diesen erhofften Ruhm ist zu hoch. Ich hab' da ein ganz mieses Gefühl.« Lonzo ließ das Video weiterlaufen.

Stiff grinste sehr selbstzufrieden und faltete die Hände wie ein Heiliger. »Leute, ich weiß, dass das harte News sind. Aber hätte ich sie verschweigen sollen? In dieser verdammten DDR darf man niemandem trauen, niemandem! Irgendwie hängen die alle mit der Stasi zusammen, ich sag euch das. Alle!«

Lonzo fühlte unendliche Ohnmacht. »Ich bin reingelegt worden.«

»Ja, das hätte ich von Stiff auch nicht gedacht – obwohl wir doch eigentlich alle wissen, was für ein hinterlistiger Kerl er ist.«

»Ich rede nicht von Stiff.« In Lonzos Hirn arbeitete es wie in einem Uhrwerk. »Die Freilassung von Perry, jetzt diese Enthüllungen über ihn. Das stinkt doch zum Himmel.«

»Willst du damit sagen, das sind gefälschte Unterlagen, die Stiff da präsentiert?«

»Ich bin mir fast sicher.«

»Na, dann kannst du ja Stiff dankbar sein. Stell dir vor, du hättest ein solches Video veröffentlicht.«

Donnerstag, 27. Juli 2023 – Ost-Berlin, Prenzlauer Berg

Caren Ramelow hatte alle Beziehungen spielen lassen, um für diesen besonderen Kaffeetisch auch etwas Besonderes auffahren zu können: Kaffee aus dem Westen und zwei Torten mit Südfrüchten aus allerfeinsten Zutaten. Kolleginnen aus dem VEB, in dem sie arbeitete, hätten sie dabei unterstützt, erzählte Caren stolz. Devise: Irgendwie kennt immer irgendwer irgendwen. Wenn der zurückgekehrte und prominente Sohn wieder bei seiner Familie ist, dann soll er es schließlich richtig guthaben.

Es duftete nach frischem Kaffee und Orangen in der Stube. Perry stopfte sich jetzt schon das zweite Stück Torte hinein, seine Mutter schaute ihm mit Freuden dabei zu. Seine Schwester Laura und Opa Ramelow genossen ebenfalls das saftige Obst, das Caren in der Sahneschicht verarbeitet hatte, aber auch als hübsche Dekoration nutzte. Auf die Orangentorte hatte sie ein paar mit Zucker bestreute Apfelsinenscheiben gelegt.

»Das ist das einzig Schöne an unserer Mangelwirtschaft«, bemerkte Opa Ramelow, »dass unsereins sowas auch noch genießen kann, weil es etwas Besonderes ist. Für die im Westen ist das doch Alltag.«

»Na ja, Opa …« Laura schluckte erst mal runter, bevor sie weitersprach. »Im Westen kaufen die sowas aber meistens abgepackt im Supermarkt. Wer macht sich denn da noch die Mühe, was selbst zu backen?«

»Auch der Gedanke an diese schönen Sachen hat mich in der Isolierzelle überleben lassen, Mama.« Perry tat sich ein weiteres Stück auf den Teller und löffelte sofort los.

Caren wusste nicht, ob sie weinen oder lachen sollte. Sie streichelte die rechte Hand ihres Sohnes. »Viele meiner Kolleginnen und Kollegen bewundern dich für deinen Mut. Deswegen haben sie auch geholfen, alle Zutaten zu bekommen. Aber mach dein Leben nicht kaputt, mein Junge. Denk an deinen Vater.«

»Mama … Im Westen gab es mal eine Band, die hieß *Ton Steine Scherben*. Die haben einen Song gesungen mit dem Titel *Macht kaputt was euch kaputt macht*. Und genau darum geht es. Die wollen doch, dass wir klein beigeben.«

»Lass uns jetzt nicht über diese Dinge reden«, bat Caren,

»ich möchte einfach, dass wir entspannt zusammensitzen. Wir sind eine Familie.«

»Mir ist so ein Enkel jedenfalls lieber als ein 150%-iger Kommunist in der Familie«, betonte Opa und nahm leicht zitternd einen Schluck Kaffee zu sich.

Caren schaute ihren Schwiegervater böse an. »Nun bestärke den Jungen auch noch.«

Perry warf einen Blick auf den neu angeschafften Fernseher. »Und das Ding da? Haben da auch die Kollegen geholfen?«

»Es sind nicht nur Männer, Marc«, bemerkte Laura, »Mama hat sogar mehr Kolleginnen als Kollegen.«

»Ach komm, Schwesterlein. Ich glaube, wir haben hier andere Sorgen, als uns mit so einem Quatsch zu beschäftigen.«

»Das ist kein Quatsch. Wenn die DDR auf einem Gebiet etwas geschafft hat, dann bei der Gleichberechtigung der Frauen.«

»Na also. Hat ja offenbar auch ohne sprachliche Veränderungen funktioniert.«

»Ich habe das Gerät preisgünstiger bekommen«, erklärte Caren, »sonst hätten wir uns das nicht leisten können.«

»Ich fand es trotzdem unnötig«, bemerkte Opa, »das alte Gerät hat noch einwandfrei funktioniert.«

Perry sah den Fernseher nachdenklich an. »Für mich steht die Glotze als Symbol für Diktatur und Propaganda. Da bin ich dann doch lieber im Internet unterwegs.«

Lauras Smartphone, ein *Robophone X*, summte. Sie hatte es neben dem Teller auf dem gedeckten Tisch abgelegt.

Opa schüttelte den Kopf: »Keine Mahlzeit, ohne dass dieses blöde Ding summt.«

Laura ergriff das Smartphone, denn der Name *Enrico* auf dem Display verriet ihr, dass es wichtig sein musste. *Enrico* meldete sich nur in dringenden Fällen.

»Ja, hallo?« Laura lauschte dem, was ihr die Person am anderen Ende mitzuteilen hatte. Perry aß sein Stück Torte weiter, richtete den Blick aber auf seine Schwester. Sein eigenes Smartphone hatte er in der Jacke an der Flurgarderobe gelassen – aus Respekt vor seiner Mutter und Opa. Zu oft war das andauernde Abtauchen in soziale Medien während eines Familientreffens Zankapfel gewesen. Caren ließ sich zwar nichts anmerken, war jetzt gerade aber auch nicht davon begeistert, dass ihre Tochter am Kaffeetisch telefonieren musste.

Laura sah Perry an, ihr Blick wurde eindringlicher und unfreundlicher. »Ja, er ist gerade hier. Er sitzt mir gegenüber.«

»Was ist denn?«, fragte Perry. Auch Caren und Opa bemerkten zunehmend, dass Laura gerade etwas am Telefon gesagt bekam, was sie zutiefst verunsicherte.

»Okay, danke.« Laura legte auf und das *Robophone X* zurück auf den Tisch. Wortlos trank sie aus ihrer Tasse.

Perry spürte, dass das jetzt ein schwieriger Moment war. »Nun sag schon. Wer war das?«

Laura hielt die Tasse mit beiden Händen fest. »Stiff hat ein Video auf *YouTube* veröffentlicht.«

»Stiff?« Perry dachte kurz nach. »Der Kumpel von Lonzo?«

»Ja, der. Dieser Typ, der junge Mädchen auf der Straße anbaggert.«

»Ja und? Was ist daran interessant, dass der ein Video veröffentlicht?«

»Es ist ein Video über dich.«

Perry verschluckte sich vor Lachen fast an der Torte. »Bitte was? Um was geht es denn?«

Caren und Opa spitzten nun auch die Ohren. Lauras sehr ernster Ton und ihr vorwurfsvoller Blick an Perry irritierten sie.

»Stiff hat geheime Unterlagen aus dem Stasi-Ministerium erhalten und sie in seinem Video gezeigt. So wie kürzlich Lonzo. Und in den Unterlagen geht es auch um dich.«

»Ach. Und was wird Sensationelles berichtet?«

Laura atmete einmal tief durch. »Dass du Mitarbeiter der Stasi bist.«

Caren, Opa und auch Perry selbst erstarrten einen Moment lang. Schließlich brach Perry in ein weiteres herzliches Lachen aus. »Das ist ja herrlich, mit welchen Methoden die arbeiten. Meinen die ernsthaft, das würde wer glauben?«

»Es sind angeblich Originalunterlagen der Stasi, die geleakt wurden. Selbe Quelle wohl wie die von Lonzo für sein Zerstörungs-Video.«

»Aber ich bitte dich, Laura«, erregte sich Caren, »unser Marc hat gerade wochenlang in Isolierhaft verbracht.«

Laura schüttelte den Kopf. »Jetzt kommt der irrste Teil, den ich aber auch kaum glauben mag. Es sind aber offenbar authentische Unterlagen.«

»Nun sag schon, Kind«, forderte Opa.

»Den Unterlagen nach hat mein lieber Bruder die Knast-Zeit in Moskau verbracht mit russischem Kaviar und willigen Nutten.«

Perry sprang vom Stuhl auf. »Du hast sie wohl nicht mehr alle!«

»Beruhigt euch«, forderte Opa und haute einmal mit der flachen rechten Hand auf den Tisch, »es ist doch wohl offensichtlich, dass das alles eine große Lüge ist.«

»Glaubst du den Quatsch etwa?«, fragte Perry mit zittriger Stimme, »du bist meine Schwester, niemand kennt mich besser als du.«

Laura kämpfte mit sich. »Ich weiß nicht, was ich gerade glauben soll. Wenn das wirklich echte Beweise sind?«

»Siehst du denn nicht, was für ein billiges Spiel hier gespielt wird?«

»Einerseits ja … andererseits … Wie kommt es, dass wir

dich wochenlang nicht besuchen konnten und es kein Lebenszeichen gab? Besuch ist normalerweise immer erlaubt, selbst bei Feinden des Staates.«

»Weil die mich fertig machen wollten, was denn sonst? Die wollten Namen von mir. Und die habe ich ihnen natürlich nicht gegeben.«

»Und dann lassen sie dich vorzeitig aus dem Knast?« Laura sah ihre Mutter an. »Darüber hast du dich doch auch gewundert, dass er plötzlich rauskam.«

»Ja schon …« Caren rang mit sich. »Aber Marc hat ja recht, wenn er sagt, dass dahinter doch bestimmt irgendein böser Plan steckt.«

»Und genau das ist der böse Plan, genau das«, ergänzte Opa, »die wollen unsere Familie kaputt machen. Und es scheint so, als ob ihnen das wirklich gelingt. Laura, du solltest dich schämen, überhaupt Zweifel zu haben. Wenn ihr beide nicht zusammenhaltet, dann ist alles verloren.«

Perry lief im Raum hin und her und schlug sich die Handflächen auf den Kopf. »Dieses miese Gesocks! Sie haben Unterlagen gefälscht und lassen sich diese dann bereitwillig klauen. Und mich lassen sie frei, um noch mehr Zwietracht zu säen.« Er zeigte mit dem Finger auf Laura. »Und du glaubst den Scheiß auch noch.«

»Ich habe nicht gesagt, dass ich ihnen glaube. Ich will nur wissen, was Sache ist.« Laura griff erregt zu ihrem Robophone. »Wenn es so ist, wie du sagst, dann müssen diese alten Herrschaften da oben ja ungemein clever sein.«

»Nicht clever«, korrigierte Opa, »rücksichtslos sind sie. Sie gehen über Leichen. Über Leichenberge. Ich glaube jedenfalls kein Wort von diesem Gewäsch.«

Caren schüttelte den Kopf. »Urlaub in Moskau? Das ist doch Blödsinn.«

Perry setzte sich erschöpft zurück auf seinen Stuhl. »Natürlich ist es Blödsinn, Mama! Ich arbeite nicht mit den Mördern meines Vaters zusammen.«

Laura hielt erneut das Smartphone hoch. Es zeigte ein Foto, auf dem Perry oder ein junger Mann, der Perry sehr ähnlich sah, mit zwei attraktiven jungen Frauen engumschlungen über den Roten Platz in Moskau schritt. Im Hintergrund war eindeutig der Kreml zu sehen. »Dieses Foto macht bereits die Runde.«

Perrys spöttische Lachen war eher ein verzweifeltes als ein herzliches. »Oh man, die haben ja echt an alles gedacht.«

»Das bist du doch, oder?«, fragte Laura verwirrt.

»Ja ... irgendwie schon. Das ist ´ne Fotomontage. Und welch ein Wunder, dass im Hintergrund perfekt der Kreml in Szene gesetzt wird, damit auch jeder Idiot kapiert, dass das in Moskau aufgenommen wurde. Es ist so durchsichtig.« Perry sah seine Familie an. »Ihr glaubt mir doch, oder?«

Caren und Opa nickten sofort, Laura zögerte. Sie nickte dann auch.

Perry riss Laura das Smartphone aus der Hand und sah sich das Foto mit seinem Gesicht noch einmal an. »Moment mal. Ich weiß, von welchem Foto dieses Gesicht von mir stammt. Letztes Jahr ... Unser Wochenendausflug nach Warnemünde.« Perry sah seine Mutter an. »Das Foto wurde doch mit deinem Fotoapparat geschossen.«

Caren blickte entgeistert. »Wie soll denn jemand an das Foto kommen?«

»Gute Frage.« Perry dachte nach. »Sehr gute Frage. Es ist ja nicht im Internet, sondern im Fotoalbum. Es gibt davon nur ein Papierfoto.«

Caren fotografierte immer noch mit einem alten Fotoapparat ihres verstorbenen zweiten Mannes. In der DDR gab es noch ein paar traditionelle Fotogeschäfte, die Filmspulen dafür verkauften und auch entwickelten.

Perry stand auf und schritt eineinhalb Meter zu dem mächtigen Wohnzimmerschrank neben dem Sofa. Es war ein alter massiver Schrank, der seit über 40 Jahren an dieser Stelle stand. Perry wusste sehr genau, wo sich die Familienalben befanden. Er öffnete die mittlere Tür der unteren Ebene, was ein gemütliches Knarren verursachte. In der Reihe der Alben stand relativ weit rechts eines mit der seitlichen Beschriftung *Warnemünde 2022.*

»Was willst du uns jetzt eigentlich beweisen?«, fragte Laura, während Perry das in weinrotfarbenes Leder gebundene Album im Schnelldurchlauf durchblätterte. »Es war eines der Fotos am Strand, nachdem wir das Eis gegessen hatten.« Perry sprach kaum diesen Satz aus, da stand ihm das Entsetzen im Gesicht. Das Foto, von dem er sprach, fehlte im Album. Es klaffte eine Lücke. Perry hielt das Album den dreien hin, um die Lücke zu zeigen.

Perry sah Laura an, in ihrem Gesicht herrschte eine Mischung aus Angst und Unsicherheit. »Was soll das jetzt bedeuten?«, fragte sie.

»Das frage ich dich. Welche Show ziehst du hier ab?«

»Bist du bescheuert?«, fragte Laura, »ich habe damit nichts zu tun.«

»Ach, wirklich? Dann ist hier also die Stasi in die Wohnung eingebrochen und hat sich das Foto genommen? Willst du das ernsthaft behaupten?«

Opa schüttelte entsetzt den Kopf und nickte auch irgendwie zugleich. »Das halte ich tatsächlich für die wahrscheinlichere Variante. Meine Enkeltochter tut sowas nicht.«

»Soso.« In Perrys Kopf arbeitete es mächtig, dann lachte er. »Ich habe mich schon länger gefragt, warum Laura ihren

Studienplatz immer noch hat. Das wäre doch das einfachste Druckmittel gegen mich gewesen, ihr den wegzunehmen.«

»Ich scheiße auf den Studienplatz.« Laura zitterte plötzlich, ihr kamen Tränen.

»Bitte hört jetzt auf«, brüllte Caren. Sie griff sich verzweifelt an die Stirn. »Es muss für all das eine Erklärung geben. Laura würde das doch nie tun.«

Opa sah seine Enkeltochter eindringlich an. »Habe ich mich in dir getäuscht, Laura?«

»Nein, Opa, hast du nicht.«

Perry stieß seine Faust so hart auf den gedeckten Tisch, dass zwei Tassen umfielen und es einen mächtigen Krach verursachte. »Ich weiß, dass ich in diesem Staat niemandem vertrauen kann. Aber bis heute dachte ich, dass die einzige Ausnahme davon meine Familie wäre.«

»Was willst du denn damit sagen?«, fragte Caren entsetzt, »du kannst uns vertrauen. Wir sind eine Familie und halten zusammen.«

»Ach, wirklich?« Perry deutete auf das neue Fernsehgerät. »War das vielleicht doch die Belohnung für die freundliche Mithilfe?«

»Marc!« Caren fand keine Worte und saß mit offenem Mund da.

»Du entschuldigst dich sofort bei deiner Mutter«, forderte Opa.

Perry trat zwei Schritte zurück, um auch räumlich auf Distanz zu gehen. »Dieses ganze System hat längst unsere Intimsphäre infiltriert. Wie konnte ich so dumm sein, etwas anderes zu glauben?«

Perry verließ das Wohnzimmer und kurz darauf die Wohnung. Er hatte das Bedürfnis zu flüchten.

Donnerstag, 27. Juli 2023 – West-Berlin, Kreuzberg

Stiff hatte innerhalb der vergangenen zwei Stunden bestimmt mehr als einhundert Mal seine Kanalseite neu geladen. Wie die Zahl seiner Abonnenten, aber vor allem die Zahl der Zuschauer seines Clips exponentiell nach oben ging, elektrisierte ihn. Es waren jetzt schon an die 500.000 Views innerhalb weniger Stunden, der Clip wurde geteilt, diskutiert. Große Nachrichtenseiten sprangen drauf an, zitierten ihn, verlinkten ihn. Was für ein Erlebnis! Aber: *YouTube* verweigerte die Monetarisierung. Stiff konnte mit diesem Run auf sein Video kein Geld verdienen. Schon seit längerer Zeit gab es das Gerücht, dass der Hashtag *#DDR* als wenig werbefreundlich galt. Und die Zahl der Daumen nach unten überragte die Zahl der Daumen nach oben deutlich, das Verhältnis lag etwa bei zwei Dritteln zu einem Drittel. Letzteres sorgte Stiff aber weniger, denn dass seine Videos oft mehrheitlich negativ bewertet wurden, war er gewohnt. Und hier kam ja nun auch die durchaus prächtige Menge an Perry-Fans hinzu, die dem Video erwartungsgemäß einen Daumen abwärts gaben.

Das Telefon klingelte immer wieder, aber Stiff ging nicht ran. Ihm war sehr wohl bewusst, dass es da jetzt gerade in der Community der YouTuber viele gab, die sauer auf ihn waren – Lonzo vorneweg. Und dem Freiheitskämpfer Perry so arg in die Suppe zu spucken, war für genau diese Leute ein unverzeihlicher Vorgang – egal, was am Ende wirklich dran war an den Behauptungen. Was war also nun überhaupt das Problem? Es handelte sich ja wohl um authentische Seiten direkt aus dem Ministerium für Staatssicherheit – Stiff konnte nicht erkennen, dass er Fake News verbreitete.

Beleidigende und beschimpfende Nachrichten per *Facebook*, *Whatsapp* und *Instagram* trudelten reihenweise ein, die ersten *Reaction-Videos* gingen online – alle überwiegend mit Kritik an Stiff und seinem nach Meinung vieler egoistischen Verhalten.

Möglicherweise riefen auch Journalisten an, die Stiff interviewen wollten – welche von großen, bedeutenden Magazinen. Ebenso wie Lonzo auf dem Cover eines Nachrichtenmagazins zu sein, das wäre es gewesen. Daher stellte sich bei jedem erneuten Klingeln des Telefons die Frage: rangehen oder nicht? Stiff entschied sich dagegen, denn er war sich seines unsolidarischen Verhaltens durchaus bewusst und wollte mit niemandem darüber reden müssen. Bei dem Punkt fehlten ihm dann doch die moralisch standfesten Argumente.

Journalisten wussten zumeist seine Mobilnummer ohnehin nicht und meldeten sich daher eher auf anderem Wege – zum Beispiel per E-Mail.

Tatsächlich erreichten Stiff eine Reihe von Mails, allerdings zunächst von kleinen YouTubern und freien Journalisten. Daran war er nicht interessiert. Er wollte an die großen Tanker der Medienwelt heran und sich von denen auch gut bezahlen lassen. Und da war sie dann doch, die vielversprechende Mail eines Redakteurs dieses großen deutschen Nachrichtenmagazins, auf dessen Titelseite Lonzo in der aktuellen Ausgabe zu sehen war. Lonzo hatte Stiff erzählt, dass er 10.000 Mark in bar als Honorar bekommen habe. Das wäre doch immerhin schon mal ein attraktiver Betrag. Mit 10.000 Mark ließe sich eine Menge anfangen, das war viel Geld. Stiff überlegte nicht lang und wählte die in der Mail angegebene Büronummer des Journalisten. Nach zweimal Klingeln meldete sich eine tiefe männliche Stimme.

»Clausnitzer.«

»Ja, guten Tag Herr Clausnitzer. Hier meldet sich Stiff, der YouTuber.«

»Oh, wie toll. Danke, dass Sie sich so schnell bei mir melden.«

»Jaja, gern doch.«

»Ist ja ein Knaller, was Sie da auf *YouTube* veröffentlicht haben.«

»Nicht wahr?«

»Mich persönlich wundert das wenig. Aber für einige Oppositionelle bricht da wohl eine Welt zusammen.«

»Wie meinen Sie das?«

Clausnitzer lachte. »Spätestens, als dieser Perry aus dem Gefängnis entlassen wurde, wussten wir doch alle, dass da was nicht stimmen kann. Die wahren Oppositionellen in der DDR werden entweder dauerhaft eingekerkert oder aus dem Land geschmissen. Aber doch nicht wieder freigelassen.«

»Das kam mir auch komisch vor. Trotzdem war ich natürlich entsetzt, als ich diese Stasiakte las.«

»Ja, das glaube ich gern. Es wäre wunderbar, wenn Sie uns eine Kopie davon zukommen lassen könnten. Und dann würden wir gern ein Interview mit Ihnen führen.«

»Ja, natürlich. Ich soll dafür ja sicherlich nach Hamburg kommen. Wie Lonzo vergangene Woche auch.«

»Nein, das ist nicht nötig. Wir haben ja unser Berliner Büro. Von dort würde jemand zu Ihnen kommen, die Unterlagen abholen und ihnen kurz ein paar Fragen stellen.«

»Ja … aber … werde ich denn nicht fotografiert?«

»Nein, das ist nicht nötig.«

»Komme ich also nicht auf die Titelseite?«

Clausnitzer lachte erneut. »Nein, nein.«

»Okay.« Stiffs Enttäuschung war unüberhörbar. »Wie machen wir das mit dem Honorar? Bringen Ihre Kollegen das dann mit?«

»Honorar?«

»Ja.« Stiff wunderte sich darüber, dass überhaupt so überrascht nachgefragt wurde. »Ich muss ja auch irgendwas davon haben.«

»Ach so. Leider ist es ja keine Exklusivgeschichte mehr. Sie haben das ja in Ihrem Video schon alles ausgeplaudert. Oder gibt es noch irgendeinen Knaller, den Sie bislang nicht öffentlich gemacht haben?«

»Knaller … hmm… eigentlich nicht.«

»Das senkt natürlich den Wert der Story enorm. Aber wir verweisen gern auf Ihren *YouTube*-Kanal. Ist dann ja Werbung für Sie.«

»Also, ich hätte schon gern auch ein Honorar. Wenn Sie mich schon exklusiv interviewen wollen.«

»Exklusiv muss es ja gar nicht sein. Sie können auch gern mit anderen Medien Interviews führen.«

»Ach so … Also, dann überlege ich mir das noch mal. Tschüss dann!«

»Moment! Nicht gleich auflegen! Vielleicht haben Sie ja auch noch andere Informationen für uns. Die uns eventuell ein Honorar wert sind.«

»Was meinen Sie?«

»Na ja … über Lonzo. Sie sind doch beste Freunde.«

»Ob wir das immer noch sind, da bin ich nicht so sicher.«

»Wissen Sie, dieser Lonzo wird überall so groß gefeiert. Da wird es doch mal Zeit, eine andere Seite von ihm zu zeigen. Ich könnte mir vorstellen, dass Sie da einiges zu erzählen hätten.«

»Nee, das mache ich nicht. Das ist ehrlos.«

»Überlegen Sie es sich. 500 Mark wäre es uns wert. Wenn die Infos gut sind.«

»500 Mark? Lonzo habt ihr 10.000 gezahlt.«

Clausnitzer war einen Moment lang still. »10.000 Mark? Nein, nein. Da wird er Ihnen einen Bären aufgebunden haben.«

»Lonzo würde mich niemals anlügen.« Stiff drückte die Auflegtaste. Dann pfefferte er sauer das Smartphone in eine Ecke.

@LutherDerLooser auf Twitter:
Inzwischen gibt es genug Beweise dafür, dass das Foto von #Perry in Moskau eindeutig eine Fälschung ist. Die Aufnahme vom Kreml ohne Perrys Gesicht konnte auf Google gefunden werden. Und damit dürfte ja wohl klar sein, dass das alles eine Fake-Story ist. Diese #DDR ist zu allem zu blöd, selbst zum billigen Fälschen von Beweisen.

Donnerstag, 27. Juli 2023 – Ost-Berlin, Köpenick

Perry war den ganzen Abend durch Ost-Berlin geirrt, natürlich inkognito mit Kapuze, sein Kopf war voller Gedanken. Die Erkenntnis, dass er nicht mal seiner Familie trauen konnte, war eine bittere. Aber irgendwie war sie auch befreiend. Zugleich ärgerte er sich darüber, dass er manches nicht früher kommen sah: Die Stasi hatte ihn deshalb frei gelassen, um Zweifel an seiner Glaubwürdigkeit zu streuen. Und sie benutzte die Klickgeilheit von westlichen YouTubern, um sich angeblich eine brisante Akte aus dem Ministerium klauen und dies zu einer großen Story werden zu lassen. Im Grunde ein genialer Schachzug. Perry musste nun versuchen, seine Unschuld zu beweisen – aber er wusste, dass dies schwierig werden würde. Irgendwas sollte trotzdem hängenbleiben, da halfen auch die entlastenden Recherchen zu der Fotomontage nichts. Der große Held, der Freiheitskämpfer, der Schrecken der DDR-Oberen – er war angeknackst. Selbst wenn das absurde Foto von vielen cleveren Profis schon eindeutig als Fälschung enttarnt worden war, so blieben doch Zweifel daran, ob diese sehr authentisch wirkenden Stasi-Unterlagen auch gefälscht seien.

Ein paar Leute hatten ihn während seines Streifzugs trotz Kapuze erkannt. Nett waren sie alle – aber trauen mochte Perry niemandem. Diese junge Frau, die um ein Foto mit ihm bat: Er hätte ihr den Gefallen so gern getan, aber das Risiko, dass das zu seinen Ungunsten genutzt würde, war ihm zu hoch. Dann war da dieses Pärchen, das ihm anbot, ihm zu helfen und im Zweifel für eine versteckte Unterkunft zu sorgen. Das war möglicherweise freundlich gemeint – aber möglicherweise war es auch eine Falle. Perry wurde noch einmal klar, wie krank diese Gesellschaft der DDR nach über 70 Jahren war. Niemand traute mehr niemandem, jede Freundlichkeit wurde als mögliche Gemeinheit interpretiert. Es war erschreckend, dass dieses Denken bereits in Fleisch und Blut übergegangen war und zu einem Reflex wurde.

Als Perry aus der letzten Straßenbahn des Abends stieg und dann die Charlottenstraße in Köpenick hinauflief, arbeitete es immer noch in seinem Kopf. Er sah seine Schwester vor sich, seine Mutter, aber auch immer wieder Generalmajor Kaulitz, der ihn Tag für Tag verhörte. Sie redeten alle auf ihn ein. Es hämmerte in seinem Kopf.

All das wurde erst verdrängt, als Perry kurz vor Erreichen der Haustür unweit entfernt einen Wagen stehen sah, in dem er zwei Personen auf Fahrersitz und Beifahrersitz entdeckte. Angesichts der Dunkelheit waren es nur Umrisse, die er erkannte. Aber dass die beiden Herren zu ihm schauten, das war sicher. Zunächst wollte er sich gar nichts anmerken lassen und einfach rasch ins Haus hinein gehen. Aber dann packte ihn plötzlich doch so etwas wie eine Wut, eine Verzweiflung. Er machte flugs kehrt und ging mit großen Schritten auf den Wagen zu, einen beigefarbenen Wartburg. Im selben Moment sprang der Motor an und das Auto setzte sich gleich darauf in Bewegung. Da die Straße relativ frei von Autos war, musste der Wagen nicht erst ausparken, sondern brauste direkt davon. Perry lief ihm noch ein paar Meter hinterher und wollte ihm einen Tritt verpassen. Der Fuß verfehlte aber das Auto, weswegen Perry auf dem Kopfsteinpflaster ausrutschte und zu Boden fiel.

»Ihr feigen Säue«, brüllte er durch die Nacht.

Hatten diese Herren ihn auch zu anderen Orten verfolgt, zum Beispiel zur Gethsemanekirche? Vermutlich nicht, das wäre wohl ohne moderne Technik nicht gegangen. Perry hatte es sich ebenso angewöhnt, seine Kleidung schon nach einmaligem Tragen mit hohen Temperaturen zu waschen, um möglicherweise eingenähte Peilsender zu zerstören. Und er trug bei konspirativen Terminen keine Taschen und kein Smartphone bei sich, um keinesfalls verfolgt werden zu können. Natürlich hatte er sich auch darüber Gedanken gemacht, ob ihm während seiner Haft irgendwas in den Körper gepflanzt wurde. Befand sich irgendwo unter seiner Haut ein Mikrochip? Er hatte seinen gesamten Körper abgesucht. Auch Katinka hatte alle Körperstellen abgecheckt.

Es gab zwei Momente während der Haft, als Perry den Verdacht hatte, dass er gerade längere Zeit bewusstlos gewesen war. Und es hatte nichts mit Schlaf zu tun. Durch den Verlust des Zeitgefühls hatte er sich dies aber möglicherweise auch eingebildet. Er wusste es nicht zweifelsfrei. Sollte er aber tatsächlich zweimal mit K.-o.-Tropfen im Wasser oder etwas anderem außer Gefecht gesetzt worden sein, so hätte dies ja Gründe gehabt. Was haben die Stasi-Leute in dem Zustand mit ihm gemacht? Der Gedanke daran trieb ihn in die Nähe des Wahnsinns. Die Möglichkeit eines Kontrollverlusts war ein fürchterliches Gefühl.

Perry öffnete die Haustür und schritt hinauf in den zweiten Stock. Es hätte ihn nicht gewundert, wenn Stasi-Leute auch im Treppenhaus gewesen wären oder vor seiner Wohnung gewartet hätten. Aber es war niemand da. Natürlich musste er auch jederzeit damit rechnen, dass seine Wohnung durchsucht wurde. Während seiner Haftzeit war dies mit Sicherheit gemacht worden, den Schlüssel hatten sie ihm ja abgenommen. Und natürlich war ihm klar, dass seine Wohnung möglicherweise auch verwanzt war – auch wenn er sie täglich auf Abhörtechnik untersuchte. Gespräche mit brisantem Inhalt führte er möglichst gar nicht in seiner Wohnung – und wenn, dann bei laufender Musik und im Flüsterton. Gespräche mit Katinka blieben immer im Allgemeinen, um jede Gefahr auszuschließen. Oder es dudelte eben Musik. Perry war so aufgewachsen, es war für ihn die Normalität. Es gab Momente, wo er über diese Art zu leben auch mal nachdachte. Und die waren sehr bedrückend.

Als Perry die Wohnung betrat und Licht im Flur machte, lagen auf dem Teppich gleich zwei Briefe, die im Laufe des Tages durch den Briefschlitz gesteckt worden waren. Beide waren ohne Briefmarke, wurden also jedenfalls nicht von einem Postboten vorbeigebracht.

Perry erkannte auf den ersten Blick, von wem diese Briefe waren: von seiner Untergrund-Bewegung und von Katinka. Letzterer Brief war ihm in diesem Moment wichtiger, denn was sollte Katinka ihm mitteilen wollen, dass es per Brief geschehen musste? Perry blieb im Flur stehen, er zog sich nicht einmal die Jacke aus – er musste sofort lesen, was sie ihm geschrieben hatte.

Es war kein allzu langes Schreiben: handschriftlich verfasst, auf feinem Briefpapier.

Lieber Marc, Dorogoy,

es fällt mir schwer, es dir auf diesem Wege mitzuteilen, aber es muss sein: Ich verlasse die DDR. Wenn du diese Zeilen liest, werde ich möglicherweise schon in der BRD sein. Die Aktion findet heute statt, es war kein Aufschub möglich. Ich hätte dich so gern noch einmal gesehen und es dir persönlich erklärt.

Dies ist nicht das Ende unserer Liebe. Vielleicht sehen wir uns wieder. Ich werde versuchen dir bald mitzuteilen, wo ich mich aufhalte. Die Liebe zu dir in einem freien Land zu erleben wäre mein Traum. In diesem Staat kann ich es nicht.

Du weißt, aus was für einer Familie ich komme. Daher ist meine Flucht in den Westen Verrat – und sie werden versuchen, sich dafür an mir zu rächen. Die westlichen Behörden haben mir zugesagt, mich zu schützen.

Ich sehe für mich in der DDR keine Zukunft. Bitte sei versichert, dass dies mit dir nichts zu tun hat. Ich liebe dich über alles. Für immer.

Katinka

Perry las den Brief mehrmals. Ja, es war Katinkas Handschrift. Ja, es waren auch ein paar Rechtschreibfehler drin, die sie öfter machte. Und trotzdem konnte er nicht an das glauben, was er da las. Und angesichts dessen, was genau an diesem Tag passiert war, fühlte er sich dabei noch unwohler. »Katinka«, flüsterte er entsetzt. Hat sie ihn wirklich einfach so verlassen? Ist sie so überstürzt in den Westen? Perry fühlte eine unendliche Leere, seine Augen waren feucht. Das war jetzt gerade schlimmer als die gesamte Zeit im Stasi-Knast. Alles, was ihm wichtig war, war weg – entweder, weil er sich abgewandt hatte oder er verlassen wurde. Was für ein unsagbar deprimierender Tag!

Perry öffnete nach einiger Zeit der Lähmung den anderen Brief, in dem stand:
»Frosch 13 Tiger 25 Kamel 8«.

Freitag, 28. Juli 2023 – Deutschlandfunk

»West-Berlin – Ein weiteres Enthüllungsvideo auf der Plattform YouTube *im Zusammenhang mit der DDR sorgt für Wirbel. Demnach soll der Menschenrechtsaktivist und Online-Star Perry ein Mitarbeiter des Ministeriums für Staatssicherheit sein. Dies würden Originalakten aus dem Ministerium belegen, hieß es in einem gestern veröffentlichten Video. Zudem habe Perry gar nicht wochenlang im Hochsicherheitsgefängnis Hohenschönhausen in Ost-Berlin gesessen, sondern habe die Zeit in Moskau verbracht. Insbesondere daran gibt es seitens Experten allerdings erhebliche Zweifel. Das im Netz kursierende Beweisfoto wurde bereits als Fälschung entlarvt.«*

Freitag, 28. Juli 2023 – West-Berlin, Kreuzberg

Stiff hatte sich online nicht nur die Radiomeldung des Deutschlandfunks angehört. Er durchsuchte YouTube, las alle großen Nachrichten- und Medienseiten. Und je mehr er das alles las oder anschaute, desto mehr wuchs seine Wut. Teilweise wurde der Name seines Kanals gar nicht genannt, teilweise wurde er falsch genannt, oder wenn er korrekt genannt wurde, dann war er nicht verlinkt. Sie bedienten sich alle an seinem Clip, zitierten aus den Stasi-Unterlagen, machten daraus große Meldungen – aber ihn als Quelle zu nennen, geschah nur unzureichend. Ja gut, schon über 700.000 Mal war der Clip nun abgerufen worden – allerdings nicht monetarisiert. Es wurde nicht ein einziges Mal Werbung geschaltet – 700.000 potenzielle Werbespots, für die er hätte Geld kassieren können, gingen Stiff durch die Lappen. Dazu kam, dass andere sein Video einfach ihrerseits selbst auf *YouTube* hochgeladen hatten – teilweise als *Reaction-Video*. Und das wiederum war dann oftmals monetarisiert. Andere verdienten also Geld damit – nur er selbst nicht.

Und der erhoffte Ansturm der Medien auf ihn, die Bitte um Interviews, ein Porträt seiner Person, damit zusammenhängend stattliche Honorarzahlungen, das Titelbild auf großen Nachrichtenmagazinen – all das, was Lonzo durch dessen DDR-kritischen Clip zuteilwurde, blieb Stiff verwehrt. Immerhin hatten ein paar Tausend Menschen mehr nun seinen *YouTube*-Kanal abonniert. Bei über 700.000 Abrufen war das aber auch keine begeisternde Ausbeute.

Inzwischen hatte Lonzo es aufgegeben, ihn erreichen zu wollen. Die Rückmeldungen von sonstigen Bekannten aus der Netzwelt, die es gab, waren überwiegend negativ. Er sei auf einen Fake hereingefallen, mutmaßten manche. Denn dass der überzeugte Aktivist Perry Luxusurlaub in Moskau gemacht haben soll, statt im Knast in Hohenschönhausen zu sitzen, erschien der großen Mehrheit doch recht abenteuerlich.

Es war kurz nach 11 Uhr. Stiff hatte sich aus zwei Restscheiben Toastbrot und einem Zipfel Salami sowie einem Häufchen Kaffeepulver ein Frühstück gezaubert. Der Kühlschrank war fast leer, von einem ordentlichen Honorar hätte er sich einen Einkaufswagen voll Lebensmittel kaufen können. Aber so hatte sich zumindest bis jetzt nichts an seiner finanziellen Situation geändert. Stiff überlegte, was er tun konnte, um aus diesen ihm vorliegenden sensationellen Unterlagen doch noch Kapital schlagen zu können. Sollte er sie vielleicht verkauft bekommen? Aber wo? Bei Ebay doch wohl kaum.

Und nun das: Es klingelte an der Wohnungstür. Zumeist waren es die klingelnden Prospekteverteiler, die überall im Haus lärmten, damit ihnen wer öffnete, um in die Briefkästen im Treppenhaus gedruckte Werbung werfen zu können. Stiff reagierte meistens gar nicht, da er diese Prospekte sowieso gleich in den Müll warf. Für manche seiner Nachbarn waren die Prospekte hingegen Ausdruck von Freiheit. In Ost-Berlin und überhaupt in der DDR waren sie heißbegehrt – nicht zuletzt deshalb, weil sie nicht aus dem Westen eingeführt werden durften. Insbesondere Menschen der etwas reiferen Generation konnten sich dort kaum an den bunten Angeboten, die sie gar nicht käuflich erwerben konnten, sattsehen.

An diesem Morgen war es aber kein Prospektverteiler, der klingelte. Stiff hatte noch so etwas wie eine leise Hoffnung. Vielleicht stand ja doch irgendein Reporter vor der Tür, um ihm ein unmoralisches finanzielles Angebot zu machen.

Als dann heftig mit der Faust gegen die Tür gebollert wurde, war Stiff klar, dass es sich um etwas ganz anderes handeln musste. »Polizei« wurde gerufen – mehrfach, sehr laut. Stiff ging in seinem Kopf alle möglichen Straftaten durch, derer man ihn möglicherweise belangen wollte. Er hatte ein bisschen Marihuana im Haus. Aber ansonsten war doch eigentlich gar nichts akut, was einen Polizeieinsatz gerechtfertigt hätte. Oder sollte es tatsächlich um diesen *YouTube*-Clip gehen? Er hatte doch nichts Strafbares getan, er hatte doch aufgeklärt. Lonzo wurde ja auch gefeiert, warum also er nicht? Instinktiv nahm Stiff die Stasi-Unterlagen in die Hand und verstaute sie unter der durchgelegenen Matratze seines ungemachten Bettes. Er schlich an die Wohnungstür und stierte durch den Spion. Tatsächlich standen dort drei Polizeibeamte in Uniform. Und sie wirkten nicht so, als würden sie jetzt gleich wieder gehen.

»Ja, bitte?«, fragte Stiff.

»Polizei! Öffnen Sie die Tür!«

»Wieso? Worum geht es denn?«

Die Antwort auf diese Frage war nur ein weiteres lautes Bollern an die Tür.

»Jaja, ist ja schon gut.« Stiff drehte den innen steckenden Türschlüssel herum und öffnete. Sofort verschafften sich die Beamten Zutritt zu der kleinen Wohnung und verteilten sich. Einer schnappte sich Stiff und nahm ihn in den Polizeigriff. Zusätzlich betraten plötzlich zwei weitere Herren die Räumlichkeiten, die nicht in Uniformen, sondern in feines Tuch mit Krawatte gekleidet waren. Sie schlossen die Wohnungstür von innen, drehten den Schlüssel herum und zogen ihn ab.

»Hey, was soll das denn?« Stiff spürte eine Mischung aus Verwirrung und Angst. »Lasst mich los, ich habe nichts getan.« Dem Polizisten wurde ein Zeichen gegeben, er solle Stiff loslassen. Dies geschah sogleich.

Die beiden gutgekleideten Männer waren groß und kräftig. Sie wirkten entschlossen und strotzten vor Selbstbewusstsein.

Der eine war etwa Mitte 30, sein ausgedünntes Haupthaar neigte etwas ins Rotgraue. Der andere Mann hatte ein sehr grobes, narbiges Gesicht und war mindestens 50. Sein graues Haar war stark gegelt. Er war auch derjenige, der das Wort ergriff:

»Mein Name ist Rosenfeld, das ist mein Kollege Tauber. Das sind die Beamten Hinrichs, Berthold und Specht.«

»Ja und? Wer gibt Ihnen das fucking Recht, hier in meine Wohnung einzudringen und mich zu drangsalieren?«

»Sie haben uns doch geöffnet«, warf Tauber ein.

»Wenn die Polizei so laut gegen meine Tür schlägt?«

Rosenfeld sah sich kurz um. »Ein ganz schönes Chaos herrscht hier bei Ihnen.«

»Wenn ich gewusst hätte, dass ihr kommt … hätte ich noch mehr Unordnung geschaffen.«

»Kommen wir gleich zur Sache. Wir sind im Auftrag des Bundesinnenministeriums hier. Wir haben ein paar Fragen zu den Unterlagen, die Sie gestern in einem Video im Internet der Allgemeinheit präsentiert haben.«

»Ja? Was wollen Sie denn dazu wissen?«

»Dürften wir die Unterlagen mal sehen?«, fragte Tauber.

»Die gehören mir. Ich habe 500 Mark dafür bezahlt.«

»Ach, wirklich? Wo haben Sie das Geld denn her?«

Stiff zuckte die Schultern. »Ist mein Geld gewesen.«

»Also, dürften wir die Unterlagen nun mal sehen?« Tauber betonte es nicht wie eine Frage, sondern eher wie eine Aufforderung. Und Stiff verstand, dass eine Weigerung wohl nicht viel Zweck gehabt hätte. Im nächsten Schritt hätten sie die Wohnung auf den Kopf gestellt und die Papiere dann ohnehin gefunden.

»Aber nicht, dass Sie die mitnehmen. Es sind meine Unterlagen.«

»Machen Sie sich keine Sorgen«, sagte Rosenfeld in geradezu sanftem Ton, »wenn Sie kooperieren, haben Sie auch etwas davon.«

Stiff gab einem der Beamten, der vor dem Bett stand, einen Wink, ein Stück zur Seite zu gehen. Widerwillig nahm er das Kuvert unter der Matratze des Bettes hervor. Der Polizeibeamte riss es ihm sofort aus den Händen und gab es an Rosenfeld weiter. Stiff war nach wie vor verunsichert. Unruhig schaute er die drei Beamten an. Rosenfeld musterte die Blätter interessiert. Tauber stand daneben und studierte das Material ebenso neugierig.

»Was bedeutet denn Bundesinnenministerium?«, fragte Stiff. Er erhielt keine Antwort. »Haben wir jetzt im Westen auch eine Stasi? Oder ist das eine neue Gestapo?«

»Unterlassen Sie solche Begrifflichkeiten«, forderte ihn der Polizeibeamte auf, der auf der Schwelle zum Flur stand.

»Ich dachte, wir haben Meinungsfreiheit.« Stiff konnte wirklich nicht nachvollziehen, was hier gerade passierte. Er lachte auf.

»Und? Was meinen Sie?«, fragte Tauber seinen Kollegen leise.

»Sieht sehr nach einer Fälschung aus«, antwortete Rosenfeld. »Über den angeblichen Aufenthalt in Moskau würde es mit Sicherheit einen Verweis auf ein anderes Aktenzeichen geben. Und die Unterschrift von diesem Perry wirkt sehr bemüht. Da hat jemand die Original-Unterschrift quasi abgemalt.«

Rosenfeld wandte sich Stiff zu. »Ihnen ist doch klar, dass diese Unterlagen gefälscht sind.«

»Nein, sind sie nicht.« Stiff raufte sich die Haare. »Die sind original aus dem Ministerium für Staatssicherheit.«

»Waren Sie selbst dort?«, fragte Tauber, »haben Sie sie selbst entwendet?«

»Quatsch.« Stiff dachte einen Moment lang darüber nach, wie viel er nun sagen konnte. »Es gibt einen Informanten. Von dem habe ich die.«

176

»Und der hat sie entwendet?«

»Weiß ich nicht. Ich glaube, der kennt wiederum einen, der in dem Ministerium arbeitet.«

»Da kommt also einer, der Ihnen sagt, er hätte da so ein paar Unterlagen. Und der möchte 500 Mark haben von Ihnen dafür. Und Sie glauben blindlings, dass das alles seriös und echt ist.«

Stiff fuchtelte irritiert mit den Armen herum. »Ja … nein … Das ist eine sichere Quelle, das wurde mir versichert.«

»Von wem?« Stiff blieb still. Tauber wiederholte seine Frage. »Von wem? Von Ihrem Freund Lonzo?«

Stiff spielte den Überraschten. »Lonzo? Was hat der denn damit zu tun?«

»Stellen Sie sich nicht dumm«, grunzte Rosenfeld. »Sie sind doch gut befreundet. Und Lonzo hat erst kürzlich ein Video mit geheimen Unterlagen aus dem DDR-Ministerium für Staatssicherheit veröffentlicht. Da liegt es doch nahe, dass Sie dieselbe Quelle genutzt haben.«

Stiff ging noch einmal kurz in sich, dann antwortete er: »Hab' ich aber nicht. Lonzo hat damit nichts zu tun.«

Rosenfeld schmunzelte. »Natürlich nicht.« Er steckte den Stapel Papiere zurück in das Kuvert. Statt dieses Stiff zurückzugeben, übergab er es jedoch einem der Polizeibeamten. Der verließ damit den Raum und dann die Wohnung.

»Hey, was soll denn das?«, rief Stiff, »das ist mein Material. Ich habe dafür Geld bezahlt.«

Rosenfeld nahm aus der Innentasche seines Jacketts eine schmale Geldbörse aus Leder. Diese öffnete er und übergab Stiff einen 1000-Mark-Schein. »Wir zahlen das Doppelte.«

»Wir zahlen immer das Doppelte«, ergänzte Tauber. »Wenn Sie Informationen über Lonzo haben, die uns interessieren könnten, melden Sie sich gern.«

»Das können Sie mal schön vergessen.«

»Wenn Sie mit uns zusammenarbeiten, wird es nicht zu Ihrem finanziellen Nachteil sein. Aber das ist Ihre Entscheidung.«

Stiff sah verdutzt diesen märchenhaften 1000-Mark-Schein an, auf dem passenderweise die Gebrüder Grimm zu sehen waren. Das Geld konnte er tatsächlich gut gebrauchen. Und er musste lang überlegen, ob er im Leben überhaupt schon mal einen 1000-Mark-Schein in der Hand hatte. »Das Geld darf ich einfach so behalten?«

»Ja, das gehört Ihnen.« Die Herren Rosenfeld und Tauber waren bereits im Begriff, die Wohnung zu verlassen, als Stiff ihnen noch hinterherrief: »Wie erreiche ich Sie denn?«

»Rosenfeld, Bundesinnenministerium in Bonn. Rufen Sie einfach an und sagen Sie meinen Namen, Sie werden dann verbunden.« Die Herren und die Beamten gingen und schlossen sogar die Tür selbst von außen.

»Rosenfeld.« Stiff stand plötzlich wieder allein in seiner Wohnung – und war um 1.000 Mark reicher.

@BessereWelt auf Twitter:
Wer glaubt denn diesem #Stiff? Der Typ, der sich sonst Heftklammern in den Arsch tackert und kleine Mädchen ekelhaft anbaggert, soll jetzt hier der investigative Journalist sein oder wie? Wahrscheinlich hat er Lonzos Mülleimer durchwühlt und dieses Fake-Material gefunden. #ddr #perry #stasi

Freitag, 28. Juli 2023 – Ost-Berlin, Palasthotel

Am Marx-Engels-Platz, unweit des Lustgartens und der Spree, war das Kultusministerium der DDR ansässig. Und gleich nebenan befand sich das Palasthotel, das nicht nur

Künstlerinnen und Künstlern, sondern auch Staatsoberhäuptern und Politikern nur allzu gern von der Regierung der DDR als Unterkunft angeboten wurde. Die wenigsten allerdings, vor allem wenn sie aus dem Westen kamen, nutzten dieses Angebot. Denn das Palasthotel galt mit seinem inzwischen fast unfreiwillig komischen Charme der 70er Jahre nicht unbedingt als attraktiver Ort. Zudem gab es immer wieder Gerüchte, dass Zimmer abgehört würden.

Das Palasthotel war in die Jahre gekommen. 1976 wurde es als zukunftsweisendes Bauprojekt definiert – genauso wie der nahe gelegene Palast der Republik. Doch nun, fast 50 Jahre später, galten diese Gebäude als architektonische Desaster, als Schandflecke – wie überhaupt der ganze Marx-Engels-Platz mit seiner riesigen Freifläche für sozialistische Open-Air-Veranstaltungen von den Ost-Berlinern eher gemieden als geliebt wurde. Weder für eine Neugestaltung noch für einen Abriss gab es Baukapazitäten. Und so war das Palasthotel inzwischen eher zu einem vergleichsweise billigen Hotel für Besucher aus dem Ausland, vor allem aus dem Osten, degradiert und der Palast der Republik eigentlich nur noch deshalb relevant, weil die Volkskammer im Kleinen Saal tagte. Immerhin fand Mitte der 90er Jahre eine Sanierung wegen Problemen mit Asbest statt. Seither mieden aber bedeutende Stars der Musikwelt den Großen Saal für Konzerte, denn es blieb der Verdacht, die Sanierung sei nicht sorgfältig genug vorgenommen worden. Überhaupt galt Ost-Berlin längst nicht mehr als attraktiver Ort für Kunst und Kultur, hier waren Dresden und vor allem Leipzig die bedeutenderen Städte. Die Hauptstadt der DDR präsentierte sich glanzlos und grau. Mehrmals kamen feierlich verkündete Prestige-Bauprojekte nicht zustande, weil letztlich dann doch das Geld fehlte.

An diesem sonnigen Freitagnachmittag war Greta Körner

mit dem Zug von Dresden nach Ost-Berlin gekommen. Für 16 Uhr war sie zu einem Termin im Palasthotel eingeladen. Er stehe im Zusammenhang mit ihrer Bewerbung für die TV-Show *DDR-Superstar.* Mehr wusste sie nicht. Zunächst dachte sie, es gehe um ein weiteres Casting. Da sie allerdings weder gesanglich etwas vorbereiten sollte, noch es irgendeinen Hinweis darauf gab, dass es um ihr künstlerisches Talent gehe, ahnte sie bereits, dass es um etwas anderes gehen könnte. Aber um was?

Die Einladung nach Ost-Berlin war auch eigentlich keine Einladung, es war eher eine Aufforderung. Aber diese Tonlage war in der DDR ja nicht ungewöhnlich.

Die Empfangshalle des Palasthotels war in einem aufdringlichen Orange, gemixt mit altbackenen Holzvertäfelungen, gehalten. Das Hotel wirkte sauber und gepflegt, hatte aber eben diesen Charme aus einer Zeit, als Erich Honecker Regierungschef war und in der Sowjetunion noch Leonid Breschnew das Sagen hatte. Die Zeit schien hier still zu stehen. Auch die drei Herren, die fein gekleidet hinter dem mehrere Meter langen Rezeptionstresen standen, wirkten wie Männer, die seit über 40 Jahren hier standen und irgendwie nicht alterten. Bei dem mittleren der drei war das mit den 40 Jahren möglicherweise sogar tatsächlich so, denn seine gegerbte Haut und sein schlohweißes Haar ließen vermuten, dass er die 70 weit überschritten hatte.

»Guten Tag, mein Name ist Greta Körner. Ich soll mich um 16 Uhr bei Ihnen hier melden.« Greta blickte auf die große Zeiger-Uhr etwas erhöht hinter den Portiers, die 15:59 Uhr zeigte und in diesem Moment auf 16 Uhr umsprang.

»Herzlich willkommen im Palasthotel.« Der Ältere wies den rechts neben ihm stehenden blassen und streng gescheitelten Herrn Ende 40 an: »Herr Bambach, bitte führen Sie Frau Körner in den Lenin-Saal.« Er wandte sich Greta zu. »Folgen Sie bitte Herrn Bambach.«

Herr Bambach ging schnellen Schrittes voraus, Greta folgte ihm mit etwa einem Meter Abstand. Hinten links führte eine Flügeltür in einen breiten Gang, von dem wiederum drei große Flügeltüren abgingen. Der Gang zeigte an den Wänden Gemälde verschiedener Persönlichkeiten der sowjetischen und der DDR-Geschichte, darunter Walter Ulbricht, Erich Honecker, Nikolai Podgorny, Leonid Breschnew und den 1987 mit einem Flugzeug abgestürzten Michail Sergejewitsch Gorbatschow.

Herr Bambach öffnete die Flügeltür auf der linken Seite und bat Greta hinein. Sie betrat einen Saal mit einer hohen Decke, unter der ein vergilbter, aber prächtiger Kronleuchter strahlte. An einem senfgelben runden Konferenztisch mit glänzender Holzoberfläche saß Lisbeth Kraushaar, für Kulturfragen zuständiges Mitglied im Politbüro. Sie studierte ein paar Unterlagen.

»Bitte lassen Sie uns allein«, ordnete Frau Kraushaar an, ohne hinaufzuschauen. Herr Bambach machte kehrt und verließ den Saal. Er schloss die Flügeltür von außen.

Greta war etwas irritiert, denn eigentlich hatte sie eine größere Gruppe Menschen erwartet. Stattdessen saß da nur diese streng wirkende ältere Frau, die in diesem Moment aufstand und auf Greta zuging. Statt ihr die Hand zu reichen, strich sie ihr einmal durchs Haar und musterte sie.

»Sie sind ein hübsches Mädchen.«

»Danke.« Greta ließ sich das Berühren ihrer Haare, dem ein Streichen über ihre Wange folgte, gefallen – auch wenn sie es als leicht übergriffig empfand. »Darf ich fragen, wer Sie sind?«

Kraushaar nahm ihre Hand sofort weg. »Mein Name ist Lisbeth Kraushaar.«

»Oh, entschuldigen Sie, Genossin Kraushaar. Sie sind Kulturbeauftragte im Politbüro. Ich kenne Ihren Namen natürlich, hatte aber kein Bild von Ihnen vor Augen.«

»Sagen Sie ruhig Lisbeth zu mir. Dass Sie meinen Namen überhaupt kennen, spricht für Sie.« Sie deutete per Handbewegung Richtung Konferenztisch. »Bitte nehmen Sie Platz, Greta.«

Greta empfand großen Respekt vor dieser Frau. Sie mochte starke Frauen, die sich in der Partei nach oben gearbeitet hatten. Sie leistete der Aufforderung Folge und nahm auf einem der barocken, rot gepolsterten Stühle Platz. Das ganze Mobiliar in diesem Saal passte überhaupt nicht zueinander. Es wirkte eher so, als habe man hier das zusammengestellt, was noch übrig war.

Lisbeth Kraushaar setzte sich neben Greta und rückte den Stuhl ein Stück näher. »Haben Sie eine Ahnung, warum Sie hier sind?«

Greta presste kurz nachdenklich die Lippen zusammen, die sie kurz vor dem Hoteleintritt noch einmal mit Lippenstift verschönert hatte. »Ich hatte mich für eine Fernsehshow beworben. Ich vermute, dass als Kandidatin nur teilnehmen kann, wer auch zu unserem sozialistischen Staat steht. Ich finde das richtig.«

»Sie sind ein kluges Mädchen, Greta.« Lisbeth Kraushaar überkam ein leichtes Lächeln, das aber rasch wieder einfror. »Aber ich denke, dass Sie viel zu wertvoll und viel zu wichtig sind, um an einer solch banalen Show teilzunehmen.«

»Ich glaube, dass ich Gesangstalent habe.«

»Ist Ihnen eine Karriere als Sängerin wichtiger als die Verteidigung der Deutschen Demokratischen Republik?«

»Selbstverständlich nicht.« Greta schaute konsterniert angesichts dieser Frage.

»Gut. Ich habe auch nichts anderes erwartet.« Lisbeth ergriff Gretas rechte Hand und streichelte sie. »Greta, wir haben eine wichtige Aufgabe für Sie. Es ist eine Aufgabe im Interesse unseres Staates. Auch die KPdSU in Moskau bittet Sie darum, diese Aufgabe anzunehmen.«

Greta fühlte sich geschmeichelt, spürte aber auch eine gewisse Angst. »Worum geht es denn genau?«

»Nun, Sie sind doch verwandt mit diesem westdeutschen Internet-Star. Der über unseren Staat ehrabschneidende Behauptungen verbreitete.«

»Jan … also Lonzo. Ja, er ist mein Cousin.«

»Sehr gut, Greta. Wir brauchen Ihre Hilfe, um gegen diese Falschbehauptungen vorzugehen. Wir brauchen Einblick, wir brauchen Informationen. Und Sie sind womöglich der Schlüssel dazu.«

»Ich? Wieso? Ich habe ihn seit Jahren nicht gesehen. Wir sind uns zuletzt als Kinder begegnet.«

»Sehen Sie? Dann wird es doch Zeit, dass es endlich zu einer neuen Begegnung kommt.«

»Ich verstehe nicht, Genossin Kraushaar.«

»Sie sind ein hübsches Mädchen. Sie haben Möglichkeiten, die wir nicht haben.«

Greta konnte so etwa erahnen, in welche Richtung das jetzt hier ging. »Er ist im Westen. Oder hat er vor, die DDR zu besuchen?«

»Nein, aber Sie besuchen ihn im Westen.«

Greta zeigte sich geschockt. »Ich soll in den Westen fahren?«

»Ja, Greta. Daran sehen Sie, welches Vertrauen wir alle in Sie haben. Denn wir wissen, Sie würden immer zurückkommen.«

»Das versteht sich von selbst, Genossin. Aber was genau soll ich denn tun?«

»Schmeicheln Sie ihm. Lassen Sie ihn an sich herankommen. Und dann zapfen Sie ihn an.«

»Und wenn er gar kein Interesse an mir hat?«

Lisbeth Kraushaar musterte noch einmal ihren Körper. »Machen Sie sich interessant.«

@Kullerauge auf Twitter:

Wir haben unseren Verwandten in Schwerin ein Paket geschickt mit hochwertigen Pralinen, zwei Flaschen Coca-Cola und einem Pfund Kaffee. Die Pralinen wurden gegen billige ausgetauscht, die Cola ebenso gegen ekelhafte Club-Cola. Und der Kaffee ist ganz weg. Was sind das für Verbrecher? Wir wollten unserer Verwandtschaft eine Freude machen und nicht Euch! #ddr #verbrecherbande

Freitag, 28. Juli 2023 – Ost-Berlin, Gethsemanekirche

Es war wieder dunkel. Wieder war Perry stundenlang durch Ost-Berlin gegangen – mit einer Billig-Sonnenbrille aus einem Brillenwerk in Krakau und einer tiefsitzenden Mütze aus dem VEB Görlitz. Er hatte mehrmals die U-Bahn und den Bus genommen, hatte zwischendurch die Kleidung gewechselt, um Spuren zu verwischen und um sicher zu sein, nicht verfolgt zu werden.

Und nun, eine Stunde vor Mitternacht, saß er erneut in diesem Kellerraum der Gethsemanekirche. Es waren wieder Katharina, Marie und Boris im Raum – und ein weiterer Mann, den Perry nicht kannte, aber dessen Loyalität ihm zu 100 % versichert wurde. Katharina stellte ihn als *Siegfried* vor, ließ aber in der Betonung durchblicken, dass das nicht sein echter Name war. Siegfried war ein Mann Mitte 50, fast weißes Haar, durchaus seriös wirkend im Auftreten und im Äußeren. Sein Jackett war für DDR-Verhältnisse zu hochqualitativ, eindeutig ein Westprodukt.

Da auf den Sitzgelegenheiten nur Platz für je zwei Personen war, blieb Katharina stehen. Sie gehörte zu denen, die auch nach dem weitgehenden Ende der Covid-19-Pandemie immer noch auf Abstand zu anderen blieb. Und sie erhob auch das Wort.

»Wir möchten dir, Perry, zunächst sagen, dass wir keine Sekunde diesen Unfug geglaubt haben, der da über dich erzählt wurde. Das ist ganz üble Hetze, sie kommt mit Sicherheit von ganz oben.«

»Schweinebande«, entfuhr es Boris, er zitterte und wurde wieder krebsrot. Seine Freundin Marie hielt ihm die Hand und streichelte sanft seinen Nacken.

»Vielen Dank«, sagte Perry, »das bedeutet mir viel. Mein Schmerz und meine Enttäuschung sitzen tief.«

»Lauras Verhalten ist für mich unbegreiflich«, ergänzte Marie, »wie kann sie so ihren eigenen Bruder hintergehen? Und damit auch uns?«

»Moment«, unterbrach Katharina, »sie bestreitet die Vorwürfe. Sie sagt, sie hätte mit der Sache nichts zu tun.«

»Hast du mit ihr gesprochen?«

Katharina zögerte etwas. »Ja, heute Mittag. Sie war völlig aufgelöst und schwor, sie hätte so etwas nie getan. Ich weiß nicht, irgendwie kam sie mir glaubwürdig vor.«

Boris rückte unruhig auf dem Sofa hin und her. »Dieses Foto war doch aus eurem Fotoalbum, Perry. Wer soll das denn da sonst rausgenommen haben? Deine Mutter etwa? Oder dein Opa?«

Perry zuckte die Schultern. »Laura wirkte ja auch gleich so angriffslustig gegen mich. Mein Großvater vermutet, die Stasi sei bei uns in die Wohnung eingedrungen.«

»Bullshit«, rief Boris aus, »Laura hat Angst um ihren Studienplatz und ist eingeknickt. Das ist doch offensichtlich.«

Marie boxte ihm in die Seite. »Du kennst Laura gut genug, um zu wissen, dass sie sowas nie tun würde.«

»Dann soll sie hierherkommen und sich erklären.«

Katharina hob mahnend die Hand. »Um Gottes willen, nein. Darauf wartet doch die Stasi nur. Mein Gespräch mit ihr konnte auch nur unter äußerst konspirativen Umständen stattfinden.«

»Ich will mit ihr sprechen, sag ihr das!« Boris wirkte bedrohlich.

Die Runde schwieg einen Moment. Perry holte den Brief aus seiner Jackentasche, den er von Katinka erhalten hatte. »Ich habe diesen Brief gestern erhalten. Er stammt von meiner Freundin Katinka.«

»Katinka?«, fragte Marie erstaunt, »die große Liebe, von der du erzählt hast?« Boris und Katharina schauten ebenso überrascht. »Klingt russisch«, stellte Boris richtigerweise fest.

»Sie ist die Tochter eines russischen Diplomaten. Wir hielten es beide für besser, unsere Beziehung geheim zu halten.«

»Und was steht in dem Brief?«, fragte Boris. Marie stupste ihn angesichts seiner Neugier unwirsch an.

»Katinka ist in den Westen geflohen. Zumindest schreibt sie das. Es ist ihre Handschrift. Daher glaube ich, dass das Schreiben authentisch ist.«

»Du glaubst es?«, fragte Katharina nach.

»Ich weiß nicht, wie ich dazu stehen soll. Ich grüble seit 24 Stunden darüber.«

»Vielleicht hat sie in russischem Auftrag gehandelt«, mutmaßte Boris. Erneut boxte ihm Marie in die Seite, was ihn diesmal ärgerte: »Hört das mal auf hier?«, fuhr er seine Freundin an.

»Schon gut«, wiegelte Perry ab, »der Verdacht ist ja berechtigt. Aber ich kann mir das einfach nicht vorstellen. Unsere Liebe war echt. Und nun wartet sie auf mich im Westen … angeblich.«

»Wollen Sie ihr hinterher?« Es war das erste Mal, dass Siegfried sich zu Wort meldete.

Perry rang mit sich. »Auch das ist eine Frage, über die ich nachdenke.«

»Wo liegt das Für und Wider?«

»Ich traue meiner Familie nicht mehr. Ich traue im Grunde niemandem mehr. Und die Frau, die mir im Knast Halt gab, ist weg. Ich vermisse sie, ich kann ohne sie nicht leben.«

»Das heißt was?«

»Wenn ich im Westen ein besseres Leben führen kann, freier agieren und dort mit meiner großen Liebe zusammen sein kann, dann überzeugen mich diese Argumente.«

»Ich halte das für einen Fake der Stasi.« Boris verschränkte unangreifbar die Arme. »Die ist doch nie und nimmer im Westen.«

»Kann doch sein«, entgegnete Marie, »als Tochter eines russischen Diplomaten hat sie gute Kontakte.«

Perry schlug sich überfordert auf die Schenkel. »Selbst wenn ich bei der großen Liebe naiv und dumm war, bleiben ja immer noch ein besseres Leben und Freiheit im Westen. Denn dass meine Familie für mich unten durch ist, das kann ich definitiv sagen.«

»Also, das bedeutet was?«, fragte Siegfried nach.

Perry brauchte ein paar Sekunden. »Ich will in den Westen.«

»Gut.« Dieses Wort sagte Siegfried sehr bestimmt und klar – so als habe er auf eine so überzeugende Ansage gewartet. »Es ist möglich, eine Flucht in den Westen zu organisieren. Es ist zwar bei Ihnen etwas komplizierter, da Sie im Gebiet der DDR sehr bekannt sind und als Staatsfeind gelten, aber es ist möglich.«

»Und wie genau soll das ablaufen?«, fragte Perry interessiert.

»Es wird ein westdeutscher Staatsbürger offiziell in die DDR einreisen. Jemand, der Ihnen ähnlichsieht. Wir werden Sie natürlich optisch verändern müssen. Sie werden dann an seiner Stelle mit seinem westdeutschen Pass auf offiziellem Wege die DDR Richtung BRD verlassen.«

»Klingt nach einem Plan.« Perry rieb grübelnd die Handflächen aneinander. »Und was ist mit dem, der an meiner Stelle einreist?«

»Machen Sie sich darum keine Sorgen.«

Perry schaute Katharina an, ebenso blickte er hinüber zu Marie und Boris. Ihre Gesichter waren schwer zu lesen. »Wie hoch ist das Risiko?«

Siegfried antwortete schnell und eindeutig: »Sehr hoch.«

Samstag, 29. Juli 2023 – Sender Freies Berlin – Nachrichten

»Bonn – Die Bundesregierung hat möglicherweise schon früher als bislang angegeben von der Versendung von 50 Millionen Dosen des DDR-Impfstoffes MV-21 in die Bundesrepublik gewusst. Dies geht aus Recherchen des ZDF-Magazins Kennzeichen D *hervor. Es sei, so belegen interne Aktenvermerke, von der Bundesregierung ausdrücklich begrüßt worden, aus der DDR diese Impfdosen zu erhalten. Bedenken, dass dadurch Bürgerinnen und Bürger der DDR trotz hoher Inzidenz zu wenig geimpft würden, habe es nicht gegeben. Bundeskanzler Erhard Möller hatte bislang beteuert, seine Regierung habe von dem Deal mit zwei großen westdeutschen Pharma-Konzernen erst Kenntnis erhalten, als die Impfdosen bereits in Westdeutschland waren. Die Hintergründe des Imports von Impfdosen aus der DDR waren durch ein Video des YouTubers Lonzo öffentlich gemacht worden. Quelle der Informationen waren Aktenvermerke aus dem Innenministerium der DDR.«*

@LinksIstFrei auf Twitter:

Ich glaube, diese Bundesregierung und dieser Kanzler werden nicht mehr lange im Amt bleiben. Das ist doch ein Riesenskandal, Leute. Wenn Ihr jetzt noch mehr Beweise dafür braucht, um zu sehen, wie grausam Kapitalismus ist, dann weiß ich auch nicht.

Samstag, 29. Juli 2023 – Köln-Porz

Lonzo saß mit Karl Heckenroth zusammen, dessen *You-Tube*-Kanal *Karl & Ungeschoren* zu denen gehörte, die mehr als drei Millionen Abonnenten hatten. Karl war mit seinen 28 Jahren sehr wohlhabend, denn er hatte sich von Anfang an darauf konzentriert, ein Maximum an Umsatz aus seinen Videos herauszuholen. Es gab diverse Sponsoren, die ihm stattliche Summen zahlten, und jede Menge Werbeunterbrechungen in den Videos. Dazu rief er fortdauernd zu Spenden auf, die er streng genommen eigentlich gar nicht nötig hatte. Die Fans zahlten trotzdem. Inhaltlich setzte Karl in erster Linie auf Gaming und auf *Reaction-Videos*. Das bedeutet, er schaute sich *YouTube*-Videos anderer an und kommentierte diese – ein auf *YouTube* weitverbreitetes Modell, um mit einfachem Content Geld zu verdienen. Urheberrechtlich war das nicht unumstritten. Aber solange der Rechteinhaber nicht dagegen vorging, war es kein Problem. Und löschen konnte man so ein Video immer noch, nachdem eine Summe Geld damit verdient wurde.

Videos mit politischen Inhalten, wie Lonzo sie gelegentlich veröffentlichte, hätte Karl nie gemacht. Wo er politisch stand, wusste niemand. Er gab sich ganz bewusst und konsequent unpolitisch. Er wollte nicht anecken, sondern einfach nur der sympathische Typ von nebenan sein.

Karl besuchte Lonzo an diesem Nachmittag in dessen Wohnung und hatte drei Kartons mitgebracht, in denen sich prallgefüllt Waren von Sponsoren befanden – von Mützen über T-Shirts bis hin zu Getränkeflaschen mit Markenetiketten. Dazu fanden sich unzählige Gutscheine darin, die teilweise einen Wert von mehreren Hundert D-Mark hatten. Was Karl damit machte, war seine Sache – denn bezahlt worden war er

189

schon im Vorhinein. Er konnte die Sachen verlosen, er konnte sie auch vor der Kamera tragen bzw. vertilgen. Und wenn er irgendwas davon nicht in einem Video unterbrachte, war es auch nicht schlimm. Die Unternehmen drängten es ihm geradezu auf. Dass er einiges von dem Zeug an andere große YouTuber wie Lonzo weitergab, war sogar sehr erwünscht – denn dafür wurde dann noch bei Vorlage eines Beleglinks eine Extra-Prämie überwiesen.

»Diese Gutscheine wurden mir auch geschickt«, erzählte Lonzo grinsend, »5.000 Mark haben die mir geboten, wenn ich sie verlose. Das war mir zu wenig.«

»Mir zahlen sie 15.000«, berichtete Karl stolz. »Und zwar ohne Bedingungen.«

Karl war gar nicht mal unbedingt der Typ Mädchenschwarm. Er war übergewichtig, trug eine Brille und hatte massiven Haarausfall. Aber er war ein Typ – der dazu das Talent hatte, bei spontanen Reaktionsvideos flotte Sprüche rauszuhauen.

»Tja, Digger, das unterscheidet den YouTuber mit 1,7 Millionen Abonnenten von dem mit 3,7 Millionen«, unkte Lonzo.

»Weil du andauernd diesen Politikscheiß machst. Ja okay, das DDR-Ding hat dir richtig Klicks gebracht. Aber irgendwelche kalkweißen Sesselfurzer, die sich Journalisten nennen, abonnieren dich doch nicht. Du machst Schlagzeilen – aber verdienst nichts daran.«

»Ach, ich verdiene schon genug.«

Karl erhob verneinend den Zeigefinger. »Man verdient nie genug. Denk daran, dass wir irgendwann alt werden und sich dann keine Sau mehr für uns interessiert. Dann will ich jedenfalls meine Schäfchen im Trockenen haben.«

Sie saßen auf Lonzos gesponsertem Sofa. Nachdem alle drei Kartons ausgepackt waren, sahen der Glastisch und der Teppich drumherum aus wie ein Schlachtfeld.

Karl zog lachend sein Smartphone. »Daraus muss ich erst mal eine *Instagram*-Story machen. Wir machen dann gleich noch ein Video, ja?« Er filmte das Chaos aus Shirts, Gutscheinen und Mützen ab. Allein dies schon den 2,7 Millionen *Instagram*-Followern zu zeigen, hätte den Vertrag für dieses Mal voll erfüllt. »Dreh mal die Getränkeflasche so hin, dass man das Etikett sieht. Und beim T-Shirt muss man das Logo erkennen.« Lonzo tat es genau so, dann drückte Karl auf Aufnahme.

»Die ganze Sache mit Stiff macht mich immer noch fertig«, lamentierte Lonzo, nachdem die Story im Kasten war.

Karl lachte. »Warum denn? Der Junge hat alles falsch gemacht, was man falsch machen kann. Also, wenn er mit dem Ding Geld verdienen wollte, hat das ja wohl nicht wirklich geklappt.«

»Das meine ich nicht. Es geht mir um unsere Freundschaft. Er hat mich eiskalt hintergangen. Er zerstört eine Freundschaft für ein bisschen Ruhm. Ich verstehe das nicht.«

»Daran siehst du, dass er nie wirklich dein Freund war. Er hat sich an deinen Erfolg rangehängt, er hat dich für Klicks missbraucht.«

»Aber wenn nicht mal mein bester Freund wirklich mein Freund war, welche Freunde habe ich dann eigentlich?«

»Du hast deine Community, die immer zu dir hält, die für dich kämpft und auf die du dich verlassen kannst. Einen besseren Freund gibt es nicht.«

»Na ja, das ersetzt einen echten Freund doch nicht. Wir sollten uns beide mal über den Begriff Freund unterhalten.«

»Gute Idee, am besten als Video. Dürfte gute Klickzahlen bringen.«

Lonzos Smartphone vibrierte und zeigte einen Anruf an. »Scheiße, das ist Stiff.«

Karl lachte laut auf. »Ob er dich wieder anpumpen will, nachdem er mit seinem Pseudo-Enthüllungsvideo so gescheitert ist? Jetzt kommt bestimmt die Jammernummer, dass es ihm leidtut.«

»Soll ich rangehen?«

»Ja, mach. Aber lass dich nicht einlullen von dem Drecksack. Und denk dran: Vielleicht ruft er dich nur an, um dir was anzuhängen. Spiel den Unschuldigen.«

Lonzo nahm das Smartphone in die Hand und den Anruf an. Zugleich stellte er auf laut, damit Karl mithören konnte. »Ja, hallo?«

»Hey, Lonzo, mein Freund. Sorry, dass ich mich noch nicht gemeldet habe. Wir müssen dringend reden. Die ganze Scheiße fliegt mir hier um die Ohren.« Stiff klang verzweifelt.

»Was habe ich denn damit zu tun?«

»Was du damit zu tun hast? Du hast mich doch mit 500 Mark hingeschickt nach Ost-Berlin, um diese komischen Unterlagen zu besorgen.«

»Ich weiß nicht, wovon du sprichst.«

»Das ist jetzt nicht dein Ernst. Willst du mich etwa hängenlassen? So dubiose Typen vom Geheimdienst waren sogar gestern hier in meiner Wohnung. Und die haben mir Geld geboten, wenn ich dich verpfeife.«

»Es gibt nichts zu verpfeifen. Ich habe mit der ganzen Sache nichts zu tun.«

»Lonzo, ich habe einen schweren Fehler gemacht und dein Vertrauen missbraucht. Das war scheiße. Ich wollte halt einmal einen Coup auf *YouTube* landen. Aber im Grunde kannst du mir doch dankbar sein, dass du selbst nicht gefälschte Unterlagen auf deinem Kanal präsentiert hast. Ich habe dich vor einer Blamage gerettet.«

»Ich weiß nichts von gefälschten Unterlagen. Ich habe damit nichts zu tun. Das Gespräch ist beendet.« Lonzo drückte den roten Aufleg-Button.

»Siehst du, ich hab' es dir doch gesagt.« Karl lachte herzlich, wurde dann aber nachdenklich. »Ihm geht der Arsch auf Grundeis.«

Lonzo schaute das Smartphone in seiner Hand nachdenklich an. »Ja. Aus der Nummer kommt er wohl nicht mehr raus. Irgendwie tut er mir leid.«

»Ja, und wenn schon. Das hat er sich selbst eingebrockt. Und was für eine Räuberpistole er da erzählt. Als wenn du zu diesem Chaoten so viel Vertrauen hättest, ihm 500 Mark zu geben. Lächerlich.«

Lonzo grinste. »Ja, eben. Wie bescheuert wäre ich denn?« Beide lachten herzlich. »Lass uns ein Video machen.«

Sonntag, 30. Juli 2023 – DDR 1, Aktuelle Kamera

»Berlin – Wenige Tage vor dem Treffen zwischen dem westdeutschen Bundeskanzler Möller und dem Vorsitzenden des Staatsrates der DDR, René Klipkow, sorgen Berichte westdeutscher Medien für Irritationen, wonach aus der Deutschen Demokratischen Republik 50 Millionen Dosen des Impfstoffes MV-21 in die BRD versendet worden seien. Das Gesundheitsministerium der DDR bestätigte am Morgen diese Zahl. Die zuständige Ministerin Raupach betonte jedoch, es habe dadurch keine Engpässe für die Bevölkerung gegeben. Vielmehr sei die Lieferung des Impfstoffes als menschliche Geste gemeint gewesen, da westdeutsche Labore trotz massiven kapitalistischen Drucks nicht in der Lage gewesen seien, rechtzeitig einen hochwertigen Impfstoff gegen Covid-19 bereitzustellen. Ministerin Raupach wertet dies als erneuten Beleg für die effizientere Forschungsarbeit in sozialistischen Staaten.«

@LaubenpieperMitBart auf Twitter:
Meine ganze Familie wurde mit #MV21 geimpft. Irgendwie fühlt sich meine Familie seitdem schlapper. Wir haben Angst um unsere Gesundheit. Meine Frau hatte heute Morgen sogar Kopfschmerzen. Ein solider westdeutscher Impfstoff wäre uns lieber gewesen. Beim nächsten Mal fragen wir, woher der Impfstoff kommt. #ddr #impfschaden

Sonntag, 30. Juli 2023 – Köln, Rheinpark

Es stürmte an diesem Tag, der Regen peitschte durch die Bäume des Rheintalparks, der in Köln direkt am Rhein lag zwischen Deutz und Mülheim. Lonzo wartete an der Zoobrücke, die im Norden des Parks einen direkten Weg über das Wasser hinweg nach Mülheim ermöglichte.

Lonzo trug eine neutralweiße Schirmmütze und eine Sonnenbrille, um nicht erkannt zu werden. Aber bei diesem Wetter trieb es eh kaum jemanden in den Park. Über die Mütze schlug er noch die Kapuze eines dunkelblauen Hoodies, um vom Regen irgendwie verschont zu bleiben. Aber es nützte nichts, der Sturm ließ das Wasser von allen Seiten kommen.

Lonzos Laune war an diesem Vormittag nicht die beste – und das lag wahrlich nicht nur am Wetter. Dass ihm von seinem ins Ministerium für Staatssicherheit reichenden Kontakt gefälschte Unterlagen angedreht wurden, und er nur durch einen Zufall nicht selbst ein Video darüber gemacht hatte, beschäftigte ihn sehr. Der ganze Verlauf der Dinge mit Stiff hatte zwei Seiten. Einerseits war es Stiff, der ihn hinterging und mit vermeintlich sensationellen News Klicks machen wollte. Es war aber auch dadurch Stiff, der ihn, Lonzo, vor einem erheblichen Imageschaden bewahrt hatte. Denn genauso wie Stiff wäre auch Lonzo davon überzeugt gewesen, authentische Unterlagen aus dem Ministerium vorliegen zu haben. Mit hoher Wahrscheinlichkeit hätte auch er einen Clip dazu online gestellt – auch wenn er Perry damit schwer geschadet hätte. Bei *YouTube* ist es wie bei einem Marathon mit vielen Teilnehmern: Alle sind am selben Ort, aber jeder rennt für sich allein. Und auf den Einzelnen, dem die Puste ausgeht, kann keine Rücksicht genommen werden.

Lonzo kommunizierte nie mit dem Mitarbeiter des Ministeriums direkt, sondern mit einer Kontaktperson im Westen. Wer dieser Mann war, wie er hieß – all das wusste Lonzo nicht. Als ihm über einen wiederum anderen Kontakt damals das Angebot unterbreitet wurde, an geheime Unterlagen zu kommen, zweifelte er zunächst und forderte Beweise an. Diese wurden ihm geliefert in Form von konkret formulierten Nachrichtentexten, die dann tatsächlich wortwörtlich in der DDR-Nachrichtensendung *Aktuelle Kamera* verlesen wurden. Damit war er überzeugt. Und die erste Lieferung, die dann zu Lonzos erfolgreichem Zerstörungs-Video führte, war ja auch einwandfrei. Was, um Himmels willen war aber nun passiert?

Die Kontaktperson trug ein gelbes Regencape, eine Sonnenbrille und eine reichlich abgewetzte Ledertasche unter dem Arm. Es handelte sich um einen recht großen Mann, irgendwo um die 40. Er watschte durch die Wasserpfützen und sprang vereinzelt auch drüber, um nicht zu viel Nässe in den beigefarbenen Halbschuhen ertragen zu müssen.

»Was habt ihr da für eine Riesenscheiße angerichtet?«, brüllte Lonzo, ohne überhaupt einen guten Tag zu wünschen.

Der Mann im Regencape nickte zustimmend und atmete schwer. »Wir sind offensichtlich reingelegt worden. Der Kontaktmann im Ministerium in Ost-Berlin war sicher, dass die Akten echt sind.« Er sprach betont und sachlich.

»Ja super! Es ist nur einem verfickten Zufall zu verdanken, dass ich daraus kein Video gemacht habe.«

»Warum haben Sie Ihrem Freund die Unterlagen überlassen?«

»Das habe ich nicht. Er hat sich damit einfach aus dem Staub gemacht.«

»Im Ministerium hat man uns einen Köder ausgelegt. Und wir sind prompt drauf angesprungen. Ich räume ein: Diese Cleverness hätten wir denen nicht zugetraut. Ein unverzeihlicher Vorgang, der aber zeigt, dass die andere Seite nicht untätig ist.«

Lonzo kicherte sarkastisch. »Oh, im Stasi-Ministerium hat man sich Gedanken gemacht, nachdem eine Akte öffentlich wurde. Hätte man ja nie mit rechnen können.«

»Es ist meinem Kontaktmann äußerst peinlich. Das gezahlte Geld zahlen wir Ihnen selbstverständlich zurück.«

Lonzo schüttelte den Kopf und befreite sich zugleich von einer Ladung angesammelten Wassers aus Mütze und Kapuze. »Das Geld interessiert mich nicht.«

»Das dachte ich mir. Es wäre auch als Wiedergutmachung viel zu wenig. Ich habe sowieso etwas noch viel Besseres.« Der Kontaktmann griff in die Ledertasche und nahm einen in wasserdichte Klarsichtfolie verpackten Aktenordner heraus.

Lonzo betrachtete das skeptisch. »Was soll das sein?«

»Unsere Entschädigung.«

»Ich glaube euch kein Wort mehr.«

»Diese Unterlagen sind echt. Sie wurden bereits vor Wochen entwendet, wurden aber aufgrund ihrer Brisanz unter Verschluss gehalten. Und sie stammen auch nicht aus der DDR, sondern aus Bonn.«

Lonzo nahm den eingepackten Aktenordner an sich. »Uuhh, ich hab' schon ganz zittrige Hände.«

»Ich übertreibe nicht, wenn ich sage, dass das da in Ihren Händen zum Rücktritt des Bundeskanzlers der Bundesrepublik Deutschland führen könnte.«

Lonzo machte große Augen. »Soso. Vielleicht habt ihr ja auch mal ein paar brisante Infos, die diesen Typen da im Weißen Haus in Washington zu Fall bringen.«

»Die haben wir. Allerdings verkaufen wir die natürlich an amerikanische Medien.«

Lonzo umklammerte den Ordner wie einen Schatz. »Was steht da genau drin?«

»Lesen Sie es doch einfach.«

»Und dafür wollt ihr kein weiteres Geld?«

»Die wichtigste Währung ist im Kalten Krieg Vertrauen. Und das möchten wir nach diesem peinlichen Fauxpas wiederherstellen. Sie sind für uns ein wichtiger Multiplikator. Wir möchten Sie nicht verlieren.«

»Okay, ich werde mir das anschauen. Aber ich lasse das auf Herz und Nieren prüfen, da könnt ihr sicher sein.«

»Tun Sie das. Schönen Sonntag noch.« Der Mann watschelte durchs Wasser davon. Lonzo sah ihm noch ein paar Sekunden hinterher, dann ging er mit dem wasserdicht verpackten Aktenordner in den Händen auch davon.

Sonntag, 30. Juli 2023 – Ost-Berlin, Ministerium für Staatssicherheit

Caren Ramelow saß in einem schalldichten Raum, in dessen Mitte ein Tisch mit ein paar Stühlen stand. Die Wandvertäfelung, die aussah wie eine Aneinanderreihung alter Eierkartons, diente der Abhörsicherheit. Aus gutem Grund befanden sich in diesem Raum keine weiteren Möbelstücke oder sonstige Gegenstände, denn es musste sichergestellt sein, dass nichts nach draußen drang. Menschen, die in diesen Raum gebracht wurden, hatten sich zuvor einer intensiven Durchsuchung und Durchleuchtung unterziehen müssen. Elektronische Geräte, Mikrofone und ähnliches waren innerhalb dieser Zone streng untersagt.

Caren hatte seit drei Tagen von ihrem Sohn Marc nichts gehört. Er ging zu Hause nicht ans Telefon. Zweimal fuhr sie nach Köpenick, um persönlich zu schauen, wie es ihm ging. Aber er war nie da oder öffnete zumindest nicht die Tür.

Und dann kam am Sonntagmorgen dieser Anruf. Die weibliche Person am anderen Ende der Leitung sagte, sie sei eine Arbeitskollegin von Caren, die ihre Schicht mit ihr tauschen wolle. Genau dieser Satz war das Stichwort für Caren, sich an diesem Sonntag um diese Uhrzeit an diesem Ort einzufinden. Es gab offensichtlich Redebedarf seitens der Staatssicherheit.

Caren wurde als »IM Karin« vom Ministerium als inoffizielle Mitarbeiterin geführt. Nie im Leben hätte sie sich einst vorstellen können, sich darauf einzulassen. Ihr Mann war schließlich im Jahr 1993 während der blutigen Krawalle auf dem Alexanderplatz ums Leben gekommen – und mit ihm weitere 86 Menschen. Ihr Hass auf diesen Staat DDR kannte keine Grenzen – und doch musste sie einsehen, dass es keinen Sinn ergab, nicht mit ihm zu »kooperieren«. Die Stasi interessierte sich gar nicht für sie – bis eben ihr Sohn zu einem prominenten Online-Aktivisten wurde. Ob sie denn ihren Arbeitsplatz behalten wolle, wurde sie gefragt. Ob sie vielleicht sogar eine großzügige Gehaltserhöhung wolle, wurde sie gefragt. Ob sie denn wolle, dass ihre Tochter Laura weiterhin ihren Studienplatz behält, wurde sie gefragt. Und ob sie es nicht als angenehm empfinden würde, auch sonst ein paar Privilegien zu genießen, wie etwa leichter an hochwertigere Lebensmittel zu gelangen oder auf einen Fernseher oder ein Auto nicht so lange warten zu müssen wie andere. Ja, es war irgendwann der Punkt erreicht, wo der Druck auf sie so groß wurde, dass sie kooperieren musste.

Von Anfang an war sie gegen das Engagement ihres Sohnes, weil sie es für sinnlos hielt und weil es ihrer Befürchtung nach nur ins Verderben führen würde. Mehrmals kündigte das Ministerium ihr konspirativ an, Perry einsperren zu wollen, wenn er nicht endlich seinen Kampf gegen das sozialistische System beenden würde. Aber hier hatte auch sie als Mutter ihre Grenzen erreicht. Marc hörte nicht, er wollte weiterkämpfen. Und er hatte für die Appelle seiner Mutter auch kein Verständnis, wo doch ihr eigener Ehemann Opfer dieses unerbittlichen Systems geworden war. Als Marc dann im Gefängnis saß, versuchte sie hinter den Kulissen alles, um ihn herauszubekommen. Aber da überschätzte sie ihre Möglichkeiten: Als sie damit drohte, ihrer Tochter und ihrem Schwiegervater von ihrer Tätigkeit als Inoffizielle Mitarbeiterin zu erzählen, reagierte das Ministerium mit harten Drohungen: Laura werde sofort ihren Studienplatz verlieren und man werde Marc im Gefängnis nicht mehr schützen können. Caren habe zu »kooperieren«, hieß es, obwohl doch dieses Wort vollkommen unpassend war. »Gehorchen« wäre geeigneter gewesen. Und dann diese merkwürdige Anfrage wenige Tage zuvor: Man brauche ein Foto von Perry – eines, das nicht aus dem Internet bekannt sei, vielleicht ein analoges Bild aus einem Fotoalbum, nicht allzu alt. Caren leistete auch dieser Anweisung Folge und übergab dem Ministerium ein solches Foto. Sie erhielt es rasch zurück mit der Aufforderung, es umgehend wieder ins Fotoalbum zurückzustecken. Doch eben dies tat sie nicht rechtzeitig. Zunächst war keine Gelegenheit, weil Opa oder Laura im Wohnzimmer herumsaßen, dann schließlich hatte Caren es erst mal vergessen. Und dann war es zu spät, als Marc im Fotoalbum nachschaute und das Foto nicht an der Stelle war, an der es sein sollte.

Caren saß zusammengekauert auf diesem Stuhl und wartete. Sie hatte Angst – vielleicht vor neuen Repressalien, vor Strafen, ja schon vor unangenehmen Fragen. Wie gern hätte sie dieses System märtyrerhaft bekämpft. Aber sie konnte es nicht. Sie war einer dieser Menschen, auf die das System setzte. Sie wusste darum, aber sie konnte nichts dagegen tun.

Die massive Tür, durch die sie vor etwa 20 Minuten in diesen Raum kam, wurde erneut geöffnet – diesmal war es Generalmajor Ulrich Kaulitz, der hereintrat. Er ging schnellen Schrittes auf den Tisch zu und nahm gegenüber von Caren Platz. Er grüßte nicht, sagte zunächst kein Wort. Er knallte relativ lautstark einen Aktenordner, den er bei sich trug, auf die Tischfläche. Es war sehr ersichtlich, dass Kaulitz' Laune nicht die beste war. Und das demonstrierte er bewusst.

»Wo ist mein Sohn?«, fragte Caren mit brüchiger Stimme.

Kaulitz schmunzelte darüber, allerdings mit sarkastischer Note. »Wenn Sie es nicht wissen. Wir wissen es auch nicht.«

»Er ist nicht in Haft?«

»Nein. Möglicherweise hat er sich abgesetzt in den Westen, Ihr treuer Herr Sohn. Aber auch davon haben wir bislang keine Kenntnis.«

»In den … Westen?« Caren war überrascht. Hätte Marc sich nicht wenigstens verabschiedet? Zumindest einen Brief geschrieben?

»Keine Sorge.« Kaulitz lachte kurz auf. »Das halte ich eher für unwahrscheinlich. Republikflucht gelingt so gut wie nicht mehr heutzutage – schon gar nicht, wenn der Fliehende so bekannt ist. Aber wir finden ihn schon, keine Sorge.« Er beugte sich nach vorn. »Wussten Sie, dass er eine russische Freundin hat?«

Carens Blick war so überrascht, das konnte sie nicht spielen. »Nein. Eine russische Freundin?«

»Wir wissen es auch erst seit Kurzem. Er hat das gut geheim gehalten. Sie ist Tochter eines russischen Diplomaten hier in Berlin. Der Mann fiel aus allen Wolken, als wir ihn informierten.«

Caren sah sich unruhig um, sie wollte hier weg. »Was wollen Sie von mir?«

»Was ich von Ihnen will? Es gibt doch wohl jede Menge Klärungsbedarf. Sie haben sich nicht an unsere Anweisungen gehalten, Frau Ramelow. Sie sollten das Foto wieder ins Album zurückstecken, so als sei es nie entfernt worden.«

»Dann wäre Marc doch trotzdem draufgekommen, dass die Fotomontage mit diesem Foto angefertigt wurde.«

»Aber er hätte seine Familie nicht verdächtigt. Es hätte ja auch sein können, dass wir uns aus dem Fotolabor, wo das Foto entwickelt wurde, ein Negativ besorgt haben. Sie haben das Vertrauensverhältnis zu ihrem Sohn gekappt – und damit auch unsere Informationsquelle.«

»Es war ohnehin eine schlechte Fälschung.«

Kaulitz schaute Caren streng an. »Wie bitte?«

»Ich zitiere nur einige westliche Medien.«

»Sie sollten davon weniger konsumieren. Und vor allem nicht glauben, was die erzählen. Das Foto war eine 1a Fälschung. Der Plan wäre aufgegangen, wenn Sie nicht versagt hätten.«

Caren fummelte unruhig an der Tischkante herum. »Mein Sohn verdächtigt meine Tochter, die Verräterin zu sein. Laura leidet sehr.«

Kaulitz schmunzelte triumphal. »Ja, und ihre guten Freunde aus der sogenannten Widerstandsbewegung distanzieren sich schon von ihr, wie ich höre. Immerhin das haben wir erreicht: Die sogenannte Opposition im Netz zerfleischt sich gegenseitig.«

Caren beugte sich über den Tisch und sah Kaulitz flehend an. »Ich möchte das alles nicht mehr. Wir möchten als Familie einfach nur unsere Ruhe haben.«

»Die können Sie haben. Wenn Ihr Sohn und Ihre Tochter das Engagement gegen die sozialistische Idee einstellen und zu anständigen Bürgern der Deutschen Demokratischen Republik werden, wird niemand Ihnen etwas Böses wollen. Ganz im Gegenteil: Der Staat wird sich erkenntlich zeigen.«

»Vergessen Sie nicht, welches Verbrechen unserer Familie angetan wurde.«

»Haben Sie gerade Verbrechen gesagt?«

»Ja, habe ich.«

»Wenn ein Staat sich gegen seine Feinde im eigenen Land zur Wehr setzt, ist das eine Pflicht und kein Verbrechen. Ihr Mann hätte damals ja auch zu Hause bleiben können.«

»Sie hätten ihn verhaften können. Aber Sie haben ihn und andere Menschen getötet.«

»Hier gilt genau dasselbe: Wenn Ihr Mann sich nicht wie ein peinlicher Märtyrer aufgeführt hätte, dann hätte unser Staat sich auch nicht wehren müssen. Die Vorgänge vom 13. August 1993 sind nicht ursächlich auf die Sicherheitsbehörden der DDR zurückzuführen, sondern einzig und allein auf das staatszersetzende Treiben der sogenannten Demonstranten.«

Caren schüttelte den Kopf, sie vergoss Tränen. »Und dann wundern Sie sich, wenn die jungen Leute sich auflehnen.«

Kaulitz reagierte mit mitleidigem Gesicht. »Frau Ramelow, nicht DIE jungen Leute lehnen sich auf. Das Gros der sozialistischen Jugend steht voll hinter unserem Staat. Es sind ein paar vereinzelte Wirrköpfe. Junge Menschen, deren Elternhaus ihnen aus ideologischen Gründen zu viel Freiraum gelassen hat. Und die durch westliche Lügen-Medien verunsichert werden.«

»Ich will das alles nicht mehr. Nehmen Sie diesen blöden Fernseher zurück, stecken Sie sich Ihre Gehaltserhöhung an den Hut. Und auf Ihre Südfrüchte kann ich auch verzichten.«

Kaulitz blieb regungslos. »Wissen Sie, Frau Ramelow, Sie glauben immer noch, Sie könnten bei uns ein- und austreten wie bei einem Sportverein. Aber so einfach ist das nicht. Sie sind unsere Mitarbeiterin – und das bleiben Sie auch. Sozusagen auf Lebenszeit.« Er zeigte drohend mit dem Finger auf sie. »Ich rate Ihnen, weiterhin zu kooperieren. Sonst wird das dramatische Folgen für Sie und Ihre Familie haben.«

Montag, 31. Juli 2023 – Deutschlandfunk

»Bonn – Bundespräsidentin Haustein hat die Hoffnung geäußert, dass das für Mittwoch geplante Gipfeltreffen der beiden deutsch-deutschen Regierungschefs in Ost-Berlin zu einer Entspannung des Verhältnisses führen werde. Es müsse nun alles getan werden, um den Entspannungsprozess voranzutreiben, damit die innerdeutsche Grenze durchlässiger werde. Auch die oppositionelle SPD appellierte an Bundeskanzler Möller, sich am früheren Bundeskanzler Willy Brandt ein Beispiel zu nehmen und mehr für die innerdeutsche Annäherung zu tun. Vertreter des Wirtschaftsflügels der Union äußerten sich weniger positiv. Es sei offensichtlich, dass DDR-Staats- und Parteichef Klipkow vor allem Geld von der BRD wolle. Die Bundesregierung dürfe sich nicht erpressen lassen, wenn es um mehr Menschenrechte in der DDR gehe.«

@Politnase auf Twitter:

Das ist aber nett von unserer Frau Bundespräsidentin, dass sie sich mehr Entspannung wünscht zwischen beiden deutschen Staaten. Und dann? Was bedeutet denn Entspannung? Die #DDR kriegt noch mehr Geld hinten rein und kann ihre Waren noch besser an uns verkaufen. Wenn man den Menschen drüben helfen will, dann sollte man der #DDR den Geldhahn zudrehen.

Montag, 31. Juli 2023 – Jersleben, nahe Magdeburg

Die Ortschaft Jersleben befand sich am 1928 entstandenen Mittellandkanal, etwa 15 km nördlich von Magdeburg. Die ländliche und recht dünn besiedelte Gegend war das Ziel der Autofahrt eines grünen *Wartburg 5.3*, in den Perry in Ost-Berlin eingestiegen war. Er hatte die vergangenen Tage in einer kleinen karg eingerichteten Wohnung im Berliner Stadtteil Biesdorf verbracht. Noch in der Nacht zum Samstag war er von Siegfried dorthin gebracht worden – ohne noch einmal in seine Wohnung in Köpenick zurückkehren zu können.

In der Wohnung hatte Perry einen recht dicken Aktenordner vorgefunden, in dem eine Masse an Informationen stand, die er sich bis Montagmorgen genauestens einprägen musste. Die Identität, die er bis zum Eintritt ins Gebiet der Bundesrepublik Deutschland anzunehmen hatte, war die eines Mannes namens Sebastian Winter. Es handelte sich dabei um einen Heilpraktiker aus Darmstadt, der gemeinsam mit seiner Frau Anke an einem Heilpraktiker-Treffen in Leipzig teilnahm. Dieses Treffen fand am Sonntagabend tatsächlich in Leipzig statt, und es war auch ein Ehepaar Winter aus der BRD dafür angemeldet und anwesend. Dieses Ehepaar Winter verbrachte auch eine Nacht in der Stadt. Alles war nachvollziehbar, alles war transparent. Darauf kam es an.

Perry musste sich auch ein bisschen Grundwissen zum Thema Heilpraxis aneignen. Nichts sollte dem Zufall überlassen werden. Sebastian Winter war ein Mann mit Rauschebart, einer lockigen Frisur und einer Brille mit runden Gläsern – also einem Äußeren, das möglichst wenig vom Gesicht preisgab und zugleich aber glaubwürdig erschien. Einem Heilpraktiker nimmt man ein solches Aussehen eher ab als etwa einem Anwalt oder einem Beamten. Perry wurde bereits in der Wohnung in Biesdorf der Bart angeklebt und die Perücke aufgesetzt. Auch die Nase wurde mittels einer Gummimasse etwas größer gemacht. Dafür war eigens eine kompetente Maskenbildnerin in die Wohnung gekommen, die das äußerst professionell und mit viel Mühe vornahm. Insgesamt werkelten drei Personen über Stunden an Perry herum – alles ohne viel Lärm und Dialoge. Perry wurde einfach nur gesagt, er solle sich auf einen Stuhl setzen und tun, was ihm gesagt werde. Das Prozedere ging deshalb bereits in der Wohnung vonstatten, um auch während der Autofahrt keinesfalls erkannt zu werden. Jeder ungeplante Zwischenfall musste ausgeschlossen werden.

Perry kratzte an dem Bart herum. »Der Bart juckt ganz schön.«

»Sieht aber wirklich toll aus«, befand Siegfried, der am Steuer des Wagens saß. »Also ich würde Sie nicht erkennen, wenn ich es nicht wüsste.«

Trotzdem war Perry unfassbar nervös. Je länger er auf dem Beifahrersitz dieses Autos saß und sich im Geiste schon am Grenzübergang Marienborn sah, desto mehr reifte in ihm die Überlegung, das ganze Unterfangen doch noch abzubrechen. Aber dann dachte er wieder an Kalinka, an die Enttäuschung über den Verrat in seiner Familie. Und dann war er doch wieder entschlossen. Es war ein Hin und Her der Gedanken und Gefühle.

»Wie oft haben Sie das schon gemacht?«; fragte Perry.

»Stellen Sie bitte nicht solche Fragen. Je weniger Sie wissen über mich, desto besser ist es.«

»Es würde mich eben nur beruhigen zu wissen, dass Sie Erfahrung haben und dass Sie erfolgreich sind in dieser Sache.«

»Wenn Sie sich genau an das halten, was Ihnen gesagt wurde, haben wir eine gute Chance.«

»Das klingt sehr beruhigend.«

Der Wartburg, Baujahr 2009, hatte sichtlich Mühe, über den unebenen, matschigen Weg entlang des Mittellandkanals zu fahren. Stundenlang hatte es in der Nacht geregnet. Etwas abgelegen, unweit des Jerslebener Sees, war ein kleines dicht bewachsenes Waldgebiet, in das der Wagen hineinfuhr. Das regnerische und auch vergleichsweise kühle Wetter hatte den Vorteil, dass sich an diesem Montag am See kaum Menschen aufhielten. Und auch auf den Waldwegen war kaum jemand zu sehen.

Nachdem Siegfried den Wagen ein paar Hundert Meter weit durch den Wald gesteuert hatte, war das Ziel erreicht: ein kleines Holzhaus, das von außen wie ein Aufbewahrungsort für Arbeitsmaterial wirkte. Mehr als sieben oder acht Quadratmeter Fläche hatte das Häuschen nicht zu bieten, aber es reichte für den angestrebten Zweck.

»Steigen Sie aus«, forderte Siegfried. Perry tat dies und entdeckte erst im Freien, dass halb hinter der Hütte ein weiteres Auto stand: ein rotfarbenes Elektroauto der Marke Smart, klein und kompakt und nur für maximal zwei Personen geeignet. Ladesäulen für E-Autos gab es in der DDR nur wenige. Zwar gab es in Suhl bereits einen Volkseigenen Betrieb, der für die Herstellung speziell von Elektroautos eingerichtet war, der Kaufpreis für diese Fahrzeuge war allerdings deutlich höher als der eines Trabants oder Wartburgs. Zudem kam der Aufbau der Infrastruktur von Ladestationen nur sehr schleppend voran. Und die Wartezeit bis zur Auslieferung war für willige Käufer auch kein Vergnügen. Selbst auf ein konventionelles Fahrzeug mit Verbrennermotor musste immer noch acht bis neun Jahre gewartet werden. Bei E-Autos betrug die Wartezeit noch mehr Jahre – und das in einer Phase, wo gar nicht klar war, wie in einer Dekade der Forschungsstand bei E-Autos sein würde. Die DDR-Regierung war auch nicht gerade Vorreiter beim Umstieg auf Elektroautos – ganz im Gegensatz zum Westen. Die teils uralten Kohlekraftwerke der DDR, deren Schließung Umweltaktivisten seit Jahren forderten, lieferten gerade mal genug Strom, um den Energiebedarf in der DDR aufrecht zu erhalten. Deswegen sollte durch E-Autos der Bedarf nicht auch noch gesteigert werden. In Polen und Ungarn standen ähnlich alte und umweltverschmutzende Kraftwerke. Es fehlte das Geld für eine Modernisierung. Der rote Smart da war jedenfalls eindeutig ein westliches Produkt.

Siegfried deutete auf das Häuschen. »Gehen Sie hinein. Schnell.«

Perry öffnete nach ein paar Schritten die schwere Tür des Holzhäuschens und ging hinein. Der Raum im Inneren war karg von einer batteriebetriebenen Henkellampe beleuchtet. Es lagerten dort Autoreifen, Werkzeuge, auch ein paar abgesägte Baumstämme. Es roch nach feuchtem Holz. Und es standen zwei Personen in diesem Raum: eine schlanke Frau mit rötlichen schulterlangen Haaren und Sommersprossen sowie ein Mann, der tatsächlich genauso aussah wie Perry in seiner Maskerade: Der Bart, die lockigen Haare, die vergleichsweise große Nase – alles war exakt so. Nur die Kleidung war eine ganz andere: Dieser andere Mann trug ein olivgrünes Hemd, dazu eine dunkle Hose und Lederschuhe, die eindeutig aus dem Westen stammten. Perry trug ein in Suhl gefertigtes weißes T-Shirt und eine dreiviertellange beige Sommerhose, seine Schuhe waren reichlich ausgelatschte Sommersandalen aus dem VEB Magdeburg.

»Guten Tag«, grüßte die Frau, die etwa Mitte 30 war, freundlich, aber mit einem bestimmten Kopfnicken dazu, »bitte ziehen Sie sich beide komplett aus und wechseln Sie Ihre Kleidung. Auch die Schuhe und die Unterwäsche.«

Perry und der andere Mann taten sofort, was ihnen gesagt wurde. Der Gedanke, die Unterhose einer fremden Person zu tragen, war für Perry nicht so prickelnd – für sein Gegenüber aber vermutlich ebenso wenig. Beide standen nach etwa 20 Sekunden splitternackt da, übergaben sich jeweils ihre Kleidungsstücke und kleideten sich wieder an. Der andere Mann trug ein Anker-Tattoo etwa zehn Zentimeter unter der rechten Brustwarze.

»So ein Tattoo muss ich mir aber nicht machen lassen, oder?«, fragte Perry scherzhaft, um die Atmosphäre ein wenig aufzulockern. Das hatte jedoch keinen Erfolg, es blieb angespannt. »Wie kommen Sie eigentlich aus der DDR wieder raus?«, fragte Perry weiter.

»Nicht miteinander sprechen«, unterbrach die Frau in einem sehr energischen Ton.

Der andere Mann wirkte verunsichert und vermied möglichst den Blickkontakt mit Perry. Ob sein Bart und seine Kopfhaare echt waren, konnte Perry nicht mit absoluter Sicherheit sagen. Zu professionell war die Arbeit gemacht worden. Er vermutete aber, dass auch hier nachgeholfen worden war. Perry knöpfte das Hemd zu und zog sich schließlich Hose, Strümpfe und Schuhe an. Das Schuhwerk war ein wenig eng, es passte aber gerade noch. Die Füße seines Doppelgängers schienen wohl etwas kleiner zu sein. Schließlich nahm der andere Mann noch seine Brille ab und übergab sie Perry, damit dieser sie aufsetzen konnte. Die Brille war recht stark, durch sie konnte Perry nur schummerige Umrisse erkennen. Er nahm sie wieder ab, behielt sie aber in der Hand.

Die Frau musterte Perry in seiner gewechselten Kleidung von oben bis unten. »Gut«, sagte sie.

Sie öffnete die Holztür und trat hinaus. Dann gab sie Perry ein Handzeichen, ihr zu folgen. Er trat hinaus in den Wald. »Steigen Sie in den Smart, auf den Beifahrersitz«, forderte sie ihn auf. Dann rief sie Siegfried »er gehört dir« zu und meinte damit den Mann im Holzhaus. Siegfried ging in das Haus hinein und schloss die Tür von außen.

Perry saß inzwischen, wie aufgefordert, auf dem Beifahrersitz des Smart. Der Sitzkomfort war deutlich angenehmer als in dem klapprigen Wartburg. Wohl fühlte sich Perry dennoch nicht. Die streng wirkende Frau, die nun auf dem Fahrersitz Platz nahm, war ihm unsympathisch. Sie hatte sich ihm nicht vorgestellt, sie gab ihm kein Vertrauen. Er fühlte sich ausgeliefert.

»Setzen Sie die Brille auf – und behalten Sie sie auch auf.« Perry tat es ungern, denn er fürchtete, seinen Augen und seinem Gleichgewichtssinn könne das auf Dauer nicht guttun. »Offensichtlich sind Sie ja nun meine Ehefrau«, bemerkte er etwas schnippisch.

»Zumindest für die nächsten zwei Stunden, ja.« Die Frau legte beide Hände auf das Lenkrad, startete aber noch nicht den Motor. Ihr Blick ging Richtung Windschutzscheibe.

»Also heißen Sie Anke, zumindest für die nächsten zwei Stunden.«

»Ganz recht. Und deswegen sollten wir nun ins Du übergehen, damit wir uns dran gewöhnen.«

»Den ehelichen Sex sparen wir uns aber.«

»Bleiben Sie sachlich … bleib sachlich, meine ich.« Mit seiner Bemerkung hatte Perry bei ihr immerhin eine kurze Verunsicherung ausgelöst. Sie übergab ihm einen BRD-Reisepass. Perry schaute kurz hinein und sah das biometrische Foto eines Mannes, der zwar aussah wie er, der er aber nicht war – jedenfalls, wenn man ganz genau hinschaute.

»Wahnsinn«, staunte Perry, »wie kann man die Dinger so gut fälschen?«

»Indem man mit den Stellen zusammenarbeitet, die diese Dinger auch offiziell herstellen. Du weißt deine grundsätzlichen Daten auswendig? Geburtsdatum? Geburtsort?«

»Sebastian Winter, geboren am 24. Juni 1986 in Fulda.«

»Zu welchem Zweck bist du in der DDR gewesen?«

»Ich habe gestern Abend einen Heilpraktiker-Kongress im Hotel Astoria in Leipzig besucht. Gemeinsam mit meiner Frau Anke. Wir haben in dem Hotel auch übernachtet.«

»Woher kommst du?«

»Aus Darmstadt. Ich betreibe dort eine eigene Praxis.«

»Was befindet sich in deinem Koffer?«

»Von mir Ersatzschuhe, eine getragene Unterhose, ein Kulturbeutel, ein elektronischer Barttrimmer sowie drei Bücher über alternative Medizin. Von dir dazu ein weiterer Kulturbeutel, ein Kleid, ebenfalls ein Ersatzpaar Schuhe, ein Büstenhalter, ein Nachthemd und ein Haartrockner.«

»Der Koffer ist mit einem Zahlenschloss verschlossen. Wie lautet die Nummer, um es zu öffnen?«

»4407.«

»Hast du irgendwas von dem Kongress mitgenommen?«

»Ja, eines der Bücher im Koffer. Und im Handschuhfach müsste sich eine Broschüre mit Informationen zum Kongress sowie der Tagesordnung befinden.« Perry öffnete das Handschuhfach – tatsächlich lag dort eine vierseitige, farbige Broschüre mit dem Titel *Heilen im Einklang mit der Natur.*

»Gut, dann fahren wir mal los. Während der Autofahrt werde ich dir erzählen, wie die ersten sieben Jahre unserer Ehe abliefen und wo wir uns kennenlernten.«

»Ich bin gespannt.«

»Anke« startete das Auto.

@KnallhartKapitalist auf Twitter:
Wir haben uns alle so sehr an die deutsche Teilung gewöhnt. Ganze komplette Generationen kennen gar nichts anderes mehr. Ich finde es schlimm, dass wir gegenseitig aufeinander schießen, uns gegenseitig beschimpfen und bespitzeln. Wir sind immer noch ein Volk. Deutschland einig Vaterland. Und nun beschimpft mich gern wieder als rechts, ihr linken Spinner! #ddr #brd

Montag, 31. Juli 2023 – Grenzübergang Marienborn

Die Fahrt nach Marienborn dauerte etwas mehr als eine halbe Stunde. Je näher das Ziel rückte, desto mehr Autos waren zu sehen – zumeist aus Westdeutschland. Ein Tagesausflug in die DDR war für unverdächtige BRD-Bürger relativ einfach, Visa wurden binnen ein bis zwei Tagen erteilt. Natürlich wurden auch hier für jeden Einreisenden pro Tag 50 D-Mark fällig, die dann 1:1 in 50 DDR-Mark umgetauscht wurden. Die DDR brauchte das Geld, westliche Devisen waren überlebensnotwendig. Daher wurden Einreisebeschränkungen Ende der 90er Jahre weiter aufgelockert, Visa wurden schneller erteilt. Inzwischen war ein Visa-Antrag längst auch online möglich. Aber es gab jede Menge Einreisewillige aus Westdeutschland, deren

Antrag abgelehnt wurde. Dabei ging es nicht nur um politische Gründe, auch künstlerische oder ideologische konnte es geben. Journalisten waren erwartungsgemäß ebenso wenig willkommen wie Kabarettisten, Staatsbedienstete der BRD und Aktivisten jeglicher Art, selbst wenn sie politisch links standen. Die DDR gestattete dem durchschnittlichen BRD-Bürger, der in einem bodenständigen, unverdächtigen Beruf arbeitete, gern Zutritt. Aber es wurde sehr genau hingeschaut. Manchmal wurden auch Anträge ohne einen wirklich nachvollziehbaren Grund abgelehnt, offensichtlich lehnten die DDR-Behörden lieber einmal mehr jemanden ab als zu wenig. Auch Heilpraktiker war ein Beruf, der zumindest eine gewisse Ideologie in sich tragen könnte. Die Tatsache aber, dass es mit dem Kongress in Leipzig auch eine konkrete Veranstaltung gab, erleichterte die Aushändigung von Visa erheblich. »Anke« erzählte sehr genau von dem Kongress, welche Leute dort auftraten, mit wem Sebastian Winter alles Gespräche geführt hatte, wie der Ablauf der Veranstaltung war. Die Wahrscheinlichkeit, dass in diese Richtung bei der Grenzkontrolle eine Frage kommen würde, war gering – doch nichts durfte dem Zufall überlassen werden.

Perry wusste auch sehr genau, wie die nie vollzogene Ehe mit »Anke« abgelaufen war, wo sie sich kennengelernt, wo sie geheiratet, wo sie ihre Flitterwochen verbracht hatten. Die Praxis in Darmstadt kannte er jetzt so genau, als sei er schon zig Mal dort gewesen.

»Das Wetter ist zu schlecht«, murmelte Anke, als sie den Scheibenwischer aktivierte, um den Regen von der Windschutzscheibe zu bekommen.

»Was wäre denn bei gutem Wetter besser?«, fragte Perry.

»Dann wäre mehr los, die Autos müssten schneller abgefertigt werden. So haben die Grenzbeamten Zeit, ihre Kontrollen durchzuführen. Sie fragen einfach mehr.«

»Na herrlich.« Als Perry, über die starken Brillengläser hinweg guckend, das Schild *Achtung Staatsgrenze* las, wurde ihm spürbar mulmiger. Der entscheidende Moment würde jetzt gleich gekommen sein. Wollte er die DDR nun wirklich verlassen? Wäre es vielleicht doch besser zu bleiben? Noch hätte er entscheiden können, dass er bleibt. Aber nein, das kam nicht in Frage. Die Perspektive wartete im Westen, nicht im Osten. Aber noch war da eine entscheidende Hürde zu überwinden, denn nur ein kleiner Fehler gleich bei der Kontrolle – und alles wäre aus.

»Gleich hinter der Grenze ist Helmstedt«, erzählte Anke, »wenn du das Ortsschild liest, bist du im Westen.«

Helmstedt war in der Tat einerseits ein Nachbarort von Marienborn, andererseits aber so unfassbar weit weg. In einem gemeinsamen Deutschland würden beide Orte vermutlich in guter Nachbarschaft leben. So waren sie nicht nur zwei nah beieinanderliegende Punkte auf beiden Seiten der innerdeutschen Grenze, sondern auch Nahtpunkte der zwei großen Machtblöcke auf diesem Planeten.

Ausgeschildert waren die Grenzübergänge für analoge Visa, also in Papierform, und diejenigen per Smartphone. Letztere hatte die DDR erst im Jahr 2018 überhaupt eingeführt, nachdem sie sich lange gesträubt – oder es einfach technisch nicht hinbekommen hatte. Ein westdeutscher Konzern lieferte schließlich das Know-how für die Technik, die Regierung der BRD subventionierte das System. Immerhin war es ja auch im Interesse der westlichen Bürger, dass alles ein bisschen schneller und unkomplizierter wurde. Anke steuerte einen der Übergänge für elektronische Visa an und reihte sich in eine Schlange von etwa einem Dutzend Autos ein.

Sie musterte Perry alias Sebastian Winter noch einmal. »Wie besprochen: entspannt bleiben, freundlich lächeln, nur das Nötigste sagen.« Perry nickte wortlos.

Es dauerte noch einmal gut 20 Minuten, bis ihr Auto endlich an der Reihe war. Perry beobachtete während dieser Zeit dramatische Szenen. Er tat manchmal so, als würde er seine Brille putzen, wofür er sie kurzzeitig abnehmen konnte. Oder schaute seitlich oder über die Brille hinweg. Ein Mann wurde brutal aus einem Auto herausgezerrt und dann in Handschellen abgeführt. Eine Frau führte lauthals Diskussionen mit zwei Grenzpolizisten – mit der Folge, dass sie nicht weiter Richtung Westen fahren durfte, sondern genötigt wurde, ihren Wagen auf einen seitlichen Parkplatz zu steuern. Immer wieder passierte dies, der Seitenbereich bot dafür ausreichend Platz. Es waren mehrere Dutzend Personen in olivgrünen Uniformen im Einsatz – offensichtlich auf Anweisung behandelten sie alle den Klassenfeind, der das Land verlassen wollte, von oben herab. Von vier Aussichtstürmen beobachteten weitere Grenzpolizisten das Geschehen, um das ganze Areal im Blick zu haben. Sie waren alle bewaffnet und angewiesen, im Zweifel zu schießen. Perry entdeckte zig Kameras, die keinen toten Winkel ermöglichten. Mit dem Auto einfach Gas zu geben und loszufahren war sinnlos, sofort würden scharfkantige Wegfahrsperren aus dem Boden schießen, die jeden Reifen zum Platzen brachten und riesige Betonblöcke auf schiefen Ebenen blitzschnell auf die Fahrbahn bewegt. Letztlich war es vom Wohlwollen der Grenzpolizisten abhängig, wie schnell das Prozedere im Einzelfall dauerte.

Der Wagen direkt vor dem Smart wurde relativ rasch durchgelassen. Der Fahrer zeigte für sich und eine Begleitperson Ausweise und Visa vor – und dann durften sie fahren. Anke fuhr einige Meter vorwärts und kurbelte das Fahrerfenster hinunter. Der Grenzpolizist war ein hagerer Mann Mitte 50 mit sechseckiger Brille und Kinnbart.

»Guten Tag«, grüßte Anke freundlich und bekam erwartungsgemäß keine Antwort. Sie ließ sich von Perry den falschen Reisepass geben und übergab diesen gemeinsam mit ihrem (ebenso falschen) Pass dem Polizisten. Außerdem hielt sie ihr Smartphone, ein *Samsung Galaxy*, hin, um den QR-Code der elektronischen Visa scannen zu lassen. Für das Smartphone interessierte sich der Kontrolleur aber erst mal nicht, sondern musterte beide Wageninsassen und verglich sie mit den Fotos in den Reisepässen. Perry sah ihn freundlich an.

»Weswegen waren Sie in der Deutschen Demokratischen Republik?«

Anke antwortete: »Wir haben einen Heilpraktiker-Kongress in Leipzig besucht.«

»In Leipzig, aha. Haben Sie dort auch übernachtet?«

»Ja, ganz recht. Im Hotel Astoria, wo auch der Kongress war.«

Der Polizist warf erneut einen Blick in die Pässe, das Smartphone interessierte ihn weiterhin nicht. »Fahren Sie bitte dort auf den Parkplatz.«

»Gibt es ein Problem?«, fragte Anke nach.

»Fahren Sie bitte dort auf den Parkplatz.« Der Polizist behielt die Pässe und übergab sie kurz darauf einem Kollegen mit einem Hinweis, der aber im Wagen akustisch nicht zu verstehen war.

Anke kurbelte das Fenster hoch, setzte ein paar Meter zurück und bog nach links ab. Ein weiterer Grenzpolizist wies den Wagen per Handzeichen an, in eine Parkbucht hinten links zu fahren. Die Buchten waren durch Pflanzenkübel getrennt und gestalteten den ansonsten tristen Grenzbereich etwas farbenfroher.

»Verdammte Scheiße«, murmelte Perry.

»Keine Sorge, alles im grünen Bereich. Die Kommunisten tun sich schwer mit alternativer Medizin und esoterisch angehauchten Dingen. Der will uns einfach nur provozieren.«

»Die prüfen doch jetzt unsere Pässe.«

»Ja, und? Die Pässe sind echt. Sollen sie sich daran die Zähne ausbeißen.«

Perry bemerkte eine zunehmende Nervosität. Er atmete tief durch und versuchte alles, um diesen aufwühlenden Zustand zu unterdrücken. Es dauerte dann auch mehr als zehn Minuten, bis schließlich eine Grenzpolizistin an die Fahrerscheibe klopfte. Es handelte sich um eine vollschlanke Dame mit blondierten lockigen Haaren, die unter ihrer Mütze hervorquollen.

Anke kurbelte erneut die Scheibe herunter.

»Steigen Sie bitte aus«, bat die Grenzpolizistin in bestimmendem Ton.

Anke tat, was ihr gesagt wurde. »Mein Mann auch?«

»Ja, ihr Mann auch. Öffnen Sie bitte den Kofferraum.« Die Frau hatte einen leicht mecklenburgischen Dialekt, der berühmte *Gänsefleisch mal den Kofferraum aufmachen*-Witz passte hier also nicht.

Auch Perry stieg aus und blieb neben der geöffneten Beifahrertür stehen. Anke hatte inzwischen den Kofferraum geöffnet, in dem ein weinroter Hartschalenkoffer lag, der mit einem Zahlenschloss gesichert war.

»Sind Sie beide ausgebildete Heilpraktiker?«, fragte die Polizistin.

»Nein, mein Mann. Ich mache für ihn die Termine und assistiere ihm.«

Perry ging drei Schritte, um nun ebenfalls vor dem Kofferraum zu stehen. »Meine Praxis ist in Darmstadt.«

»Haben Sie von dem Kongress etwas mitgenommen? Heilkräuter oder Lebensmittel anderer Art?«

»Nein«, antwortete Perry, »nur eine Broschüre und ein Buch, das mir der Dresdner Heilpraktiker Dr. Leibold geschenkt hat.«

»Nehmen Sie bitte mal kurz die Brille ab?«

Perry zögerte einen Moment lang, tat es dann aber. Die Grenzpolizistin sah ihn zwei Sekunden lang an. »Danke sehr. Machen Sie bitte mal den Koffer auf.«

Die Grenzpolizistin wies ausdrücklich Perry an. Dieser trat an den Kofferraum heran und ergriff das Zahlenschloss. Durch die wieder aufgesetzte Brille hindurch konnte er die Zahlen kaum erkennen. Also versuchte er, möglichst unauffällig zwischen die beiden Gläser über den Nasenbügel hinweg zu schauen. Es gelang einigermaßen gut, die Kombination 4407 einzustellen und das Schloss zu öffnen. Er legte das Schloss beiseite, nahm den Koffer heraus auf den Parkplatz und öffnete ihn. Darin lagen in der Tat neben ein bisschen Wäsche, zwei Kulturtaschen und einigen Kleinigkeiten noch drei Bücher. Der nieselnde Regen machte das ganze Unterfangen nicht gerade angenehm.

Perry schaute die Grenzpolizistin an, die einen kritischen Blick auf den Inhalt warf. Sie berührte allerdings die Sachen nicht.

»Könnten wir einen Schirm benutzen?«, fragte Perry, »sonst werden die Bücher ja nass.«

»Nein, nein, Sie können den Koffer wieder schließen. Bitte warten Sie hier.« Die Grenzpolizistin ging davon. Perry hievte das wieder verschlossene Gepäckstück zurück in den Kofferraum. »Die ahnen doch irgendwas«, murmelte er ohne Anke anzuschauen.

Anke schaute sich um. Auf dem großen Parkplatz führten etwa ein Dutzend Menschen dieselben Diskussionen mit Grenzpolizisten, öffneten ihr Gepäck, beantworteten jede Menge Fragen, waren genervt. »Bis jetzt ist alles ganz normal.«

»Warum sollte ich die Brille abnehmen? Das hatte doch einen Grund.«

»Bleib ganz entspannt.«

Perry konnte nicht entspannt sein, so sehr er sich auch bemühte. Er fühlte sich, als schaue er in einen Abgrund und falle gleich. Er hatte das ungute Gefühl, dass er gleich verhaftet würde. Und diesmal hätten sie wirklich einen Grund, ihm einen Prozess zu machen und ihn jahrelang einzusperren, denn versuchte Republikflucht wurde in der DDR hart bestraft. Er zitterte, sein Zustand schlug in Panik um. Dort war diese Durchfahrt, dieses Tor zur Freiheit, das zwar Autos mit Wegfahrsperren aufhalten konnte, aber doch nicht davonlaufende Personen. Wie wäre es, wenn er jetzt einfach loslaufen würde? Er war ein schneller Läufer, schon damals im Sportunterricht in der Schule. Würden sie wirklich auf ihn schießen? Ja, natürlich würden sie. Aber ob sie ihn treffen würden, wäre ja eine andere Frage. Es gab jetzt kein Zurück mehr für ihn. Spätestens wenn die Polizisten zurückkämen, um ihn womöglich festzunehmen, wäre alles aus. Er würde im Stasi-Knast versauern, möglicherweise sogar diesmal wirklich in die Sowjetunion gebracht werden – aber nicht in ein Hotel, sondern in einen Gulag. Der schmale Spalt Richtung Westen wurde von Sekunde zu Sekunde schmaler, so redete Perry es sich ein.

In seinem Kopf kamen ganz viele Bilder zusammen. Es war ein Horrorszenario, das sich ihm in seinen Visionen offenbarte. Er sah sich einsam irgendwo eingesperrt versauern, zermürbt von brutalen Schlägen und endlosen Verhören. Er hatte Angst, er hatte Panik. Er rannte los.

»Bist du verrückt?«, rief Anke aus. Sie schaute sich erschrocken um. Perry rannte zur Grenzkontrolle, wo gerade die Pässe eines Ehepaars in einem BMW kontrolliert wurden. »Halt«, rief der Grenzbeamte, als er Perry an sich vorbeilaufen sah. Perry sah ganz weit hinten, hinter dem Niemandsland, die westliche Grenzkontrolle. Da war Helmstedt. Es hieß doch, er sei in Freiheit, wenn er das Ortsschild lesen würde. Weit bis dahin war es nicht. Sirenen heulten auf. Perry sah links und rechts von ihm nichts, er hatte nur das Ziel geradeaus vor Augen. Ein Schuss war zu hören, jetzt wurde es gefährlich. Aber die Panik trieb ihn an, noch schneller zu laufen – raus aus der überdachten Grenzkontrollstelle auf die offene Straße – vorbei an einer letzten Ampel und vertrockneten Büschen. Noch ein Schuss fiel.

Der dritte Schuss traf ihn in den Rücken. Und der vierte Schuss traf ihn in den Kopf.

@ReinholdWittgenstein auf Twitter:
Ich bin heute aus der #DDR zurück in den Westen gefahren und habe an der Grenze unmittelbar mitbekommen, wie auf einen Flüchtling geschossen wurde. Ich konnte nicht sehen, wie schwer er getroffen wurde. Aber bei der Menge an Schüssen kam der sicher nicht unverletzt davon. Wie kann man so lebensmüde sein?

Montag, 31. Juli 2023 – Köln-Porz

Lonzo saß auf seiner Designercouch. Niemand außer ihm war da. Er wollte auch niemanden dahaben, denn das, was ihn seit Sonntagnachmittag beschäftigte, ging absolut niemanden etwas an – auch nicht Freunde, andere YouTuber. Niemanden. Auf seinem Schoß befand sich Dynamit in Papierform, eine Staatsaffäre, ein politischer Skandal erster Klasse.

»Digger, das ist so ein Hammer«, murmelte er zu sich selbst, fuhr sich fassungslos durch die grünen Haare und blätterte in diesem Aktenordner, der ihm im Rheinpark übergeben worden war.

Der Kontaktmann im Park hatte nicht zu viel versprochen. Diese Unterlagen bewiesen eindeutig, dass die Bundesregierung trotz des Wissens um einen Engpass in der DDR 50 Millionen Impfdosen des Stoffes *MV-21* geordert hatte. Und nicht nur das: Eine Aktennotiz, wonach dies zu geschehen habe trotz Bedenken, es könne dadurch zu einer erhöhten Sterblichkeitsrate unter älteren Menschen in der DDR kommen, wurde vom Bundeskanzler persönlich unterschrieben – versehen mit einem Stempel *Geheime Verschlusssache*.

»Ihr seid so ein cringer Sauhaufen«, brüllte Lonzo das Papier an und kam aus dem Kopfschütteln gar nicht mehr heraus.

Es blieben aber wichtige Fragen, über genau die Lonzo nun schon seit Stunden brütete. Erstens war natürlich bedeutsam, die Echtheit dieser Unterlagen wirklich zweifelsfrei bestätigt zu bekommen. Nach seinem Eindruck waren die Dokumente authentisch, aber eine Expertise von außen war wohl unumgänglich. Und dann stellte sich die Frage: War eine so brisante und folgenschwere Veröffentlichung zu verantworten? Wollte er, Lonzo, die Bundesrepublik Deutschland mit ihren zehn Bundesländern plus West-Berlin in eine schwere politische Krise stürzen? War es zu verantworten, angesichts der bevorstehenden Bundestagswahl im kommenden Jahr und der Befürchtung, dass eine rechte Partei, die Angst vor Sozialismus und einem Dritten Weltkrieg schürte, durch solch eine Veröffentlichung einen Beitrag zu weiterer Politikverdrossenheit zu leisten?

Andererseits: Den westdeutschen Bundeskanzler zum Rücktritt zu bringen und den entscheidenden Beweis, nach dem die ganze Journaille fieberhaft suchte, vorlegen zu können, wäre der Olymp für Lonzo gewesen. Vielleicht wäre dann sogar sein Vater endlich stolz auf ihn. Es war ein mulmiges, aber auch erregendes Gefühl, so viel Macht in der Hand zu haben. An ihm und seinem Wohlwollen hing die Zukunft des Bundeskanzlers – mehr ging nicht.

Lonzo schloss den Aktenordner und legte ihn neben sich. Er schnappte sein Smartphone, öffnete die *Discord*-App und schrieb einen verlinkten Nutzer namens *FreeDomWilly* an. Ein grün leuchtender Punkt verriet, dass er online war.

»Ich brauche dringend deine Hilfe. Lonzo.«

Es dauerte etwa eine halbe Minute, bis die Antwort kam: »Worum geht es?«

»Nicht online. Nur persönlich. Ich komme morgen zu dir.«

@NewsAufTwitter auf Twitter:

Leute, die Hinweise verdichten sich, dass es sich bei dem Flüchtling, auf den geschossen wurde, um #Perry handelte. Es gibt Informationen, dass er heute die #DDR verlassen wollte. Irgendwas ging wohl schief. Ich sammle weiter Hinweise.

Montag, 31. Juli 2023 – Ost-Berlin, Gethsemanekirche

»Was soll das heißen, es gab bislang keine Rückmeldung?« Boris schrie. Er hatte wieder dieses Zittern, dieses krebsrote Gesicht. Er konnte seine Emotionen schwer unter Kontrolle halten. Seine Freundin Marie drückte ihn an sich, während ihr selbst Tränen des Entsetzens über die Wangen flossen. Katharina hingegen war bleich im Gesicht, sagte nichts, presste die Lippen zusammen. Sie musste erst einmal einen klaren Gedanken finden.

Siegfried hatte ihnen soeben die Nachricht überbracht, dass Perrys Flucht nicht geklappt hatte. »Wir wissen noch keine Einzelheiten, es muss ein Problem an der Grenze gegeben haben.«

»Um Gottes willen«, rief Marie aus, »ist er tot?«

»Ich hoffe nicht.«

»Sie hoffen nicht?« Boris wollte auf Siegfried losgehen, wurde aber von Marie festgehalten. »Sie haben doch gesagt, dass der Plan funktioniert.«

»Nein, ich habe von einem sehr hohen Risiko gesprochen.«

»Das stimmt, das hat er«, bestätigte Katharina, »aber was ist denn falsch gelaufen?«

Siegfried machte eine hilflose Körperbewegung. »Alles, was ich gehört habe, fußt nur auf Spekulationen. Möglicherweise ist Perry an der Grenze nervös geworden. Der Wagen wurde wohl durchsucht – was eigentlich ganz normal ist, vor allem bei solchen Leuten wie Alternativmedizinern. Er hätte einfach gelassen bleiben müssen.«

»Ach, jetzt ist Perry wohl noch selbst schuld?«, wütete Boris.

»Es ist nicht nur Perry. Unsere Kontaktfrau, mit der er über die Grenze Richtung Westen sollte, ist auch verschollen. Wir haben keine Verbindung zu ihr.«

»Erschossen haben die Perry bestimmt nicht«, mutmaßte Katharina, »übermorgen ist doch dieses Treffen von Klipkow mit dem Bundeskanzler. Die DDR will doch Geld von denen, da erschießen die zwei Tage vorher nicht so einen bekannten Aktivisten. Dieser geldgierige Staat kann jetzt keine weiteren negativen Schlagzeilen gebrauchen.«

Siegfried schaute nachdenklich. »Ja, das mag sein. Aber Perry war ja verkleidet. Möglicherweise haben sie ihn gar nicht erkannt.«

Katharina faltete erschrocken die Hände. »Gott stehe ihm bei.«

@WildesGewächs auf Twitter:
Wieso musste #Perry überhaupt flüchten? Die #DDR konnte doch froh sein, wenn sie ihn loswird. Das passt doch alles nicht zusammen. Ich glaube, die haben den knallhart exekutiert. Und nun wollen sie es wie einen Fluchtversuch aussehen lassen.

Montag, 31. Juli 2023 – Ost-Berlin, Ministerium für Staatssicherheit

Generalleutnant Hans Krömer hielt den Telefonhörer in der Hand. Es handelte sich um ein Telefon, das kabelgebunden war. Überhaupt erschien manchem Besucher Krömers Büro wie ein Relikt aus den 60er Jahren, so als sei dies eine Ausstellungsfläche in einem Museum. Der wuchtige Schreibtisch aus dunklem Holz hatte tiefe Abdrücke in dem alten beigefarbenen Teppich hinterlassen. Eine Person allein hätte dieses mächtige Möbelstück gar nicht von der Stelle bewegen können. Krömer saß in einem ledernen Sessel, auf der anderen Seite des Schreibtisches saß Generalmajor Ulrich Kaulitz und lauschte angespannt dem Telefonat, das Krömer gerade führte. Am anderen Ende der Leitung war eine führende Persönlichkeit aus dem Polizeipräsidium. Gerade war die Leiche eines jungen Mannes, der am Grenzübergang Marienborn erschossen worden war, untersucht und ein Obduktionsbericht vorgelegt worden.

»Kein Zweifel? Er ist es.« Krömers Worte gaben bereits die Antwort auf die bange Frage, die Kaulitz umtrieb. War es tatsächlich Perry, um den es hier ging?

Krömer legte auf und hielt die Hand noch einige Sekunden nachdenklich auf dem Hörer. »Bei dem Erschossenen handelt es sich um Perry. Es gibt keinen Zweifel.«

Kaulitz schlug erbost auf die Armlehnen des Drehsessels, in dem der saß. »Wie kann denn sowas passieren? Welcher Grenzpolizist hat denn da nicht nachgedacht?«

Krömer machte eine hilflose Handbewegung. »Er trug einen angeklebten Bart, eine Brille und eine Perücke. So sollte er wohl aus dem Land geschleust werden. Im Grunde hätte das auch geklappt, die Kollegen haben lediglich eine Kontrolle durchgeführt, der Wagen hätte kurz darauf weiterfahren können. Der Pass war in Ordnung. Aber Perry lief plötzlich Richtung Westgrenze davon. Vielleicht bekam er Panik. Die Vorschrift lautet in solchen Fällen zu schießen.«

Kaulitz stand auf und sah durch eine graue Gardine hindurch aufs regnerische Ost-Berlin. »Ich hab' den Jungen in den vergangenen Wochen jeden Tag verhört. Er war ein Sturkopf, ein verblendeter Aktivist. Aber seine Standhaftigkeit habe ich irgendwie auch bewundert.«

»Verschonen Sie mich mit solchen Sentimentalitäten«, forderte Krömer und drückte einen Knopf auf seiner Telefonanlage. Sogleich meldete sich eine Damenstimme. Krömer sprach: »Frau Leiding, bringen Sie uns bitte zwei Schnäpse.«

»Seine Mutter arbeitet für uns«, betonte Kaulitz, »wie sollen wir ihr das nur beibringen? Der Tod von Perry wird uns jede Menge neuer Probleme bereiten, das ist wohl absehbar.«

»Die Frage ist erst mal, wie das überhaupt kommuniziert werden soll. Übermorgen ist das Gipfeltreffen mit dem BRD-Kanzler.«

Kaulitz setzte sich wieder. »Vorerst am besten gar nicht. Perry ist vermisst, keiner weiß, wo er ist. So etwa werden wir das formulieren. Das halten wir ein paar Tage durch.«

»Seine Helferin wurde festgenommen. Eine Frau aus der BRD, sie arbeitet beim Militärischen Abschirmdienst. Die falschen Pässe stammten direkt aus dem BRD-Innenministerium in Bonn. Das imperialistische Deutschland fungiert als Komplize für Fluchthelfer. Immerhin das sollte der Staatsratsvorsitzende beim Gipfel zur Sprache bringen.«

Kaulitz zog die Augenbrauen hoch. »Das wird er wohl kaum tun.«

Dienstag, 1. August 2023 – Sat.1 Frühstücksfernsehen

»In der vergangenen Nacht sind Gerüchte aufgekommen, dass Perry, der bekannteste Online-Aktivist der DDR, bei einem Fluchtversuch erschossen worden sei. Die DDR-Führung in Ost-Berlin bestritt am Morgen solche Meldungen. Es sei nicht bekannt, wo Perry sich aufhalte. Die Behauptung, Perry sei getötet worden, sei der Versuch, im Vorfeld des morgen stattfindenden Gipfels zwischen Bundeskanzler Möller und DDR-Staats- und Parteichef Klipkow Zwietracht zu säen. In Bonn hieß es, bislang gebe es keine gesicherten Erkenntnisse.«

@AlfonsDerViertelvorzwölfte auf Twitter:

Da hat die #DDR aber nun echt ein Problem. Sie will von der #BRD ordentlich Kohle haben und erschießt als Begrüßungsgeschenk erst mal ihren prominentesten Oppositionellen. Es gibt in jedem Staat auf dieser Erde dämliche Menschen. Aber warum werden die in der #DDR immer alle Entscheidungsträger?

Dienstag, 1. August 2023 – Ost-Berlin, Prenzlauer Berg

Es herrschte eine erdrückende Atmosphäre. Opa Ramelow war fast weggetreten und verharrte in einer Art Dämmerzustand, Caren und Laura schluchzten leise vor sich hin. Sie hielten im Wohnzimmer einander die Hände, aber waren in diesem Moment doch für sich allein. Laura war es, die in den frühen Morgenstunden von anderen Aktivisten erfahren hatte, dass Perry wohl etwas passiert sei. Ein Fluchtplan sei angeblich schiefgelaufen. Auf Twitter machte zudem ein Tweet eines BRD-Bürgers die Runde, der am Montagmorgen ebenfalls die DDR am Grenzübergang Marienborn verlassen wollte und das Drama in seinem Auto sitzend unmittelbar miterlebt hatte. Da sei ein bärtiger Mann gewesen, der plötzlich rennend die Grenze überschreiten wollte, daraufhin habe es Schüsse gegeben. Was dann geschah, konnte er vom Fahrersitz aus nicht erkennen. Als er selbst nach einiger Verzögerung die Grenze endlich mit dem Auto passieren konnte, war jedenfalls von der flüchtenden Person nichts mehr zu sehen. Er konnte mit seinem Smartphone (verbotenerweise) ein paar heimliche Aufnahmen machen, die aber nicht viel hergaben. Zumindest waren die Schüsse zu hören.

Auf Twitter hatte sich das Ganze schon verselbständigt. Der Hashtag *#perrytot* trendete, obwohl es dazu offiziell keine Verlautbarungen gab. Perry wurde in den sozialen Medien bereits für tot erklärt, bevor es irgendeine offizielle Stelle tat.

»Das Letzte, was ich von meinem Sohn sah, war, wie er aufgebracht diesen Raum verließ«, bemerkte Caren. »Soll ich ihn so in Erinnerung behalten?«

»Es gibt noch Hoffnung, Mama.« Laura drückte die Hand ihrer Mutter noch ein bisschen fester.

»Hoffnung? Nein.«

»Woher willst du das wissen?«

»Ich bin seine Mutter. Eine Mutter spürt sowas.«

Opa Ramelow war lange Zeit still, nun richtete er sich auf und meldete sich zu Wort. »Vor fast auf den Tag genau vor 30 Jahren haben sie meinen Sohn ermordet. Und nun musste auch noch mein Enkel dran glauben.«

»Hört auf so zu reden«, schrie Laura. Ihr erstickte die Stimme. Es brauchte eine Weile, bis sie sich wieder fing. »Sollte es wirklich so sein, dass dieser Staat ihn auf dem Gewissen hat, dann kann ich für nichts mehr garantieren. Ich jedenfalls werde nicht mehr brav weiter studieren und mich fügen. Ich werde kämpfen – auch wenn ich dabei selbst mein Leben verliere.«

Caren zitterte. Diese Worte ihrer Tochter waren für sie unerträglich. »Soll ich dich also auch noch verlieren?«, fragte sie, »nachdem ich meinen Mann und meinen Sohn bereits verloren habe?«

Laura drückte ihre Mutter. »So hab' ich das nicht gemeint, Mama. Natürlich bin ich für dich da. Aber wir können uns das alles nicht mehr gefallen lassen.«

»Wir sind schwächer als die da oben. Es fällt schwer, das zu akzeptieren, aber es ist so.«

»Wenn wir das akzeptieren, Mama, dann ist wirklich alles verloren.«

Lauras Smartphone klingelte. Im Display stand zwar ein allgemeiner Name *Stefan* – Laura wusste aber, dass am anderen Ende jemand aus ihrer Bewegung ist. Sie sprang auf und verließ mit den Worten »Ich muss telefonieren« das Wohnzimmer. Sie eilte in ihr Zimmer und schloss hinter sich ab.

»Wer ist da?«, fragte sie leise.

»Boris.«

»Bist du verrückt, diese Nummer anzurufen? Du weißt, wie gefährlich das für uns ist.«

»Ist mir scheißegal.«

»Was willst du denn?«

»Ich will, dass wir uns endlich wehren. Richtig wehren. Er war dein Bruder.«

»Vielleicht lebt er ja auch noch.«

»Nein, Laura. Er ist tot. Ich weiß es aus erster Hand. Wir müssen uns treffen.«

@KlausDieterLaufenberg auf Twitter:
Es muss doch jede Menge Überwachungskamera-Aufnahmen vom Grenzübergang geben. Und entsprechend die Leute, die Zugang dazu haben.

Lasst uns alle gemeinsam D-Mark sammeln, um denjenigen, der uns Aufnahmen liefern kann, zu belohnen. Ich selbst biete schon mal 5.000 D-Mark. Da wird doch selbst der härteste Sozialist schwach, wenn er unsere harte D-Mark riecht.

Dienstag, 1. August 2023 – West-Berlin, Reinickendorf

Schon wieder musste Lonzo nach West-Berlin. Diesmal nahm er allerdings nicht den Zug, denn das war ihm auf Dauer doch etwas zu anstrengend – zumal der Aktenordner, den er bei sich trug, dann doch zu brisant war, um zu riskieren, dass er in die Hände der Stasi fiele.

Lonzo nahm stattdessen den Flieger. Die *Deutsche Lufthansa* durfte Berlin nicht anfliegen, also flog er mit *British Airways*. Es gab Verbindungen aus Frankfurt, Hamburg, Hannover, Bremen und dem Flughafen Köln/Bonn zum Flughafen Berlin-Tegel.

Entgegen sonstiger Gepflogenheiten dokumentierte Lonzo nichts von diesem Trip in sozialen Medien. Zum einen, weil der Anlass ohnehin konspirativ war, zum anderen aber auch, um sich Diskussionen mit der Community zu ersparen. Denn es hätte keine zwei Minuten gedauert, bis unter entsprechenden Fotos oder Clips auf *Instagram*, *TikTok* oder *YouTube* die ersten Kommentare gekommen wären mit dem Hinweis, dass das Fliegen doch dem Klima schade und er doch gefälligst den Zug nehmen könne. Nein, konnte er eben nicht – weil er nicht wieder schikaniert werden wollte von böse guckenden Grenzpolizisten.

Lonzos Ziel war eine Privatwohnung im Stadtteil Reinickendorf, der zum Glück von Tegel nicht allzu weit entfernt lag. Reinickendorf war ein recht grüner Stadtteil mit direkter

Grenze zu Ost-Berlin, gelegen wiederum im gleichnamigen West-Berliner Bezirk Reinickendorf. Durch das direkte Angrenzen an die Mauer waren hier auch überdurchschnittlich viele alliierte Soldaten stationiert, denen Lonzo an fast jeder Straßenecke begegnete. Zur Mauer war es nicht weit, dort wo er entlanglief. Eine gewisse Anspannung lag trotz der eigentlich idyllisch wirkenden Straßenzüge in der Luft. Gleich um die Ecke befand sich der S-Bahnhof Wilhelmsruh, der direkt an der Mauer lag. Der Bahnhof gehörte zu West-Berlin, obwohl der Stadtteil Wilhelmsruh ein ostdeutscher war.

Die Straße, in der das einstöckige Wohnhaus mit vier Wohnungen lag, war mit dichten Linden versehen, hier standen überwiegend Einfamilienhäuser.

Lonzo öffnete eine eiserne Gartenpforte und trat nach vier Metern an eine verschlossene Haustür heran. Er betätigte die oberste der vier Klingeln. Nach wenigen Sekunden meldete sich jemand mit einem knappen »Ja?«.

»Hier ist Lonzo.«

Der Summer ertönte, Lonzo trat hinein. Er ging durch ein weiß-gelb gekacheltes Treppenhaus zwei Dutzend Stufen in den ersten Stock hinauf und klingelte dort an der rechten Wohnungstür, die nicht geöffnet war. Erst nachdem jemand merklich durch den Türspion schaute und feststellte, dass es wirklich Lonzo war, der hier um Einlass bat, wurde die Tür geöffnet.

Bei der öffnenden Person handelte es sich um eine etwa 45 Jahre alte Frau mit pechschwarz gefärbtem mittellangem Haar und einer Brille mit dickem schwarzen Rand. Auch ihre Kleidung war schwarz, ebenso viele Details ihrer Wohnung. Sie liebte diese Farbe offenbar, von der manche behaupteten, es sei ja nicht mal eine Farbe. Der Name dieser Frau war Elli Bohl. Sie hatte sich auf das Prüfen der Authentizität von Dokumenten spezialisiert. Viele Historiker kamen zu ihr, aber auch Lonzo besuchte sie an diesem Tag nicht zum ersten Mal. Mit den Akten, die zur Grundlage seines Videos *Die Zerstörung der DDR* wurden, war er ebenso zu Elli gegangen. Und er wäre sicherlich auch mit den Unterlagen, die Stiff für sein Video nutzte, zu ihr gekommen – und das hätte womöglich eine Veröffentlichung verhindert. Denn Elli Bohl war eine Koryphäe auf dem Gebiet. Im Netz agierte sie anonym unter dem Namen *FreeDomWilly*. Somit glaubten alle, die sie nicht kannten, es handle sich bei ihr um einen Mann. Und jedes Mal, wenn sie einem Gegenüber ihre Identität lüftete, versetzte sie diese Person in ein nachhaltiges Erstaunen. Bei aller Gleichberechtigung traute man eine solche Tätigkeit einer Frau wohl eher nicht zu. Dabei sollen dem Vernehmen nach in der Sowjetunion die besten Leute auf diesem Gebiet durchweg Frauen sein. Was das Frauenbild angeht, unterschieden sich Ost und West mehr denn je.

»Worum geht's denn?«, fragte Elli. Ihre Zweizimmer-Wohnung war vollgestellt mit Kartons, in denen Schriftstücke lagerten. In einer Ecke neben dem Fenster war gerade noch Platz für einen Computer und einen kleinen Schreibtisch mit Stuhl. Das Schlafzimmer, nebenan gelegen, sah vermutlich nicht viel aufgeräumter aus. »Wieder so brisantes Zeug wie letztes Mal?«

»Ich fürchte noch brisanter«, antwortete Lonzo und packte den Aktenordner aus seinem Rucksack aus. »Es geht um unseren Bundeskanzler. Ganz hartes Zeug, sage ich dir. Ich löse eine Regierungskrise aus, wenn ich das raushaue.«

Elli nickte anerkennend. »Dann lass mal sehen. Mein Honorar hast du dabei?«

»Aber sicher.« Lonzo übergab den Ordner an Elli und legte gleich danach ein mit Bargeld gefülltes Kuvert auf den Rand des Schreibtischs neben dem Computer.

Elli öffnete den Ordner und sah sich die Blätter darin unter verschiedenen Aspekten an. Sie nahm eine Lupe in die Hand, prüfte das Papier, die Stempel, die Unterschriften, roch daran, tastete die Seiten mit den Fingerspitzen ab. Wie eine Katze prüfte sie alles ganz genau, Seite für Seite.

»Das da ist das Wichtigste«, erklärte Lonzo, »eine Aktennotiz. Vom Bundeskanzler unterschrieben. Ich muss 150 % sicher sein, dass die echt ist.«

Auch hier prüfte Elli das Schriftstück wieder auf allen Ebenen. Es dauerte ein paar Minuten, bis sie schließlich sagte: »Ja, die ist echt.«

Lonzo war geplättet vor Entsetzen, aber auch elektrisiert. Was hatte er da für einen dicken Fisch an Land gezogen? »Keinen Zweifel?«

»Restzweifel gibt es immer. Es sind soweit alle Bedingungen erfüllt, eine Fälschung ist so gut wie ausgeschlossen. Wo hast du denn diese Unterlagen her?«

»Seit wann stellst du mir solche Fragen?«

Elli schmunzelte zum ersten Mal an diesem Nachmittag. »Entschuldige meine Neugier.«

»Ich habe eben gute Kontakte. Wo die das herhaben, weiß ich auch nicht. Aber ich vermute, dass es da im Kanzleramt Leute gibt, die unseren lieben Herrn Möller langsam mal loswerden wollen. Er ist ja auch schon sehr lange im Amt. Also wird sowas dezent an die Öffentlichkeit gebracht.«

»Und da wenden sie sich ausgerechnet an dich? Früher ging man mit sowas zu einem Nachrichtenmagazin oder einer Boulevard-Zeitung.«

»Ja. Früher.« Lonzo nahm den Aktenordner wieder an sich und verstaute ihn im Rucksack. Dies war zugleich das Signal, dass er wieder aufbrechen wollte. »Ich danke dir für die Hilfe. Jetzt habe ich wenigstens ein gutes Gefühl. Das wird der Wahnsinn.« Lonzo streckte Elli die Corona-Faust entgegen, dann verließ er die Wohnung und kurz darauf auch das Haus.

Elli schaute Lonzo noch durch das Fenster hinterher. Als er weit genug weg war, drehte sie sich um und rief in Richtung der geschlossenen Schlafzimmertür: »Er ist weg!«

@FriedemannWitzleben auf Twitter:
Ich finde, Möller sollte seinen Besuch in Ost-Berlin absagen. Mit Mördern verhandelt man nicht. Und man gewährt ihnen schon gar nicht einen Kredit. Die #DDR hat abermals ihre unmenschliche und eiskalte Fratze gezeigt. Und keiner demonstriert dagegen. Die Bürger der DDR sind doch alle Kommunisten. Die jahrzehntelange Gehirnwäsche funktioniert.

Dienstag, 1. August 2023 – Ost-Berlin, Marzahn

Laura war klug genug, um mögliche Verfolger abzuschütteln. Das hatte sie von ihrem Halbbruder gelernt. Sie fuhr mit der Ost-Berliner U-Bahn zwei Stunden lang durch die Gegend, kreuz und quer. Sie nahm den Bus, sie rannte durch einige Straßen, dann stieg sie wieder in den Bus. Denn das Treffen, zu dem Laura fuhr, war ein sehr konspiratives. An diesem Termin nahmen nur drei Personen teil. Aus dem inneren Zirkel der Bewegung war noch Boris dabei – und ein 32-Jähriger namens Daniel.

Daniel war im VEB Autoreparaturwerk in Berlin-Hohenschönhausen tätig. Es war im Jahr 2004 eröffnet worden, nachdem das große VEB Autoreparaturwerk in Dresden völlig überlastet war und ein weiteres hermusste. Wie mit vielen Betrieben war es auch mit Autowerkstätten in der DDR schwierig. Kleine private Autowerkstätten gab es zwar, doch genau wie bei den VEBs fehlten meist die nötigen Ersatzteile, um Autos fachgerecht reparieren zu können. Ideal war es, wenn

Autobesitzer sich selbst Ersatzteile besorgten und diese dann gleich mitbrachten zum Reparaturtermin. Aber auch dann konnte es sehr lang dauern, denn die Warteliste für Reparaturen war endlos.

Und somit war es fast ein Naturgesetz, dass die Menschen sich selbst helfen mussten. Jeder kannte irgendwie jemanden, der dann in einer kleinen privaten Garage für ein paar Ostmark auf die Hand (besser waren noch D-Mark) schnell mal tätig wurde. Offiziell war das verboten – aber letztlich ließ der Staat es weitgehend laufen, denn es war ja offensichtlich, dass das System mit Volkseigenen Betrieben jedenfalls beim Autobau und auch der Autoreparatur nicht effektiv funktionierte.

Daniel war so jemand, der unter der Hand Reparaturen erledigte – nicht nur bei Autos, auch bei Computern, bei Smartphones. Er nahm auch das Jailbreaken bei Smartphones aus dem Westen vor, damit diese im Osten benutzt werden konnten. Er wurde von den Leuten, die ihn kannten, gern *Daniel Düsentrieb* genannt, nach dem berühmten Erfinder und Bastler aus den westlichen Disney-Comics. Dabei hatte Daniel mitunter so viel zu tun, dass auch seine Kundschaft warten musste – allerdings längst nicht so lang wie in einem VEB.

Daniel war aber auch eines: Aktivist. Er hatte sehr viel Know-how beitragen können zur Bewegung. Er hatte eine Drohne so konzipiert, dass sie nicht geortet werden konnte. Er hatte diverse Computer von Aktivisten sicher gemacht gegen Trojaner der Stasi, entwickelte eine eigene Verschlüsselungstechnik bei Daten. Er hätte bei der Stasi eine steile Karriere machen können mit seinem Talent – aber darauf verzichtete er aus Überzeugung. Er war lieber das Hirn der Bewegung. Er entwickelte die Techniken, um den Ermittlungsbehörden der DDR immer wieder zu entwischen.

Laura und Boris mochten sich eigentlich nicht. Laura war nach Ansicht von Boris eine unsympathische Zicke, zudem hielt er sie für intrigant. Daher war er auch zunächst zur Überzeugung gelangt, sie stecke tatsächlich hinter dem Verrat an Perry. Ein bisschen Nachdenken darüber brachte ihn aber davon weg. Er war ein impulsiver, emotionaler, spontan aufbrausender Mensch, der manchmal zu schnell Urteile fällte. Seine Freundin Marie war ihm da zum Glück ein Anker. Es ergab keinen Sinn, warum die überzeugte Aktivistin Laura das hätte tun sollen. Dazu war sie zu sehr auf Anti-Kurs gegenüber dem Staat DDR.

Laura fand Boris wiederum schrecklich wegen seiner polternden Art, seiner Lautstärke. Sie konnte ihn nie so recht in der Bewegung akzeptieren – nicht etwa, weil sie ihn für einen Verräter hielt. Das war er ganz sicher nicht, dafür war sein Hass gegen das Regime viel zu offensichtlich. Vielmehr befürchtete sie, seine Unberechenbarkeit könne irgendwann dazu führen, dass die Stasi die Mitglieder durch seine mangelnde Vorsicht ausfindig machte, dass ein Fehler schlimme Konsequenzen für alle Aktivisten haben könnte. Dieser unvorsichtige Anruf bei ihr war ein erneuter Beweis. Aber genau diese Einschätzung, dass er in seiner Wut zu allem fähig ist, hatte möglicherweise auch Vorteile. Wenn einer bereit war weiter zu gehen als andere, wenn einer auch vor gewaltsamem Widerstand nicht zurückschreckte, dann er.

Daniel unterhielt seine konspirative Werkstatt im Keller eines heruntergekommenen, fast unbewohnbaren Wohnhauses im Stadtteil Marzahn. Eine Spezies wohnte hier ganz sicher nicht: Mitglieder der SED. Wer in der Partei war, erst recht in Funktion, hatte gute Chancen, in besseren Häusern unterzukommen. Aber genau das half Daniel, seine Aktivitäten hier leichter geheimzuhalten. Offiziell war der Kellerraum eine private Werkstatt eines Hobby-Bastlers. Zumeist fuhr Daniel direkt zu den Hilfe suchenden Personen, vor allem, wenn es etwa um eine Autoreparatur ging. Die Werkstatt durfte keinesfalls zu einer Pilgerstätte werden, darauf wäre die Stasi früher oder später aufmerksam geworden. Es war wichtig, jeden, der bei Daniel Hilfe suchte, vorher abzuchecken. Ja, letztlich mussten ein Stück weit dieselben Methoden der Stasi angewandt werden, um sich wiederum gegen die Stasi zu schützen – so bitter es war.

In der Werkstatt hing ein stark von Bohrstaub beschmutztes Bild des sowjetischen Staats- und Parteichefs Andrej Korsakow. Es hing dort, um einerseits den Schein zu wahren, falls irgendwelche Vertreter der Polizei oder der Stasi doch mal die Werkstatt besichtigen wollten. Andererseits konnte Daniel aber auch mit besonderer Inbrunst sägen und hämmern, wenn er Korsakows Bild vor Augen hatte und eine gewisse Wut in ihm aufstieg. Daniel war ein entschiedener Gegner des Kommunismus. Und seine Hilfe für die Aktivistinnen und Aktivisten gab er aus voller Überzeugung.

Drei Personen standen da also nun in dieser Werkstatt, alle drei ohnehin schon von Hass zerfressen gegen das diktatorische DDR-System und den Sozialismus überhaupt. Und nun waren sie noch zusätzlich erschüttert durch den gewaltsamen Tod ihres wichtigsten Aktivisten.

Die Wände des quadratischen kleinen Raumes waren dicht behängt mit Werkzeugen. Es schien, als ob Daniel zu jedem Problem das passende Werkzeug hätte. An der Decke hing eine leuchtende Neonröhre, die ein hässliches gelb-weißes Licht spendete und dabei noch leicht flackerte. Laura dachte sofort an das, was Perry von seiner Gefängniszelle erzählt hatte. Ihr wurde noch einmal klar, welche Folter es gewesen sein musste, das wochenlang immer wieder ertragen zu müssen.

Die Tür zur Werkstatt, die immerhin eine schwere Eisentür war, hatte Daniel geschlossen, um sichergehen zu können, dass niemand etwas mithörte. Des Öfteren kamen in diesem Haus Leute in den Keller, um den Müll auszuschütten oder ein Fahrrad herauszuholen und kurz darauf wieder hereinzubringen. Fenster gingen oft auf und zu, auch im tiefen Winter. Die SED-Elite wohnte hier nicht, aber Denunzianten gab es in allen Milieus.

Laura sprach mit brüchiger Stimme. »Ich will Konsequenzen. Dieses mörderische Regime hat Perry auf dem Gewissen.«

»Ist das denn wirklich sicher?«, fragte Daniel nach. Er trug einen blauen Overall und eine ebenfalls blaue Kappe.

»Natürlich«, antwortete Boris und fuchtelte nervös mit einem Hammer herum, »eiskalt haben sie ihn abgeknallt. Sie haben nur auf den richtigen Vorwand gewartet.«

»Aber was ist denn da schiefgelaufen?«, fragte Daniel, »wie ist er enttarnt worden?«

»Ist doch scheißegal«, betonte Boris, »es ist mit nichts zu rechtfertigen.«

Laura ergänzte: »Selbst, wenn es nicht Perry wäre, sondern jemand anders: Dieses Abknallen der Leute an der Grenze muss ein Ende haben. Über 1.000 Menschen wurden in den letzten Jahrzehnten getötet. Diese Zahl haben sie kürzlich im West-Fernsehen genannt.«

»Und das sind nur die, die von der DDR zugegeben wurden«, ergänzte Boris.

»Ja, ihr habt recht.« Daniel öffnete ein Schränkchen unterhalb seiner Werkbank, »ich verstehe eben nur nicht, wie dieses Regime so dämlich sein konnte, Perry zu töten. Denen ist offenbar völlig egal, wie das nach außen wirkt. Das ist eine neue Stufe der Skrupellosigkeit. Und dann wollen sie noch frech Milliarden aus dem Westen.« Aus dem Schränkchen nahm

Daniel einen Karton heraus. Laura und Boris waren gespannt, was sich darin wohl befinden würde. Daniel machte es nicht allzu dramatisch und nahm eine Drohne heraus, deren Flügel er rasch anmontierte. Die Drohne war größer als die, mit der digitale Infos zwischen Ost und West verschickt wurden. Unter dem Getriebe war ein Kästchen aus Kunststoff, etwa so groß wie ein Schuhkarton, angebracht.

»Eine Drohne?«, fragte Laura, »was hast du damit vor?«

Daniel grinste. »Laura, du hast gesagt, du möchtest morgen bei dem Gipfel hier in Berlin ein Zeichen setzen.«

»Ja, das habe ich.«

»Du möchtest der Welt, die morgen auf dieses Treffen schaut, zeigen, dass wir als aktiver Widerstand aktiv sind.«

»Ja, richtig.«

Boris machte große Augen. »Hast du eine Bombe gebastelt?«

Daniel grinste stolz. »Wie würdest du das finden?«

»Geil. Absolut geil.« Boris boxte die rechte Hand in die linke Handfläche – kam dann aber doch kurz ins Nachdenken. »Aber nur dann, wenn es auch die Richtigen trifft.«

Laura nickte und wirkte etwas verängstigt. »Das stimmt. Die Bevölkerung kann nichts dafür.«

»Die Bevölkerung?« Daniel lachte kurz auf. »Wenn morgen Klipkow seine Rede vor dem Roten Rathaus hält, dann ist doch die Bevölkerung nicht da. Der Platz ist weiträumig abgeriegelt für das Fußvolk. Die Eliten stehen da, hochrangige Parteimitglieder, im Grunde die gesamte Verbrecherbande, die unser Volk tyrannisiert.«

»Wir wollen die Staatsführung treffen, sonst niemanden«, betonte Laura.

»Und vor allem keinen aus dem Westen«, unterstrich Boris, »das wäre der Super-GAU.«

Daniel hob stolz die Drohne hoch und hielt sie wie eine Trophäe in der Hand. »Keine Sorge. Ich kann genau steuern, wohin sie soll. Also, wohin soll sie? Wer soll getroffen werden?«

»Klipkow.« Boris antwortete sehr schnell. Und dann schob er nach: »Oder Stasi-Minister Gebhardt.«

»Ja, einer von den beiden wäre das richtige Ziel«, bestätigte Laura. Und dann fragte sie: »Was hast du denn genau vor?«

Daniel öffnete kurz das Kunststoff-Kästchen unter der Drohne. Die Klappe an der Unterseite war so konstruiert, dass sie ferngesteuert werden konnte. »Ich komme mit der Drohne nicht allzu nah an Klipkow ran. Die Sicherheitskräfte würden sie rasch bemerken und sie abschießen. Auf sowas sind die natürlich vorbereitet.«

»Ja und?« Boris wollte mehr wissen.

»Wenn ich etwas weiter oben bleibe, kann ich aber etwas aus diesem Kästchen hier abwerfen. Die Klappe öffne ich per Fernsteuerung und – wusch – fällt der Inhalt nach unten. Über die Kamera kann ich die Drohne exakt so steuern, dass sie sich genau über dem Objekt befindet. Morgen soll sehr gutes Wetter sein, kein Wind. Also perfekt für die Aktion.«

Laura hörte mit skeptischem Blick zu und fragte: »Was willst du abwerfen?«

Boris rieb die Hände: »Eine Bombe. Sag, dass es eine Bombe ist.«

Daniel schüttelte kräftig den Kopf. »Nein, es ist natürlich keine Bombe. Wir sind keine Mörder. Wir begeben uns nicht auf das Niveau dieses Regimes. Außerdem würde das nur die Bevölkerung gegen uns aufbringen.«

»Was ist es denn dann?«

»Müsst ihr beide zufällig auf die Toilette?«

»Nein«, antwortete Boris kurz und knapp, »also, was ist es?«

Daniel grinste verschmitzt. »Ich frage nicht ohne Grund. Wie wäre es, wenn wir alle drei ordentlich unser Geschäft verrichten und das Ergebnis in einen verschnürten kleinen Plastikbeutel verpacken? Und den kriegt unser lieber Oberindianer morgen voll auf seinen weißhaarigen Schädel?«

Laura und Boris schauten einen Moment lang verdutzt. Dann konnten sie sich ein Grinsen nicht verkneifen.

Boris brachte es in deutlichen Worten noch einmal auf den Punkt: »Der Klipkow soll mit unserer Scheiße besudelt werden?«

Daniel nickte. »Er wäre vor der ganzen Welt blamiert. Vielleicht muss er sogar zurücktreten, weil er so erniedrigt wurde.«

Laura fasste sich irritiert mit beiden Händen in die Haare. »Das ist krank, das ist total krank.«

»Aber irgendwie doch geil, oder?« Daniel verschränkte stolz die Arme. »Und das Geilste ist: Wir drei werden nicht mal in der Nähe sein. Die Drohne werde ich heute Nacht bereits auf dem Dach des Roten Rathauses parken. Dann kann der Anflug morgen nicht gesehen werden.«

»Ich weiß nicht.« Boris suchte nach passenden Worten. »Ist das nicht ein bisschen zu wenig, um Perrys Tod zu rächen?«

»Wir sind keine Armee«, gab Daniel zu bedenken, »wir sind nur Aktivisten. Wir können nur Protest üben und Zeichen setzen. Mehr Möglichkeiten haben wir nicht.«

Laura nickte demonstrativ. »Daniel hat recht. Wenn es uns gelingt, den Staats- und Parteichef vor der Weltöffentlichkeit lächerlich zu machen – live im TV – dann haben wir sehr viel erreicht. Ich glaube, Perry hätte dieser Plan gefallen.«

Boris nickte und gab damit das Zeichen seiner Unterstützung. »Für Perry.«

Laura lieferte ein entschlossenes »Für Perry« nach.

Daniel streichelte liebevoll die Drohne. »Für Perry.«

@Truther37 auf Twitter:

Es gibt eindeutige Hinweise, dass Perry lebt. Er wurde heute Morgen in Kiew gesehen. Er wurde also in die Sowjetunion gebracht. Diese ganze Story mit der angeblichen Flucht ist ein Ablenkungsmanöver. Glaubt nichts, glaubt gar nichts! #ddr #verarsche #ukraine

Dienstag, 1. August 2023 – Hannover, Südstadt

Dieser Tag verlief im Weiteren anders als von Lonzo erwartet. Als er in West-Berlin auf dem Weg zum Flughafen Tegel war, hatte plötzlich sein Smartphone geklingelt. Und am anderen Ende der Leitung war sein Vater gewesen. Er, Lonzo, müsse möglichst rasch nach Hannover zum Elternhaus kommen. Es sei etwas Dramatisches passiert, das seine Hilfe benötige. Jegliche Nachfragen seitens Lonzo ließ Dirk Körner unbeantwortet. Die Bitte seines Vaters klang wirklich dringend – also konnte Lonzo sie einfach nicht abschlagen, auch wenn er sich eigentlich an weitere Recherchen für sein geplantes Video über Bundeskanzler Möller und dessen Verstrickungen in die Impfdosen-Affäre machen wollte. Aber da dieses Video ohnehin nicht vor dem Gipfeltreffen erscheinen sollte, war noch ein wenig Luft. Lonzo buchte also kurzerhand um und flog von West-Berlin nach Hannover statt nach Köln – diesmal mit Air France. Es war etwa 17:30 Uhr, als Lonzo schließlich im Wohnzimmer seiner Eltern stand. Es war ein wundervoller sonniger Tag, die Terrassentür stand weit offen. Den Aktenordner mit den brisanten Unterlagen hatte Lonzo in einem Schließfach im Hannoveraner Flughafen Langenhagen deponiert. Es war ihm ohnehin unwohl dabei, mit solchen Papieren durch die Gegend zu laufen und zu fliegen – zumal er ja nun definitiv von ihrer Echtheit wusste. Daher wäre er viel lieber direkt nach Köln geflogen. Aber nun gut, jetzt war er eben in seinem Elternhaus. Manchmal kommt man als Sohn um gewisse Verpflichtungen nicht herum.

»So, was gibt es denn so Dringendes?«, fragte er betont genervt, »ist irgendwas Schlimmes passiert?«

Seine Eltern standen etwas verloren da und warfen kurze Blicke Richtung Terrasse.

»Schlimm eigentlich nicht«, antwortete Dirk Körner, »eher erfreulich.«

Lonzo hatte sich während der vergangenen zwei Stunden sehr viele Gedanken gemacht, um was es gehen könnte. Nun wollte er es endlich wissen. »Nun sagt es bitte.«

Anna Körner, seine Mutter, setzte sich ein Lächeln auf. »Deine Cousine Greta. Sie ist in den Westen geflohen. Vergangene Nacht.«

Lonzo machte große Augen. »Bitte was?«

»Ja, sie hat es geschafft«, freute sich Vater Dirk.

»Ach, SIE hat es geschafft. Na, immerhin sie.« Lonzo spielte mit dieser Bemerkung auf Perry an, von dessen Schicksal er natürlich inzwischen erfahren hatte.

Dirk Krömer sah seine Frau an, dann wieder seinen Sohn. »Greta braucht jemanden, der sich um sie kümmert. Sie kennt doch niemanden. Sie ist vollkommen allein.«

Und Lonzos Mutter ergänzte: »Daher wäre es hilfreich, wenn du dich ihrer annehmen könntest.«

»Ich?« Lonzo verfiel kurz in leichtes Gelächter. »Ich habe dazu überhaupt keine Zeit. Außerdem ist sie doch überzeugte Sozialistin, oder nicht? Die will doch von mir sicher gar nichts wissen. Warum ist sie überhaupt geflohen?«

»Das kann sie dir alles selbst erzählen«, antwortete Dirk Körner.

»Sie sitzt im Garten«, ergänzte Anna Körner.

Lonzo macht kurz einen langen Hals und sah durch die spießige Fenstergardine hindurch, dass eine junge Frau auf der himmelblaufarbenen Hollywoodschaukel im Garten saß. In seiner Kindheit hatte Lonzo im Sommer oft auf dieser Schaukel gesessen, in angenehmen Sommernächten schlief er sogar manchmal auf ihr. Er rang mit sich und wusste nicht so recht, was er tun sollte.

»Das ist doch ein Fall für die Behörden. Was soll ich denn da tun?«

»Sie sagt, sie traut den Behörden nicht. Sie hat Angst, zurück in die DDR geschickt zu werden.«

»Bullshit. Warum sollten die Behörden das tun?«

»Sie traut niemandem.« Lonzos Vater schlug hilflos die Hände zusammen. »Nun sei bitte eine Unterstützung, es geht um unsere Familie. Vergiss nicht, dass mein Bruder drüben ein hohes Tier ist. Vielleicht hat er sogar gute Kontakte zu westdeutschen Behörden.«

»Sprich mit ihr.« Die Worte seiner Mutter klangen eindringlich. »Jemand in ihrem Alter hat sicher einen besseren Zugang zu ihr als wir.«

»Oh man, Leute.« Lonzo atmete einmal tief durch und ließ ein paar Sekunden verstreichen, dann ging er an seinen Eltern vorbei und trat hinaus auf die Terrasse. Etwas abseits davon stand die Hollywoodschaukel, auf der Greta mit gesenktem Kopf saß. Sie trug ein leicht eingerissenes weißes T-Shirt, ihre Haare wirkten wild. Ihren streng geflochtenen Zopf hatte sie nicht mehr. Lonzos erster Eindruck war positiv. Ihm war gar nicht bewusst, was für eine hübsche Cousine er hatte. Unter einem streng sozialistisch lebenden Mädchen stellte er sich etwas anderes vor.

»Hallo«, grüßte er freundlich und zurückhaltend zugleich.

Greta schreckte auf und sah Lonzo an. Sofort huschte ein Lächeln über ihr Gesicht. »Oh, hallo Jan … oder soll ich eher

Lonzo sagen?« Greta sah ihn an, als bewundere sie ihn zutiefst. Sie flirtete mit ihm.

»Ja, sag bitte Lonzo. Bei Jan muss ich immer an die beiden Gestalten da drinnen im Wohnzimmer denken, die mir diesen öden Namen gegeben haben.« Lonzo lächelte nun auch. Greta hatte schöne Augen, ein unsagbar hübsches Gesicht, volle Lippen. Und dennoch blieb er auf Distanz. Er setzte sich nicht zu Greta auf die Hollywoodschaukel, sondern nahm sich einen der auf der Terrasse stehenden Metallstühle, um darauf Platz zu nehmen.

»Lange her, dass wir uns gesehen haben«, stellte Greta fest. »Wir waren Kinder.«

»Ja, unser Besuch in der DDR.« Lonzo erinnerte sich gut. Es war etwa 15 Jahre her. Dieser graue Staat, in dem überall Mangel herrschte, der für verwöhnte Kinder aus dem Westen nicht viel zu bieten hatte. Lonzo hatte sich nie in seinem Leben wieder so gelangweilt wie in dieser einen Woche damals in der DDR. »Warum bist du geflohen?«

Greta dachte über die Antwort nach. »Ich habe es nicht mehr ausgehalten. Ich hasse diese DDR. Sie bietet keinerlei Perspektive für junge Menschen.«

»Du hast doch Medizin in Dresden studiert, oder nicht?«

»Ja.«

»Soweit ich informiert bin, bekommen solche Studienplätze nur Leute, die an den Sozialismus glauben.«

Greta ergänzte: »Oder einen Vater haben, der an den Sozialismus glaubt.« Sie hatte längst bemerkt, dass Lonzo ihr nicht traute. Dass er in seiner Situation niemandem trauen konnte, der aus der DDR kommt, war ja auch leicht nachzuvollziehen. »Mein ganzes Leben war im Grunde schon verplant, mein Vater hatte alles organisiert. Ich studiere Medizin, bekomme in sechs Jahren meinen eigenen Trabant, bin irgendwann an der Dresdner Uni in der Forschung tätig, gründe eine vorbildliche sozialistische Musterfamilie. Ich wollte raus aus diesem Korsett. Und gestern Nacht ergab sich endlich die Gelegenheit.«

»Wie ist dir die Flucht gelungen?«

»Über einen Kontakt. Ein ehemaliger Mitarbeiter meines Vaters, der Ausreisedokumente gefälscht hat.«

»So einfach?«

»Das war nicht einfach. Es war sehr schwer, an die entsprechenden Blankoformulare heranzukommen und sie abstempeln zu lassen. Und es mussten mehrere Unterschriften gefälscht werden, unter anderem die meines Vaters.«

Lonzo beobachtete Greta genau. Er war sehr skeptisch. Seine Cousine, die doch angeblich so eine überzeugte Sozialistin war, sollte plötzlich einen solchen Sinneswandel vollzogen haben? »Tut mir leid, wenn ich da kritisch nachfrage. Aber bei allem, was aus der DDR kommt, muss ich im Moment sehr aufpassen.«

»Ich habe um deine Hilfe nicht gebeten.« Greta sprach plötzlich sehr hart und sachlich. »Deine Eltern wollten, dass du hierherkommst. Ich brauche nur eine vorübergehende Unterkunft. Ich werde schon zurechtkommen.«

Lonzo sah sie einen Augenblick lang an. Sie vermied Augenkontakt. Er musterte sie, er fraß sie mit Blicken fast auf. Warum musste sie so verdammt hübsch sein? »Na, dann ist ja gut.« Lonzo stand auf und ging zurück ins Haus. Als er von draußen das Wohnzimmer betrat, sah er seinen Vater telefonieren. Unruhig spazierte Dirk Körner mit dem Mobiltelefon in der Hand zwischen der Sitzgarnitur und einem schweren altenglischen Schrank umher. »Tut mir leid, Thomas, da werde ich dir nicht helfen können. Wenn deine Tochter sich so entschieden hat, dann ist das ihre Sache.« Er musste sich vom anderen Ende der Leitung noch einige unschöne Dinge anhören, dann drückte er kopfschüttelnd die Auflegtaste und sah seinen Sohn an. »Das war mein Bruder. Sie suchen offenbar nach

Greta. Scheint so, als sei sie in Ungnade gefallen da drüben.«

»Seit wann kann man einfach so aus der DDR hier anrufen?«

»Mein Bruder kann das in seiner Position. Außerdem handelt er offensichtlich im Auftrag der Staatsführung.« Dirk Körner ging auf Lonzo zu und legte die Hand auf seine rechte Schulter. »Und? Was hast du für einen Eindruck von ihr?«

Lonzo suchte nach einer adäquaten Antwort. »Keine Ahnung. Ich traue ihr nicht. Vielleicht ist mein Bild, das ich seit Jahren von ihr hatte, aber auch ein ganz falsches. Ich bin gerade etwas unsicher.«

»In meinem Beruf als Psychiater habe ich mir eines angewöhnt: eine gute Menschenkenntnis. Entweder ist das Mädchen da in unserem Garten eine verdammt gute Schauspielerin – oder sie will tatsächlich im Westen ein neues Leben beginnen.«

Lonzo schaute fragend. »Und was soll ich jetzt dabei tun?«

»Ihr seid eine Generation, du hast doch da einen viel besseren Zugang. Deine Mutter und ich wären dankbar, wenn du dich um sie kümmerst.«

»Kümmern? Ich habe gerade ein Riesending in der Pipeline. Ich weiß ohnehin nicht, wo mir der Kopf steht.«

»Dieses Riesending wird sich wohl noch etwas aufschieben lassen.«

Lonzo atmete verzweifelt aus. »Wenn du wüsstest, Papa, was für ein Riesending das ist.«

@Papiertiger25 auf Twitter:

Was haben wir im Westen eigentlich davon, wenn wir unser hart erarbeitetes Steuergeld dieser Pleite-DDR geben? Wir halten einen schwerkranken Gaul mit unserem feinen Hafer am Leben statt ihm den Gnadenschuss zu geben. #Trump hat schon recht, wenn er den geplanten Kredit an die #DDR als »wrong way« bezeichnet.

Mittwoch, 2. August 2023 – Deutschlandfunk

»Ost-Berlin – Bundeskanzler Erhard Möller ist am Morgen in Ost-Berlin eingetroffen. Das heute stattfindende Gipfeltreffen mit dem DDR-Staatsratsvorsitzenden Klipkow wird mit Spannung erwartet. Zunächst soll es zu einem Empfang im Schloss Schönhausen kommen. Für den Mittag ist vor dem Roten Rathaus eine Kundgebung der beiden Regierungschefs geplant. Die DDR-Führung hatte die Forderung der Bundesregierung nach einer solchen öffentlichen Veranstaltung zunächst abgelehnt, später aber zugestimmt. Das Gebiet rund um das Rathaus ist allerdings streng abgeriegelt worden. Mehreren Medienmeldungen zufolge hat die DDR-Führung die Bundesregierung um einen Kredit in Höhe von 25 Milliarden Mark gebeten. Eine offizielle Stellungnahme aus Bonn gibt es dazu nicht.«

Mittwoch, 2. August 2023 – Ost-Berlin, Schloss Schönhausen

Bis Anfang der 60er Jahre des vergangenen Jahrhunderts war das Schloss Schönhausen Sitz des Staatsrates und seines Vorsitzenden. Nachdem das Staatsratsgebäude am Marx-Engels-Platz eingeweiht worden war, diente das Schloss als Gästehaus für Staatsoberhäupter und Regierungschefs. Dass westliche Spitzenpolitiker in die DDR kamen, war eher selten. Und noch seltener wurden sie ins Schloss Schönhausen eingeladen. Im Falle des westdeutschen Bundeskanzlers war das natürlich etwas anderes. Die DDR-Führung wollte keinen Zweifel daran lassen, dass sie Erhard Möller als hochrangigen Besuch betrachtete und ihm ebensolche Ehre erwies wie etwa dem sowjetischen oder dem chinesischen Präsidenten – rein formal versteht sich, ideologisch waren die Ebenen selbstredend sehr unterschiedlich. Im Gegensatz zur Bundesrepublik allerdings hatte die DDR immer wieder deutlich gemacht, dass sie die innerdeutsche Grenze als endgültig und nicht mehr verhandelbar betrachte. Und dazu gehörte dann auch, den westdeutschen Regierungschef formal als Besucher aus einem anderen souveränen Staat zu behandeln und nicht etwa als Partner derselben geteilten Nation. Zudem sollte mit Bundeskanzler Möller über einen neuen Milliardenkredit verhandelt werden – allein schon deshalb musste ihm jede nur erdenkliche Freundlichkeit zuteilwerden.

Die Bundespräsidentin hatte in ihrer Amtszeit bislang noch nicht die DDR besucht. Der letzte Besuch des westdeutschen Staatsoberhauptes in der DDR war sieben Jahre her, da war noch der Vorgänger im Amt gewesen. Damals allerdings galt der Besuch nicht Ost-Berlin, sondern der Leipziger Messe.

Das Medienaufgebot war riesig. Westliche Journalisten erhielten ausnahmsweise leichter eine Akkreditierung als sonst üblich im Staat. Die DDR wollte nicht in den Ruf gelangen, Berichterstatter an ihrer Arbeit zu hindern. Dabei hatte sie diesen Ruf ja längst. Dass es in der DDR keine freie Presse gab, war eine objektive Tatsache – angefangen schon damit, dass etwa ein Dutzend Journalisten in Haft saß. All diese Verfahren seien rechtsstaatlich einwandfrei, betonte die DDR-Führung, wie sie überhaupt irgendeine Einschränkung von Medienvertretern bestritt.

Was genau unter freier Presse zu verstehen ist, ist eben letztlich eine Frage der Definition. Und seit einigen Jahren kamen ja nun auch noch die digitalen Medien dazu. YouTuber, Netzreporter, Online-Portale der großen Medienhäuser und Verlage – so viel Aufgebot gab es bei einem solchen Treffen noch nie. Wobei der Großteil der Berichterstatter aus dem Westen stammte. Von den Medien der DDR war nur eine Handvoll Vertreter vor Ort, darunter ein Team vom DDR-Fernsehen, eines vom DDR-Radio und einer von der Zeitung *Neues Deutschland*, dem gedruckten Zentralorgan der SED. Überhaupt schauten die Behörden der DDR trotz großzügiger Vergabe von Genehmigungen genau hin. Insbesondere Online-Medien, die auffällig kritisch gegenüber der DDR und dem Sozialismus waren, wurden teils ohne weitere Begründung abgelehnt. Es hieß dann nur allgemein, aus organisatorischen und Sicherheitsgründen könne nur eine begrenzte Zahl an Medien zugelassen werden. Livestreams waren zudem komplett verboten, das Fernsehen durfte lediglich die für den Nachmittag geplanten Reden von Bundeskanzler Möller und Staats- und Parteichef Klipkow am Roten Rathaus übertragen. Darauf hatte die westdeutsche Regierung bestanden.

Ein 80-köpfiger Stab von Leuten hatte den Besuch in Ost-Berlin exakt vorbereitet. Jede Minute war dramaturgisch geplant worden, nichts sollte dem Zufall überlassen werden. Um genau 11 Uhr hielt die Limousine des Kanzlers, begleitet von weiteren Fahrzeugen und einer großen Zahl an Sicherheitsleuten, vor dem senfgelben Schloss. Der blaue Himmel mit ein paar kleinen Wölkchen war perfekt, um die Ankunft auch rein optisch ideal in Szene zu setzen. Etwa zehn Meter entfernt rechts standen hinter einer Absperrung Dutzende westliche Journalisten. Die Vertreter von DDR-Medien standen auf der anderen Seite und waren zahlenmäßig deutlich weniger, daher konnten sie in diesem Moment zumindest entspannter arbeiten.

Als DDR-Staats- und Parteichef Klipkow aus dem Schloss schritt, um den aus dem schwarzen Mercedes aussteigenden Erhard Möller zu empfangen, entbrannte ein starkes Blitzlichtgewitter. Die Kameraleute bemühten sich, für ihr Medium die besten Bilder herauszuholen. Es kam unter den westlichen Vertretern dabei auch zu kleinen Rangeleien, denn der entscheidende Moment, wenn Klipkow und Möller sich die Hand gaben, war schließlich als Bild des Tages zu bewerten. Und genau zu diesem Moment kam es nun.

Die westlichen Journalisten stellten lauthals noch einige Fragen. Da sie aber gleichzeitig riefen, waren die Fragen im Einzelnen gar nicht zu verstehen. Klipkow solle doch Stellung nehmen zum Schicksal von Perry. Möller solle doch etwas sagen zu den Vorwürfen rund um die Impfstoff-Affäre, die seit Tagen durch die Medien geisterte. Beide Regierungschefs ließen sich davon allerdings nicht beeindrucken. Sie wechselten kurz zwei Sätze miteinander, dann gingen sie freundlich lächelnd in das Schloss hinein und schritten dabei über den roten Teppich, der bis ins festliche Treppenhaus des Schlosses führte, wo zwei Treppen in die obere Etage führten, in der der große Festsaal vorbereitet war, um die Delegationen miteinander sprechen zu lassen.

»Ich hoffe, Sie hatten eine angenehme Reise nach Berlin«, sagte René Klipkow, während Bundeskanzler Möller freundlich lächelnd von Bediensteten des Schlosses begrüßt wurde. Um die beiden Regierungschefs herum stand mindestens ein Dutzend Leute, darunter Minister, Staatssekretäre und Sicherheitsleute. Sie alle hatten schon während der vergangenen halben Stunde das Anwesen betreten, teilweise auch durch den Hintereingang ohne großen Presserummel.

Direkt hinter Klipkow stand dessen Protokollchef Julian Wiesinger, ein schlaksiger Zwei-Meter-Mensch, der durch seine Körpergröße den Vorteil hatte, dass er die Situation gut überblicken konnte. Er trug ein Klemmbrett bei sich, wo er jeden Tagesordnungspunkt penibel mit einem Stift abhakte. »Es würde dann in zehn Minuten der Empfang oben mit ausgewählten Pressevertretern stattfinden«, verkündete Wiesinger, »wenn die Herren sich kurz frisch machen wollen?«

Klipkow machte eine Handbewegung, die deutlich machte, dass er andere Vorstellungen hatte. »Ich würde mich mit dem Bundeskanzler gern für eine Viertelstunde zu einem Vieraugengespräch zurückziehen. Bitte servieren Sie uns Tee und Kaffee im Herrenzimmer.«

Wiesinger schaute verwirrt. Ihm war anzumerken, wie sehr es ihm körperliche Schmerzen bereitete, wenn vom akribisch vorbereiteten Zeitplan abgewichen wurde. »Ohne Protokollanten und Sicherheitspersonal?«, fragte er noch einmal nach.

»Wenn ich Vieraugengespräch sage, dann meine ich Vieraugengespräch«, betonte Klipkow, »ohne Protokoll. Es ist ein privates Gespräch.«

Erhard Möller, dem dieser Tagesordnungspunkt bislang auch nicht bekannt war, schaute irritiert seine Delegation an. »Wenn der Staatsratsvorsitzende dies wünscht, komme ich dem selbstverständlich nach.«

Es herrschte unter allen Anwesenden in diesem Moment Verwirrung. Offensichtlich hatte Klipkow diesen nun eingefügten Tagesordnungspunkt mit niemandem abgesprochen. Aber wirklich widersprechen wollte jetzt auch keiner.

»Und der Empfang mit den Pressevertretern?«, fragte Wiesinger aufgewühlt.

»Geben Sie der hungrigen Meute schon mal etwas zu essen und zu trinken«, ordnete Klipkow an.

Das Herrenzimmer war ein kleiner, eigens für intimere Gespräche hergerichteter Raum im Erdgeschoss des Schlosses. Klipkow und Möller mussten, begleitet von einigen Delegierten, durch zwei größere Flügeltüren hindurchgehen, um ins Herrenzimmer zu kommen. Der Raum war mit einer barocken rosafarbenen Tapete versehen, passend dazu gab es ein kleines Tischchen und zwei wuchtige alte Sessel im selben Teint wie die Tapete. Ein großes Fenster, das bis auf den Boden reichte, bot einen Blick auf den sommerlichen Schlossgarten.

Beide Regierungschefs nahmen in den Sesseln Platz, schon innerhalb weniger Minuten wurden – wie gewünscht – Tee und Kaffee in liebevoll gefertigten Porzellankannen serviert, dazu Tassen, Milch und Zucker sowie kleine Kekschen. Der vom Politbüro eigens beauftragte Fotograf schoss rasch ein Foto von Klipkow und Möller, dann wurde die Flügeltür geschlossen und die zwei Herren waren allein.

Möller schaute sich um. »Und wie sicher kann ich nun sein, dass hier nicht doch irgendwo jemand mithört?« Sein Ton war scherzhaft, aber eine Note Ernsthaftigkeit schwang mit.

»Herr Bundeskanzler, wenn Ihre Leute hier keine Wanze angebracht haben, dann ist das sehr sicher.« Klipkow gab einen Löffel Zucker in den Tee, der ihm zuvor eingegossen worden war. »Ich habe ganz bewusst auf ein Vieraugengespräch bestanden. Und dann meine ich das auch so.«

Möller schmunzelte. »Herr Staatsratsvorsitzender, ich glaube Ihnen.« Er trank einen Schluck Kaffee, schwarz ohne Milch und Zucker. »Nun bin ich gespannt, was Sie mit mir besprechen möchten. Wobei: Natürlich ahne ich es.«

»So? Dann spekulieren Sie doch mal.«

»Wir beide wissen, dass es hier heute bei diesem Treffen um Geld geht. Um viel Geld. Die DDR braucht dringend eine Finanzspritze. Und meine Partei ist eigentlich nicht geneigt, der DDR diesen Kredit zu geben.«

»Interessant, dass das bei Ihnen eine Partei zu entscheiden hat – und nicht die Regierung.«

»Meine Partei ist Teil der Regierung. Aber Sie haben recht: Entscheiden darüber werde am Ende ich müssen.«

Klipkow grinste überlegen. »Wie mir scheint, liegen unsere Systeme doch gar nicht so weit auseinander.« Er faltete genüsslich die Hände.

»Ihnen ist doch wohl klar, dass ich im Falle eines großzügigen Kredites auch politische Ergebnisse mit nach Bonn bringen muss. Einfach nur den Geldbeutel aufzumachen ist ein bisschen wenig.«

»Was schwebt Ihnen denn vor, Herr Bundeskanzler?«

»Freilassung politischer Gefangener, Erleichterungen bei der Ein- und Ausreise über die innerdeutsche Grenze ...«

»Es gibt keine innerdeutsche Grenze. Es gibt eine Grenze zwischen zwei souveränen Staaten.«

»Nennen Sie es, wie Sie mögen.«

Klipkow rührte mit einem Löffel noch einmal den längst aufgelösten Zucker in seinem Tee herum. »Ich denke, dass wir uns auf anderer Ebene einig werden.«

»Ich bin gespannt.«

»Ich habe wichtige Informationen für Sie. Diese Informationen sind sehr wichtig, insofern sie darüber entscheiden, ob Sie Ihr Amt noch weiter werden ausführen können.«

Möller runzelte die Stirn. »Jetzt bin ich sogar sehr gespannt.«

»Es geht um die Lieferung der Impfstoffdosen im vergangenen Jahr. Ich erinnere mich sehr gut an das Telefonat, das wir beide damals geführt haben. Die von Ihnen jetzt aufgestellte Behauptung, Sie hätten von dem Geschäft vorher keine Kenntnis gehabt, ist natürlich eine glatte Lüge.«

»Worauf wollen Sie hinaus? Wollen Sie mich erpressen?« Möller klang plötzlich sehr verärgert. »Wenn Sie damit an die Öffentlichkeit gehen, werde ich das bestreiten. Also, was haben Sie schon davon?«

Klipkow schlug seine alten zittrigen Beine übereinander. »Aber lieber Herr Bundeskanzler, Sie missverstehen mich. Ich habe nicht vor, Sie zu erpressen. Im Gegenteil: Ich will Ihnen helfen. Es ist im Interesse unseres Staates, dass Sie weiter im Amt bleiben.«

»Tut mir leid, ich kann nicht folgen.«

»Es gibt eine Aktennotiz über unser Telefonat. Ich weiß nicht, ob Sie das verdrängt haben oder davon vielleicht gar nichts wissen. Aber es gibt sie.«

»Mag sein, dass es die gibt. Aber wenn, dann ist sie unter strenger Geheimhaltung.«

»Es gibt sie. Ihre Echtheit ist bereits überprüft worden.«

Möller rutschte unruhig im Sessel umher. »Also doch Erpressung?«

»Aber nein.« Klipkow schüttelte schmunzelnd den Kopf. »Nicht wir sind im Besitz dieser Aktennotiz, sondern dieser junge Banause von YouTube. Der, dessen Freiheit Sie so sehr verteidigt haben. Wie hieß er doch gleich? Lonzo?«

»Der soll im Besitz dieser Aktennotiz sein? Das ist lächerlich.«

»Leider ist es eine Tatsache. Irgendwer bei Ihnen im Kanzleramt meint es wohl nicht gut mit Ihnen. Lonzo hat die Aktennotiz prüfen lassen von einer Expertin – die allerdings mit unseren Behörden zusammenarbeitet. Das weiß er natürlich nicht. Aber so haben wir davon Kenntnis erlangt. Und ich sagen Ihnen: Er ist im Besitz der Aktennotiz. Und er ist kurz davor, daraus ein neues Video zu machen.«

Möller wurde kreidebleich. Ihm fehlten für einen Moment die Worte. »Ein … Video?«

»Ja.« Klipkow genoss diesen Moment. »Das haben Sie nun von Ihrem Hoch auf die Meinungsfreiheit. Sie wird am Ende immer von den Falschen ausgenutzt.«

»Ich werde das prüfen lassen.«

»Tun Sie das. Ich mache Ihnen ein Angebot. Es ist ganz simpel, Herr Bundeskanzler. Sie gewähren uns einen großzügigen Kredit. Und wir lösen für Sie das Problem noch bevor es auftritt.«

»Das Problem lösen? Was meinen Sie damit?«

»Wir haben unsere Leute überall. Auch ganz in der Nähe von diesem Lonzo.«

»Wie wollen Sie das Problem denn lösen?«

»Wenn Sie möchten, dass wir uns darum kümmern, dann kümmern wir uns.« Klipkow sah Möller fragend an. »Möchten Sie es?«

Der Bundeskanzler schaute beunruhigt. Er fühlte sich gerade ohnmächtig im wahrsten Sinne des Wortes. Die Situation überforderte ihn. »Ich muss mal kurz telefonieren.«

»Tun Sie das, Herr Bundeskanzler. Tun Sie das.«

@LachendesPferd auf Twitter:
Mir wird übel, wenn ich diese ganze Politshow da vor dem Schloss sehe. Dieser Klipkow ist doch gar nicht mehr in der Lage, sein Amt auszuführen. Mein seniler Opa im Altersheim ist besser drauf als der. Aber wenn er weg ist, kommt eben der Nächste. #DDR

Mittwoch, 2. August 2023 – Hannover, Altstadt

Lonzo war, obwohl es eigentlich überhaupt nicht in seinen Plan passte, über Nacht im Elternhaus geblieben. Sein ehemaliges Zimmer, in dem er groß geworden war, diente inzwischen als Gästezimmer. Es gab noch ein weiteres Gästezimmer, in dem Greta untergebracht war. Der Dienstagabend war so abgelaufen, dass Greta Lonzos Nähe gesucht hatte. Lonzo betrachtete dies einerseits mit Vorsicht, denn immer noch wusste er nicht, wie er sie einzuschätzen hatte. Andererseits war sie eine hübsche junge Frau, die ihm gefiel. Er spielte das Stück ein bisschen mit – und war sicher, jederzeit die Kontrolle zu haben.

Lonzos Vater ging der Anruf seines Bruders nicht aus dem Kopf. Es behagte ihm nicht, dass Thomas Körner wusste, wo sich seine Tochter aufhielt. Entführungen von geflohenen DDR-Bürgern soll es immerhin schon mal gegeben haben, ja sogar Ermordungen. Wer weiß, wozu die Stasi fähig war, um Greta möglicherweise zurück ins Land zu bringen? Möglicherweise waren auch Dirk Körner und seine Frau dabei gefährdet. Greta konnte nicht länger in diesem Haus bleiben – diese Überzeugung war in der Nacht in Dirk Körners Kopf gereift.

Lonzo mochte nicht, wenn seine Eltern sich sorgten. Natürlich standen sie für ihn an erster Stelle. Es sollte ihnen gut gehen. Deshalb blieb er ja über Nacht. Allerdings hatte er andere Dinge im Kopf. Er stand doch kurz davor, einen riesigen politischen Skandal mit Fakten zu belegen. Er brachte möglicherweise den amtierenden Bundeskanzler zu Fall, vielleicht sogar die ganze Bundesregierung. Und nun verdrehte ihm diese Greta auch noch den Kopf. Es war ein bisschen viel. Es fiel ihm schwer, die Dinge zu ordnen. Er musste hier weg – möglichst bald.

Das Spielen mit der politischen Macht zog ihn erotisch an, Greta tat es aber genauso. Und dieses Gefühl verstärkte sich binnen weniger Stunden. Die Art und Weise, wie sie ihm »Gute Nacht« gesagt hatte, war so sehr mit Zuneigung verknüpft, dass er mit einem wohligen Gefühl einschlief, nachdem er mit dem Gedanken an sie masturbiert hatte. Als er am Mittwochmorgen aufwachte, hatte er den Eindruck, sein Rucksack stehe anders, als er ihn vor dem Gang ins Bett abgestellt hatte. Aber er war sich nicht sicher. Es konnte auch ein Irrtum seinerseits sein. Ein *YouTube*-Video hätte er daraus jedenfalls nicht gemacht, dazu waren die Fakten zu dünn. Er wusste nicht, ob er inzwischen unnötige Panik schob oder ob er doch recht hatte. Gut, dass er die brisanten Unterlagen nicht bei sich hatte, sondern diese in einem Schließfach am Flughafen lagen.

Greta gab ihm eindeutige Zeichen. Vielleicht war es tatsächlich ehrliche Zuneigung, weil sie hier im Westen jemanden brauchte, an den sie sich anlehnen konnte. Vielleicht war es aber auch eiskalte Berechnung ihrerseits. Lonzos Kopf sagte nein, das Risiko war einfach zu groß. Wer weiß, was hinter all dem steckte? Er war ja nicht naiv – so sagte er sich selbst. Zu viele Fragen gab es, zu viele Unsicherheiten. Lonzos Penis hingegen bettelte – und sein Herz pochte gewaltig.

Es war nun später Vormittag. Greta hatte um einen Spaziergang durch die Altstadt Hannovers gebeten, die mit ihren historischen Fachwerkbauten sicherlich der schönste Ort der Stadt war. Kleine Gassen und unzählige Cafés mit der Gelegenheit, bei schönem Sommerwetter draußen zu sitzen, luden viele Menschen zu einem entspannten Ausflug ein.

Lonzo plante fest, an diesem Mittwoch zeitnah nach Köln zurückzufahren. Aber es reizte ihn zugleich, aus Greta noch etwas herauszubekommen. Wer war diese geheimnisvolle junge Frau? Wie ehrlich war sie? Wenn sie einen Plan hatte: Welcher war das? Oder war sie tatsächlich nur eine DDR-Flüchtige, die in der BRD ein neues Leben beginnen wollte? Sollte er diese ja doch recht forsche Kontaktaufnahme mit ihm glaubwürdig finden?

Auf Lonzos Vorschlag hin nahmen beide an einem Tisch eines Cafés in einer Seitengasse Platz. Lonzo trug wie üblich eine Schirmmütze ziemlich tief im Gesicht. Hier jetzt noch von Fans erkannt zu werden wäre das Letzte gewesen, was ihm in den Kram gepasst hätte.

Greta studierte die auf dem Tisch stehende Getränkekarte. Lonzo beobachtete sie. Ihre sommerliche Bluse war weit geöffnet, er sah die Ansätze ihrer Brüste. Das war jetzt echt eine harte Prüfung.

Die Auswahl an Drinks und Cocktails, gerade die mit Südfrüchten garnierten, übte sichtlich eine gewisse Faszination auf sie aus. Plötzlich blickte Greta auf und sagte: »Dein Vater ist der Meinung, ich kann nicht im Haus bleiben.«

»Ja, hat er mir vorhin gesagt. Er will mir das ganze Problem aufhalsen.«

»So, bin ich also ein Problem für dich?«

»Nicht du als Person. Versteh das nicht falsch. Aber ich hab' im Moment eben so wahnsinnig viel zu tun. Ich bin bekannt wie ein bunter Hund.«

»Kein Wunder mit deiner Haarfarbe.« Greta schmunzelte kurz, dann legte sie die Karte beiseite. »Ich glaube, ich nehme einen Tropical Orange.«

Lonzo nickte zustimmend. »Ich hoffe, es ist okay, wenn ich einfach nur ein Wasser nehme.«

»Ihr Wessi-Jungs seid so langweilig. Dieses politisch Überkorrekte. Ihr raucht nicht, ihr trinkt nicht. In mancher Hinsicht bin ich froh, dass in der DDR die Zeit stehengeblieben ist.«

»Es ist noch nicht mal Mittagszeit. Wer trinkt denn da Alkohol?«

»Ich.« Greta sah sich um. »Und viele andere hier offensichtlich auch.«

»Ja, leider sind sehr viele Leute hier.« Lonzo sah einen Kellner kommen. »Könntest du bitte bestellen? Dann muss ich nicht riskieren, erkannt zu werden.« Er sah hinunter zum Boden.

»Kein Problem.« Greta wandte sich dem Kellner, einem gut gebauten jungen Latino mit Zahnpastalächeln, zu. »Zwei Tropical Orange bitte.«

Lonzo lachte kurz auf, nachdem der Kellner weg war. »Seid ihr DDR-Mädels alle so frech?«

»Nein, aber die Jungs sind bei uns höflicher. Sie würden eine Frau niemals allein Alkohol trinken lassen.«

Lonzo stützte seine Arme auf dem Stuhlrücken ab und wirkte nachdenklich. »Irgendwie mag ich dich. Du hast einen eigenen Kopf, das gefällt mir.«

»Das klingt so, als würde jetzt ein ›aber‹ kommen.«

»Ich traue dir nicht.« Lonzo sprach diesen Satz sehr betont aus. »Wer sagt mir, dass du nicht irgendein U-Boot bist? Dass du im Auftrag der Stasi handelst, um mich auszuspionieren?«

Greta schmunzelte. »Ich habe durch meinen Vater viel mitbekommen von der Arbeit der Staatssicherheit. Du kannst sicher sein, dass die cleverer sind. Mich auf dich anzusetzen wäre so bescheuert und durchsichtig, das können die besser.«

»Vielleicht ist es dadurch schon wieder genial.«

»So genial sind die Jungs in Ost-Berlin nun auch wieder nicht. Lieber kaufen sie irgendeinen guten Freund von dir oder ein Familienmitglied. Irgendwen, von dem du nie denken würdest, dass der dich bespitzelt.«

»Damit gute Freunde mich hintergehen, braucht es nicht einmal die Stasi. Das habe ich leider gerade bitter erfahren müssen.« Lonzo beugte sich nach vorn und stützte sich mit den Ellenbogen auf dem Tisch ab. Greta tat dasselbe. Beide musterten einander.

Gretas Hand wanderte über den Tisch und strich über Lonzos Hand. Es gefiel ihm.

»Ich bin ein großer Fan von dir«, flüsterte Greta, »deine Videos haben mich immer fasziniert. Ich dachte: Wow, so einen mutigen und coolen Typen hast du in deiner Verwandtschaft. Und dann dieses DDR-Video. Du hast mir damit noch einmal die Augen geöffnet. Ich bin auch deinetwegen geflüchtet. Ich hatte gehofft, dass wir uns wiedersehen.«

Lonzo schaute auf Gretas Mund. Am liebsten hätte er sie jetzt geküsst. »Du verwirrst mich so. Ich weiß nicht, wie ich damit umgehen soll.«

»Lass es doch einfach geschehen.«

Lonzo wich zurück und schüttelte den Kopf. »Nein.«

»Ich verstehe, dass du mir misstraust. Vermutlich hast du in Köln eh eine andere.«

»Quatsch.«

»Irgend so ein Influencer-Girl, dessen Schminke und dessen Klamotten bezahlt sind von der Industrie.«

»Das wäre mir viel zu oberflächlich.« Lonzo schmunzelte. »Aber ich gebe zu, dass es solche Frauen in meinem Leben gab. Die interessierten sich aber nicht für mich, die interessierten sich für meine Klicks.«

»Ich interessiere mich für dich.« Greta bemühte sich, dies sehr ernsthaft zu sagen.

Der Kellner brachte die beiden Tropical Orange. Es waren zwei recht üppige orangefarbene Drinks mit Schirmchen und Strohhalm. »So, der eine für die Dame. Und der andere für Lonzo.«

Lonzo sah kurz dem Kellner ins Gesicht. »Niemandem verraten, okay? Dann gibt's auch ein gutes Trinkgeld.«

»Keine Sorge. Wir sind ein diskreter Laden.« Er ging.

Lonzo nahm sein Glas in die Hand und prostete Greta zu. »Zum Alkohol hast du mich jetzt verführt. Aber mehr ist vorerst nicht drin, tut mir leid.«

»Das Wörtchen ›vorerst‹ macht ja zumindest Hoffnung.«

@LetzterAufrechter auf Twitter:
Die #DDR lässt heute keine Tagesbesucher von West-Berlin nach Ost-Berlin. Aus Sicherheitsgründen. Schade, ich hätte mir das Spektakel gern mal aus der Nähe angesehen. Das wäre mir sogar 50 D-Mark Zwangsumtausch wert gewesen.

Mittwoch, 2. August 2023 – Ost-Berlin, Bötzowviertel

Die Bötzowstraße lag nicht allzu weit entfernt vom Roten Rathaus, Luftlinie so etwa zwei Kilometer. Das Bötzowviertel entstand einst auf dem Ackerland der Großgrundbesitzerfamilie Bötzow und bot herrliche Wohnhäuser aus der Gründerzeit. Der westliche Teil des Wohngebiets hatte den Zweiten Weltkrieg überstanden, dennoch waren auch hier viele Häuser inzwischen reichlich heruntergekommen, einfach weil das Geld für Sanierungen fehlte. Die Zeiten, in denen in diesen schmuckvollen Häusern gutsituierte Menschen wohnten, waren lange vorbei. Und trotzdem gehörte das Viertel nicht zu jenen, in denen die unterste Kaste wohnte. Da gab es in Ost-Berlin noch schlimmere Ecken.

Daniel hatte, wie verabredet, bereits in der Nacht die Drohne in einem toten Winkel auf dem Dach des Roten Rathauses platziert. Ganz leicht war die Aktion verständlicherweise nicht, denn der Bereich rund ums Rote Rathaus, in dem Ost-Berlins Oberbürgermeister und der Magistrat residierten, war seit Tagen weiträumig abgesperrt. Zugang hatten nur Leute, die zum ganz engen Zirkel des Planungsstabs und der Parteiführung gehörten. Der Kontakt zur Drohne reichte über zwei Kilometer, sodass Daniel auf dem Balkon einer Wohnung in der Bötzowstraße sitzen konnte. Das Wetter war klar und sonnig, bei Sturm und Regen wäre das komplizierter geworden.

Die Wohnung war Daniel von einem engen Freund zur Verfügung gestellt worden, der selbst gerade einen Urlaub in Bulgarien verbrachte. Inoffiziell wusste dieser Freund von den Aktivitäten Daniels, offiziell natürlich nicht – denn sollte die ganze Aktion auffliegen, wollte der Freund fein raus sein.

Am Vorabend hatten sich Laura, Boris und Daniel tatsächlich nacheinander in ein Plastiksäckchen entleert und dieses dann verknotet in eine Box gelegt. Das Ganze stank fürchterlich. Daniel hatte noch ein wenig Salatöl ins Säckchen gegossen, damit die Exkremente weich und geschmeidig blieben. Die Box mit dem Säckchen war nun gut verschlossen, konnte aber ferngesteuert geöffnet werden. Und genau das war ja der Plan.

Laura und Boris hatten es sich nicht nehmen lassen, bei der Aktion Daniel zu unterstützen und, wenn nötig, Hilfe zu leisten. Allein ihre Anwesenheit sollte ein Akt der Solidarität sein. Steuern konnte Daniel das Flugobjekt allein. Er saß auf dem Boden eines Balkons aus bröckelndem Stein. Einsturzgefahr herrschte aber nicht. Daniel kauerte hinter der Brüstung, um von anderen Nachbarn nicht gesehen zu werden. Der Balkon ging ab von einem geräumigen Wohnzimmer mit hoher Stuckdecke. Der Parkettboden knarrte extrem und war sehr verkommen, der Stuck ebenso teilweise abgesplittert und notdürftig ausgebessert. Dennoch hatte sich der Mieter der Wohnung bemüht, sie einigermaßen gemütlich zu gestalten. Die Sitzmöbel waren in einem mutigen Orange gehalten, an den Wänden hingen recht schwer zu verstehende Werke moderner Malkunst. Im Kühlschrank und in der Speisekammer der Küche fanden sich auch West-Produkte. Der Mieter dieser Wohnung hatte wohl ganz gute Kontakte.

Die Reden von Möller und Klipkow wurden live im Fernsehen und im Internet übertragen. Sowohl westdeutsche Sender als auch *DDR 1* strahlten die Veranstaltung aus. Dies war eine der Bedingungen der westdeutschen Bundesregierung. Auf *DDR 2* wurde zeitgleich eine aufwendige TV-Show mit beliebten Stars des DDR-Fernsehens gezeigt – offensichtlich, um die Bevölkerung der Deutschen Demokratischen Republik davon abzuhalten, sich insbesondere die Rede von Bundeskanzler Möller anzuhören. Überhaupt wurde Möllers Besuch in den DDR-Medien relativ klein gehalten. René Klipkow wäre es lieber gewesen, es hätte nur Beratungen hinter verschlossenen Türen gegeben ohne eine solche öffentliche »Showveranstaltung«, wie er selbst sagte. Dann hätte die Berichterstattung in den DDR-Medien noch kleiner gehalten werden können.

Ein mittelgroßes, nicht der neuesten Generation entsprechendes Fernsehgerät übertrug die Veranstaltung in die Bötzowstraße, es stand auf einem alten Blumenhocker. Laura und Boris hatten es nahe der Balkontür platziert, damit Daniel sowohl das Fernsehbild als auch das Übertragungsbild seiner Drohne sah. Die Fernsteuerung der Drohne hatte etwa die Größe eines Controllers für eine Spielkonsole. Zwei Steuerkreuze hatten Einfluss auf die horizontalen und die vertikalen Bewegungen. Auf dem Display war nur ein Teil des roten Rathausdaches zu sehen, denn noch war die Drohne nicht gestartet.

Auf dem Fernsehbildschirm liefen Bilder der Veranstaltung. Das Publikum vor dem Roten Rathaus bestand aus etwa 150 Personen. Es war eine zwei Meter hohe Bühne aufgebaut, Sicherheitsleute waren dutzendweise im Einsatz, um den Ort zu sichern. Daniel hatte eine Technik entwickelt, um das Orten der Drohne zu verhindern. Daher machte er sich darum am wenigsten Sorgen. Der sensibelste Moment dürfte das Starten der Drohne sein.

Es lief die Fernsehübertragung der ARD, ein Livereporter erklärte den Zuschauern noch einmal die Bedeutung dieses Treffens und mit welcher Spannung in Ost und West auf diesen Tag geschaut würde. Sogenannte Ost-Experten kamen zu Wort, in einem kleinen Vorschaubild unten links wurde bereits das Bild von der Bühne eingeblendet.

»Wer redet denn gleich zuerst?«, fragte Boris. Er war sehr

aufgeregt und trank zur Beruhigung eine Flasche Bier in wenigen Zügen.

»Möller«, antwortete Laura. »Er ist ja schließlich der Gast.«

»Ganz zuerst redet kurz unser Oberbürgermeister«, korrigierte Daniel, der noch einmal seine Fernsteuerung für den entscheidenden Moment inspizierte. »Der lässt sich doch diese Gelegenheit zur Selbstdarstellung nicht nehmen.«

Die drei starrten auf den Fernseher. Eine gewisse Anspannung lag in der Luft. Das Fernsehbild zeigte nun das Betreten der Bühne, das unter organisiertem Applaus erfolgte. Die Planer ließen bewusst alle Spitzenpolitiker zugleich auftreten, damit nicht der Bundeskanzler womöglich einen einzelnen Applaus bekommen würde. Auf der Bühne stand eine Reihe von Stühlen, auf denen die Redner Platz nahmen. An das Rote Rathaus waren die Flaggen der DDR und der BRD montiert. Es wirkte alles sehr offiziell und perfekt inszeniert.

Tatsächlich ergriff zunächst der Oberbürgermeister von Ost-Berlin, Volker Hofbach, das Wort. Er war ein großer, kräftiger Mann mit ebenso kräftigem Berliner Dialekt. »Es ist uns eine besondere Ehre, dass heute hier vor unserem wunderschönen Roten Rathaus diese Veranstaltung stattfindet.«

Daniel, Boris und Laura lauschten den Worten. »Meine Güte, was für ein Schleimscheißer«, entfuhr es Boris. Daniel blickte kurz über die Brüstung des Balkons. In der Bötzowstraße war nicht allzu viel Verkehr, einige Passanten waren zu sehen. Am unberechenbarsten waren die Leute, die ebenfalls an diesem sonnigen Mittag auf den Balkons saßen.

Nach der etwa fünfminütigen Rede des Oberbürgermeisters trat Bundeskanzler Erhard Möller ans Mikrofon. »Meine Damen und Herren, sehr geehrte Bürgerinnen und Bürger der DDR, ich bedanke mich herzlich für die Einladung hier nach

Ost-Berlin. Dass diese Stadt nun schon seit über 60 Jahren geteilt ist, schmerzt mich. Und ich, wie auch andere, werde die Hoffnung nicht aufgeben, dass es doch noch irgendwann ein geeintes Berlin geben könnte.« Der Applaus in der anwesenden Menschenmenge war sehr verhalten.

»Geeintes Berlin, wovon träumt der denn?«, fragte Laura spöttisch.

»Kaum einer klatscht«, stellte dann auch Boris fest, »das sagt doch alles.«

Möller sprach weiter und betonte die Bedeutung der bilateralen Beziehungen, dass die Deutschen immer noch ein Volk seien, auch wenn es sich inzwischen ein wenig auseinandergelebt habe. Er übte offen Kritik an der mangelnden Meinungsfreiheit in der DDR, dass Kritiker verfolgt und eingesperrt würden. Er appellierte an die Staatsführung, dass die DDR sich öffnen müsse für mehr Freiheit, er nutzte gleich mehrfach den Begriff »modern«. Und dann sagte er Folgendes: »Es schmerzt mich ebenso, dass die Bevölkerung der DDR nicht den Lebensstandard der westlichen Deutschen hat. Wir als Bundesregierung unterstützen jede Initiative, die den Menschen in der DDR ein besseres Leben beschert. Der Staatsratsvorsitzende hat mir versichert, dass ein neuer Kredit unsererseits dafür verwendet würde, den Lebensstandard der Menschen in der DDR spürbar zu verbessern. Die Bundesrepublik wird der DDR deshalb einen Kredit über 50 Milliarden Mark gewähren.«

Boris verschluckte sich fast an der zweiten Flasche Bier, die er inzwischen geöffnet hatte. »50 Milliarden Mark? Heute Morgen wurde doch noch über 25 Milliarden spekuliert.«

»Scheint ja ein erfolgreiches Gespräch für Klipkow gewesen zu sein«, stellte Laura nicht ohne Sarkasmus in der Stimme fest.

»Wir knallen einen Regimekritiker knallhart ab und bekommen zum Dank einen besonders großzügigen Kredit«, resümierte Daniel.

»Leute, das ist widerlich«, brüllte Boris so laut los, dass er von Laura gebremst werden musste. Die Nachbarn durften ja nichts mitkriegen. Boris sprach leise weiter: »Die stecken alle unter einer Decke. Dieser Verbrecherstaat knechtet uns und macht uns das Leben schwer. Und kriegt dafür noch die Kohle hinten reingeschoben. Wer glaubt denn ernsthaft, dass davon was in der Bevölkerung ankommt?«

Erhard Möller beendete seine Rede. Nach seiner Kreditzusage verbesserte sich die Stimmung im Publikum spürbar. Der Applaus war nicht tosend, aber lang und respektvoll.

In der Fernsehübertragung war zu sehen, dass nun DDR-Staats- und Parteichef René Klipkow sich erhob, um ans Mikrofon zu gehen. Das Laufen fiel ihm sichtlich schwer. Eine lange Rede war von ihm nicht zu erwarten.

»So, Daniel, mach die Drohne klar«, forderte Boris, »geben wir diesem Stück Scheiße etwas von seinesgleichen.«

Daniel drückte auf seiner Fernsteuerung einen Seitenknopf drei Sekunden lang, dann bewegte er mit den beiden Daumen die Steuerkreuze. Auf dem kleinen Display war kurz darauf zu sehen, wie sich tatsächlich die Drohne nach oben wegbewegte. Per Knopfdruck schaltete Daniel auf die Bodenkamera der Drohne um, damit er das fliegende Gerät exakt über der Veranstaltungsbühne platzieren konnte. »Okay, es muss jetzt schnell gehen.« Daniel steuerte die Drohne so, als sitze er selbst im Cockpit eines Flugzeugs. »Ich bin jetzt gleich über der Bühne. Dann gibt's einen kurzen Sturzflug von 15 Metern, dann werfe ich das Paket ab.«

Laura und Boris starrten gebannt auf den Fernseher, wo René Klipkow seine Rede hielt. »Der Sozialismus ist moderner denn je. Es ist der Kapitalismus, der als gescheitert erklärt werden muss.« Klipkow hielt seine Rede ohne ein Blatt mit Text. Die Hände brauchte er, um sich am Redepult festzuhalten, das für ihn extra auf der Bühne festgeschraubt worden war. »Der antifaschistische Schutzwall dient seit über sechzig Jahren dem Frieden in Europa. Es ist töricht, ihn immer noch als etwas Unmenschliches zu bezeichnen.«

»Okay, und ab damit«, rief Daniel aus. Er konnte noch erkennen, dass die Wurfrichtung des übelriechenden Plastiksäckchens stimmte. Dann ließ er die Drohne sofort aufwärtssteigen, um sie davonfliegen zu lassen. Er richtete seinen Blick, wie Laura und Boris auch, Richtung Fernseher, wo das Bild mit Zeitverzögerung übertragen wurde. Und dann passierte es tatsächlich: Klipkow unterbrach mittendrin seinen Satz, als ihn das Säckchen auf die linke Schulter traf. Die Exkremente verteilten sich auf seinem hellblauen Anzug, dem weißen Hemd und der linken Gesichtshälfte. Klipkow verdrehte die Augen. Er klammerte sich noch an das Pult, aber die Kräfte verließen ihn. Im Publikum wurde es unruhig. Bevor Sicherheitskräfte ihn auffangen konnten, sackte der Staats- und Parteichef zusammen und blieb reglos liegen.

»Yes, Alter!« Boris ballte beide Fäuste vor Freude.

Laura stand die Freude im Gesicht geschrieben. »So, du Miststück, das war unsere Rache für Perry.«

»Da ist er doch glatt vor Schreck in Ohnmacht gefallen«, stellte Boris kichernd fest.

Daniel schwieg erst einmal und genoss einfach nur diesen besonderen Augenblick. Alles hatte genauso geklappt wie von ihm geplant. Manchmal fühlte er sich wie ein Genie.

Was war das denn gerade? Hat jemand dem #Klipkow auf den Kopf ge-
schissen? Da sehen Sie mal, lieber Herr #Möller: Selbst die Tauben in
Ost-Berlin haben eine klarere Haltung als unsere Bundesregierung.

Mittwoch, 2. August 2023 – Ost-Berlin, Rotes Rathaus

Es herrschte ein riesiges Chaos, Panik. So richtig schien niemandem klar, was jetzt genau passiert war. Die Zuschauer ent-
fernten sich schreiend von der Bühne weg, stolperten teilweise
übereinander und fielen zu Boden. Mehrere Sicherheitskräfte,
sowohl von DDR-Seite als auch die von Kanzler Möller mit-
gebrachten Leute aus dem Westen, stellten sich schützend am
Bühnenrand auf, ergriffen Klipkow und trugen ihn von der
Bühne weg hinein ins Rote Rathaus. Der Bundeskanzler und
der Ost-Berliner Oberbürgermeister wurden umstellt und verließen im Pulk der Security ebenfalls schnell den Bereich, der
eine Gefährdung darstellen könnte. Schließlich wusste niemand, was hier gerade vor sich ging. War es nur ein böser
Streich oder ein Anschlag auf das Leben von René Klipkow?
Der Veranstaltungsbereich war so abgeriegelt worden, dass
der Rathauseingang sich direkt hinter der Bühne befand. Alle
Amtsträger flüchteten sich ins Foyer, anwesende Ärzte küm-
merten sich um den auf eine aufgeklappte Trage gelegten René
Klipkow. Der üble Geruch machte die ärztlichen Maßnahmen
nicht unbedingt leichter. »Alter, stinkt das bestialisch«, hörte
man einen Sanitäter sagen.
»Vorsicht, den Toten lieber nicht berühren«, warnte ein an-
derer Mediziner, »möglicherweise war es ein Giftanschlag.«
»Sofort isolieren!«
»Sauerstoff«, schrie einer der Ärzte und begann trotz einer

möglichen Kontaminationsgefahr mit der Wiederbelebung. Die Anspannung war mit Händen zu greifen.

»Hat keinen Sinn mehr. Der ist hin.« Ein Sicherheitsbeamter schaute den Sanitäter, der diesen Satz gesagt hatte, erbost an. »Wie reden Sie über unseren Staatsratsvorsitzenden?«

»Was ist denn passiert?«, fragte Bundeskanzler Möller, der einige Meter entfernt stand, immer noch umgeben von seinen Sicherheitskräften. Er trank zitternd ein Glas Wasser.

»Halten Sie lieber Abstand, Herr Bundeskanzler«, bat ein Bodyguard.

»Irgendwas kam von oben«, antwortete ein Protokollant aus dem Kanzleramt, »wir wissen nicht genau, was es war.«

Klipkows Protokollchef Julian Wiesinger stand direkt beim Geschehen. Er war, ohne es zu bemerken, eher im Weg, die Ärzte mussten ihn mehrmals beiseite drängeln. Zugleich blickte er unruhig auf seine Armbanduhr. Ihm war es wichtig, nun möglichst schnell mit der Veranstaltung fortzufahren. Den Ernst der Lage erkannte er so lange nicht, bis über Klipkows leblosen Körper eine eilig besorgte Plastikdecke gezogen wurde.

Wiesinger bekam kurz Schnappatmung, er taumelte. Er kämpfte sich einige Meter durchs Foyer, um den Minister für Staatssicherheit, Alfons Gebhardt, und die Leiterin der Abteilung Agitation und Propaganda, Ingrid Laab, anzusprechen.

»Der Staatsratsvorsitzende ist soeben verstorben«, informierte Wiesinger in sachlich-trockenem Ton.

»Was? Das ist ja furchtbar«, rief Laab entsetzt aus. Gebhardt bemühte sich, Haltung zu wahren.

Einer der behandelnden Ärzte, Dr. Anton Chruszik, wurde herbeigerufen. Er war der persönliche Leibarzt Klipkows und begleitete ihn bei jedem Termin. Niemand kannte Klipkows

Gesundheitszustand besser als er.

»Was ist passiert?«, fragte Gebhardt.

»Möglicherweise ein Herzinfarkt, ausgelöst durch Atemnot. Genau können wir das noch nicht sagen.«

»Was war das, was da von oben kam?«

»Wir wissen es nicht. Es stinkt nach Exkrementen, hat aber auch zugleich einen beißenden Geruch.«

»Also ein Anschlag auf das Leben des Staatsratsvorsitzenden?«, fragte Julian Wiesinger nach.

»Das schließe ich nicht aus«, antwortete Chruszik, »aber das müssen die Ermittlungen ergeben. Eventuell war ein Giftstoff unter die Exkremente gemixt. Ich habe Order gegeben, den Toten zu isolieren und Abstand zu wahren. Die Kollegen, die die Leiche getragen haben, müssen sofort in medizinische Behandlung. Einer klagt bereits über Atemnot.«

»Sitzt da einer auf dem Rathausdach?«, fragte Gebhardt erbost einige Sicherheitsleute. Die zuckten mit den Schultern. »Na los, sofort alles absuchen. Die Ermittlungen stehen ab sofort unter meiner persönlichen Kontrolle.«

»Jawohl, Herr Minister.«

»Ist denn damit die Veranstaltung nun vorzeitig beendet?«, fragte Wiesinger und schaute auf seinen Tagesplan, der erst zu zwei Dritteln abgearbeitet war.

Gebhardt ging wortlos davon.

@Witzkanister auf Twitter:
#Klipkow ist zusammengebrochen und wurde von der Bühne getragen. War das eine biochemische Waffe oder was? Wie kann man jetzt noch einen Anschlag auf den verüben, wo er doch eh kurz vorm Abtritt ins Jenseits steht? #DDR

Mittwoch, 2. August 2023 – Ost-Berlin, Bötzowviertel

Daniel, Boris und Laura saßen immer noch in der Wohnung, der Fernseher lief. Daniel hatte inzwischen den Balkon verlassen und die Balkontür von innen verschlossen sowie die Vorhänge zugezogen. Alle drei hatten sich ein westdeutsches Bier aus dem Kühlschrank genommen und stießen nun auf die gelungene Umsetzung des Plans an.

Die westdeutschen Medien überschlugen sich, erste Spekulationen über den Tod von René Klipkow kamen auf. Zeitzeugen der Veranstaltung wurden befragt, es lief ein Laufband mit aktuellen Informationen durchs Bild. Immer wieder wurde der Moment gezeigt, als Klipkow von etwas getroffen wurde, teilweise in Zeitlupe. Im DDR-Fernsehen hingegen lief inzwischen eine Unterhaltungsshow mit beliebten Stars aus Funk und Fernsehen.

»Klipkow tot, so ein Blödsinn«, brüllte Boris, der inzwischen sein viertes Bier getrunken hatte, »warum sollte der tot sein? Von ein bisschen Scheiße stirbt man nicht.«

Laura kaute nervös an ihren Fingernägeln. »Ich kann mir auch nicht vorstellen, dass das stimmt.«

»Vielleicht ein Herzinfarkt oder sowas«, gab Daniel zu bedenken, »wir haben den alten Herrn vielleicht zu sehr geschockt.«

Daniel und Boris grinsten bei dem Gedanken an dieses Szenario schelmisch. Laura nahm dies mit Abscheu zur Kenntnis. »Man wünscht niemandem den Tod, auch nicht diesem Widerling.«

»Ach komm.« Boris machte eine abwehrende Handbewegung. »Wenn es wirklich wahr sein sollte, haben wir diesem Staat doch einen Gefallen getan.«

Daniel lachte kurz auf. »Wenn der eine Idiot weg ist, kommt

der nächste. Oder glaubst du, da ändert sich irgendwas?«

»Klipkow ist ein alter unbelehrbarer Greis. Ein Jüngerer ändert vielleicht doch etwas.«

»Das hat man damals in den 90ern von Klipkow auch gedacht, als er Honecker folgte. Nichts ist passiert, es wurde sogar schlimmer.«

»Du weißt, dass wir Kontakte ins Innenministerium haben. Da wären viele froh, wenn der alte Sack endlich das Zeitliche segnete. Die Stasi hat alle Pläne für eine moderne digitale Überwachung längst in der Schublade. Nur an Klipkow und seinem analogen Denken scheitert es.«

»Dann sollten wir uns ja wohl eher nicht wünschen, dass Klipkow tot ist. Gegen das analoge System kommen wir noch an. Aber wenn die DDR und der Überwachungsapparat erstmal durchdigitalisiert sind, dann gnade uns Gott.«

»Dass er stirbt, war nicht unser Plan«, betonte Laura, »wenn der wirklich tot ist, dann kriegen wir richtig Probleme.«

»Die kommen nicht auf uns, Laura«, beruhigte Daniel, »die kriegen uns nicht.«

Der Moderator in der TV-Übertragung ergriff das Wort. Er trug ein Mikro in der Hand, hinter ihm war die inzwischen leer geräumte Bühne zu sehen. »Wir hören, der Minister für Staatssicherheit, Herr Gebhardt, gibt eine Erklärung ab.« Es wurde umgeschaltet ins Foyer des Roten Rathauses, wo Minister Alfons Gebhardt in Anwesenheit mehrerer Mitglieder des Politbüros vor einige provisorisch aufgestellte Mikros trat. Sein Gesicht war ernst, wie auch die Gesichter der anderen.

»Meine sehr verehrten Damen und Herren, ich habe Ihnen leider die Mitteilung zu machen, dass der Generalsekretär des ZK der SED und Vorsitzende des Staatsrats, René Klipkow, verstorben ist.«

Es kam große Unruhe im Foyer auf. Auch Laura, Boris und Daniel waren nun doch ergriffen von diesem Moment, in dem sie es in dieser Klarheit hörten. Ihnen wurde bewusst, dass sie, wenn auch unbeabsichtigt, den Tod eines Menschen verursacht hatten.

Gebhardt sprach weiter: »Wir haben davon auszugehen, dass es sich um einen terroristischen Anschlag handelt.« Den dreien stockte der Atem. »Unser Genosse Klipkow ist offenbar mit einer giftigen Substanz überschüttet worden, die sofortige Atemnot und Herzstillstand verursachte. Der oder die Täter haben ganz bewusst den Tod unseres Staatsratsvorsitzenden gewollt. Und sie haben obendrein das Leben mehrerer Sicherheitskräfte gefährdet, die derzeit medizinisch behandelt werden müssen. Wir werden alles daransetzen, diese Terrorgruppe möglichst schnell dingfest zu machen und ihrer gerechten Strafe zuzuführen.«

Boris sprang auf. »Terrorgruppe?«

»Wieso sind Sicherheitskräfte gefährdet?«, fragte Laura, »ich verstehe das alles nicht.«

»Diese Schweine«, rief Daniel aus, »so drehen sie es jetzt hin.«

Boris schleuderte die leere Bierflasche auf den Teppich. »Verarschst du uns gerade, Daniel? Was war das für ein Zeug?«

Daniel zitterte, denn Boris baute sich so vor ihm auf, als sei er kurz davor, handgreiflich zu werden. »Es war nur unsere Scheiße, sonst nichts. Die Stasi fickt uns gerade richtig.«

»Wo hast du die Drohne geparkt?«

»Auf einem Hausdach hier ganz in der Nähe.«

Laura brach in Tränen aus. »Jungs, das ist jetzt kein Spiel mehr. Das wird bitterer Ernst. Die machen uns zu Terroristen, zu gefährlichen Staatsfeinden.«

»Bleib locker«, bat Daniel und atmete dabei selbst schwer,

»auch wenn sie die Drohne finden, sie ist nicht rückverfolgbar. Wir sind safe.«

@FriedeSeiMitEuch auf Twitter:
So sind sie also, diese sogenannten Aktivisten. Die gehen über Leichen. Sie predigen Menschlichkeit und Demokratie, aber letztlich sind sie nicht besser als die, die sie kritisieren. Mir tut der #Klipkow leid. Das hat er nicht verdient. #DDR

Mittwoch, 2. August 2023 – Köln-Porz

Lonzo kam am frühen Abend in seiner Wohnung an – allein. Er hatte durchaus bemerkt, wie Greta ihn dazu überreden wollte, sie nach Köln mitzunehmen. Und vielleicht meinte sie es auch tatsächlich ehrlich – aber vielleicht eben auch nicht. Ja, sie war attraktiv. Die Gefahr, ihr zu erliegen, war enorm groß. Aber immer wieder sagte er sich: nein, nein und nochmals nein.

Lonzo mühte sich, nach all der Flirterei mit seiner Cousine den Kopf freizubekommen von dieser Gefühlsduselei – was nun umso wichtiger war. Denn natürlich hatte er längst vom Tod des Staatsratsvorsitzenden der DDR erfahren, wie die Medien rauf und runter berichteten, wie sie spekulierten. Er hatte all das während seiner Rückfahrt nach Köln auf dem Smartphone verfolgt. Die Frage, die sich ihm nun stellte, war die: Wäre es in dieser angespannten Situation sinnvoll, mit den Enthüllungen über Bundeskanzler Erhard Möller an die Öffentlichkeit zu gehen? Würde eine solche Sensation möglicherweise im Gewirr der Medien untergehen? Letztlich kam es auch darauf an, den Clip zum strategisch richtigen Zeitpunkt zu veröffentlichen, um ein Maximum an Aufmerksamkeit und Klicks zu generieren. Dieser Zeitpunkt war jetzt nicht. Aber er sollte bald kommen.

Nachdem er sich von seiner Familie und von einer traurig wirkenden Greta verabschiedet hatte, war Lonzo noch zum Flughafen Hannover-Langenhagen gefahren, um den Aktenordner mit den wichtigen Unterlagen aus dem Schließfach zu holen.

Während der Zugfahrt nach Köln fühlte er sich unwohl. Er hütete den Ordner wie einen Schatz, umklammerte die Tasche, in der sich das Material befand, fest. Hier und da stellte er sich vor, es sei Greta – aber das musste er sich rasch wieder aus dem Kopf schlagen. Nun war er froh, heil und ohne größere Zwischenfälle zu Hause angekommen zu sein. Und nun galt es erst einmal, Ruhe zu bewahren, rational zu denken und zu agieren, nicht in Aktionismus zu verfallen.

Es wurde trotzdem mal wieder Zeit für einen Clip. Seit drei Tagen war auf Lonzos Kanal nichts passiert. Fans fragten schon nach, drohten mit Beendigung ihres Abos, beschimpften ihn als faul und unzuverlässig. Sie pochten auf eine Art Recht, von Lonzo regelmäßig unterhalten zu werden.

Den Aktenordner verstaute Lonzo unter seiner Designercouch. Es fühlte sich nicht gut an, diese brisanten Dokumente einfach so in ein Regal zu stellen neben Steuerunterlagen und anderem Papierkram. Es fühlte sich noch falscher an, den Ordner irgendwie in der Wohnung herumliegen zu lassen.

Lonzo brauchte Ruhe. Er duschte, bereitete sich eine Tiefkühlpizza zu, legte sich auf die Couch und dachte nach. Zugleich griff er minütlich zu seinem Smartphone, um die jüngsten Entwicklungen in Ost-Berlin mitzubekommen. Und plötzlich klingelte es. Lonzo erschrak, denn er erwartete keinen Besuch. Seine private Adresse hatte er gut genug verheimlicht, wie auch seinen bürgerlichen Namen. Fans fanden hier also nicht ohne weiteres her. Zu seinen Nachbarn pflegte er so gut wie keinen Kontakt. Wer um Himmels willen sollte das also sein?

Lonzo schlich auf Zehenspitzen durch den dunklen Flur, um einen leisen Blick durch den Türspion zu riskieren. Vor der Tür stand Stiff.

»Was willst du denn hier?«, fragte Lonzo.

»Ey, Alter, lass mich bitte rein. Ich muss dringend mit dir reden.«

»Es gibt nichts mehr zu reden.«

»Ich weiß, dass ich Scheiße gebaut habe.«

»Na, also. Dann verschwinde und lass mich in Ruhe.«

»Ich bin extra den weiten Weg aus Berlin gekommen. Hör mich doch wenigstens an.«

»Nein, kein Interesse. Hau ab.«

Lonzo ging zurück ins Wohnzimmer. Auf weitere Äußerungen von Stiff reagierte er nicht mehr. Auch als dieser mehrmals mit der Faust gegen die Tür ballerte und Sturm klingelte, ließ Lonzo sich davon nicht beeindrucken. Irgendwann war schließlich Ruhe.

Stiff stand vor der Tür und bemerkte, dass weiteres Begehren um Einlass keinen Sinn machte. Er dachte einen Moment lang nach, dann ging er ein paar Stufen im Treppenhaus hinauf ins nächste Stockwerk und ergriff ein abhörsicheres Smartphone, das ihm von seinen Kontaktleuten übergeben worden war. Er wählte eine Nummer, die unter der Kurzwahl »1« hinterlegt war. Dort meldete sich auch sehr schnell jemand.

»Er macht nicht auf«, flüsterte Stiff, »der will von mir nichts mehr wissen.«

»Versuchen Sie es weiter«, ordnete die männliche Stimme am anderen Ende der Leitung an.

»Aber er macht nicht auf.«

»Wir bezahlen Sie dafür. Also erfüllen Sie Ihren Auftrag.«

»Aber wie denn?«

»Das ist nicht unser Problem.« Aufgelegt.

Stiff musste scharf nachdenken, um sich eine Strategie zu überlegen. So spontan fiel ihm erst mal keine ein. Gestört wurden seine Überlegungen von Schritten. Jemand kam eine Treppe tiefer hinauf. Stiff duckte sich hinter das Treppengeländer, um nicht gesehen zu werden. Seine Befürchtung, die Person würde ins obere Stockwerk wollen, erfüllte sich nicht: Es handelte sich um eine junge Frau, die vor Lonzos Wohnung stehenblieb und klingelte. Stiff riskierte einen kurzen Blick, blieb aber lieber vorsichtig.

»Nun verschwinde endlich«, hörte er Lonzo einige Sekunden später aus der Wohnung brüllen.

»Ich bin es. Greta.«

Stiff konnte die Situation nicht einordnen. Er kannte keine Greta – und eigentlich waren ihm alle Ex-Freundinnen und Ex-Affären von Lonzo bekannt. Denn wenn beide immer sehr offen über etwas sprachen, dann über ihre Beziehungen zu Frauen.

»Greta? Was willst du denn?«, fragte Lonzo durch die geschlossene Tür.

»Dir beweisen, dass ich es ernst meine. Ich verstehe, dass du mir nicht traust. Ich möchte dir so gern zeigen, dass es für Misstrauen keinen Grund gibt.«

Es herrschte ein Moment lang Stille. »Ist noch jemand da?«, fragte Lonzo.

»Nein«, antwortete Greta, »ich bin allein.«

Nach einigen weiteren Sekunden der Ruhe öffnete Lonzo die Tür. Stiff beobachtete das Szenario durchs Treppengeländer hindurch. Lonzo zog Greta recht schnell in die Wohnung hinein, dann schloss er die Tür wieder. Stiff setzte sich auf eine Treppenstufe und hatte keine bessere Idee, als jetzt erst einmal abzuwarten.

Mittwoch, 2. August 2023 – Ost-Berlin, Ministerium für Staatssicherheit

Laura saß nun auch in diesem abhörsicheren, holzgetäfelten Raum, in dem wenige Tage zuvor ihre Mutter gesessen hatte – genau auf diesem Stuhl.

Sie konnte sich keinen Reim machen auf das, was in den vergangenen Stunden seit dem Mittag passiert war. Sie hatte mit Boris und Daniel gemeinsam am späten Nachmittag die Wohnung im Bötzowviertel verlassen und war dann etwa zehn Minuten zu Fuß nach Hause zum Prenzlauer Berg gelaufen. Es herrschte erhöhte Alarmbereitschaft in der Stadt, es war sehr viel Polizei auf den Straßen. Das hatte sie durchaus bemerkt. Niemand hielt sie aber an oder befragte sie.

Erst, als sie zu Hause war und etwa zwei Stunden in ihrem Zimmer verbracht hatte, klingelte es Sturm. Drei uniformierte Beamte verschafften sich unsanft Zutritt zur Wohnung, nachdem Caren Ramelow geöffnet hatte. Sie ergriffen Laura und gaben ihr nicht einmal die Gelegenheit, eine Jacke anzuziehen. Außerdem wurde Lauras Computer beschlagnahmt.

Caren und Opa Ramelow reagierten auf all das mit großem Entsetzen – als sei das Schicksal von Perry nicht schon schlimm genug für die Familie. Laura leistete keinen Widerstand. Sie ließ sich abführen, stieg bereitwillig in den Polizeiwagen ein und sprach während der gesamten Fahrt zum Ministerium für Staatssicherheit kein Wort.

Die von innen nicht zu öffnende Tür des Verhörraumes wurde von außen geöffnet. Um den Raum wieder zu verlassen, musste eine Klingel betätigt werden. Schritte näherten sich Laura von hinten. Es war Generalmajor Ulrich Kaulitz. Perry hatte er zig Mal verhört, mit Mutter Caren traf er mehrmals zu inoffiziellen Gesprächen zusammen. Und nun lernte er Laura kennen. Obwohl er so viel von ihr wusste, so viele Informationen über sie gesammelt hatte, war er ihr noch nie persönlich begegnet.

Kaulitz nahm auf der anderen Seite des Tisches Platz. Er breitete einige Unterlagen aus und studierte diese auf die Schnelle, bevor er Laura überhaupt eines Blickes würdigte. Dann sah er sie an. »Ich bin Generalmajor Ulrich Kaulitz. Dieser Raum ist abhörsicher, nichts von unserem Gespräch wird nach draußen dringen. Sie wissen, warum Sie hier sind?«

Laura dachte kurz über die Antwort nach und entschied sich für ein simples »Nein«.

»Aber Sie haben doch sicherlich von dem Terroranschlag auf unseren Staatsratsvorsitzenden gehört?«

»Ja.«

»Und was können Sie mir dazu sagen?«

Laura zuckte die Schultern. »Gar nichts. Was sollte ich dazu sagen können?«

Kaulitz sah Laura nun sehr eindringlich an. »Wir wissen, dass Sie zu den Tätern gehören. Es hat keinen Sinn mehr, dass Sie das abstreiten.«

Laura dachte kurz nach. War das jetzt eine Falle? Sie konnte sich keinen Reim darauf machen, wie man auf sie gekommen sein könnte. »Ich weiß nicht, wovon Sie reden.«

»Sie haben einen Fehler gemacht, Laura. Genau wie Ihre Mitstreiter.« Kaulitz warf einen Blick in die Unterlagen. »Boris Levic und Daniel Degenhardt.« Laura wurde heiß und kalt. Er wusste es tatsächlich, es war kein verdammter Bluff. Kaulitz genoss diesen Moment und sprach weiter: »Es ist ohnehin eine reichlich perverse Idee, den Staatsratsvorsitzenden mit eigenen Exkrementen zu besudeln. Aber dadurch war es für uns natürlich ein Leichtes, Sie über einen DNA-Abgleich zu ermitteln. Es wäre vielleicht klüger gewesen, lieber Hundekot oder Pferdekot zu nehmen.«

In Lauras Kopf arbeitete es mächtig. Dann fragte sie: »Woher haben Sie meine DNA-Daten?«

Kaulitz lachte herzlich auf. »Sie unterschätzen die Deutsche Demokratische Republik manchmal doch gewaltig. Sie haben sich impfen lassen, ebenso wie Ihre Freunde und viele Millionen Menschen in diesem Staat. Wir wären ja dämlich, bei der Gelegenheit nicht auch von jedem Bürger und jeder Bürgerin die DNA zu registrieren. Erinnern Sie sich nicht mehr an den obligatorischen Speichelabstrich zuvor? Wir mögen nach außen hin so wirken, als wären wir technisch nicht auf dem neuesten Stand. Aber haben Sie schon mal darüber nachgedacht, dass vielleicht genau das auch eine Strategie sein könnte?«

»Wieso ist der Klipkow tot?«

»Der Staatsratsvorsitzende ist an Atemnot durch eine giftige Substanz verstorben. Es reichte Ihnen ja nicht, einfach nur seine Ehre zu besudeln. Sie mussten ihn töten.«

Laura verkrampfte sich, zitternd hielt sie sich mit beiden Händen ihren Kopf. »Damit habe ich nichts zu tun.«

»Soso. Das zu beweisen wird aber sehr schwer.« Kaulitz sah Lauras resignierenden Gesichtsausdruck und haute mit der flachen Hand auf die Tischplatte. »So, und nun möchte ich die restlichen Namen Ihrer Bewegung wissen. Ich weiß, dass da noch ein paar weitere Leute mit drinhängen. Im Westen wie im Osten. Und dass die Gethsemanekirche eine entscheidende Rolle spielt.« Laura schwieg. »Sie sollten kooperieren. Es ist in Ihrem Interesse.«

»Kooperieren? Mit dem Staat, der meinen Bruder getötet hat?«

»Das war ein tragisches Unglück. Es war nur eine Routinekontrolle. Und er war maskiert, keiner hat ihn erkannt. Wenn er die Nerven behalten hätte, wäre er nun im Westen. Ob er dort glücklich geworden wäre, ist natürlich eine andere Frage.«

»Ich sage nichts.«

Kaulitz lehnte sich zurück und verschränkte die Arme. »Sagen Sie, Laura, ist es Ihnen nie merkwürdig vorgekommen, dass Sie immer noch Ihren Studienplatz haben? Obwohl Sie die Schwester eines so prominenten Widerständlers sind? Unser Staat fackelt normalerweise nie lange – allein schon um andere zum Reden zu bringen.«

»Hab' ich nie drüber nachgedacht.«

»Ich erkläre es Ihnen: Ihre Mutter hat erst vor ein paar Tagen auf genau diesem Stuhl gesessen. Und zwar freiwillig. Denn sie kooperiert schon seit geraumer Zeit mit uns. Sie war es auch, die das Foto aus dem Fotoalbum nahm. Und sie war es auch, der wir versprachen, ihre Tochter könne weiter studieren, wenn sie mit uns zusammenarbeitet.«

Laura senkte den Kopf. »Das weiß ich.«

Das überraschte Kaulitz nun doch so sehr, dass er große Augen machte. »Ach! Das wissen Sie?«

»Sie hat es mir gesagt. Ich habe ihre Beweggründe verstanden und ihr verziehen.«

Kaulitz war einen Moment lang irritiert. »Also schön, dann

können wir ja umso offener sprechen. Das mag Ihnen vielleicht nicht klar sein, Laura, aber wir stehen auf derselben Seite.«

Laura fand diese Bemerkung so abwegig, dass sie kurz auflachte. »Wir stehen ganz sicher nicht auf derselben Seite.«

»Der Fisch stinkt vom Kopf her, Laura. Es gab möglicherweise Führungskräfte unseres Staates, die meinten, es wäre einfach höchste Zeit, den Staatsratsvorsitzenden … ich will es mal so formulieren … in den wohlverdienten Ruhestand zu schicken.«

Lauras kurzes Lachen wich einem ungläubigen Staunen. »Ihr habt euren Chef sozusagen selbst beseitigt?«

Kaulitz lehnte sich zurück. »Wen meinen Sie mit ›Ihr‹? Ich weiß natürlich nicht, was passiert ist. Es war wohl schon ein wenig naiv zu glauben, die Sicherheitskräfte würden wenige Stunden vor einer solchen Veranstaltung mit zwei großen deutschen Staatsmännern nicht noch einmal alles absuchen. Vielleicht wurde die Drohne ja entdeckt. Vielleicht wurde irgendein Giftstoff beigemixt. Ich habe keine Ahnung, Laura. Ich spekuliere nur.«

»Das ist heftig. Das ist echt heftig.« Laura suchte nach einer passenderen Formulierung, aber fand keine.

»Unser Staat braucht eine Modernisierung. So viel ist klar. Aktive Bekämpfung von Staatsfeinden, von Feinden des Sozialismus ist nur mit einem Aufbruch in ein neues Zeitalter möglich. Manche meinen, der sei längst überfällig.«

»Gleichzeitig wurde unsere Bewegung auf diese Weise zerschlagen. Clever.«

»Wie gesagt, Laura: Da fehlen uns nur noch ein paar Puzzleteilchen. Kooperieren Sie – und wir schauen, dass Sie einigermaßen human aus der Sache herauskommen.«

»Ich kooperiere nicht mit Mördern.«

Mittwoch, 2. August 2023 – Köln-Porz

Greta legte ihre Arme um Lonzo. Sie standen mitten im Raum. Ihre Nasenspitze liebkoste seine. »Ich habe dich vermisst«, flüsterte sie, »deshalb bin ich hier.«

»Sorry, Greta! Das geht mir echt zu schnell.« Lonzo nahm ihre Arme von sich und trat einen Schritt zurück. »Ich habe dir doch heute Morgen versprochen, dass wir uns wiedersehen. Warum bist du mir hinterher gereist?«

»Weil ich sehr viel für dich empfinde.«

»Du kennst mich doch überhaupt nicht. Warum diese Eile?«

Greta verschränkte verzweifelt die Hände. »Ich hatte irgendwie Angst, dass das heute doch das Ende sein könnte. Ein Ende bevor es überhaupt angefangen hat.«

»Ich habe im Moment sehr viel zu tun. Ich muss erst mal den Kopf freikriegen. Und dann können wir weiterschauen.« Er schenkte ihr ein Lächeln. »Ich habe ja nicht nein gesagt.«

Greta nahm auf dem Designersofa Platz. Sie wirkte niedergeschlagen. »Hast du vielleicht etwas zu trinken?«, fragte sie.

Lonzo nickte. »Ja. Natürlich.«

»Hast du Alkohol im Haus?«

»Nein, tut mir leid. Ich trinke keinen Alkohol – wie gesagt. Also habe ich auch keinen. Von diesem Orangenzeugs heute Mittag ist mir jetzt noch übel.«

»Dann eben irgendwas ohne Alkohol.«

282

»Ich hab' da was Feines.« Lonzo verschwand kurz in seine zwölf Quadratmeter kleine Küche, die direkt vom Wohnzimmer abging. Aus dem Kühlschrank nahm er zwei Flaschen alkoholfreie Mixgetränke und öffnete diese mit einem Flaschenöffner, der an einem Band befestigt am Griff des Kühlschranks baumelte.

»Das sind *Color Flaschys*«, erzählte er, als er ins Wohnzimmer zurückkam, »die haben mir drei Kisten von dem Kram geschickt. Dafür musste ich nur einmal eine Flasche in die Kamera halten. Aber schmeckt gut. Lieber Gurke oder Cranberry?« Er hielt die beiden Flaschen hoch, von denen eine grünfarbenen Inhalt hatte und die andere rosafarbenen.

»Cranberry«, antwortete Greta und nahm die entsprechende Flasche entgegen.

Lonzo hielt ihr seine Flasche entgegen, um einmal anzustoßen. Greta reagierte, wenn auch lustlos.

Beide tranken einen Schluck. »Und? Schmeckt?«, fragte Lonzo. Greta nickte wortlos. »Ach komm, Greta, nun sei nicht albern. Was hast du jetzt erwartet, wie ich reagiere?«

»Ist schon gut.« Greta sah sich um. »Hast du denn hier irgendwas selbst gekauft? Oder ist alles irgendwie Sponsoring?«

»Bezahlt habe ich eigentlich nur für die Bilder an der Wand. Und den Teppich.«

»Dieses Bild dort mag ich sehr.« Greta deutete auf ein Wandbild schräg rechts hinter Lonzo. Er wandte sich von Greta ab und schaute es an. Greta nutzte die Gelegenheit, um eine kleine Tablette, die bereits versteckt in ihrer Handfläche lag, unbemerkt in ihre Flasche zu geben.

»Um ehrlich zu sein: Für genau das Bild habe ich nichts bezahlt.« Lonzo kicherte. »Das hat mir ein Fan meines Kanals, ein freischaffender Künstler, geschenkt.« Das Bild zeigte das Gesicht von Lonzo, allerdings äußerst abstrakt gemalt. Eigentlich waren es nur die grünen Haare, die ihn als Person erkennen ließen. »Ich finde es aber cool. Ich erkenne mich darin wieder.«

»Irgendwie mag ich Cranberry wohl doch nicht so.« Greta sah Lonzos Flasche an, die er in der Hand hielt. »Wollen wir vielleicht tauschen? Gurke könnte doch eher mein Fall sein.«

»Ja … natürlich.«

Sie tauschten die Flaschen, Greta nahm sofort einen Schluck. »Schmeckt mir tatsächlich besser.«

»Ich mag beides.« Lonzo nahm auch einen Schluck aus der Cranberry-Flasche.

Greta beobachtete ihn dabei. »Vielleicht mache ich auch so einen *YouTube*-Kanal auf. Dann kriege ich auch all diese Sachen geschenkt.«

»Gute Idee.« Lonzo strahlte. »Ich supporte deinen Kanal, dann hast du ruckzuck 100.000 Follower.«

Greta schaute überrascht: »Geht das so schnell?«

»Aber klar. Du bist hübsch, du bist jung. Das reicht schon.«

»Ich muss mich an all das erst mal gewöhnen. Für jemanden, der aus der DDR kommt, ist das alles neu. Quasi von einer grauen Welt in eine bunte.«

»Da bist du bei mir genau … richtig.« Lonzos Kopf wurde schwer, er lallte plötzlich, sein Blick driftete ab und er taumelte.

»Alles in Ordnung?«, fragte Greta. Sie sagte diesen Satz in einem Ton, der nicht besorgniserregend genug klang, um ihn glaubwürdig zu finden. Lonzo sah entsetzt die Flasche in seiner Hand an, warf sie zu Boden und glitt hinterher. Dann erhob er sich, sackte aber gleich wieder zusammen. Längst war ihm klar, was in diesem Moment passierte. Er stürzte sich auf Greta. Sie schlug panisch um sich. »Was hast du … was ist das?«, schrie Lonzo. Seine Kräfte ließen immer stärker nach, er fiel zu Boden. Ein paar Versuche des Aufbäumens folgten noch, dann war er ohne Bewusstsein.

Greta brauchte einen Moment, um sich wieder zu ordnen. Sie beugte sich zu dem neben dem Glastisch liegenden Lonzo hinunter und tippte ihn ein paar Mal an. Er regte sich nicht.

Sie schaute sich im Wohnzimmer um, musterte kurz ein kleines Bücherregal, das Lonzos gesamten Buchbestand umfasste. Dann ging sie hinüber in einen noch einmal genauso großen Raum, den Lonzo sich als Studio eingerichtet hatte. Da gab es eine grüngestrichene Ecke für Greenscreen-Aufnahmen, die Kamera auf dem Stativ war flexibel in Höhe und Drehrichtung veränderbar. Der Raum war an den Wänden mit Schaumstoff und Molton behängt, um einen optimalen Ton herauszuholen. Lonzos Stammplatz in seinen Streams war ein schwarzer Schreibtisch mit einem ergonomischen schwarzen Sessel aus Leder mit roten Streifen. Die Fans von Lonzo kannten diesen Platz, hier hatte er auch das Video *Die Zerstörung der DDR* aufgenommen. Manche sprachen vom »Heiligen Stuhl« und hätten sehr viel Geld dafür bezahlt, wenigstens einmal darauf zu sitzen. Lonzo hatte den Stuhl gesponsert bekommen und dafür eine wirklich nennenswerte Summe erhalten. Deswegen erwähnte er auch mindestens einmal pro Stream, wie bequem dieser Sessel doch sei und dass es keinen besseren gäbe.

Greta nahm kurz auf genau diesem Sessel Platz und schaute um sich. Direkt rechts neben ihr stand ein kleines Rollschränkchen mit drei Schubladen. Greta öffnete alle drei nacheinander und durchwühlte sie. Aber auch dort war nicht zu finden, was sie suchte.

Hinten, in einem toten Winkel, befand sich ein Wandregal. Es standen dort mehrere Aktenordner und Kartons. Greta durchwühlte sie alle, arbeitete jedes Blatt Papier, jede Klarsichtfolie durch – nichts. Sie wechselte ins Schlafzimmer, ein eher kleiner Raum. Die Frontseite des in Hellgrün gehaltenen Zimmers war behängt mit Fotos von Lonzo, mit Urkunden, Artikeln über ihn. Greta amüsierte sich einen Moment lang darüber, dass Lonzo beim Aufwachen morgens im Bett erst mal sich selbst erblickte. Auch hier gab es einen großen Kleiderschrank sowie zwei halbe Schränke, die sie durchsuchte. Sie fand viele Unterlagen, Steuererklärungen, Verträge mit Werbepartnern und Konzernen. Sie fand Kontoauszüge, deren angezeigter Kontostand sie schlichtweg sprachlos machte. Lonzo war noch viel reicher, als sie es sich je hätte vorstellen können. Greta fand sehr vieles – aber ausgerechnet nicht das, was sie finden sollte.

Sie kehrte ins Wohnzimmer zurück. Lonzo lag dort immer noch. Das K.-o.-Mittel, das sie ihm verabreicht hatte, sollte so etwa eine Stunde wirken, wurde ihr gesagt. Nun waren 25 Minuten um. Greta begann, an ungewöhnlicheren Orten zu suchen, schaute hinter den großen Flatscreen an der Wand, suchte nach einem möglichen Tresor. Und dann warf sie, eher obligatorisch, auch einen Blick unter das Designersofa. Und tatsächlich lag dort ein Aktenordner. Ein kurzer Blick hinein offenbarte, dass es sich hier endlich um genau das handelte, wonach sie suchte.

Greta ergriff ihr Smartphone und schrieb eine SMS an eine Nummer, die ihr mitgeteilt worden war: »Ich habe es.« Es dauerte nur wenige Sekunden, bis die Antwort kam: »Wir kommen.«

Greta nahm den Aktenordner, warf noch einen letzten Blick zum bewusstlosen Lonzo. »Als wenn ich mich in einen Imperialisten verlieben würde.« Dann ging sie raschen Schrittes zur Wohnungstür, um diese zu öffnen. Vor ihr stand Stiff, der an der Tür gelauscht hatte. Stiff konnte über Gretas Schulter hinwegsehen, dass Lonzo dort bewusstlos lag. Die Situation wurde ihm rasch klar, auch wenn er sie nicht einordnen konnte. Binnen zwei Sekunden ergriff er Greta, um sie am Gehen zu hindern. Sie wehrte sich und versuchte alles, um sich ihm zu entreißen. Sie biss ihn, schlug ihn. Stiff konnte all dem erst ein Ende bereiten, indem er Greta mit enormer Wucht ins Gesicht schlug. Sie ließ den Aktenordner fallen und fiel benommen zu Boden. Stiff hievte Greta zurück in die Wohnung, nahm den Ordner in die Hand und schloss die Wohnungstür von innen.

Sofort kümmerte er sich um Lonzo und fühlte dessen Puls, um dann festzustellen, dass sein Freund lediglich ohne Bewusstsein war.

Stiff packte Greta. »Wer bist du? Was ist dein Auftrag, du Schlampe?« Sie war nicht in der Lage zu sprechen. Er nahm den Aktenordner in die Hand und stellte nach einem Blick hinein fest, dass sie den exakt selben Auftrag hatte wie er auch: die Aktennotiz, die Bundeskanzler Möller schwer belastete, aus dem Verkehr zu ziehen. Stiff warf einen Blick auf Gretas Smartphone und sah die SMS-Nachricht »Wir kommen«. Er wusste nicht genau, wer da käme. Aber sein Gefühl war kein gutes.

Er beugte sich über Lonzo und ohrfeigte ihn zweimal. »Lonzo! Lonzo, hörst du mich?« Stiff rüttelte an ihm, als sei er eine verschlossene Tür. Lonzo kam langsam zu sich, aber es war nur ein Hauch von Wachsein vorhanden. »Los, komm. Wir müssen hier weg.«

Stiff packte Lonzo und brachte ihn zum Stehen, wenn auch ein sehr wackeliges Stehen. Er stützte Lonzo und klemmte sich zugleich den Ordner unter den Arm. Es war ein schwieriges Unterfangen.

Sie mussten noch an Greta vorbei, die in ihrem benommenen Zustand versuchte, Stiff an den Beinen zu packen und seinen Abgang zu verhindern. Stiff trat ihr heftig ins Gesicht, sie fiel nach hinten.

Zum Glück gab es in diesem Haus einen Fahrstuhl. Stiff schleppte sich mit Lonzo durchs Treppenhaus und betrat den Lift. Es ging hinunter ins Erdgeschoss, um dort kurz darauf das Haus zu verlassen. Lonzo konnte aus eigener Kraft kaum die Beine bewegen und verstand in seinem Dämmerzustand noch immer nicht, was eigentlich gerade passierte. Stiff war es wichtig, zunächst vom Eingangsbereich des Wohnhauses wegzukommen. Er trug Lonzo huckepack und flüchtete sich mit ihm über die Straße, die nicht besonders stark befahren war. Er blieb in einer Hofeinfahrt gegenüber stehen. Ein Blick zurück offenbarte, dass in diesem Moment ein viertüriger Transporter mit verdunkelten Scheiben vor dem Haus hielt. Stiff schleppte sich mit Lonzo im Schlepptau davon. Der Hof hatte noch eine weitere Einfahrt auf der anderen Seite des Hauses. So konnten sie unbemerkt fliehen.

Als sie weit genug außer Sichtweite waren, setzte Stiff Lonzo auf der Sitzbank einer Bushaltestelle ab. Stiffs Smartphone klingelte. Er sah auf dem Display, wer anrief, und nahm den Anruf an.

»Haben Sie es«, fragte eine männliche Stimme.

Stiff sah den Ordner an und legte behutsam die Hand drauf. »Ja, ich habe es.«

»Gut. Dann kommen wir den Ordner abholen.«

»Gar nichts werdet ihr.« Stiff brüllte frontal das Smartphone an. »Die Unterlagen bleiben bei uns.«

»Wir sind ganz in der Nähe.«

»Ey! Nein!« Es wurde aufgelegt. Stiff blickte um sich. Er konnte noch niemanden entdecken. Aber es war zu erwarten, dass tatsächlich gleich irgendein Wagen oder eine Gruppe von undurchsichtigen Persönlichkeiten aufkreuzen würde.

Den Standort seines Smartphones konnten sie problemlos orten. Stiff hatte seines direkt von seinen Auftraggebern erhalten. Möglicherweise wurde auch Lonzos Smartphone überwacht. Stiff hielt jetzt alles für möglich.

»Gib mir dein Telefon«, forderte Stiff den immer noch benommenen Lonzo auf, der ohne den Halt seines Begleiters längst von der Bank gerutscht wäre.

»Häh?«, fragte Lonzo und verstand offensichtlich nicht, was Stiff von ihm wollte. Stiff suchte selbst nach Lonzos Smartphone und fand es in dessen Hoodie.

In diesem Moment hielt ein Bus an der Haltestelle. Es stiegen zwei Leute aus. Eine ältere Dame, die einige Meter weg gestanden und das merkwürdige Verhalten von Stiff und Lonzo schon beobachtet hatte, betrat den Bus vorn beim Fahrer und löste eine Fahrkarte. Stiff legte Lonzo auf die Bank, damit er nicht wegrutschte. Den Ordner drückte er zwischen Lonzos Beine. Er entfernte sich und betrat den Bus. Er musterte kurz die Lage und platzierte sein Smartphone und das von Lonzo unbemerkt zwischen zwei Sitzen. Da im Bus lediglich weiter vorn drei Personen saßen, merkte niemand etwas davon.

»Entschuldigung, fährt dieser Bus Richtung Dom?«, fragte Stiff laut. Zwei Fahrgäste schauten zu ihm und schüttelten den Kopf.

»Oh. Dann bin ich hier falsch. Verzeihung.«

Der Busfahrer wollte gerade die Bustüren schließen, da sprang Stiff hinaus. Der Bus setzte sich kurz darauf in Bewegung und fuhr davon.

Lonzo richtete sich in diesem Moment selbst auf und kam langsam zu sich. Er blickte irritiert umher und hatte absolut keine Ahnung, was hier gerade vor sich ging. Als er Stiff sah, fragte er: »Was willst du denn?«

»Alles wieder gut machen, mein Freund.«

Donnerstag, 3. August 2023 – Aktuelle Kamera

»Berlin – Einen Tag nach dem Attentat auf den Generalsekretär des Zentralkomitees und Vorsitzenden der Sozialistischen Einheitspartei Deutschlands, René Klipkow, hat das Ministerium für Staatssicherheit heute mitgeteilt, die Ermittlungen weitgehend abgeschlossen zu haben. Demnach war für den Giftanschlag eine Gruppe von Staatsfeinden und Internet-Aktivisten verantwortlich, die auch nachweislich Kontakte in den imperialistischen Westen haben. Minister Gebhardt teilte mit, dies zeige, wie demokratiefeindlich und menschenfeindlich solche Widerständler in Wahrheit seien. Die Täter würden ihrer gerechten Strafe zugeführt. Zudem ordnete er drei Tage Staatstrauer in der Deutschen Demokratischen Republik an.

René Klipkow war gestern bei einem Spitzentreffen mit dem westdeutschen Bundeskanzler Möller von einer fliegenden Drohne mit einer giftigen Chemikalie attackiert worden, die Atemnot verursacht, und kurz darauf gestorben.«

@DDRleaks auf Twitter:
Stellungnahme zu den gestrigen Ereignissen: Leute, glaubt den DDR-Oberen kein Wort. Die #DDR selbst hat diesen Giftanschlag inszeniert. Sie wollten #Klipkow loswerden, um den Staat endlich zu einem Hochtechnologie-Knast zu machen. Der Kampf wird weitergehen. Wir mögen einen Dämpfer erhalten haben, aber langfristig werden Demokratie und Freiheit siegen.

Donnerstag, 3. August 2023 – ein unbekannter Ort

Lonzo und Stiff saßen auf einem abgegriffenen Sofa in einem kargen Raum mit grauen Wänden. Nichts hier war in irgendeiner Weise gesponsert. Wichtig war in diesem Moment

nur eines: Die Technik funktionierte, um live zu streamen –
nicht nur auf YouTube, sondern auch auf weiteren Plattformen
zugleich, damit die Botschaft, um die es ging, unzensiert gesendet werden konnte. Statt einer hochwertigen Kamera war
ein eilig besorgtes Smartphone auf einem Stativ das Hilfsmit-
tel. Das war vom Ton her nicht ganz so optimal, aber es war
zumutbar.

Lonzo wirkte immer noch ein wenig müde und angeschla-
gen, aber er versprühte trotzdem die positive Stimmung, für
die seine Fans ihn liebten. Stiff war erschöpft, aber auch er
schien so optimistisch und gutgelaunt zu sein wie schon lange
nicht mehr in seinem Leben.

»Sind wir live?«, fragte Lonzo und beantwortete die Frage
sogleich selbst, »ja, sind wir.«

Stiff sendete ein Peace-Zeichen mit zwei Fingern. »Perfekt.«

»Ja, Leute, wie ihr seht, bin ich nicht in meiner Wohnung,
nicht in meinem Studio. Ich bin auch nicht in Köln.«

»So wie ich auch nicht in West-Berlin bin«, ergänzte Stiff.
»Genauer gesagt sind wir nicht mal in Deutschland, denn irgendwie sind ein paar dubiose Leute hinter uns her, oder?«

Lonzo nickte zustimmend: »Ja. Sie arbeiten im Auftrag der
BRD und der DDR.«

»Das muss man erst mal hinkriegen. Gimme five.« Beide
klatschten ihre Handflächen aneinander.

Lonzo schmunzelte und schüttelte zugleich den Kopf. »Ihr
glaubt gar nicht, was uns gestern passiert ist. Es war der Wahnsinn. Im Grunde waren die Geheimdienste beider deutscher
Staaten hinter uns her.«

»Kann man so sagen«, bestätigte Stiff, »das war wie in einem
schlechten Agentenfilm.«

Lonzo nahm den Aktenordner zu sich und hielt ihn einmal
in die Kamera. »Es geht um das hier, Leute. Es sollte verhin-

dert werden, dass das an die Öffentlichkeit kommt.«

»Aber es kommt jetzt an die Öffentlichkeit, sorry!«

»Es kommt übrigens deshalb an die Öffentlichkeit, weil mein Freund Stiff mich gerettet hat. Ich möchte das hier einmal sagen. Er hat mich gerettet, nachdem ich zu dumm war, eine eigentlich offensichtliche Falle zu erkennen.«

»Hätte mir auch passieren können«, ergänzte Stiff und flüsterte Richtung Kamera, »es hat was mit einer attraktiven Frau zu tun.«

»Okay, Realtalk. Worum geht es nun eigentlich? Ich sage es euch: Wir haben den Beweis dafür, dass unser lieber Bundeskanzler sehr genau wusste von dem Impfstoff-Deal mit der DDR. Hier in diesem Ordner steht alles drin. Vor allem gibt es eine eindeutige Aktennotiz, die definitiv echt ist.«

»Wenn Lonzo sagt, sie ist echt, dann ist sie auch echt. Der ist nämlich nicht so bescheuert wie ich, der einfach mal so gefälschte Unterlagen für echt hält. Sorry noch mal dafür!«

»Wir haben von all diesen Unterlagen hier Scans gemacht und sie soeben an alle großen Redaktionen in Deutschland geschickt. Sorry, Herr Bundeskanzler, das wird jetzt sehr eng für Sie!«

»Wie lautet doch gleich das 5. Gebot?«, fragte Stiff, »du sollst nicht lügen.«

»Das ist das 8. Gebot. Aber egal.«

»Oh, fuck. Na ja, ihr wisst schon, was ich meine.«

»Wir werden jetzt vorerst hier im Ausland bleiben. Aber keine Sorge, Leute, wir kommen zurück. Wir werden weiterhin für Aufklärung sorgen – in Ost und in West. Wenn ihr Politiker versucht uns aufzuhalten – dann werden wir euch noch mehr auf die Finger schauen. Im Gegensatz zu euch kennt das Internet nämlich keine Grenzen.«

Donnerstag, 3. August 2023 – Bonn, Bundeskanzleramt

Bundeskanzler Erhard Möller saß am frühen Abend mit Regierungssprecher Lutz Weinland sowie der Vize-Kanzlerin Petra Schurr im Kanzlerbüro. Möller blickte durch das große Fenster hinaus in den Garten des Kanzlerbungalows. Weinland traute sich nicht, als erster das Schweigen zu brechen. Petra Schurr, eine kleine Person mit blondierter Kurzhaarfrisur, schüttelte ungläubig den Kopf. Sie war es dann auch, die das Wort ergriff: »Wie konnte es passieren, dass diese Unterlagen in die Hände von … von YouTubern gelangen?«

Weinland, der Jackett und Krawatte abgelegt hatte und dem der Schweiß an den Wangen herunterlief, zuckte hilflos mit den Schultern. »Die Ermittlungen dazu laufen.«

»Davon hat der Bundeskanzler jetzt auch nichts mehr.«

Die drei Personen saßen in schwarzen Cocktailsesseln, gruppiert um einen runden Glastisch, auf dem eine Kanne Kaffee und ein passendes Service mit Blumenmuster standen.

Schurr gehörte nicht derselben Partei wie Möller an. Sie machte sich daher gar nicht unbedingt Sorgen um seine Zukunft, sondern eher um ihre eigene. Die Koalition, die sie und Möller einst schmiedeten, stand auf tönernen Füßen. Sie befürchtete, die Kräfte in ihrer Partei, die diese Koalition ohnehin nicht gewollt hatten, würden nun die Gelegenheit nutzen, das Bündnis beenden zu wollen.

»Wir müssen das jetzt durchstehen«, forderte Schurr und zündete sich eine Zigarette an, »welche Möglichkeiten haben wir noch?«

»Nicht viele«, antwortete Weinland, »die Unterlagen als Fälschung zu bezeichnen und alles abzustreiten wäre töricht. Das Innenministerium sucht nach diesen beiden Netzaktivisten. Sie werden in Skandinavien vermutet. Aber für einen

Deal mit ihnen ist es nun auch zu spät.«

»Ich werde morgen Vormittag zurücktreten«, verkündete Möller plötzlich. Sein Blick blieb im Garten, der von der Abendsonne goldgelb bestrahlt wurde. »Einen Vorteil hat das Ganze ja: Der Kredit an die DDR kann zurückgenommen werden. Jetzt fehlt denen ja das Erpressungspotenzial.«

Weinland atmete einmal tief durch. »Du hast die 50 Milliarden gestern öffentlich verkündet.«

»Eben. Wenn ich nicht mehr im Amt bin, muss sich die Bundesregierung daran nicht halten. Eine schriftliche Vereinbarung gibt es ja bislang nicht.«

»Das wird die Stimmung zwischen beiden deutschen Staaten nicht gerade verbessern.«

»Mein Nachfolger und der Nachfolger von Klipkow können ja neu verhandeln. Vielleicht tut beiden deutschen Staaten ein Neuanfang an der Spitze der Regierung sogar ganz gut.«

Freitag, 4. August 2023 – Tagesschau

»Bundeskanzler Erhard Möller ist heute von seinem Amt zurückgetreten. Er übernahm damit die Verantwortung für eine Falschaussage, die er im Zusammenhang mit der Impfstoff-Affäre getätigt hatte. Möller hatte stets behauptet, nicht frühzeitig von dem Handel mit 50 Millionen Impfdosen des in der DDR entwickelten Impfstoffes MV-21 gewusst zu haben. Eine von YouTube-Aktivisten präsentierte Aktennotiz belegt nun, dass Möller sehr wohl deutlich früher informiert war, als von ihm behauptet.«

@WaldisHerrchen auf Twitter:

Wieder mal ein echtes Armutszeugnis für unsere Qualitätsmedien: Zwei YouTuber bringen den entscheidenden Beweis für #Möllers dreckige Lü-

gen. Und nicht die großen Sender und Zeitungen. Und dann sind die bei-
den auch noch auf der Flucht. Ich weiß manchmal nicht, ob ich in der
#DDR oder in der #BRD lebe.

Freitag, 4. August 2023 – Stollberg, Frauengefängnis Hoheneck

Laura hatte jetzt zwei Nächte in diesem Gefängnis verbracht. Und sie hatte es immer noch nicht realisiert, dass sie hier war – weit weg von Berlin, irgendwo in Sachsen. Sie teilte ihre Zelle mit einer Frau, die laut Klageschrift einen »staatsfeindlichen Text« auf einer »imperialistischen Propagandaseite« veröffentlicht hatte. Laura selbst wurden »terroristische Aktivitäten« vorgeworfen.

Über 1.000 Frauen waren im Frauengefängnis Hoheneck untergebracht, zumeist Dissidentinnen, politische Gegnerinnen. Ausgelegt war es eigentlich für 600. Laura war einerseits geschockt, dass dieser Staat DDR so viele Frauen einsperren ließ, die einfach nur für Demokratie und Freiheit kämpften. Andererseits war es aber auch ein Hoffnungsschimmer, dass so viele Menschen sich gegen das Regime auflehnten und für ihr Engagement ein hohes Risiko eingingen.

Es war Mittag. Laura hatte die Zelle verlassen dürfen, um im schmucklosen Esssaal ein karges Mittagessen einzunehmen. Durch die schmalen Fenster in vier Meter Höhe strahlte die Sommersonne, es war ein schöner Tag da draußen. Die Frauen trugen alle giftgrüne Einheitskleidung, es wirkte bei flüchtigem Blick wie ein Kongress von Chirurginnen. Auch die Wachen waren ausschließlich Frauen und beobachteten mit strengem Blick in Uniform das Durcheinander an der Essensausgabe und an den Tischen. Die Geräuschkulisse mit über hundert durcheinanderredenden Frauen war gewaltig.

Laura stellte sich ans Ende der Schlange. Sie trug ein graues Tablett bei sich. Nach dem Essen war ein halbstündiger Hofgang erlaubt, danach musste sie wieder zurück in die Zelle.

Sie schaute, was die Frauen an den Tischen zu essen bekommen hatten: irgendeine pampige Erbsensuppe oder etwas ähnliches, dazu einen schrumpeligen Apfel. Den Appetit regte das nicht gerade an, aber etwas anderes hatte sie bis zum mageren Abendbrot nicht zu erwarten. Laura dachte an die selbstgebackenen Torten ihrer Mutter, die sie noch vor wenigen Tagen genießen durfte. Sie sah sich mit ihrer Mutter, Opa und ihrem Bruder am Kaffeetisch sitzen. Sie erinnerte sich an das letzte Mal, wo sie Perry lebend gesehen hatte. Und nun war sie hier, in diesem Knast. Sie hatte sich stark gefühlt, sie wollte den Kampf für Demokratie und Freiheit mit anderen gewinnen. Und nun war sie eingesperrt ohne Aussicht darauf, hier bald wieder herauszukommen.

Eine stämmige Frau, die gut einen Kopf größer war als Laura, drehte sich zu ihr um und musterte sie neugierig. »Neu, wa?« Laura nickte wortlos. »Zu wie viel haben se dich verknackt?«

»Es gab noch keinen Prozess.«

Die Frau zog erstaunt ihre buschigen Augenbrauen hoch. »Und dann bist du schon hier in Hoheneck? Was hast du denn …« Sie dachte zwei Sekunden lang nach. »Moment. Hast du was zu tun mit dem Anschlag?«

Laura schwieg – was der Antwort »Ja« gleichkam.

»Dumm von dir. Die werden dich hier versauern lassen. Und das für das Beseitigen eines alten Greises, der eh bald gestorben wäre.«

Die Frau drehte Laura rasch wieder den Rücken zu. Sie wollte wohl nicht in den Verdacht geraten, mit der Angelegenheit irgendwas zu tun zu haben. Mittlerweile war sie an der Reihe und bekam eine Schüssel Suppenpampe, in der der Löffel stand, und einen Apfel aufs Tablett. Dann ging sie rasch davon.

Laura legte ihr Tablett auf die Ablage der Ausgabe und ließ sich Schüssel und Apfel geben. Sie steuerte auf die Tische zu, mehrere waren komplett frei. Ihr Bedürfnis, mit anderen Frauen im Knast Kontakt zu knüpfen, war noch nicht besonders ausgereift. Ihre Zellenkollegin hatte hingegen längst Freundschaften geknüpft und aß mit ein paar Frauen, während gleichzeitig getuschelt wurde. Die Blicke der Frauen, die immer wieder Richtung Laura gingen, verrieten, dass es wohl um sie ging.

Laura nahm an einem Tisch recht nahe an einer grauen hohen Wand Platz und begann, die Suppe zu löffeln. Delikat war die Mahlzeit nicht gerade, aber sie machte satt. Es dauerte nicht lang, bis eine Frau, die ihr in der Menge der Insassinnen bislang nicht aufgefallen war, am selben Tisch Platz nahm. Es war eine deutlich ältere Frau mit sehr gebräuntem Gesicht und grausträhnigem Haar. Laura hätte sie am liebsten gebeten sich woanders hinzusetzen, aber sie brachte es nicht über die Lippen. Beide Frauen redeten kein Wort miteinander, sie sahen sich nicht einmal an.

Ihre Tablette berührten einander. Laura bemerkte, dass die Frau einen weißen Briefumschlag, der unter ihrem Tablett lag, unter das von Laura schob. Kaum war das unbemerkt gelungen, löffelte sie noch rasch die Schüssel leer, dann stand sie auf und ging davon.

Laura sah sich verunsichert um, bemerkt hatte niemand etwas. Sie ergriff das Kuvert, das die Größe eines normalen Briefes hatte, und knickte es unter dem Tisch, um es in der Hose ihrer Häftlingskleidung verschwinden zu lassen. Den Apfel steckte sie in die andere Hosentasche.

Die Suppenschüssel leerte sie noch, dann stand sie flugs auf. Sie stellte das Tablett mit der Schüssel auf ein Ablageregal und ging mit großen Schritten zurück Richtung Zellentrakt.

»Nicht zurück in die Zelle«, brüllte sie eine Wachfrau so laut an, dass sie erschrak, »Hofgang.«

»Ich muss auf Toilette.«

»Dann geh dort hinten.«

Die Wachfrau verwies auf ein allgemeines WC hinter den Esstischen. Laura hatte noch gar nicht realisiert in den zwei Tagen, dass dort auch eine Toilette war. Sie beeilte sich, das freie Klo zu erreichen und schloss die Tür hinter sich ab. Sie schaute über sich, ob hier irgendwo eine Kamera hing. Sie suchte die Toilettenschüssel ab, ebenso den Papierhalter mit der Rolle. Offenbar war sie sicher.

Laura nahm eilig das Kuvert aus der Tasche und öffnete es. Dann las sie die Botschaft, die sich auf einem Zettel darin befand: »Tiger 19 Elefant 22 Zebra 55«.

Laura kam ein hoffnungsvolles Lächeln über die Lippen.

ENDE

»Lakonisch, eindringlich, messerscharf: Hans-Hermann Sprado dürfte mit Tod auf der Fashion Week schwer in Mode kommen.«

Frank Schätzing

Der Tod eines Supermodels während der New Yorker Fashion Week und eine Serie mysteriöser Morde an Prominenten rufen den deutschen Reporter Mike Mammen auf den Plan.

Nach **Risse im Ruhm** recherchiert Mammen nun in der Glitzerwelt des internationalen Fashion Business. Er stößt dabei auf die tragische Liebesgeschichte eines Supermodels und verstörende Voodoo-Rituale.

Hans-Hermann Sprado:
Tod auf der Fashion Week. Roman.
Münster: Solibro Verlag 2022
[subkutan Bd. 2]
ISBN 978-3-96079-006-8
Broschur • 384 Seiten
eBook: eISBN 978-3-932927-68-3

mehr **Infos & Leseproben:**
www.solibro.de

»Was unterscheidet den normalen Bürger, der keine Banken überfällt, von Ihnen?«, stellte die Gutachterin ihre erste Frage. – »Der fehlende Mut«, lächelte ich sie ironisch an.

Knast produziert Verbrechen. Dieses Buch ist der Beweis. Reiner Laux war »Zorro, der Gentleman-Bankräuber«. 13 Banken hat er erleichtert, wurde nie auf frischer Tat ertappt. Verurteilt, akzeptierte er seine Strafe und saß 7,5 Jahre ab. Dieser schonungslose Insiderbericht macht dem Leser sinnlich erfahrbar, was es heißt, in Massenzellen Gesundheit, Geschlecht und Würde vor Mördern, Triebtätern oder Junkies schützen zu müssen.

Reiner Laux:
**Seele auf Eis.
Ein Bankräuber
rechnet ab.**
Münster: Solibro Verlag 2018
[Klarschiff Bd. 13]
ISBN 978-3-96079-053-2
Broschur • 384 Seiten
eBook: ISBN 978-3-96079-054-9

mehr Infos & Leseproben:
www.solibro.de

**Todesfälle
durch selbstfah-
rende Autos der
saarländischen
Firma DynamoCars
stellen die Kommis-
sare Lukas Baccus
und Theo Borg vor
Rätsel ...**

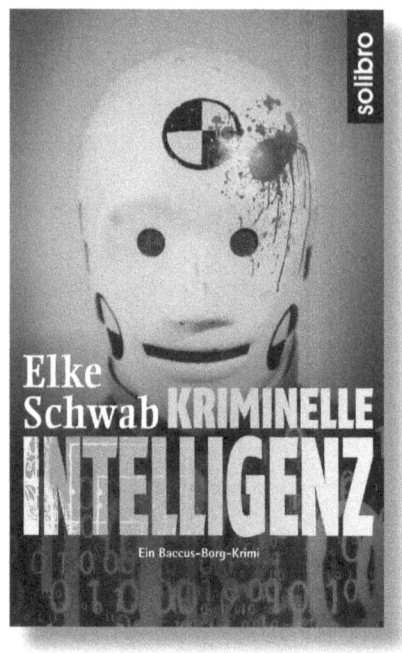

Elke Schwab:
**Kriminelle Intelligenz
Ein Baccus-Borg-Krimi**
Münster: Solibro Verlag, 1. A. 2021
[subkutan Bd. 9]
ISBN 978-3-96079-088-4
Taschenbuch • 384 Seiten
eBook:
ISBN 978-3-96079-089-1 (epub)

mehr **Infos & Leseproben:**
www.solibro.de

Wer dieses Buch verbieten will, müsste konsequent auch Orwells »1984« verbieten.

Herbert Genzmer
liquid
Thriller

1. Platz
Bloody
Cover
2023

solibro

Ein echter Pageturner
mit einer starken Heldin

TRIGGERWARNUNG: Dystopisches Szenario, Erschütterung des politischen Weltbilds, Vertrauensverlust in den Staat, Drogen, sexuelle Freiheiten ...

Herbert Genzmer:
Liquid. Thriller
Münster: Solibro Verlag, 1. A. 2022
[subkutan Bd. 10]
ISBN 978-3-96079-092-1
Klappenbroschur • 432 Seiten
eBook:
ISBN 978-3-96079-093-8 (epub)

mehr Infos & Leseproben:
www.solibro.de